U0657130

散落的明片

张嵩文学丛书·诗

张嵩 著

黄河出版传媒集团
宁夏人民出版社

图书在版编目(CIP)数据

散落的羽片 / 张嵩著，— 银川：宁夏人民出版社，2015.4

（张嵩文学丛书）

ISBN 978-7-227-06023-9

Ⅰ. ①散… Ⅱ. ①张… Ⅲ. ①诗集—中国—当代 Ⅳ. ①I227

中国版本图书馆 CIP 数据核字（2015）第 086977 号

散落的羽片 张 嵩 著

责任编辑 唐 晴 姚小云
封面设计 耿中声
责任印制 肖 艳

黄河出版传媒集团
宁夏人民出版社 出版发行

地　　址 银川市北京东路 139 号出版大厦（750001）
网　　址 http://www.yrpubm.com
网上书店 http://www.hh-book.com
电子信箱 renminshe@yrpubm.com
邮购电话 0951-5052104
经　　销 全国新华书店
印刷装订 宁夏精捷彩色印务有限公司
印刷委托书号 （宁）0017590

开　　本 880mm×1230mm 1/32
印　　张 7.125
字　　数 150 千字
版　　次 2015 年 5 月第 1 版
印　　次 2015 年 5 月第 1 次印刷
书　　号 ISBN 978-7-227-06023-9/I·1513

定　　价 86.00 元

序一

吴淮生

“我是一个两面派，新诗旧诗我都爱。”老一辈杰出诗人臧克家的这两句诗是他的自我写照。克家先生是以写新诗开始登上诗坛的。1933年，他出版了第一本新诗集《烙印》，蜚声海内，留下了包括《烙印》在内的《老马》《有的人》等许多经典新诗作品。诗人在后期，兼作旧体诗词，也有不少脍炙人口的妙品。例如：“自沐朝晖意蓊茏，休凭白发便呼翁。狂来欲碎玻璃镜，还我青春火样红。”便广为传诵。“两面派”本系贬义词，诗人反词正用，自我解嘲，幽默风趣。诗歌界后来将这种“两面派”称之为两栖诗人，张嵩先生就是这样一位诗家。他长于旧体古风，曾获数次级别颇高的奖项；兼擅近体律绝，著有旧体诗词集《渐行渐远集》。

然而，现在放在我面前的，却是张嵩先生的一部即将梓行的新诗书稿：《散落的羽片》（以下简称《羽片》）。其实。诗人也是从写新诗起步的，20世纪80年代初，不足20岁的张嵩，带着他的《火》一样的新诗登上诗坛，于今已经30多年了。其早期出版的作品《遥远的岸》是散文诗集，也是新体诗的一个部类。《羽片》是诗人用了将近一年的时间，从他的上千首新诗作品中选录出来的一百多首结晶而成的诗集，筛选之严，足证这是一本精品诗集。

通读了《羽片》书稿后，我总的感觉是：张嵩是一位从黄土地上生长起来的诗人，身心、感情、语言和作品都带有黄土高原的味儿，他也执着地爱着那一方大山里的热土。文学理论教授李镜如先生曾将宁夏西海固涌现出来的作家称之为"黄土高原派"，张嵩便是这个"派"里的一员了。浓厚的家乡情结深深地影响了诗人文学创作的审美取向，家乡风物、贫瘠而干旱的土地、山区小城的生活、乡村趣事、百姓的生存状态以及他们对严酷大自然的抗争等等，一一被作为审美客体摄入他的艺术视野。在《羽片》中，有将近三分之一的作品撷取的是宁夏南部山区和西海固的题材。从《种子》《我是黄土高原上的一粒籽种》到组诗《西海固之歌》、组诗《世纪边缘的西海固》……张嵩的彩笔下绽放出一朵朵美丽的诗花。两首写种子（籽种）的诗，从修辞格来说，用的是暗喻，将我比作种子（籽种），但不出现表示比喻的词，而是以"是"代之。就情感的进程而言，则分两个层次：第一层，我这颗种子（籽种），是从黄土地里成长起来的；第二层呢，"我在高原扎下了深深的须根"，情感一层比一层流向纵深，凸显了诗人和黄土高原血脉相连的关系。正因为如此，张嵩才能抒写出西海固"干裂的土地/辍学的儿童/饥饿的牛羊/早衰的母亲"这样看似平常却震撼人心的诗句。也正因为此，诗人敏感地觉察到西海固"时刻牵动着中南海的心"，从而写出以《西海固与中南海》为标题的诗。这里用的修辞格是借代，借西海固代贫瘠，以中南海代高层。这里的黄土地"也是共和国的一条血脉"，因之，

“决策者的关怀伴随着项目和资金/……向着西海固输送”。党和人民血肉联结的关系，从诗句中展示到了读者的眼前。

从黄土地上走来的诗人，性格和诗风当是豪放雄健的，如关西大汉唱大江东去，事实也正是如此。《羽片》的开篇《火》便是一首激情的放歌：

> 我要在火中度过我的一生/别怨我这个奇异的不速之客/我要在火中播下闪光的种子/我要在火中得到金色的收获
>
> ……
>
> 火把我洗濯/火为我增色……

这里的“火”是指什么呢？我认为用的是整体隐喻，也可以看作是象征的方法。“火”，就是火热的生活实践。诗人是写自己在生活实践中摸爬滚打，从而具有了“经过火炼的三魂六魄”。诗里的阳刚之气不可遏止地流泻出来。

世上的事情总是如多棱镜一样，是多方面的，不能作单一观。宋词豪放派的奠基者和领军人物苏轼也有“笑渐不闻声渐悄，多情却被无情恼”（《蝶恋花》）这样温婉的词句。《羽片》里有多首爱情题材的诗。作者在《后记》中说：“歌颂美好爱情，无关风花雪月；追求幸福生活，并非无病呻吟。”后一个分句，符合诗集实情；前一个分句，我认为，诗人是为强调他的爱情诗与生活的联系及其哲理性而说的，并不一定就是与“风月”绝缘。风花雪月是自然界的美丽事物，撷之人诗，无可厚非。吟唱"杨柳岸、晓风残月"的宋代词人柳永及其作品不是流传于今吗！张嵩也有柔情似水的爱情华章，请看：

我的手臂挺挺地伸给你/是一座桥/你就会从相思的彼岸/很动情地走过来//你的眼睛柔柔地望着我/是一片湖/我就会从你温情的湖面/很执着地涉过去

——《桥·湖》

将手臂暗喻为桥，曳引恋人很动情地走进自己的臂弯，这是多么新颖美妙的诗歌意象。把恋人的眼睛喻之为湖，似乎并非是诗人首创，但将湖和桥联系起来，并从湖面"很执着地涉过去"就有了全新的美感。这八句诗，没有一句不是经过精心打造的。字面上虽无风花雪月，却也十分婉约柔美啊。另一首《太阳·月亮》就有"月"了，而且不仅有太阳，还有两个太阳，那是情人灼热的目光，孤陋寡闻的我，还没见过这样新奇的暗喻。用月亮喻姑娘的眼睛，前人似有之，如王洛宾的歌词《在那遥远的地方》，但张嵩在爱情的天空中悬挂"两枚月光"，则是别出心裁的创意之笔流溢出来的奇丽景象。王洛宾着眼月之明媚，张嵩则聚焦于光（视线）之柔和，两者亦迥异。自古以来，咏月或以月寓意之诗可谓多矣，然而花样翻新，佳作亦层出不穷。张嵩先生就是这样地翻新了。

前面提及《羽片》中爱情诗的哲理性，我想，《距离》和《爱情》都是。前者标题上无"爱"，内容里有"情"；后者标题中有"爱"，内容却亦真亦幻。两首诗都有模糊和不确定性，不容易读懂。"无关风花雪月"，却引人入胜，发人深思。《爱情引用与扩展》是一首长诗。内容丰富凝重,哲理性强,兹不多析。

哲理属于逻辑思维,文学归自形象思维。哲理能增进形象的深度,形象则可为哲理着色生辉,二者并不相悖。张嵩除讲求爱情诗的哲理性而外,也写有不少以哲理为主题的诗作,《过程》就是其中比较典型的一首:

没有开始/没有结束/只有过程/过程之中花开花谢/过程之中叶绿叶黄//过程之中/我坐在时间的车上/游览过程

人们常说抽象的概念不宜入诗,我看并不尽然。19世纪匈牙利诗人裴多菲的名作“生命诚宝贵,爱情价更高;若为自由故,二者皆可抛”,不是全都是抽象的概念而流传至今吗!《过程》并不全是概念,作者融进了“花开花谢”“叶绿叶黄”等动态的诗歌意象,诗的面貌便焕然一新;结末两句更令人拍案叫好。从概念到意象,诗人把“过程”写透了,成为一首哲理诗佳作。在《羽片》里,这样的哲理诗随处可见。

张嵩在注重诗的哲理性的同时,更着意捕捉优美的诗歌意象,这在前面已经论及,现在再证以数例。《雨》就是一首很能吸引读者的意象诗:

云把无尽的思恋/化作一串串柔情的感叹/给热浪中烦躁的城市/涂上清凉的标点//马路跳起了蘑菇舞/颤动着无数的音符——雨伞/天地之间沟通了/经过一条条似断非断的线

整首诗几乎全是意象。“感叹”可以是诉诸听觉的声音，也可以是诉诸视觉的感叹号，“标点”是表示文句之间关系的一种符号的总名称，用它们来形容雨点是再新鲜、再形象不过的了。诗的第二节第一句是视觉形象，“蘑菇舞”独特而新奇；第二句则将视觉形象化为了听觉形象，两者都是动态的，准确而艺术地在纸上再现了雨街的情景。在《最后的等待》中，诗人将“空着的杯子”喻为“句号”，暗示等待的焦急与失望，“句号”构筑的意象当然是独特的。此诗第三节末两句是：

我只知道咖啡在凉
在
凉
下
去

一字一行，实际是将横排变为竖排，将平面符号改作立体形式，不仅在字义上，而且在视觉上，给读者以抒情主人公等待的心和咖啡交叠地凉下去的感觉。《秋雨》和《飞翔的鸟》也有这样立体形式的诗行，用文字符号加强“泪如雨下”和“从天而降”的视觉效果，真是标新了。

《散落的羽片》看点和亮点尚多，我只写了一些读后“散落”的感言，权作为诗集的一个小引罢。

（吴淮生，一级作家，中华诗词学会名誉理事、宁夏诗词学会顾问）

序二　诗歌的魅力

梦　也

断断续续两个月，看完了张嵩将要出版的这本诗集《散落的羽片》，其感受可用亲切和感动来形容。同时，心里觉得它还是另一种形式的黑白影片，在徐徐的展放中，让我看到了20世纪八九十年代我们共同具有过的那种喜怒哀乐和心灵变迁。

看完诗集，再看他的后记，其中一句话，也颇让我感动：学诗三十年，回首走过的漫漫诗途，几多欢乐、几多辛酸，一时很难用语言来准确表达……是诗让我的心年轻，是诗的陪伴让我的生活少去了许多寂寞。

将诗与生活且与心灵联系在一起，足可见作者为诗的真纯和执着。一个优秀的诗人必定是以诗为宗教的人，少了这种情怀，诗就会轻浮，就会不及人心，也难以留存人间。从此我们可以理解张嵩的诗何以如此朴实，何以如此充满真情，何以如此与他生活的西海固息息相关。

我觉得即将面世的这本诗集有这么几个特点值得一提。一是真，无论是哪种题材的诗，皆出于诗人对大自然、对人生、对世事风云、对情感的真实再现，并且这种再现不是图录式的，而是融入了诗人的真切体悟。二是对自己经历过的那种时代和自己生活过的那片土地的真切反映。读他的诗，在体验到诗人的情感世界的同时，还能强烈地感受到那个时代的特征，尤其是20世纪80年代，那种年轻人具有的朝气。一个时代必有一个时代的风尚，张嵩的诗之所以重抒情，之所以重哲理，之所以重理想，就是那个时代的特征。三是题材广泛，历史、地理、自然风貌、民俗民风以及独属于诗人自己的情感世界和心灵世界都有丰富的涉猎。所以这本诗集有一定的诗学价值和史学价值，透过它我们不仅能看到已逝的岁月，还能触摸到空间和时间以一个时代的特征留给人心灵的记忆。除此之外还能看到，中国五四时期形成的白话诗风如何向现代诗风过渡的痕迹。

我与张嵩相识于十多年前，共同度过了文学与生活水乳交融的20世纪80年代和90年代，而今都已步入中年，过去的激情似乎慢慢沉淀了下来，而对生活和艺术的理解也渐趋成熟，文风也都变得朴实起来，但同时，一种更接近文学本质的东西却逐渐凸现。这一切都可以从张嵩近期的散文作品中看出。

文学艺术是一项十分艰苦的劳动，心不诚不行，心不真不行，心不坚不行，心不灵更不行，所以文学创作对一个人有着多么高的要求啊。尽管如此，张嵩依然不抛不弃，努力地构筑自己的文学大厦，足可见其痴其真。

最后我要说，尽管我们与诗渐渐远去，但诗带给我们的温情还在，由诗而使我们对这个世界所抱有的幻想依然还在。

（梦也，诗人，文学月刊《朔方》副主编）

目 录

第一辑　风中的青草(1982—1989)

第二辑　穿行在雾中(1990—1999)

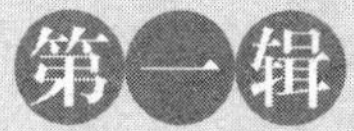

风中的青草

（1982—1989）

火

长久的沉默
意味着将要燃起熊熊的烈火
那就快些燃烧起来吧
让我在火中得到永久的快乐

我要在火中度过我的一生
别怨我这个奇异的不速之客
我要在火中播下闪光的种子
我要在火中得到金色的收获

我要放声大笑
笑那些没有骨气者的懦弱
他们只是喜欢一些小的火苗
还会被黄色的烟雾迷乱
还会被红色的光焰媚惑

我要放声高歌
唱我
我不怕腐蚀
我有钢铁般的意志

我拒绝污浊
我拥有经历过火炼的三魂六魄

火把我洗濯
火为我增色
在任何敌人面前
我都是胜利者

1982 年 4 月 19 日

种　子

我是荒原上的一粒种子
深深地埋在地下
历经辛酸
历经苦难
是春天揭去了我头上的泥沙
我才获得了旺盛的生命
为了我生命中的春天
我要在荒原上
开出最灿烂的鲜花

我是高山上的一粒种子
深深地埋在地下
不畏严寒
不畏强暴
顶着狂风冷雨的吹打
我终于发出了绿色的新芽
为了我生命中的明天
我要在山巅上
抒写最艳丽的芳华

我是空谷中的一粒种子
深深地埋在地下
奋力追求
奋力探索
我终于攀上了大自然
高耸的山崖
为了我生命中的自由
我要把爱的种子遍撒

我是黑夜中的一粒种子
深深地埋在地下
满怀希望
满怀光明
我终于冲破黑暗
迎来了东方的红霞
为了我生命中的理想
我愿随风走遍海角天涯

1982 年 7 月 21 日

羊

绿的原野
坦荡如砥
白的羊群
蹦跳相戏
清风徐徐
荡起了涟漪
羊儿似白帆点点
草野如同碧水
恰一幅画儿正宜

1982 年 9 月 9 日

我是黄土高原上的一粒籽种

我是黄土高原上的一粒籽种
带着一个渴望成长的梦
几经彷徨
终于在黄土地上扎下了根

我曾向往江南水乡的良辰美景
我曾仰慕长江三峡的诗意画屏
我曾怨恨自己
为什么生在这荒芜的山岭

眼前的白杨在风中愉快地歌吟
传说它的故乡是繁华的京城
于是　我默默地想
白杨在这里为啥没有一丝怨恨

我想起了我祖辈的辛勤
他们在荒原上艰苦地耕耘
用汗水浇灌着一草一木
他们对黄土地的爱比大海还深

江南虽好
却没有高原的粗犷豪情
三峡虽美
却没有高原的鸣雁飞鸿

我惭愧曾经有过见异思迁的私心
我要把父辈们的心愿继承
满怀对未来执着的信念
我在高原扎下了深深的须根

1982年9月26日

雪　花

一朵银色的小花
雪不知梦见了多少回
她醒来时哭了
为什么自己没有一枚

感觉老是在飘飞
相逢时还是未开的蓓蕾
悄悄唱一首歌吧　小花
她就会赠你一片洁白

1982 年 10 月 20 日

春天的歌儿暖心窝

春天的水
春天的河
荡起绿色的波
唱起春天的歌

歌儿声声村前过
引来了鸭　招来了鹅
群鸭逐波呀呀唱
白鹅呱呱把歌合

歌儿声声漫山坡
迎来一路春天的客
田野笑着换新装
杨柳招手乐呵呵

哗哗流水戏鸭鹅
同唱一支快乐的歌
飘入家家户户中
春天的歌儿暖心窝

1983 年 3 月 30 日

北京杨

不留恋繁华的京城故乡
偏爱西北高原多沙的土壤
把一个绿色的梦想
编织成塞上独特的粗犷

黄土给了你一副正直的脊梁
黄风给你四季打扮梳妆
每当金色的种子飘落
就会萌生一个又一个希望

南去的雁啊
为什么走得总是这样匆忙
飘荡的云啊
为什么不专一地爱这北疆

唯有你高耸的白杨
把无私的爱倾注在这片土地上
不像雁和云那样见异思迁
一心想把高原装扮成绿色的广场

让勤劳的人们来这里乘凉
让白杨在欢快的风中歌唱
唱出第二故乡的深情
唱出黄土高原的豪放

1983 年 5 月 15 日

乌　鸦

可怜巴巴的乌鸦
一定有过艳丽的容华
祖先给自己“脸上”抹了黑
却把骂名给儿孙们留下
这些无辜的精灵
从此在鸟类的行列中
一再跌价
多少年来
它们为了申辩冤屈
把一副动人的歌喉都喊哑
我敢说
乌鸦如果不是黑的
它每天都能听到赞誉的话

1983 年7 月 11 日

浪　花

不甘在寂寞中沉沦
不愿耽溺于大海的温存
一次次越过礁石的阻拦
向岸倾诉爱的真诚

昂起顾盼的头颅
是在等待岸的回声
归于平静的大海
又在酝酿更炽热的爱情

反复把爱的音符唱诵
海滩上布满相思的泪痕
为了一生执着的信念
甘愿粉碎自己的身心

1983 年 8 月 21 日

诗的礼赞

你是时代的强音
你是人民的呼声
发自肺腑
出自心中

你是胜利者高亢激越的战歌
你是殉难者洁白美丽的灵魂
你唱出的是强者谱写的旋律
你抚平的是弱者内心的伤痕

你有熊熊烈火般的愤怒
你有滔滔江河样的激情
你有刀剑闪闪发亮的光芒
你有梅花傲雪挺立的精神

愤怒能使敌人胆战心惊
这是对人民莫大的赞颂
巨浪能掀翻贪婪者的豪艇
这是对压迫者最好的回应

刀剑能击碎项上的枷锁
能为苦难者带来光明
严冬中绽放的梅花
馨香永远萦绕着不屈者的坟茔

1983 年 8 月 27 日

雨

云把无尽的思恋
化作一串串柔情的感叹
给热浪中烦躁的城市
涂上清凉的标点

马路跳起了蘑菇舞
颤动着无数的音符——雨伞
天地之间沟通了
经过一条似断非断的线

1983 年 9 月 8 日

鹰

翅膀是那样的健壮
搏击长空　自由翱翔
鹰爪是那样的锋利
伸向乌云　刀剑一样

在阳光下
展翅盘旋　飞舞徜徉
在暴雨中
昂首鸣叫　无比坚强

一旦愤怒
就会借助那有力的翅膀
冲向云霄
去搏斗　去较量

天空在不断的闪电
乌云仿佛已经仓皇
鹰爪会无情地把它撕碎
让大地重新沐浴阳光

1984年6月1日

约　会

门外一声咳嗽
她明白了
在老地方
可妈妈在院子里喂鸡
叫我怎么出去呢
她想

妈　我到场里帮我爸碾场
你爸刚进屋
你的眼睛搁在天上
那我去挑水
水缸你才挑满
一会儿时间就忘

哎呀
今儿脑子咋老是出岔
妈　我头疼得像针扎
那你还不去村医室看看
等啥
她也不知道咋说出了这话

出了门一摸脸烧得害怕

难道真的有病
那就赶快去找
我的那个“医生”

1984 年 11 月 10 日

故乡的风

燥热的夜里
突感一丝凉意
这是从山那边吹来的风
清风　来自我的故乡
带着山野朴实的气息
它就像母亲的手
轻抚中抹去我一天的疲惫

我沐浴着山里的风儿长大
它可是呼唤我早早回归
此刻　我激动地站在窗前
捕捉着风带来的记忆
任凭它轻轻地吹落
我眼里思乡的泪

1985 年 5 月 28 日

秋

有阳光的插图
有大地的润色
岁月编写了一部
关于四季的著作

它记录着春的躁动
　　　　夏的蓬勃
　　　　秋的稔熟
　　　　冬的骨骼
一篇后记也洋溢着
生命的激情与欢乐

最生动的还是秋的自传生活
是它第一次诠释了丰满
是它第一次揭示了成长的曲折
青梅竹马的春花因它而绽开
温馨飘逸的夏穗为它而茁壮
冷静的冬天啊
每一年都在心底里为它放歌

如果有人来欣赏
秋天就是一幅鲜艳的油彩
如果有人来品尝
秋天就是一颗甜美的硕果

岁月在秋天的大地上一轮轮成熟
生命在秋天的怀抱里一次次收获
秋天热烈的背后
有谁能知道它深深的寂寞

1985 年 10 月 16 日

固原旧事(组诗)

小　巷

窄窄又长长的小巷
牵着我绵绵又柔柔的情肠
岁月剥落去了层层记忆
我的梦幻依旧留在青石板上

小巷的青石板光滑油亮
铺洒着午后懒洋洋的太阳
小伙伴们沐浴着微风
把童年的快乐捉进迷藏

小巷是我盛满童话的故乡
我怀着许多年的向往
到小巷走一走啊
或许能捡回一串遗失了的梦想

小巷的路变得十分宽敞
青瓦的房屋变成了陌生的楼房
青石板不知搬去了何方
蓦然间感到我的童年已被彻底埋葬

1986年6月9日

小城的夏日

夏天在马路上显得枯燥无味
清一色的树木懒懒地半醒半睡
我故乡的小城哟
黄土一样的颜色苦闷而浊秽

今年的夏天却来得这般火急
街头忽然闪过一个穿红裙子的少女
不是季节经不住色彩的诱惑
是单一的生活需要点缀

红裙子大大方方从惊愕中飘了过去
红裙子潇潇洒洒从欣喜中飘了过去
红裙子清清爽爽从街心飘了过去
红裙子后面是蓝裙子绿裙子花裙子在飘飞

小燕子呢喃着衔一衔的笑语
翩翩起舞着盛夏的旋律
人们在公园开始学起舞步
街头已经有人唱起了邓丽君的歌曲

1986 年 6 月 9 日

财神楼

小城向人们敞开古老的胸怀
古老的神话古老的故事伸手可摘
小西湖里生活重圆了一座砖塔
老东门旁生机登上了魁星楼台

历史又回到了小城这所“古宅”
这中间有着太多的感慨
瞭望着同仁巷口的财神阁楼
早早地道一声:恭喜发财

这里早已没有了顶礼膜拜
谁还会相信财运能自己送上门来
财神楼里办起了诊所
人们倒很乐意来这里诊病问脉

楼门已没有了昔日的匾牌
神的意志不再把人的意志主宰
看　那些来往穿行的小商贩们
到了财神楼前竟然头也不抬

1986 年 6 月 11 日

警察记事(组诗)

今天我领到了警装

今天我领到了警装
激情的浪潮奔涌在我的心上
穿一身橄榄色的绿
我将驰骋在保卫和平的战场

国徽　闪烁着真理的星光
蓝盾　放射着正义的锋芒
自豪与光荣鼓起我的勇气
威严和无私陪伴在我的身旁

我愿是生活中的一片叶子
把爱融进绿色织成的希望
我愿是疆场中的一枚盾牌
把一切丑恶的毒素抵挡

我要用火热的青春
为祖国编织春天的芬芳
我要用法律的绳索

把危害社会的虫豸缚绑

今天我领到了警装
一丝红线紧紧系着我的信仰
为了长久的安定
崇高的职责我毅然担在肩膀

1986年3月16日

夜　巡

踏着矫健的步履
谱一首夜的摇篮曲
风儿轻轻地摇曳
城市进入了梦里

空旷寂寞的街衢
留下了我独特的印迹
挂在月亮尖尖上的星星
困倦中也有了几分迷离

走过十字路口
这里已没有了白天的拥挤

走过建筑工地
这里正在酝酿着明天的崛起

曾经喧嚣的城市
午夜时分也需要休息
你就静静地睡吧
有忠实的战士在守卫着你的身体

1986年4月16日

致一位女侦查员

橄榄色的戎装裹着你娇弱的身躯
明亮的眸子闪烁着少女的稚气
然而 你已是一位出色的侦查员了
曾独自在野外追踪捕获狡猾的“狐狸”

刑警队里是男人们的天地
这儿没有白天黑夜随时等待出击
然而 你却毫不犹豫地选择了这个职业
你的勇气赢得了同事们的敬意

告别了美丽的花衬衣

你第一次履职就和邪恶相遇
然而　你没有在凶残的歹徒面前退缩
你用正义的双手揭穿了罪犯的画皮

汗水和辛劳谱写你生活的乐曲
信念与理想书写你人生的真谛
哦　你一个风华正茂的女子
在用心灵净化着生活中的污浊和愚昧

1986年5月22日

今夜　我是一瓣迟圆的月亮

今夜我是一瓣迟圆的月亮

追捕归途中我踩一路辉光
急匆匆恨不能甩去数日的繁忙
我走时带走了家人的期待
我走时也带走了节日的欢畅

今夜我是一瓣迟圆的月亮

我知道妈妈已做好了十五的月饼

就等着我一块儿品尝
我知道爸爸已斟好了节日的美酒
就等着我把快乐分享

今夜我是一瓣迟圆的月亮

望着明净的夜空月圆星朗
看着捕获的“害虫”我顿失惆怅
今夜多少条街巷平安无事
今夜多少个家庭甜甜进入梦乡

今夜我是一瓣迟圆的月亮

黎明的曙晖已亮起在东方
我才把熟悉的门轻轻叩响
十五　月亮圆圆的升起在每一个家庭
十五　我是一瓣迟圆的月亮

1986 年 9 月 27 日

月　亮

你是家里的月亮
也是村子里的月亮
你圆圆的脸儿
出落得圆润洁净
见了人总是莞尔一笑
难怪你的名字叫月亮

今天你就要出嫁
村里人说起你
就想起了你教给大伙种植的西瓜
家里人舍不得你
就含泪望着你栽下的满山桃花

月亮在任何时候
都圆圆的升起在人们的心间
今夜
村子里却一片暗淡

月亮走了
月亮的妈妈对村子里的人说：

月儿总有个阴晴圆缺

等月儿圆了的时候

月亮就会回来

1986 年 8 月 10 日

春的手指

闻琴起舞
群山震颤不已
小鸟四处奔走
老树迸发新枝

寂静了许久的河流
突然鸣响
无数的琴弦奏起

有一只无形的手在弹奏
那是春的手指

1987 年 3 月 15 日

梦

穿上夜行的紧身衣
你飘逸又恍惚
趁人们昏昏欲睡的时候
你悄然进入了千家万户

你变幻着各样魔法
人们由着你摆布
世界性的假面舞会
一会儿云　一会儿雾

你竟有些忘乎所以
向轻信的人们抛下了赌注
曦光里你转身而去
留下的空欢喜却让人痛苦

你可是一个黑色的妖妇
多少人的青春在你的怀中溺误
他们落下了“醉生梦死”的骂名
你却依旧我行我素

人们一次次陷入你的套路
只能把悲喜交集重复
沉睡的人们啊
何时才能从梦幻中彻底“醒悟”

1988 年6 月 8 日

最后的等待

要两杯浓浓的咖啡
让它们在苦涩之中
站成对立统一

我害怕空着的杯子
空空如一个句号
在开始等待的路上
就圈住了我的思绪

深秋包裹着深夜
孤独生长着脆弱
我不知道
今夜等待的那个人还会不会来
我只知道咖啡在凉
在
凉
下
去

我甚至想起了去年的那杯

真烫啊
烫得我心至今仍隐隐作痛

就这样坐着
一直到心的温度
和咖啡的温度一样冷却
然后扬长而去
找一个再不需要等待的地方
用上人生最慎重的时间
重新烘烤我冷寂的心

1988 年 6 月 26 日

爷　爷

戴一顶瓜皮帽子的爷爷
别一杆旱烟锅子的爷爷
常常把孙子驮在弓起的背上
常常把孙子背在很大的篓中
让孙子揪他焦黄的胡子
他以苦为乐
孙子　是他的命根子

爷爷病重的时候
孙子从他的口中抢吃他的果子
爷爷咽气的时候
孙子趴在他的身上硬要他讲个故事

父母哭天喊地的伏在爷爷的炕头
孙子却欢天喜地的骑在墙头
给邻居孩子偷吃点着红点点的馒头
也许孙子是爷爷永远无法点化的石头

死爷爷
欢孙子

老辈人说的话总有一些理由

许多年后

孙子想起了爷爷

把他老人家写进了诗里

每一句都能叩疼孙子的骨头

1989 年 4 月 6 日

短诗三首

成　都

风也麻酥酥的
水也辣滋滋的
这风味来自谁家

随便吃一顿饭
脸上就飘起红霞
水土不服
还来成都干吗

好一个麻辣
把我从西南
一直麻到西北
从四川
一直辣到宁夏

1989 年 9月 29 日

乐　山

人们乐呵呵地到乐山
是为了看一尊佛

有人说：
乐山因了佛而声名远播

我却不这样看
乐山不是还有两条河吗：
沫　若[①]

1989 年 9 月 29 日

①郭沫若是乐山沙湾人，其名因家乡两条河沫河、若河而得。

重　庆

山外有山
楼外高楼
来一回雾城漫游

拨不开迷茫的云雾
看不清一身的清秀
太阳在这里也常常迷路

一个城市的影子
在长长的水流中①
愈发俏瘦

1989 年 9 月 30 日

---

①指长江。

登六盘山

隆起一身壮美的曲线
珍藏一段撼人的故事
要上就上这样的山

弯弯曲曲的山路
如蛇一般
蜿蜒于山的躯身
迂回起伏
风走来走去
还没有折出一个弯
就迷了路
云飘来飘去
总是在山的臂弯里
舒不展一身的踌躇

无限的秋雨打得湿
惆怅的小草
却只能润一润
满山的苍松
秋色依旧浓浓

招南飞的大雁
来这里长久地驻足
点缀一段西风猎猎中的历史
把虔诚的人们带入沉思

那一段历史从赤水河畔走来
　　　　　从乌江天险走来
　　　　　从寒冷的雪山走来
　　　　　从泥泞的草地走来
那嘹亮的号角声
那清脆的马嘶声
这里的每一棵树也曾记得
这里的每一株草也曾记得
这里的每一片云也曾记得
这里的每一丝风也曾记得
六盘山有流不完的水
也有讲不完的故事

望着山顶高耸的碑亭
我想
时间虽把历史
制作成了一道风景
但它不仅仅是供人们欣赏
更多的是教人们思考人生

在山下时
我还是一个稚嫩的少年
到山顶时
我仿佛已是一位老者
回首望一望走过的道路
不禁使我慨然：
六盘山啊
何止是一座高山

1989年9月30日

回乡抒怀

蓦然回首十余年间
我的故乡哟
可还是一条古老的“拖船”
停泊在荒凉而狭长的山湾
一如在我祖辈布满老茧的手上
仍然没能扬起过一次风帆
就这样
在贫瘠的黄土地上一直搁浅
我憨直的父老乡亲
我质朴的兄弟姐妹
可还在年年岁岁
匍匐于地
希冀于天

踏入故乡的土地
我急切的心儿飞转
饱满的秋风把我的思绪梳理
成熟的田野把我的心情熏染
肥壮的牛羊把我的目光点缀
满山的青果把我的记忆补填

我不是异乡的客
却显得异常的陌生
我不是梦中的人
却感到比梦幻还遥远

我期盼已久的故乡哟
你还记得那个挖苦苦菜的孩童
你还记得那个衣不蔽体的少年
你还记得那个吃不饱肚子的牧羊小伙
你还记得那个为打零工而出走的儿男

往事如光秃秃的山岭
不曾长出一棵青草绿树
思念却像长长的流水
永不能割断

故乡　我回来了
但我却久久地徘徊于村前
我熟悉的那一间间低矮漏风的茅屋呢
我记忆中那一个个衣裤破烂的伙伴呢
我常走的那一条坑坑洼洼的小路呢
我爬过的那一棵弯弯拐拐的榆树呢
一幢幢新建的砖瓦房不回答我
一个个上学的孩子们不回答我
一条条宽阔的柏油路不回答我

一排排笔直的白杨树不回答我

我就像是过路的客商
家乡的人为什么不问我一声寒暖
我就像是被遗弃的孤儿
心里直翻滚着酸辣苦甜

我回来了　故乡
喝一口你清清的泉水
润一润我的乡音
掬一抔你热热的黄土
祭一祭我的祖先
我真是一个幸运儿
初回故乡
就搭上了你这条
刚刚起航的船
我将和我依旧朴实的父老乡亲
我将和我仍然憨厚的兄弟姐妹
一同升起这船的桅杆
把做了几百年的一个梦
让风鼓得圆圆

1989年11月7日夜半

我，走向九十年代

我从沸腾的工厂走来
带着钢花绽放的炽爱
我从肥沃的田野走来
带着收获之后的欢快
我从神圣的讲台走来
带着对知识的渴求
我从绿色的军营走来
带着军人忠诚的情怀

隆冬挡不住我坚定的步履
寒流隔不断我对明天的期待
踩一路改革开放的节奏
我满怀豪情地走向你
九十年代

当我迎着风雨走向你时
我也曾有过贫穷的无奈
当我沿着坎坷的路途走向你时
我也经历过痛苦和失败
但我长城一般隆起的希望

从来也不曾坍塌
但我黄河一样奔流的信念
从来也不曾淤塞

抛却古老记忆的困扰
拨开传统观念的雾霾
我迎接新浪潮的挑战
我选择高频率的节拍
我的头顶擎起的是时代的火炬
我的脚下踏碎的是历史的残骸

昔日陈腐的栏栅已经拆除
通往未来的道路已经敞开
我从贫穷与饥饿中站起
我在痛苦和失败中不再徘徊

工厂　农村有我和煦的春风
学校　军营有我迷人的风采
街头巷尾有我明快的旋律
电视报纸有我的新闻连载
我高歌一路走向你
九十年代

面向世界
面向未来

我铿锵的步伐自信而豪迈
我要把一个民族的心声带给世界
我要把一个民族的激情带给世界
我要把一个民族的创新带给世界
我要把一个民族的壮举带给世界

在浩浩荡荡的世界面前
我将举起未来召唤的金牌
以一种昂然的姿态走向你
九十年代

1989 年12 月 2 日

第二辑

穿行在雾中

（1990—1999）

雷　锋

许多的时候
我们都感到困惑
听不见了一种声音
看不见了一个身影

善良的心中生出了迷茫
幼稚的眼里流露着混沌
你到哪里去了
人们不禁发问

好人好事没了典型
人与人之间少了沟通
扶贫济困的单子越来越空白
“到此一游”却常常有人留名

漠然代替了热情
拜金代替了崇拜英雄
奢靡代替了节俭
没有人愿意再捡起一颗螺丝钉

今年三月早早地刮起了春风
春风中回来了雷锋
树儿绽出比往年还早的新绿
花儿开得比往年更红

一种回归的精神
再次点燃了我们的心灵
一条重塑的道路
在我们的脚下长长地延伸

迷雾散尽显现晴空
雷锋精神历久弥新
平凡中孕育伟大
普通的真理包含着真金

1990年3月5日

请打开你的窗户兼致 W

死神狞笑着
从封闭已久的窗前走过
用蓝莹莹的目光审视
一种接近它的犹豫

思绪像石头般僵硬
已在发霉的房间结尘
而心如小鸟
空长着一双渐渐老化的翅膀

也曾有惑人的足音传来
又慢慢地隐去
再也无人去打开窗户
为悲愤的孤独成全一次壮飞

窗外不远处
竟有无聊的风
正在使劲地摇曳
一片碧绿而高昂的树枝

1991 年 6 月 28 日

我们无法同行

我行走在午后时分
你才刚刚梦醒
伸一伸手
岁月就会伤害你的青春
回一回首
时间就会染白我的双鬓

昨天我栽下的玫瑰
今天已插上你的花瓶
昨天我遗落的诗稿
今天已涂满你的柔情
这只是一种心的赠予
你触摸不到
我静默的灵魂

我们无法同行
就像过去和今天
就像今天和未来
隔着不能穿越的一层

望着时序的河岸

你发出一声痛楚的呻吟

我一生的时间

都将笼罩在你的回音之中

1991 年7 月 7 日

等 待

把挺拔等待成罗锅
把少女等待成阿婆
把团聚等待成分别
把喧哗等待成静默
等待曾使多少人的心热烈
又使多少人的心凄切

等待啊等待
多么无可奈何
但是我们又不能够把它拒绝

等待是一个十分诱人的词
却包含着太多的折磨

把兴奋等待成迷茫
把镇定等待成恐慌
把青丝等待成白首
把真理等待成荒唐
等待使多少人的欣喜
化成了无尽的悲伤

等待啊等待
真是不可思量
但是我们又不能够把它阻挡

等待是一个充满希望的词
却又孕育着死亡

1991 年 10 月 13 日

动物寓言(组诗)

狼不再来

狼来了
一个古老的故事
已成为无法考证的遥远
当我们再一次面对现实
狼却消失

旷野之上是开垦殆尽的土地
远山之中是砍伐残落的树木
沟梁之间是大片围着篱笆的房屋
还有比篱笆更坚硬的棍棒
还有比棍棒更锐利的猎枪
还有比猎枪更强大的
成倍增长的人群

狼无立足之地
只有立于寒冷　饥饿
与死亡之中
悲鸣成一个凄凉的句号
狼为了生存的土地　食物和森林

才与人发生了冲突
(狼哪里是人的对手)
狼付出了丧失家园的代价
被人送上了穷途末路
人才是真正的入侵者
把一切罪恶却归之于狼
从此狼变得贪婪而凶狠
出没于各类童话和寓言
人还要人类的后代记住
狼是我们的敌人
(可悲的狼啊
比你坏的其实是你的名声)

黑夜来临
一双双闪着蓝莹莹光的眼睛
只是偶尔出进一下
我的长辈们的梦境
面对五色纷呈的书本
我的富有想象力的孩子
对“狼”的理解
却永远无法生动

狼来了
只是一个昨天的真实
狼不再来
却是一个真实的今天

1991 年 11月 27 日

白狐遐想

一只雪白的狐
裹着柔软温暖的皮毛
穿过人们艳羡的目光
奔走于炎炎的七月
竟是不寒而栗

雪白的狐
出没于我幼年的神话世界
出没于我梦中的神秘山林
如一匹行色匆匆的过客
一直没有停留
一直没有喘息
一直向着时间的深处奔去
不曾回头

许多年后
据我考证
白狐早已失却了出处

我常常陷于幻想

假若白狐还在
一定是位白须髯髯的老者
在饱经风霜和劫难之后
向我虚构的一群它的子孙讲述过往的故事：
我们是如何的捉弄蠢笨的狼
是如何的狐假虎威
又是如何的采吃长在高处的葡萄
就连精明的猴子
也会落入我们设下的圈套

我们是兽中的精灵
但比我们更精的是人
为了逃避迅速蔓延的人类
为了逃避呼啸而来的枪弹
我们只有闪身而过
躲入过去
不再繁衍子孙

那些精明的人啊
从此再也见不到我们的真身
生死关头
我们狐类已化作了历史的标本

1991 年 11 月 29 日

走　狗

走狗走了
再不走
就要烹你
主人酿成的烧酒
是对你生命的提示
喂　走狗

尽干些伤天害理的事情
仗着人势
曾经祸害过多少良心
喂　走狗

不如哈巴狗乖巧吧
不如狮子狗高贵吧
不如大狼狗凶狠吧
说到底你是一个奴仆
与宠物争宠
你只有被逐出家门
喂　走狗

走狗走了

流浪在茫然的街头

主人从此少了一个帮手

善良的人们啊

也从此少了许多哀愁

1991 年 12 月 2 日

梦　鱼

空落如海

鱼再次挣脱水草的缠绕

已疲惫无力

它渴望有一股强劲的风

从水面上浩荡地吹过

助它快速地游向陆地

1992 年 4 月 12 日

桥·湖

我的手臂挺挺地伸给你
是一座桥
你就会从相思的彼岸
很动情地走过来

你的眼睛柔柔地望着我
是一片湖
我就会从你温情的湖面
很执着地涉过去

1992 年 4 月 20 日

太阳·月亮

白天我站在你的视线里
感到很暖和
因为有两颗太阳
在照射着我

夜晚我躺在你的视线里
感到很柔和
因为有两枚月光
在沐浴着我

1992 年 5 月 5 日

你的小名

想你的时候
就轻轻唤一声你的小名
你便如一弯绿绿的树芽
迅速拔节于我的心头
给我焦灼的思念
以美丽的阴凉

每一次轻轻的呼唤
你都能如期而至
其实你的小名
是一个快乐又顽皮的动词

1992年5月5日

黄昏，在林中

飘起你的秀发
扬起我的手臂
我们潇洒地走向黄昏
树把立体的诗行写在天空
鸟快活地向我们的肩头飞临
我们拥有整个秋天
躁动的落叶
也在为我们热烈地抒情
黄昏　黄昏

时间在我们的臂弯
不再老去
月亮在我们的头顶
不再亏盈
每一片温润的草地啊
都洋溢我们的身影
每一棵激荡的树干啊
都铭刻着我们的姓名
黄昏　黄昏

当远处的第一点灯火
开始闪烁如星
当近旁的第一丝夜风
开始浅唱低吟
在这幽静而轻柔的林中
爱情　我们的爱情已悄然诞生
黄昏　黄昏

1992 年 7 月 20 日

乡　愁

乡愁的确很愁
从汉唐一直愁下来
两个方块汉字
把中国的诗歌啃得瘦瘦

诗歌离开家乡已久
每一首都被酿成
思乡的老酒

烟波江上对酒当歌
只有诗人
才能把美丽的忧伤
化作千年的风流

1993 年 6 月 9 日

钥　匙（两首）

一

你紧闭的心室
是诱人的红锁

许多钥匙进出着
却无法旋转
一个个像着了魔

打开锁的钥匙
只有一把
它就在你的手中紧握

1993 年 7 月 8 日

二

一生走的是同一条路
使用的价值就是重复

锁的面前不容踌躇
钥匙只有长驱直入

一把钥匙的命运
要看对一把锁的忠诚度

一旦被抛弃
就永远失去了归宿

1993 年 7 月 8 日

小　径

一踩上这曲曲的小径
情感也变得柔柔
思绪也变得悠悠
说不上是熟悉
还是陌生
觉不出是愉悦
还是别愁
一种浓浓的滋味
直涌心头

又逢落叶纷飞的时候
却已是数度春秋
生命中那段动人的情节
可是一坛陈酿的醇酒
丝丝诱人的味儿
招我频频回首

小径啊小径
你仿佛还有什么
让我等了很久很久

不是寻觅　胜似寻觅
任云儿擦拭我的眸子
任风儿牵扯我的衣袖
沿着布满落叶的小径
一圈儿　一圈儿
我走了又走
似有不尽的话语
却是欲说还休　欲说还休

1993年9月14日

寂　寞

随手拈来
寂与寞的帽子
冠于心头之上
独坐无言

无言的语言
久积于胸中
如一堵墙
我忍不住隔着墙的缝隙
向远处的人群张望

1994 年 5 月 2 日

沉　重

城市陷入沉重
但沉重的不是麻木的水泥钢筋
不是拥挤的街道人群
是散满天际的雾霾
是铺天盖地的扬尘
天上曾经闪亮的星星
已变成了城市失明的眼睛

1994 年 5 月 15 日

梦 蝶

一只蝴蝶
自我梦中的某个情节
翩翩飞出

然后
舞一个现实主义的姿态
渐渐从历史中化入

我在梦中向外遥看
原来蝴蝶是我的枕边
一本《庄子》的书签

1994 年 6 月 3 日

梦　想

春天每一次轮回
都以岁月的烙痕为代价
一朵花开成了另一朵花
无限的忧伤
已深入到它的根下

时间每一次演进
都交织着生与死的步伐
一些人换成了另一些人
不朽的梦想
却从未停止过发芽

1994 年 6 月 6 日

山之惑

居于山中
一切便无所遮拦
常常有种感觉
山在身心之外

无山而居
心中却装着一座山
总在攀登
也许一生都无法逾越

1994 年 6 月 12 日

过　程

没有开始
没有结束
只有过程
过程之中花开花谢
过程之中叶绿叶黄

过程之中
我坐在时间的车上
游览过程

1994 年 6 月 12 日

门

关得紧紧的
永远无法启开
敞得大大的
却没有人行走
一些可以进出的地方
那是门吗

1994 年 6 月 12 日

关于政治

大幕没有拉开
许多人都等在幕后
大幕拉开时
走到前台的
只有几个人

1994 年 6 月 13 日

散　步

静默的小路
是谁在把你叩问
传来的是某个肢体
与你触摸的声音

小路转折又转折
总折不出步履的自信
我牵着不会拐弯的心儿
在你的躯干上放风

1994 年 7 月 6 日

自　剖

我奔走于我大脑的原野
睁开眼睛
看不见自己
鼻孔轻浮于空气当中
耳朵听见的是
没有任何声音
一连串的语言穿越嘴唇
却沉默无语
血在躯体的各个管道汹涌
荡起滚滚红尘
我最终迷失于我的心室
用骨骼筑起一道生死之巢
把自己冷冻

1994 年 8 月 14 日

秋　雨

秋雨是一个披着
美丽长发的女人
却被淘气的风儿
吹散了她的秀发
女人哭了
泪
如
雨
下

1994 年 9 月 9 日

鸟（组诗）

雏　鸟

生命源于温暖的草窠
你这毛茸茸的孩子
食来张口
却不知道觅食的艰辛
你没有忧伤
童年是妈妈憔悴的目光与担心
编缀而成

穿过所有的童话
你梦想着飞翔
一旦成真
就意味着险恶的开始

你雏鸟般的飞翔
是一种寂寞的运动
你笨拙地运动于
早已画定的轨迹之上
无法逾越

就像无法逾越枪弹和人群
无法回避
就像无法回避饥饿和寒冷

哦　雏鸟
你是一个弱小的弱者
而有时你的一声鸣叫
竟能刺破冷漠的苍穹

1994 年 10 月 2 日

飞翔的鸟

你柔软的羽翼
轻舒或者扇动
都以一种优美的姿态
呈弧线划过空中
欢快而原始的叫声
就会
从
天
而
降

从天而降
鸟瞰大地
树木正迅速地离去
它们的枝干筑有你的暖巢
你开始怀念归途
天空变得越来越小
稍不留意就会掉入高大的烟囱
你美丽的双翅
成了逃遁的工具
城市有许多可以落脚的地方
你却不能停留

从此你一生都将赶路
路很遥远

1994 年 12月 5 日

笼中的鸟

鸟的声音很好听
衔一丝天空的蓝
染一缕田野的绿
欢畅之后

于我记忆的树枝做巢

飞翔又幻化成梦
自由是没有叫声的纸鸢
你的声音很亲切
要把我的耳朵引向何处
你可是一片怅然的落叶
失却了根
“玩”于玩者的掌股之间
你和他离得很远
但你一定不是他的朋友

远远地听你的叫声
感到一种亲切的人
他从心底里爱你
（却愧于爱莫能助）
只有将你写入
他热爱的诗中
为你不能自由地吟唱
而吟唱一声：自由

1995年1月10日

人与日子

日子的重量
只有 365 斤
在人的手上一天天消瘦
没有商量

日子一天天消瘦
人一岁岁增长
日子也在把人悄悄衡量
年复一年
日子胖了又瘦
瘦了又胖
人感叹着何必当初
已是年老珠黄

人在日子面前是脆弱的
日子在人面前是永恒的
人与日子
此消彼长
最终是人失去了分量

1995 年 1 月 12 日

尴尬的往事

一些尴尬的往事
挥之不去
终成无奈

日子久了
它便积淀成记忆的结石
时不时敲打一下
你身体的某个部位
你就会感到
异常的疼痛

1995 年 1 月 12 日

一棵树

你美丽的枝头
也曾结出
我生命的一个细节
让我步入以后的过程
回味无穷　回想无穷
那个仿佛预约过的黄昏
那个曾经迷乱而摇曳的倩影
未曾走近　未及走近
就让我陷入惶惑的梦境
从此　你收藏了我的许多故事
从此　我无时不在思恋你的绿荫
从此以后
不归的路上我梦想再难成真

重返就是重温
（为什么重温）
我再也抓不住你柔弱的纤手
你宽阔的叶子
朦胧诗一般掠过我的衣领
轻轻挥一挥你的手臂

就会撑起一方湛蓝的天空
你的树荫下是微笑的人儿
我才知道我的位置并没有生根
从此　我的归途开始于梦醒时分
从此　我最惧怕掉入昨日的梦中

1995年4月4日

故 事

一生有许多灿烂的故事
开在人生最得意的枝头
鲜艳得无法让人接近

几经风雨之后
那些曾经怒放的花儿
便枯萎成了寂寞的种子
跌落在了心的深处

渐渐这些种子生成的根须
遍布于全身
但它的枝头
再也不会开出艳丽的花红

1995 年 5 月 8 日

彩　陶

原始人手中
神采飞扬的朴素唯物主义

或以粗犷的结构
或以细润的身姿
或以橙黄的静默
或以猩红的热烈
追随着人类永不停歇的步履

数千年前
你是文明的肇始
数千年后
你是文明的惊叹

曾经是富有的象征
其实并非哪个人所有
你从腐朽者的身边脱胎而出
你从浑厚的泥土中横空而出
抖落尘埃之后
惊愕的目光

聚焦在一起时
你发散出远古的信息：
后无来者

看大江东去
时光淘尽
彩者神采奕奕
陶者滔滔已绝

1995年7月11日

昨　天

重涉迷乱的忘川
回首昨天
昨天的爱情树枝
绽放的已不是我的新叶
昨天的希望鸟儿
飞翔的是一种陌生的姿态
我面对的已非昔日的一切
哦　昨天

昨天为什么把我抛弃
我才刚刚告别

重温躁动的梦幻
回首昨天
我的初恋还挂在昨天
那美丽裙裾的一角
我的纯情还刻在昨天
那柔情百啭的季节
当我再一次检视昨天的记忆
已是落叶枯黄　秋风萧瑟

哦　昨天

昨天为什么伤害我
我才刚刚告别

怀着一腔的惆怅
怀着满心的无奈
我走在你和明天之间的路上
你已然成为一条伤逝之河
我再也无法逾越
从此记起些什么
或忘记些什么
都是某种无谓的思绪
只有抛却

昨天只是我
生命的一个支点
而不是我的归宿
我的归宿在遥远……

1995 年 10 月 25 日

性格之刀

性格或释为某种激情
从我少年的骨骼和血中
锋芒毕露
一种四面出击的感觉
锐利如刀
竟让我的人际关系
在数年之后
还隐隐作痛

其实
受伤最重的是自己
步入中年
激情已崩出许多豁口
钝若老刀
只好收藏起来
让锈色生长
从此再秘不示人

1995 年 10 月 25 日

初 雪

透明的诗歌
穿过寒冷的重围
以白色的方式
向我靠近

久困于滋润的诗外
我已无法阅读
因为我的眼里满是泪水

就让我借助于风的手
轻抚你的音韵
又怕碰碎
你一片燃烧着的冰心
你驾着亮丽的梦想
轻盈地从天际滑落
你要谱写人间的平平仄仄
让整个世界
感受你的抑扬顿挫

漫长的冬季里
人们都唱着一首纯情的歌
从你的梦中穿过

1995 年 12 月 5 日

谎　言

你躲在真实的身后
寻找着破绽
伺机乘虚而入

真实稍不留意
你就偷穿上它的外衣
你把自己装扮得十分逼真
绘声绘色地走向听众

突然传来一声呼喊
你转过身去
尾巴却露在外面

1996年8月2日

灵 魂

灵魂居于我人格的深处
用一双慧者的明眸
观察着从我身边
来回游弋的美丑

灵魂醒的时候
我和美热烈地交流
灵魂打盹的时候
我把美悄悄送走
灵魂入睡的时候
我与丑友好地握手

灵魂因之而蒙羞
离我远去
从此我就成了行尸走肉

1996 年 8 月 2 日

英雄所见略同(组诗)

项　羽

有拔山的气力
竟没有小小的阴谋
流血的战争
贴满了政治的标签
你一生都游弋在政治之外
只会打仗

霸气十足
但也有大丈夫的气度
鸿门宴上
放走的不是一个刘邦
是汉朝的四百年天下

一匹乌骓纵横南北
当你越过汉界时
楚河已无处可寻
歌声如血
如虞姬的血
从四面浸来

淹没了你气吞山河的壮志

你的勇气加一柄利剑
所向无敌
秦朝倒在了你的剑下
你的许多敌人倒在了你的剑下
你最终也倒在了你的剑下
（时不利兮可奈何啊）

曹　操

《三国演义》是一部涂料
把历史上的你
涂成一个白脸
让你登台唱戏
这一唱就是几个世纪

奸雄乎　英雄乎
角色的转换
终究混淆不了是非
（老百姓只是在戏里称你为“曹贼”）
你善于用酒算计人生
一声响雷

是英雄就不该失落筷子
你和什么人对饮

打几次败仗
要几个手腕
不失你东临碣石的气概
对酒当歌
醉倒了无数过客
你却醒在岁月的深处
很让人回味

文天祥

一个王朝的末路
并不是一个英雄的末路
浩然正气
千古雄风
你用一片丹心做成的
三个烫金汉字[①]
载入汗青的时候
令那些贪生怕死的人汗颜

---

①指文天祥所作《正气歌》。

偏安一隅的朝廷
最终落在了一个小儿的身上
国破如此
是谁之过

你以一个读书人的忠贞
过零丁洋
走恐慌滩
挽狂澜于既倒
你注定要成为那个时代的英雄

可谁能够想到
在蒙古人的刀下
你不过是
南宋历史的一个看门人

李自成

翻开一个陕北汉子
用反抗写成的自传
在“均贫富”的旗帜下
你独具慧眼①

---

①传说李自成是一只眼睛。

你以农民的身份
骑着高头大马
直奔明朝的大门而来
在一阵急促的马蹄声中
一个昏聩的朝代被震碎了
你也完成了“闯”字的历程

进城容易
守业艰难
你手下的人
吃饱了喝足了
也不能天天过年
深刻的教训直到今天

1996年10月6—16日

旗　帜

——为邓小平逝世而作

在改革大潮奔涌向前的中国
在开放之势锐不可当的中国
在每一座朝气蓬勃的城市
在每一个生机盎然的乡村
在机关　学校　工厂　军营
在十二亿中国人的心中
有一面旗帜璀璨辉映
这面旗帜曾拨开了中国天空的阴云
这面旗帜是中国改革开放的指针
我们仰望着鲜艳的旗帜
始终怀着一种无比激动的心情

万物复苏
需要春风的吹拂
万里征途
需要旗帜的指引
二十世纪七十年代末的中国
有一位信念执着而坚定的老人
在饱经风霜血雨的磨难之后
用他那双神奇有力的双手

开始为冰封了许久的中国酿造解冻的春风
改革开放第一次成为使用频率最高的词汇
且与每一个中国家庭息息相存
春风化雨
中国从农村到城市
到处都滋润着改革开放的甘霖
联产承包责任制
使农民的脸上绽放出了灿烂的笑容
城市经济体制改革
使每一片商场都拥挤着多姿多彩的商品
中国人不再为饿肚子而疲于奔命
中国人开始告别饥馑与贫穷
中国人的生活不再单调而乏味
中国人开始构筑物质与精神的文明
经济特区一天天耸起的高楼大厦
昭示着中国一天天走向繁荣昌盛
一九九七年香港回归
祖国圆梦
中华振兴
一国两制的伟大构想和实践
使海内外中国人更增强了凝聚力和历史责任
小平您好
道出了全国人民的心声
总设计师绘制的宏伟蓝图
富强了国家

富裕了人民
改革开放仅仅十八年的时间
就令每一个中国人精神振奋

十八年中
改革的春风已吹绿了大陆的每个角落
开放的号角一次比一次更强烈地奏鸣
从长城内外到大江南北
从黄土高原到东南沿海
家家户户都沐浴着富足　欢乐与安宁
各族人民都在把总设计师的功绩传诵
农民的粮屯里盛满沉甸甸的喜悦
城镇居民的生活已跨入了小康的水准
“三步走”的战略目标在逐步实现
共同富裕是牵动中华腾飞的引擎
从农村到城市发生的翻天覆地的变化
令整个世界都感到震惊
外国人的大拇指高高翘起
OK　中国
OK　邓小平
瞧　中国人的秧歌社火
舞出了中国人对美好生活的赞颂
中国人的威风锣鼓
敲出了中国人对丰衣足食的欢庆
中国特色的社会主义理论

是照亮改革开放的璀璨明灯
祖国的强大与发展
靠的是自强不息　自力更生
照搬照抄别人的模式
只能走入僵死的胡同
姓资姓社不再是困扰我们的难题
反右防“左”应该时时敲响警钟
计划与市场要灵活辩证地加以运用
科学创新要吸取人类最先进的水平
“两个基本点”是实现民族复兴的基石
经济建设始终是我们工作的中心
伟大的理论
鲜明的旗帜
指引我们奔向小康的征程
展望二十一世纪的辉煌前景
中国必将傲然屹立于世界强国之林

1997 年 2 月 23 日

西海固之歌

古道萧关
这里曾是秦汉的边疆
丰茂的水草滴着奶汁
追逐着肥壮的牛羊
洁净的天空
只几声雁叫
就能拽出一片雨气洋洋

远处　风沙在远处
像害虫一样
蚕食着我的家园
旱魔突然在某一个黄昏的早上
降临到了西海固的梦乡
水草在渐渐地退去
树木在渐渐地隐去
游牧民族
如同飘动着的一团团白云
由这里飘向了更远的北方
从历史中再一次回过头来
我的西海固

满目已是干裂的田园土地
到处都是荒芜的沟壑山梁

在风沙的喧嚣声中
在旱魃的龟裂声中
西海固
饱含着艰辛与不屈的西海固
却在这里播种下了
一个个钉子般
风卷不走水冲不走的村庄

炽热的黄土地上
一茬一茬地生长
粗皮肤大骨骼的汉子
红脸膛宽肩膀的婆娘
他们用咸得发苦的汗水
用绷得浑圆的力量
养育着一座座大山
养育着一孔孔窑洞
最终把自己全部的生命化作
对一粒粒粮食的向往
欢快或者愤怒时
就把一首首自编的"花儿"
漫得山响

经年累月
二十四个节气
磨破了一本本皇历
也没有走出二牛抬杠
谁家长得水一样的妹子
怀着密密麻麻的心事
望着一弯又一弯的山道
毛茸茸的眼睛里蓄满了惆怅

深深困扰着西海固的贫瘠
只能使西海固紧一紧
再紧一紧腰带
却改变不了西海固
在苦难中铸就的顽强
守住清贫的家园
守住粮食的饱满与光芒
是祖辈留下的最生动的希望
纷繁且苦如艾蒿的日子
凋落去了无数的欢笑和梦想
西海固扎得很牢的根须
依然在大地的深处蔓延生长
我的血肉相连的黄土地
喂养大的西海固呀
虽然少了些水果　蔬菜和营养
培育出的却是憨厚　实在和直爽

吃土豆　吃五谷杂粮
有时也水肿
有时也消化不良
但淳朴的民俗民风里
永远有着剪不尽的窗花花
耍不完的社火
讲不光的故经经
吼不了的秦腔

植根于黄土高原上的西海固
尽管脸上有飞扬的尘土
尽管穿着有些陈旧的衣裳
苦惯了累惯了的光阴
总有一天像山腰里的青杏树
结足了的果子会一颗颗熟黄
改土治水
水会重新回到敞开胸襟的土壤
退耕还草
草会重新开放成辽阔的牧场
蕴藏着无限生机的西海固哟
此时正奔走在希望工程的路上
满怀劳动者的憧憬
迎接新世纪的曙光

1997年2月27日

六盘山之秋

抹一缕天边的彩霞
深入山的每一个角落
列阵的雁队鸣叫着开始离去
六盘山的秋天就来了

一叶知秋
风很准时地将一串串落叶
别上清凉世界的前胸
一拐弯
夏天就不见了踪影

六盘山的风
还是当年漫卷红旗的烈烈西风
浑身遒劲
不改初衷

六盘山的云
还是当年高天上淡淡的白云
只几滴雨
就能润得透满山的苍松

秋意浓浓
成熟自山上山下穿梭而过
收获如歌
唱彻满山遍野
许多年的期待
就在于孕育与繁荣

六盘山
是黄土高原上的一匹骏马
在秋风萧瑟中昂首奔腾
“马背上”高耸的纪念碑亭
昭示着的就是
顽强不屈的红军精神

1997 年 2 月 28 日

生命之井

兰州军区给水团为干旱的固原地区打井100眼，解决群众饮水困难,称为“百井工程”。

雨　许久不见行走于天空
干瘪瘪的大地上面
悬挂着火辣辣的日头
举目四望
怎一个“旱”字了得

苍天无眼
有眼也是火眼金睛
西海固的心田在龟裂
水　逝去如梦

1995年冬天的一个早晨
刺骨的寒风里
却有绿色生长出六盘山麓
村庄扑闪着忧郁的眼神
瞬间就被绿色带来的希望
擦拭得亮丽而生动

一队队穿着绿色服饰的军人
风沙中吃着野炊
隆冬里住着帐篷
他们使用的是钢铁般的语言
奏响一台台机器的轰鸣

坚定而充满活力的巨手
一次又一次探入大地的腹部
打开或者牵引出一汪汪激情

激情是浸染着绿色的生命之水
流过一片片相思梦断的田园
抚过一块块期许已久的土地
最后全部蓄进了老百姓的心中

多少个春秋
西海固从干涸中醒来
再一次与水为邻

这个时候
你才能真切地理解
军民鱼水
所包含着的生动内容

1997 年 2 月 28 日

世纪边缘的西海固(组诗)

旱情纪实之一

闲散的云
有时候也聚在一起
偶尔传来隐隐的雷声
每一个庭院都举起祈盼的目光
干巴巴的雷声很尴尬地滚过天空
云像一个十分憔悴的老妪
孕不出一丝雨星
从惊蛰到芒种的季节
成了西海固人最痛心的历程

一孔孔深陷的窑洞
如同一只只干枯的眼睛
望着被旱魔啃噬过的秧苗
望着被风沙劫掠过的土地
窑面干落的土块散乱如星
强烈的阳光暴晒之下
西海固的日子一天也没有放晴

生长着锈色的镰刀

高挂于墙头

怀念着颗粒饱满的粮食

整个夏季

显得心事重重

1997年2月27日

旱情纪实之二

翻开西海固近代的历史

查不到一条和雨有关的词语

诸如雨水丰沛　风调雨顺

西海固缺少营养的肌肤

泛着黄黄的土色

干旱像一个不受限制的动词

在原野上恣意横行

烈日没有遮拦地倾泻下来

风沙常常扬起漫天的灰尘

庄稼倒卧在山坡地上

发出痛苦的呻吟

在经年枯燥的时间里

听不到一声蛙鸣

我的辛勤耕作的父老乡亲
匍匐在比熟悉自己
还熟悉的土地当中
扶起一棵又一棵秧苗
像扶起摔倒在地的孩子一样
轻轻弹去它们身上的尘土
默默地不吭一声

担尽断流的河水
舀干蓄存的窖水
再抛洒上自己的心血和汗水
也不能断了祖祖辈辈
对土地的恩情

栖息在这片热土上的人们
虽然锄把撑不直你已经佝偻的身躯
虽然镰刀割不断你经年累月的艰辛
你亮亮堂堂的心里却坚信
明天的日子
一定会迎来滋润

1997 年 3 月 3 日

山沟沟里的人

西海固山大沟深
有多少人住在深沟垴里
一辈子没出过远门
行走的道儿
是驴子驮水踏成
大风一吹
像晃来晃去的绳

山沟沟里人吃水要慢慢澄
黄黄的泥泥有半盆
本来就是土里生土里长
没听过黄土能毒死人

吃洋芋面
喝地椒子茶
忙了成天在地里摸爬
闲了男人们吼秦腔抹“花花”[1]
女人们纳鞋底哄娃娃

---

①一种纸牌。

累了说一个毛野人的故事解解乏

苦菜花开一茬茬
山里人最怕的是个啥
不怕风吹日头晒
最怕老天爷旱死了地里的麦芽芽

1997 年 3 月 5 日

请捐出我们的良心

躬身劳作不息的农民
用土里刨出来的一粒粒粮食
喂养着城市
喂养着机关
和一年四季坐在机关里的我们

我们是“公家人”
一日三餐
吃饱了就去看看文件听听讲话
要么就坐在阳光充裕的办公室里
一边看报
一边对争权夺利的事情发发牢骚
十二个月的工作

如果加起来三个月就干完了
剩下的时间
就泡在茶杯里消耗

迎来送往是少不了的
有时吃得很饱
还得坐在酒楼的雅间
甚至不动一动筷子
看着一盘盘农民的血汗
终将被倒掉

上面来人得陪着进酒吧歌厅
对家里人却说晚上要赶写材料
肚子一天天凸了出来
耳边听到的是你又发福了　真好

称一称我们营养过剩的身体
摸一摸我们渐渐萎缩的灵魂
我们还有什么理由
让烈日暴晒下的农民独守清贫

面对贫瘠干旱的土地
面对失学孱弱的孩童
请捐献出我们的良心
用来消弭山里的贫困

1997 年3 月 6 日

西海固与中南海

西海固土地上的农民
人均纯收入刚刚接近 500 元的标准
数字就是红灯
一定要阻止它袭向新世纪的贫穷

干旱像痼疾一样侵扰着山村
每一个村子里都有干裂的土地
　　　　　　　　辍学的儿童
　　　　　　　　饥饿的牛羊
　　　　　　　　早衰的母亲

西海固也是共和国的一条血脉
老百姓的疾苦
时刻牵动着中南海的心

扶贫攻坚是一道刻不容缓的指令
再也不能苦了西海固的群众
决策者的关怀伴随着项目和资金
通过北京银川一线
向着西海固输送

打井挖窖　改土治水　科技扶贫
移民搬迁　劳务输出　退耕还林
冷寂了几个世纪的荒山秃岭
吹拂过了一缕缕春风
失血过多的山川啊
第一次显露出了“红晕”

把浸泡过爱心的种子种下去吧
让最本质的语言生长
它会向绿色的季节诉说
西海固人民对大地的深情

中南海的温暖接通了西海固
这里再也没有了贫穷的冰冻
西海固沾满热泪的双手
从此紧紧地握着北京

1997年3月7日

香港　正朝着美好的明天扬帆起航

把沉重的昨天还给历史
把耻辱的一页刻在心上
1997 年 7 月
让我们把中国人庄严的头颅高扬
七月一日属于自豪的中国
七月一日属于美丽的香港
七月是一个明媚而灿烂的季节
七月蕴含着中国的辉煌

穿过鸦片战争的风云
我们看到了米字旗的猖狂
一箱一箱的鸦片输往中国
有多少黎民百姓受害遭殃
用卑劣的手段荼毒无辜的人民
用肮脏的交易掠夺白花花的银两

用强权践踏中国的律令
用武器侵袭中国的边防
这一切是何等的阴谲险恶
这一切是何等的丧尽天良

虎门销烟
林则徐是我们民族的铮铮风骨
三元里抗英
奋起的是我们民族不屈的脊梁
广州炮台杀敌
关天培赴国难捐躯疆场
定海城防血战
三总兵明大义令人景仰

入侵者倚仗坚船利炮
在中国疆域横冲直撞
软弱无能的清政府
竟然在敌人的叫嚣声中割地投降
丧权辱国的《南京条约》
给中国人民带来了巨大的创伤
英国在血腥中占领了中国港岛
“不平等”如一具枷锁套在了清廷的脖颈
肆意劫掠暴露出强盗的行径
威逼强迫竟成了所谓的“通商”
由于愚昧的统治者签约卖国一味地退让
灾难深重的中国啊
被西方列强肢解得百孔千疮

第一次鸦片战争的硝烟未尽
英法联军瞄准中国的枪弹已经上膛

侵略着进逼京城
清政府仓皇逃亡
一个腐败透顶的朝廷
怎能不叫人痛彻肺腑而义愤填腔
无价的瑰宝被抢掠
稀世的典籍被焚烧
圆明园在灰烬中
只剩下几垛断壁残墙
屠刀　铁蹄　烈火
敌人疯狂如凶狠的豺狼
签约　割地　赔款
敌人贪婪的血口大张
九龙半岛又被英国割去
中国身上的鲜血在愤怒中流淌
血淋淋的暴虐
赤裸裸的哄抢
帝国主义者犯下的滔天罪戾
已被牢牢地钉在了历史的耻辱柱上
殖民主义的残暴统治
激起了中国人民的强烈抵抗
吉庆围反对占领者的抗争
写下了近代香港光辉的一章
两百多同胞死难在敌人的枪炮之下
用鲜血谱写了保卫国土的悲壮
香港海员大罢工

沙田惨案的发生
反抗殖民主义者的暴政
百多年来一浪高过一浪
新中国的成立
把罪恶的三座大山才彻底埋葬
一切不平等条约
都被扫进了历史的垃圾箩筐
改革开放的号声响起
中国再一次焕发出青春和力量
在总设计师"一国两制"的创举中
中国的天空闪现出璀璨的光芒

香港　迷人的香港
身披流金溢彩的亮装
正朝着祖国的怀抱走来
洒脱的风姿充满着无限的欢畅
擎天的楼宇大厦
闪烁的霓虹霞光
展现着大都市的非凡气势
一派发达兴旺

香港　美丽的香港
已不再是孤独的游子迷离彷徨
雪去一百多年淤积的屈辱
向着美好的未来扬帆起航

1997年7月1日的钟声即将敲响
全世界的目光将为一个大写的中国繁忙
一百五十五年的期待
一百五十五年的愿望
一百五十五年的苦难
一百五十五年的惆怅
都将化作洁白的和平鸽
在中国七月的蓝天下自由飞翔
都将化作鲜美的紫荆花
在中国七月的大地上亮丽开放
此时此刻
请允许我以诗歌的名义
为香港的归来
为祖国的繁荣歌唱

1997年4月22日

七　月

——纪念抗日战争爆发60周年

攀援于七月妩媚而成熟的肩膀
披览季节蕴含着的欢畅与沧桑
明媚的太阳闪烁着耀眼的辉光
洁白的鸽子在七月湛蓝的天空中飞翔
岁月将人们带入了和平年代
人们在幸福的阳光下自由地徜徉
在和平与发展的主题曲中
我的祖国正在书写正义和繁荣的篇章

绿色的橄榄枝摇曳在广袤的国度
爱好和平的人却没有把过去遗忘
七月是一道不朽的历史风景
它展示着一个民族的不屈与顽强

六十年前那个血色殷红的七月
在永定河畔
在卢沟桥上
迎着入侵者的呼啸枪弹
面对太阳旗的狰狞嚣张

怒目扬鬃的五百雄狮
英勇阻击的抗日将士
用民族精神制成的坚硬骨骼
用正义之师铸就的热血衷肠
威风凛凛地雄踞在古老的桥头
前赴后继在抵御倭寇的最前方
七月以一种怒不可遏的反击
打响了全民族浴血抗战的第一枪

"九一八"记录着我们民族昨日的创伤
屈辱的泪水沾满每一个爱国者的衣裳
荷枪实弹的几十万大军
奉行的命令竟是不要抵抗
我的同胞为什么失去属于自己的家园
我的国家为什么失去大片丰富的宝藏
入侵者肆意妄为的铁蹄
蹂躏的不只是我的国土　我的姐妹
也蹂躏在每一个中国人的心上
从"九一八"到"七七事变"
入侵者不知欠下了多少血账
不是中国人软弱可欺
盖是因为"攘外必先安内"的荒唐
腐朽的当权者一味地退让
只能助长入侵者的猖狂
破碎的山河在呻吟

无助的鲜血在流淌

在苍茫的白山黑水之间
神出鬼没的抗联战士
却使入侵者胆战心慌
辽阔的莽莽林海之中
行进的抗日英雄
吃树皮　喝雪水
战斗的意志却异常地高昂
不死的杨靖宇　赵尚志　赵一曼
永远是我们民族的榜样

抗战烽火弥漫着的七月
黄河咆哮着掀起剧烈的轰响
从青纱帐里出击
从万山丛中出击
从陕北高原从延安窑洞
发出了时代最强的音量

平型关大捷
打破了入侵者不可战胜的神话
黄土岭战役
击落了敌酋“将星之花”的狂妄
百团大战奏响的胜利凯歌
在太行山区

在华北大地
在整个沉闷的中国久久地回荡
地道战地雷战让敌人昏头转向
麻雀战运动战为敌人布下了天罗地网
万众一心把入侵者赶出我们的国土
全民皆兵驰骋于千里杀敌的疆场

英勇抗敌的游击健儿
奋勇出击的英雄儿郎
他们腿打绑带
身穿土灰色的军装
扛着毛瑟枪
从延河边上走来
从抗日军政大学走来
他们扛着大刀长矛
头扎羊肚子毛巾
身缠红布腰带
从正在耕种的田野中走来
从妻子儿女期待的目光中走来
保家卫国的复仇烈焰
熊熊燃烧在他们炽热的胸膛
民族的解放与革命的未来
在延安跳动着它最强有力的心脏
一部八年抗战的历史
凝结着一个民族的顽强不屈与激烈悲壮

怀着七月对和平的强烈向往
再一次向岁月深处回望
消极抗日被打上了羞耻的标签
攘外安内的恶果只能由酿造者去品尝
中华民族万古不灭的精神
依旧放射着璀璨的光芒
这种顽强不屈的精神
是从南京大屠杀的尸骨上昂起的头颅
是从正义战争的废墟中挺起的脊梁
是从屈辱与血泊中竖起的旗帜
是从艰辛和痛苦中成熟的思想

中国人的血是为和平而流
中国人博大的胸怀如浩瀚的海洋
军国主义者的阴魂不散
靖国神社却在为罪恶昭彰
历史的真实岂容篡改
正视过去才是唯一正确的方向
前事不忘　后事之师
让世代友好的鲜花
在美丽的七月迎风怒放

1997 年 6 月 10 日

风

化有形于无形之中
一只空灵的手
想要摘取悬在高枝的果实
竟在攀援中闪了腰身
一下子便散了骨架
跌得无影无踪

必要时再聚起一口气
吹一吹
大自然也需要宣泄苦闷

1997 年 6 月 11 日

另一种问答

借你一双翅膀
你为什么不去飞翔
因为我的翅膀早已挂在天上

借你一只歌喉
你为什么不去歌唱
因为我的歌声响在你听不见的地方

借你一张白纸
你为什么不去书写华章
因为我的文字都写在心房

1997 年 6 月 11 日

青铜爵

——参观陕西历史博物馆有感

周朝的手臂伸过来
要和我碰杯吗
一只精美的爵
令我陶醉不已

其实
周朝的青铜手臂
穿越了两千多年的历史
在和人类的文明碰杯
轻轻一碰
整个世界就醉了

1997 年 7 月 19 日

我是一束野花

我是一束淡淡的野花
自由自在地开放
不需要什么人把我栽培

如果有人执意要为我
浇水　培土
我的生活就有了约束

我真的不为哪一个人所有
为我操心的人啊
你可知道
我的花苞在你的培育下
正为别人艳艳地开放

1997 年 10 月 7 日

天上的花朵

天上的花朵
是自由的云彩
每天随风绽放
花色美丽而洁白

只有那些翱翔的大鸟
才能飞舞其间
于缥缈的花香中
抒发志如凌云的情怀

花朵　多情的花朵
在鸟羽的轻抚下
云中溅泪
人间雨来

花朵　含露的花朵
你以雨的形式传递着大爱
在阳光的照射下
你又飘然抒情于天外

花朵　绚丽的花朵

永远不会开败

你的每次降临

都包含着人们的某种期待

1997 年 12 月 16 日

“风”情万种(组诗)

鸟的飞翔是风的飞翔

鸟的飞翔
是风的飞翔
风走到哪里
鸟就飞到哪里
是风驮着鸟飞

无风的时候
鸟就躺在树巢上做梦
梦见大风起时
它就扶摇直上五彩云里
让欢快的叫声
带着梦幻
更接近于太阳

真正的鸟
一生追求的是高度
飞翔只是一种风的形式
鸟的全部哲学

就在于熟练地运用
一双灵巧的翅膀

1997年6月12日

山里的风

山里的风很有个性
撒起野来敲门打窗
温顺时就像猫儿狗儿一样
懒洋洋地出入山村
若是摸一把树枝
春天就绿了
若是摘一片树叶
秋天就黄了

了解风才能了解山里的风情
顺风哼一支小曲
三里五里都听得清
逆风吼一嗓子
崖娃娃会碰得你头晕

风是山里流动的声音
风走惯了山路有时走得急了

连拐几个弯
也会闪了腰身
你快听听
那整个山坡地已呻吟成了一片
喇叭花中的风铃

1997年6月13日

小小的风

大风过后
留下一些风的子孙
很小
小得像小动物的样子
蹑手蹑脚地
在我书房的桌面上走动
悄悄拽一下玩具娃娃的裙角
又漫不经心地乱翻一通书本
它被自己弄出的声响
唬得一下跳到衣架后面
叫你看不清它的踪影

贪玩的风
一定是忘了回家的路程

在我三楼的窗口翻出翻进
一个劲地鼓捣着窗帘
偶尔打一个口哨
就吹皱了你午后平展展的心境
许多年后
我才发现小小的风儿
竟窃去了我的秘密
我的每一本日记
都有它偷看时留下的黄黄的足印

1997年6月15日

与风同行

与风同行
随风去雕琢山的俊俏
去书写水的印纹
将无形化入有形

与风同行
随风去聚云为雨
去扫除尘埃
将静转化为动

与风同行
随风去追逐高山流水
去驾驭高天飞禽
将风制作成美丽的风景

1997 年 7 月 20 日

风　颂

风的旋转
是舞蹈者的旋转
风空灵缥缈的身姿
更接近于仙女飞天时的神态

风的奔跑
是运动者的奔跑
风的速度和力量
更高更强更快

风的坦荡
是天下为公者的坦荡
浩然两袖清风
更容不得丝毫尘埃

风的聚散
是人生的聚散
大风起兮骤然而至
微风习习悄然而去
风无一丝儿女情长
更具智者的襟怀

1997年7月28日

风哥哥　树妹妹

含羞的妹妹
是春天的树
才拱出一点芽芽
风哥哥抚一抚你的脸儿
娇羞就绽放成
二月飞花

妹妹在夏日里青春勃发
风哥哥把你追逐
轻轻地搂一搂你
妹妹就笑成了一片喧哗

成熟的妹妹

站在秋的枝头
心里还藏着啥话
风哥哥来了
绕树三匝
它把你的嫁妆
一片一片地收下

寒冷的季节
妹妹已蜕尽了芳华
无助的妹妹
只有风哥哥把你牵挂
风哥哥一次次地摇曳
你憔悴的枝丫
它是要领着妹妹
去寻找春的家

1997 年 12 月 12 日

诗之风

高远而悠然的诗风
吹过唐朝
曾与李白对饮
刮过宋朝

曾伴苏轼吟诵
它以黄河之水的气度
以大江东去的豪情
在平平仄仄的古籍中奔走
以五步　七步
或者长短不齐的碎步
驾大漠孤烟
点江枫渔火
话六朝旧事
一路寻寻觅觅
一路晓风残月
一路仰天长啸
借曲谱苍茫的旋律
踩起伏跌宕的韵脚
飘飘然自唐宋而来
大风过处
抑扬顿挫的铿锵声中
浪漫与现实同写璀璨
豪放和婉约共创辉煌
韵味深长的唐宋诗风啊
势之所至
我仿佛看到了
中国诗歌的某种走向

1997 年 12 月 20 日

独角戏

顺着你声音的阶梯
攀缘而上
我努力站在高处
看一首歌曲中的你
演绎出的独角戏

习惯于一个人走路
因为拒绝意外
谁也无法与你同行

声音支撑起的虚浮
让我跌落时
始终不知自己
究竟扮演了什么角色

1998 年 9 月 9 日

送　别

密布的云情
雨意渐至
风已经凉凉地从心头掠过
汽笛声中
挥一挥手
挥不去眼前的一片迷蒙
此时此刻
滚落的一颗相思
比心还沉重
送别
如一把看不见的匕首
送给你
却别在我的心上

1999 年 6 月 15 日

第三辑

坚硬的岁月

（2000—2012）

美丽的雌兽

你是一只美丽的雌兽
踽踽独行
每次看见你时
疲倦的脸上总是闪着荧光

你长着毛茸茸黑色的眼睛
不是我幻想中蓝汪汪的那种
你把一切都隐藏在更深的地方
温情被你利用成了道具

天空多是灰暗的
情绪的表现方式
不是刮风就是下雨
这时候你一定在某个寒冷的地方蛰居
偶然侵扰一下我的梦境
都是在我将要睡醒的时候
不经意间瞥你一眼
看见你竟然在啃噬一个人的心脏

2001 年 9 月 13 日

故乡，你是我永远跳动的心脏（组诗）

如梦的茹河

如梦的茹河
不论我走到那里
你总是梦一样地萦绕着我
暖暖的河水泛着星波
一闪一闪
从我的心头流过

多少次从梦中醒来
你的河水都在我的眼眶里闪烁
记忆成了一个遥远的梦
但不会在你的怀中失落

如梦的茹河
真想让梦成网
网住那些逝去的岁月
真想让梦化作一只神奇的手
捡起遗失在沙滩上的童年
重归于我

如梦的茹河
我只有在梦中向你诉说
多想再一次回到你的怀抱
让你轻轻地抚我
把忧伤的思绪冲走
把沉重的铅华洗去
还我一个儿时的欢乐

如梦的茹河
像一根纤纤的长索
不论我走到那里
一头连着故乡
一头牵着我的心窝

2003 年 8 月 12 日

灯盏山

高高的山上
有一座高高的塔身
高高的塔身上
有一盏闪亮的灯
在我幼小的心里
你就是一座灯盏

照亮着我居住的小城

三月绽放的桃花
是你制作出的盆景

五月疯长的草木
是你迸发出的青春

七月结出的果实
是你成熟了的爱情

但在我的心里
你是一座灯盏
照亮着我的童心

我曾经无数次爬上你的头顶
我曾经无数次仰望塔尖上盘旋的雄鹰
是你的灯盏点燃了我儿时的梦想
是你的山路教会了我如何攀登

灯盏之山
一如山之灯盏
许多年后
你依旧燃烧在我的心中

2003 年8 月 14 日

山　花

你纤细的躯身
在风中不停地摇荡
看似柔弱
其实你很坚强

在沟畔　山崖　田垄
你静悄悄地开放
落户在僻静的山野
你从不抱怨投错了地方

雨为你洗澡
风为你梳妆
你在纯净的空气中
自由自在地歌唱

你是山养育的美丽姑娘
他乡再艳丽的玫瑰花
也抵不上你淡淡的清香

2003 年 8 月 15 日

村　庄

有水的地方就有村庄
人在沟畔散居
水在沟底流淌
（遥远的大江大河山里人不曾向往）

繁盛的树木
悠闲的牛羊
深邃的窑洞
满满当当的粮仓
（村里老人常说:有粮心里才不慌）

空气清新如洗
庄院避风向阳
山外偶然传来几声鸽的哨音
庄子里的狗就叫得山响

沟道无风的季节
太阳就蹲在山冈
看村庄三月四月草长
　　　五月六月麦黄
　　　七月八月果香

山谷有风的夜晚
月亮走在羊肠道上
偷偷看一眼谁家贴着“喜”字的门框
明天庄子里准会迎娶新娘

有水的地方就有村庄
在沟畔生生不息的几十户人家
就是我魂牵梦绕的故乡

2003 年 8 月 15 日

鸟儿的欢唱

清晨　我躺在床上
听鸟儿在窗外的树枝上欢唱
啾啾嘤鸣之声
撩得我心儿荡漾

我仿佛看到
幼鸟在不停地扇动着它的翅膀
它的妈妈为了它的远行
一遍又一遍地梳理着它的羽装

这是自然的和声
这是春天的音响
它来自遥远的天空
湛蓝而清脆
它来自醇厚的大地
纯真而昂扬

欢呼雀跃不再是一种向往
它就绽放在我的身旁
让我凌空一跃
去借助鸟的翅做一次壮丽的飞翔

2005 年 4 月 12 日

风暴过后

风暴过后
激情归于平静
在回来的路上
你看到的只是一些散架的骨骼
和两只空洞的眼睛

曾经处于龙卷风的中心
扶摇直上
将要抵达天庭
幸福的指数在这一时刻迅速上升

膨胀的欲望啊
被自己佩戴的发卡刺破
跌落之后
才发现激情的底座是一股强烈的风

把骨骼整理成原形
从眼睛中剔除爱情
对风满含笑意
要依然笑得真诚

2005 年 4 月 12 日

风

风一定能够听懂人的语言
你如果心情不佳
随便发泄上一句
风就会把它捎带着
传给别的人家

别人是相信风的
从你这里
“风传”出去的话
像一碗夹生饭
再折回来扣在你的胃里
就让你难以消化

人生的路上
一不小心
就会被风言风语
刮下悬崖

2006 年 7 月 13 日

读　诗

我一生中最大的快乐
就是读诗

读诗的时候
我就会不自觉地丢下庸俗
让自己尽量变得高雅起来

当我的眼里饱含泪水的那一刻
一定是被一首诗深深感动
不知道写诗的人
当时是否被他的诗感动过

读了许多年的诗
有些诗还是读不懂
写这些诗的也是诗人
他们的艰涩　深奥
很让我惭愧

写诗的人比读诗的人多
我喜欢读诗

但很少写诗
我害怕我写的诗
别人也读不懂

2006年7月13日

农村新景(组诗)

山村通上了自来水

哗哗流动的自来水
浸透了山里人喜悦的心情
欢呼　激动是如此的美丽
被清澈的水冲洗得洁白而纯净

自来水曾经是一个城里的名词
从管道里流出来清凉甘甜
让人喝着舒适　卫生
让人用着安全　自信

山里人吃的是山沟里的水
祖祖辈辈人担　驴驮
这浑浊的水啊
让山里人在生存中备尝艰辛

多少年的羡慕
一下子就走进了自家的院中
多少年的梦幻
一下子就从城里来到了农村

自来水一头连着的是富民政策
一头连着的是民心
它流淌出的是美妙　和谐
它倾吐着的是幸福　安宁

2006年10月7日

危窑改造

一孔孔窑洞
像一只只渴盼已久的眼睛
张望了不知多少年
却让一代又一代的山里人“失明”

风化严重的崖畔下
窑面有了许多的裂缝
再也不能遮挡狂烈的风雨
居住在危窑里怎能不叫人揪心

新农村建设像温暖的春风
轻轻地吹拂着山村
危窑改造像温馨的春雨
把山里人的心田滋润

村头新建的一排排红砖瓦房
让山里人异常的兴奋：
一遍又一遍地抚摸
一次又一次地擦拭泪痕

告别了古老的窑洞
告别了一段艰难的历程
新生活孕育着幸福
幸福诠释着山村的美景

2006 年 10 月 7 日

村村通公路

村里的一条土路
旱天尘土飞扬
雨天泥泞不堪
村里的老人走了一生
弯弯曲曲的路啊
最终爬上了他们的额头
让他们一辈子眉头不展

走不出大山
缘于道路的艰难

脱不了贫困
有着走路的辛酸

村村通公路
通到了山里人的心坎
马铃薯运出去了
摩托车骑回来了
一个个考上大学的
　　　农家子弟走出去了
一条条致富的信息
　　　传到了地头田间

平展展　亮闪闪的柏油路面
一下子就照出了
山里人欢快的笑颜

2006年10月9日

戏　楼

通上了自来水
甜到了每一个人的心中
通上了柏油路
走在上面真是来劲

美好的生活需要文明
幸福的日子需要精神
山里人爱看秦腔
盖一座戏楼是大家的心声

以前跑二三十里地看戏
小伙子都觉得道路难行
好多年没看戏了
想煞了村里的老人

听说村里要盖戏楼
大伙儿都自愿出工
不到半个月的工夫
戏楼就在鞭炮声中落成

迎来了送戏下乡的剧团
招来了四邻八村的乡亲
大戏唱了一天一夜
让山里人美美过了一把戏瘾

2006 年 10 月 9 日

党校情思

2008年3月至6月我在宁夏党校中青班学习，结业前夜颇多感思，急就成章。

是什么在温暖着我们的心田
是什么在感动着今天
是一双双泪眼闪烁的目光
是一句句依依惜别的语言

此时不需要更多的感情渲染
此时也不需要侃侃而谈
友情就是一根看不见的红线
把我们紧紧地相连

我们曾经渴盼了许久
那是对先进思想的追索
那是对科学精神的思辨
让我们尽情地沐浴在理论创新的阳光下
像儿童汲取母乳一般
幸福　快乐而又情深意绵
今天我们就要离开这校园
但我们深深地知道

我们肩上所承受的重担

我们用青春书写着壮丽的诗篇
我们用热血抒发着无悔的心愿
我们只有一个目标
就是纯洁思想　坚定信念
让清清白白　干干净净
方方正正地刻在我们人生的字典

从感性到理性　从认识到实践
从肯定到否定　从个别到一般
一次次理论思维的升华
包含着多少期许
包含着多少磨炼

今天我们也许是满载而归
但这只是一个新的起点
我们人生的每一个细节
都要经受实践的检验
党校　您深情的期待
就是给予我们力量的源泉

请您相信
我们会用一生的时间去努力　去奉献
我们决不会辜负“共产党人”

这个光荣称号的尊严

今天　我们离开了
这是暂时的分别
明天　也许用不了多长时间
我们还会回到您的身边

亲爱的同学
不要悲伤　不要哀怨
今日的分别
是为了明日更好的团圆

让我们用心去感受
让我们用爱去构建
我们的友谊只有两个字：
永远　永远！

2008年5月29日午夜

初春的鲜花

鲜花　美丽的鲜花
在静悄悄地绽放
带着娇艳的色彩
带着醉人的芬芳
在这初春的季节里
让爱在花蕊中闪现出光芒

鲜花　美丽的鲜花
在静悄悄地绽放
阳光下姹紫嫣红
寒风中傲雪斗霜
在人生漫长的岁月里
你永远都散发着淡淡的馨香

2009 年 3 月 31 日

走进五月

迎来五月的第一缕晨曦
让它入住到我的心里
温暖的感觉
胜过所有的美丽

走进五月
张开你的双臂
拥抱树木　拥抱花草
拥抱阳光　拥抱空气

自由地奔跑
自由地呼吸
用心去感受爱情的真谛
用爱去理解生活的意义

拒绝虚拟
让真实在第一时间回归
诠释友爱
让真诚把友谊的种子传递

动情的五月
让语言微笑着出击
欢快的五月
让思想跃过大脑的误区

把轻松装进人生的包里
把烦恼用一个优美的姿势抛弃
在前行的路上
让梦成为唯一的行李

抚摸五月的肢体
找寻血液流淌的轨迹
感受五月的光芒
重启往日的记忆

五月的鲜花开满大地
一缕缕芬芳从我的眼中升起
轻轻地呼唤五月的名字
我要把你永久地留在心底

2009 年 5 月 1 日

大　鸟

飞翔于云层之上
傲视更为辽远的天空
一种颜色
一种妙不可言的深湛的蓝色
充满着无限诱惑
向着这颜色不断地超越
才是大鸟飞翔的终极目标

云在风的手中
魔幻般变化
突兀如山　翻腾如海
温柔似白衣少女
疯狂若黑面凶煞
但无论如何
也阻挡不了大鸟的翅膀

飞翔
是大鸟一生的最高境界
它要把自己融入苍穹
神秘的蓝色才是它的归宿
死后葬在地上
不是大鸟的理想

2009 年 9 月23 日

心的平静

一颗心的平静
它要忍受多少次房颤
它要经历多少次翻腾
风霜雪雨的侵袭
只能寂寞它的皮肉
却不能动摇它的灵魂

沉寂不是死亡
它在把希望的种子萌生
孤独不是失落
它在把往日的思绪调整

捞起岁月的陨石
在平静中已经没有了轻重
投进爱情的力量
在心扉上荡不起一丝波纹

一颗心的平静
它需要付出多少坚贞
一颗心平静的背后

泛起的泪花是多么晶莹

也许没有感情的冲动
就没有心的平静
也许没有生活的喧嚣
就没有心的安宁

大喜大悲行色匆匆
大起大落何去何从
须臾之间
甚至听不到大江东去的涛声

平静是美好的象征
平静是人生的至纯
在平静中获得的一切
都将是波澜不惊

2009 年 10 月 11 日

偶 感

说你简单
你会不高兴
说你很不简单
你或许自信
或许感到是某种嘲讽
说你复杂
你会郁闷
说你一点都不复杂
你会觉得那一定不是在夸你的纯真

不必劳精费神
无须把它们细细划分
简单并复杂着
就是我们的人生

2010 年 1 月 19 日

汽车如鱼

在街道的河流里
汽车如鱼
鱼　不分昼夜地游弋
一群群　一队队
鱼贯而行
不知道要游向哪里
从鱼的体内
每分钟都排放出废渣
让整个河流变得越来越黑

在河流的十字路口
红灯如鲨鱼的眼睛
鱼们停了下来
片刻的喘息
等待着血色的眼睛变绿

一些鱼游到了很小的河汊
搁浅在了那里
一些鱼游到了很远的地方
开始了孤旅

一些鱼胡乱穿行
打乱了鱼队的秩序
一些鱼游不动了
就被整个鱼队抛弃
有的时候
一群鱼扎到了一起
一些鱼翻了白肚
一些鱼洒下了血迹

鱼的生存是艰难的
河流的压力
使鱼们都患上各种病疾
凶狠的大鱼
恨不得吃掉身旁的小鱼
疯疯癫癫的小鱼
被撞击得浑身是伤
却找不到虾米出气

鱼群里有一些高贵的鱼种
总是把低贱的鱼儿鄙夷
翘一翘它的尾巴
就熏贱鱼们一身臭气
贱鱼们有时看见这些高贵的鱼
被岛礁挂坏了身体
一片片散落的鱼鳞

也能让它们满心欢喜

龙宫里的鱼是不怕鲨鱼的眼睛
再红也敢游了过去
难道你把它吃了不成
鲨鱼只好睁一只眼闭一只眼
任它胡作非为

鱼是有贵贱的
鱼是有大小的
在黑色的河流里
游得畅快不畅快
只有它们心里明白

2010年2月10日

致　G

脱离了虚幻
回归是上帝安排的命运
摸一摸跳动的心儿
真实其实离我们很近很近
紧紧地抓住
这一次次生命的律动
从此再不放松

一觉醒来
回眸时节
你能看见慢慢隐去的梦影
漂亮的女人总是用理想的丝线
编织浪漫的网
游来游去的鱼
只是喜欢你耀眼的红绳
美丽的诱惑
可是一种饵
它却钓不动太重的情

虚幻的网与心中的鱼

是两个道具
没有此便没有彼的相互依存

闭上你迷人的眼睛
网就会在涨潮的水中起落
放飞你自由的想象
鱼就会在涌动的浪里翻腾

鱼和网只是偶然的相逢
触动暗藏着某种杀机
鱼死网破
从来就不是完美者的心声

这网是不会网住鱼的
这鱼是不会撕破网的
这是一种默契
这更是一种意境

2010年3月20日清晨

海上听雨

当山里的风响起来的时候
沙粒奔腾
风的手伸出去
很远　很远
竟触不到你的一叶小舟
这会儿你一定在听雨
海上的雨欢快地下着
一点儿没有忧愁

你能听得见雨声
你能听得见风的声音吗
风已经奔跑了许久
大河岸边徘徊的风啊
听到了水的怒吼
风跳上水的浪尖
水载着风呼喊着涌向大海
再没有回头

山里的风到了海湾
雨停了

雨的眼泪把听雨的人
淹没在了船头
风将一粒沙投进了船里
顿时这船就成了一片沙丘
风为听雨者送行
浇一杯西北的黄酒

风洗去了一身的尘沙
显得多么自由
从此它携着海上的雨
在广阔的天空任意地行走

2010 年 4 月 28 日

距　离

是偶然的相逢
还是必然的相遇
心的跳动
依然那么有力

远远地望去
深深地呼吸
其实我们只是比邻而坐
甚至能触碰到彼此的身体
叮当作响的酒杯
是否还暗含着某种情意
而挂在脸上的微笑
是那样的彬彬有礼

我曾经说过　真的恨你
你很当真　说这就有了距离
恨是心里布下的云雾
阳光起时就会散去
距离是心底划定的界限
无边无际

是一个人一辈子都走不完的
禁地
爱恨各有道理
只是多了三分哀怨
少了七分珍惜
个性不必雕饰
生活也需要真诚的游戏
没得七分才气
哪得三分脾气

燕子双起
终将分飞
人生如梦
各自东西
挥手时节
情已逝　人凄凄
断鸿声里
从此天涯孤旅

2010 年 5 月 9 日

爱 情

无须坚守
所有的一切都会腐朽
期待着的相逢
只是为了往更远的地方行走

是草就有良莠
是人就有伤口
不要开出忧伤的花
不要栽上诀别的柳

相逢也许不如邂逅
孤独的心用什么来挽救
生存是为了寻找折磨
没有人会在爱中享受

死亡会有先后
活着不分左右
远远地观察着近处
谁都不能够把谁看透

何必循循善诱

划分一下老幼

只一声叹息

就舞过了你的长袖

2010 年 12 月 31 日

请打开你的心扉兼致 F

请打开你的心扉
流入自由新鲜的空气
请晒一晒你的心情
让太阳带走那些发霉的东西

请敞出你的心意
让纯情比纯金更使人珍惜
请调整你的心理
伤害和被伤害没有必然的联系

没有谁一条道能走到底
那他的生活永远处于天黑
没有谁善良得分不清爱恨
除非他从来就不爱自己

美好的生活等待着你把它拥在怀里
不要再有任何的迟疑
幸福的明天等待着你去描绘
不要再与明天失之交臂

彻底除去往日的封闭

珍重身边的每一份友谊

谁能和你挽手

因为你的爱只有你自己明白

2011 年 8 月 9 日

伤　痕

一场梦的时间
就是一场爱情
你留不住过往的梦境
我留不住你变幻的身心

我是否真的很轻很轻
只要你一翻手
就被重重地投入埃尘
他真的很重很重
被你老是默默地装在心中

再也不会把“值不值”讨论
你总是试图选择第三条路径
再也不会诉说感情的单纯
你总是想逃避得无影无踪

你是中世纪的幽灵
扰得人心没有片刻的安静
你是文明时代的过客
我真不知道何去何从

这酷热难耐的八月
你藏在更热的地方却不现身
白了我的须发
总会老了你的面容

困惑吗　迷茫吗
那只是爱情单词中的一种弹性
给力也许过猛
缓缓的缓缓的我怕丧失机运

看上去没有一丝的划痕
其实伤得很深很深
如果还有什么感应
那就是疼痛　疼痛

2011 年 8 月 9 日

爱情引用与扩展

我对你的爱
换算的时候用的是加法
你对我的情
合计的时候用的是减法
我对你的思念
从心算到口诀都是乘法
你对我的回复
从语言到文字都是除法
简单的四个字：
加减乘除
蕴含着神奇的情爱密码
一半对一半
却有着截然不同的回答
等待只能让自信远去
逃避总帮着罪恶发芽
虚与实
在付出中分不出真假
快与慢
总把爱划分为一种时差
哪怕你给我干裂的口唇

润一滴清茶
哪怕你给我孤独的心田
种一枚小花
哪怕你给我遥望的眼神
吹一点风沙
哪怕你给我飘忽的思绪
植一朵云霞
不要让率真的性情
在纷乱中弱化
不要让笃定的信念
在困惑中分叉
不要让远去的时光
消磨掉我最后的年华
不要让伤痛的语言
在彼此的心上留下疵瑕
多想在路边坐一会儿
我的心很困乏
多想与过去的朋友聊一会儿
他们常常把我牵挂
多想在林子里转转
听一听大自然的喧哗
多想在原野上高喊一声：
不可也罢
回首漫漫的旅程
也许不值得有丝毫的惊诧

看不见眼前的景色
把短视当作潇洒
看不见心外的众生
把无知当作高雅
看不见葱郁的林木
手中永远只有一根枝丫
看不见翻腾的海水
只能把小溪当作神话
退缩吗
退缩并不可怕
只是我们的心里都装着一个懦夫
是懦夫把我们的心灵践踏
讲理吗
讲理有啥
只是我们在心里把讲理变成了理由
是无理的理由把我们的肉体鞭挞
感动吗
即使能感动得了天下
但天下之下我们是多么的渺小
何必太傻
转身吗
即使转身远走天涯
天涯不是还装在我们小小的心里
何必坐大
一个人的一生

无处诉说
只好把心高高地悬挂
破碎不如风干
丢弃不如做靶
麻木不仁的时候
便可敲打敲打
警醒你永远在路上
不能有丝毫的疲沓
一望无际的坦途
暗地里设有多少关卡
沾沾自喜的爱情
总有一个人装聋作哑
平静的肌肤表面
突然就揭出伤疤
来往的两个人中间
走着走着队伍就会变大
意想不到的事情每天都在发生
意外和明天不知道哪个会先到达
昨天我们不会算计
今天也不需要卜卦
更多的时间是寂寞的
风景并不如画
更多的路途是独自行进的
一样地意气风发
让身与心长久的委屈

就是对自己错误的惩罚
让爱与情过度的纠结
就是让心灵无谓的挣扎
解开精神的枷锁
重新调整前进的步伐
砸破爱情的桎梏
生活不需要太多的砝码
自由吧
抛弃所有的狡黠
行动吧
把更灿烂的岁月迎迓
在秋日的萧瑟里
莫让语文和数学搅在一起
使我脆弱的情商
再经受一次垮塌
雨静静地在下
湿了我的每一条神经
谁会想到它是心的雨水
吧嗒吧嗒
风轻轻地在刮
谁会想到它不是耳旁的风
却吹昏了我的头脑
意味肃杀
乌鹊南飞
绕树三匝

无枝可依
不如鸡鸭
谁也逼不退谁行进的步伐
谁也夺不走谁欲望的宝匣
六月七月
缠绵的盛夏
八月九月
艰难的倾轧
我不是你脚下的一只船
任由你划
我不是你门里的一只手
任由你夹
我不是你股下的一张床
任由你压
我不是你手上的一枚弹
任由你发
岁月虽然苍白
黄金仍然有价
玉碎虽然无常
胜过所有砖瓦
以爱的名义
把你的车搭
没有尽头的征程
多么孤寡
跑起来从未拐弯

已是到了悬崖

危险的关口

才知道心已被爱情绑架

两难进退之处

何以自拔

去转留存之际

谁来陪嫁

2011 年 9 月 24 日

一棵树和一个女子

一棵树开着娇艳的红花
一个美丽的女子
披着花一样颜色的轻纱
她从树下走过
树微微颤了一下

我看见了
两棵娇艳的花树
我看见了
两个美丽的女子
那一刹那
我的眼里开满了红花

女子走过了树下
西风乍起
花飘落了一地
回眸时节
那女子已白了她的秀发

2012 年 4 月 10 日

后记

学诗三十多年，回首走过的漫漫诗途，几多欢乐，几多辛酸，一时很难用语言来准确表达。岁月不经意间已染白了我的须发，曾经意气风发的少年胸中也不由生出了感慨：韶光催人，诗心不老。是啊，是诗让我的心年轻，是诗的陪伴让我的生活少去了许多落寞。任何时候，我都会说，我人生最美好的时光是属于诗的！

20 世纪 80 年代初我的诗作分别在《宁夏日报》副刊和固原地区文联主办的文学刊物《六盘山》上发表；1982 年我参加了固原地区文联举办的文学讲习班并去延安参观学习，这对于我能够坚持文学的梦想意义非凡，当时我还是一个不曾见过什么世面的乡村教师。参加文学讲习班的许多人，尤其是一些前辈人物，他们为后来的西海固文学的崛起起到了奠基性的作用。那个年代，对文学来说是一个纯粹又纯情的年代，绝少有功利的成分掺杂其中，时隔多年，总是令人怀想。就我个人而言，从事文学创作，纯属一种爱好或精神寄托，是我喜欢读书或者思考问题的一种延续方式。人的思想感情需要表述，我选择了诗。虽然要工作、要生活，虽然要结婚、要生子，但我与诗始终不离不弃，隔得最远时也就是若即若离。近两年来，有了想把以往写的一些东西分别按体裁集成集子的想法，于是从尘封已久的故纸堆中翻拣出曾经发表过作品的报刊和没有发表过的“手迹”存稿。筛来选去，用了将近一年的时间，最终选定了130首新诗结成这个集子。有的发表过的诗作，今天看来也很幼稚，甚至可笑，只好摈弃，留下来的一部分，多是我当时心绪的一个反映，也可算作我人生路途的点滴见证；没有发表过的旧稿中选录的更是不及十之一二。真是出乎意料，年少时的热情竟然使我写出了这么多的“作品”，厚可盈尺。工厂不只是生产合格的产品，也合乎逻辑地生产次品，是次品就坚决不能出厂，贻笑于人。但出了厂的也不一定都是好的产品，也有滥竽充数的，需要经受更多的检验，我也期待着读者朋友们的检验。

几十年的创作和学习，使我深深地体会到，只有紧紧把握时代的脉搏，时刻关注祖国的前途和命运，以人民的苦乐为己任，才能写出好的作品。我努力实践着。歌颂美好爱情，无关风花雪月；追求幸福生活，并非无病呻吟，皆是人性的真实体现，文学即人学，在这一点上我深信不疑。

前辈著名诗人、八十五岁高龄的吴淮生先生不顾年老体弱，为拙作拨冗作序，给读者朋友一个导读，十分难得，对吴老的感谢真是难以用语言来表达，只有默记在心；我多年的朋友、诗人梦也先生也从我们共同从事写作的友情角度，给予了诗集许多温暖的语言，使我很高兴，在此深表谢意；编辑姚小云，仔细校阅编审，颇费心血；还有多年来一直关心我的家人、朋友、同事，在此一并表示真诚的感谢！

2014年8月26日

张嵩文学丛书·散文

张嵩 著

黄河出版传媒集团
宁夏人民出版社

图书在版编目(CIP)数据

温暖的石头 / 张嵩著，— 银川：宁夏人民出版社，2015.4
（张嵩文学丛书）
ISBN 978-7-227-06023-9

Ⅰ. ①温… Ⅱ. ①张… Ⅲ. ①散文集—中国—当代 Ⅳ. ①I267

中国版本图书馆 CIP 数据核字（2015）第 086972 号

温暖的石头 张 嵩 著

责任编辑 唐 晴 姚小云
封面设计 耿中声
责任印制 肖 艳

黄河出版传媒集团
宁夏人民出版社 出版发行

地　　址 银川市北京东路 139 号出版大厦（750001）
网　　址 http://www.yrpubm.com
网上书店 http://www.hh-book.com
电子信箱 renminshe@yrpubm.com
邮购电话 0951-5052104
经　　销 全国新华书店
印刷装订 宁夏精捷彩色印务有限公司
印刷委托书号 （宁）0017590

开　　本 880mm × 1230mm 1/32
印　　张 8
字　　数 170 千字
版　　次 2015 年 5 月第 1 版
印　　次 2015 年 5 月第 1 次印刷
书　　号 ISBN 978-7-227-06023-9/I·1513

定　　价 86.00 元

简约：在经历了繁复之后

——《温暖的石头》序

漠　月

一

关注张嵩其人其文有十几年了，这和我们之间的交往几乎同步。

记得我们第一次见面，是在几个文友相聚的宴席上。那时张嵩还在固原工作，他当初留给我的印象是，始终面带微笑，彬彬有礼；酒过三巡之后，则出口成章，妙语连珠，口若悬河。便感觉此人非同一般，不可小觑。我一向是个寡言的人，唯恐言多必失，尤其在这样的场合，宁肯做一个倾听者。这当然不是故作姿态，而是应该有的自知之明，就像一个在陌生的水域涉水的人，你怎么知道眼前的水到底有多深？明智之举，还是小心为妙，免得露怯后遭人耻笑、贻笑大方。后来方知，此人颇有盛名，不仅是一介官员，同时还是作家、诗人，尤以古体诗、词、赋见长，在宁夏文学界古体诗词研究和创作的这片领域里，成绩斐然，是领了风骚的。说这样的话，不可以空口无凭，有白纸黑字为证，譬如他最近发表在《诗刊》《中华诗词》《中华辞赋》上的作品《三月雪中由隆德去泾源过六盘山(四首)》《延安文艺座谈会旧址(二首)》《灵武赋》等,都是上乘之作,经得起行家里手的仔细推敲和琢磨。

不过,以我陋见,在当下全球化语境下,我国传统的古体诗词影响日渐式微,特别是受众趋于萎缩,读者数量很不乐观。那么,作为宁夏唯一的省级文学期刊《朔方》,因为上述原因,对古体诗词是敬而远之、极少登载的。需要说明的是,这并不是对传统文化的不尊重,而是实出无奈。其实,前些年的《朔方》主编肖川先生,就是一位卓有成就的诗人和词家,连张贤亮先生这样的大家,自己偶有诗词悟得,还要请教他呢。张嵩是土生土长的"60后",与肖川、秦克温、吴淮生等诗家相比,他自然属于晚辈。"雏凤清于老凤声",张嵩以一种令人惊讶的毅力,诚于对古体诗词勤奋的研习、智慧的思考和凝练的书写,似乎是不经意的,就呈现了一副傲世的面貌(他在这方面的头衔,同样多得令人咋舌,不是自己刻意争取的,是相关的学会和协会给予的,而且合情合理)。无论怎样,我总是觉得,他这个人骨子里就带着一种"古意悠然"的人生况味。

后来,张嵩奉调宁夏政协机关工作,我们的交往也就方便了许多;在某个时段,甚至很频繁。正是因为他的热情游说(有时候,雄辩滔滔)和积极参与(常常是,古道热肠),《朔方》终于从2011年第10期开始,专意开辟了《古体诗词》栏目,每期两个页码,掌门人则是张嵩,名曰特邀编辑。由于对了他的心思和胃口,他是欣欣然,而乐淘淘的,认真负责,做得风生水起。该栏目连续三年多运行下来,发表古体诗词四百余首,受到社会各界好评。应该说,此举对传播正能量、弘扬优秀传统文化起到了很好的引导作用。

由是,先给张嵩点一个赞!

二

和张嵩相识的时间不算短，当然，也不是很长。

十年，我以为是朋友相互之间的友情能否延续的一个重要的分水岭。时间会淘沥或者消弭一切。十几年过去了，我们还在没有芥蒂地来往着，在如此纷繁复杂的社会环境里，多少有些不易。为什么呢？正如张居正所言："近来人心不古，好生异议。"张居正是明代人，多少年过去了，当下依然如此，在各种利益的驱动下，照例人心不古啊。非但不古，似乎更甚，而且大多包裹着所谓"后现代"的皮囊，令人眼花缭乱。我们之所以交往至今，大概与相近的年龄、经历以及相似的性格特点有关，散漫，平淡，低调，随意；彼此相知，重情重义；互不设防，揣着明白装糊涂。若论为人，似乎无可挑剔；若论作文，显然是懒惰了，尤其是我，深感惭愧才是。那么，对张嵩的文学作品，包括散文随笔在内，我读得确实不多，断断续续而已。能够给予较为系统地评论更是谈不上，只能是蜻蜓点水。因此，在这里做个声明，很有必要，以免他责怪我敷衍了事。

之前，张嵩曾经多次坦言，他要整理出百万余字的三部书稿，交出版社出版，言之凿凿。我当初听了，却有点儿不以为然。这样的数量，非同小可。忽一日，张嵩慢条斯理地到我办公室，脸上照例是一副淡然的表情（也包含一丝狡猾），然后将一叠砖头般厚的书稿递给我，即散文随笔集《温暖的石头》，洋洋十余万字，是他的三部书稿其中之一。要我无论如何看一看，再写个序什么的。看一看当然可以，因为我就是一个编辑嘛，责任使然，我也多次责编过他的作品；写序不敢，我怕露怯。几番推托无果，只得硬着头皮应承下来。既然答应了,就得认真对待。

《温暖的石头》显然是张嵩多年散文随笔创作的一次集成,闪亮登场,坦诚示人。从该书的小辑之名就不难看出作者涉猎题材的广泛:访古留韵、行走山河、躬亲道情、感事咏怀、闲言杂陈等等。悉心读之阅之,又觉作者积累深厚、知识渊博,古今中外的诸多历史、地理、人文、风土、人物、民俗等等,似乎无所不晓。这无疑是博览群书的结果,再加上他超凡的记忆能力,可谓出类拔萃。

在这里,我特别想说的是,尽管作者尚属一介官员,在竞争异常激烈的官场上摸爬滚打,这样的社会角色并没有异化和淹没他作为一个作家和诗人必须具备的道义、德行、良知、情怀和追求。是不是能够这样表白:当写作已然成为我们人生不可或缺的重要部分,每每回首,抑或瞻望,万般感受纠结于心,灵魂备受熬煎,不吐不快,却又一语难尽。“温暖的石头”,本身就包含了这样的寓意,而且意味深长。写作是愉快的;而真正的写作,必然是痛苦的,远远大于愉快。与此同时,要将生活中的种种丰盈和感慨归于写作、形成文字、几无遗憾地呈现给世人,难度之大,其中甘苦,作者自知。

三

读罢张嵩《温暖的石头》中的诸多篇章,我产生了最初的疑问:他这样的文字,到底是散文还是随笔? 或者说,哪一些是散文,哪一些是随笔? 我这样说,决无贬义。

一般而言,散文是完型,随笔是断片,前者明晰,后者模糊。如果说这样的认知有失偏颇的话,我觉得散文也好,随笔也罢,除过观察、体验、激情、描绘，它们都需要知识的底蕴、哲理的探微、精神的考量，所谓静水深流、峰回路转，甚至剑走偏锋、削铁为泥。于是，对张嵩的散文和随笔，做上述的区分似乎没有什么必要了，因为他这个集子里的诸多篇章，二者之间的区分并不明显（“素心结絮”，大概是较为典型的随笔吧，都很精短；“闲言杂陈”，则属杂文了）。仿佛相邻的两间屋子，打通了，敞亮了，自然就是一幅融洽的景观。尤其是，其中大量的文字，谈古论今、追思怀念，乃至针砭时弊，但纪实性很强，历史感也很强，故事（典故）、人物（古今名流）、实物（名胜，古迹，文物）、诗词（唐诗宋词）、场景（历史背景）等，不一而足，比比皆是。譬如“访古留韵”里的《陶之美》《美丽的传说》《大原》《厚重的秦长城》《西海固与古钱币》，“躬亲道情”里的《心中的鲁迅》《忆秦中吟老师》，“行走山河”里的《回乡风情园》《秋日的南湖》，等等。

实实在在地说，在《温暖的石头》里，我还是偏于喜欢上述列举的类似《陶之美》这样的篇章和文字。为什么呢？就文章本质而言，这里面有一个价值维度的问题。这便是有历史的沉淀，有文化的内涵，有知识的底蕴，有岁月的承载，当然也有情感的抒发，甚至，还有似浓似淡的乡愁。读这样的文字，读者能够多方面受益，能够深度地启迪心智，增加知识的储备。而作者在这种文字的书写中，也亮出了自己的底牌。通俗地讲，作者究竟读了多少书？读的是什么书？消化吸收了多少？做了怎样的思考？其实，这就是一个互动的过程。“学高为师”，学问是来不得半点虚假的，伪饰的东西迟早要被戳穿的。否则，害人害己。

我有这样的感慨和认同，也是多年从事编辑职业形成的。许多散文或者随笔作者在创作中，存在一个认识上的误区，总认为散文或者随笔好写，信手拈来，天马行空，“弹指一挥间”，岂不知都是些空洞无物、虚情假意、自我膨胀的标语口号;要么婆婆妈妈、扭捏作态、家长里短、鸡毛蒜皮,且无病呻吟者居多,鸡肋一样食之无味。这样的题材,不是不可以写,关键是怎么写。这种貌似随意的文体,其实是最不藏拙的,往往让作者陷入困境,成为难以摆脱的宿命。以我之见,其要害恰恰在于文字的背后缺乏必须的文化和知识的支撑,那么你的情感呈现必然是苍白的,是无力的。视野太窄,格局太小,说白了,就是小家子气太重。因此,我是支持"文化散文"一说的,尽管"文化散文"也被诟病。

张嵩的散文和随笔,较好地避免了上述的缺陷。不做作,不伪饰,不媚俗,情感真挚,朴素诚恳。最值得称道的是,许多篇章具有密集而广博的文化和知识的信息量,但又不是"掉书袋"式的生吞活剥、食古不化,而是引经据典的同时,结合现实和当下,觉悟地融入自己的观察和思考,有较强的针对性和现实意义,给人启迪,也呈现了他的趣味、智慧、胸怀、气质以及某种尖锐的、锋芒的东西。张嵩的写作,从一开始就给人这样的印象:基础好,底子厚,功力扎实,文字缜密,想必是深谙我国传统文化之三昧的。当然,就性格而言,张嵩是一个谦和的人,低调的人,"偶尔露峥嵘",反倒显得更加真实、可敬。我赞成这样的说法,作品的表情就是作家的表情。正如古人所云:文如其人。

摘录两段这样的文字,以证(不是正)视听:

人类在"少年时期"所创造的这一系列陶作品,充满着丰富的幻想,包含着强大的信息,显示着无穷无尽的勃勃生机,自由奔放以及广阔的思维是它最大的特点。进入阶级社会以后,纵观秦汉的一些陶器,不是缩头缩脑,就是四平八稳,充斥着压抑和矛盾,没有生气可言,弥漫着沉沉的暮气，和原始人那种积极向上、生动活泼、洋溢着浪漫情调的陶器相比，则高下判然。今天我们虽然能把陶器制作得更精致更美观，但肯定缺少人在少年时期所具有的那种天真无邪的思维方式所释放出来的神气和灵性。假如原始人能和我们对话的话，他们一定会这样告诉我们，什么是陶器的至真至美，那就是和制作它们的土一样平常，和它们盛装的水一样自然。

——《陶之美》

在花儿恣意蔓延的西山的左下侧有一个半圆形的深沟，当地人称之为后山沟的地方，厚重的黄土、散乱的石片，都是那么的不经意、不起眼，但它们也是温暖的，尤其是这里的每一块石头，它们的温暖却是发自内心的那种。这些裸露在地面上的或深埋在土层中的石头，它们的温暖其实与绽放的花儿无关，看上去它们是静默的，但它们却经历了漫长岁月的磨砺。有谁能够想象，它们经过了史前与人类相伴狩猎的野蛮时代，经过了与人类刀耕火种的洪荒年月。它们外表平静无语，而它们的内心是温暖的，它们的温暖是保持了三万年的恒温。

——《温暖的石头》

这就是美文。至少，是我欣赏的美文——在经历了繁复之后。不必我再啰唆什么了。读者自知。

四

俗话说,灶王爷上天,说的都是好事。

大概是灶王爷偷偷得了人间太多的好处，也就是我们所说的贿赂。这很不好。写评论(包括序言)也是,不能都说赞扬的话,应该有一说一,有二说二;好就是好,不好就是不好。张嵩《温暖的石头》,总体是好的,其中多有出色的篇章以及精彩的段落。就像我特意摘录的这两段,我感觉几无可挑剔之处,严丝合缝,滴水不漏,却像水一样自然地流淌,至真至美,抚慰心灵,的确很温暖。这样的文字和语言,自然是恒温的,生命力也久长。个别的篇章,缺点还较为明显,文学性少了些,语言平铺直叙了些,多少有点儿遗憾。这是我的一家之言,未必正确。有道是,有则改之,无则加勉。其实,更高于文学的,是我们的生活态度。

就此打住。

是为序。

(漠月,作家,宁夏作协副主席、文学月刊《朔方》常务副主编)

目　录

行走山河

躬亲道情

感事咏怀

素心结絮

闲言杂陈

访古留韵

温暖的石头

四月的彭阳，桃花灼灼，杏花艳艳，十分的撩人眼目，每一个桃杏枝头都勃发着青春的诗意，生机无限，春光无限。县城所在的灯盏山，山形奇特，占尽“脉气”，更是独得先机，千树万树的花儿，满山遍野，在风中不知温暖了多少游人。在花儿恣意蔓延的西山的左下侧有一个半圆形的深沟，当地人称之为后山沟的地方，厚重的黄土、散乱的石片，都是那么的不经意、不起眼，但它们也是温暖的，尤其是这里的每一块石头，它们的温暖却是发自内心的那种。这些裸露在地面上的或深埋在土层中的石头，它们的温暖其实与绽放的花儿无关，它们看上去是静默的，但它们却经历了漫长岁月的磨砺，有谁能够想象，它们经过了史前与人类相伴狩猎的野蛮时代，经过了与人类刀耕火种的洪荒年月。它们外表平静无语，而它们的内心是温暖的，它们的温暖是保持了3万年的恒温。

是啊，走在这桃红杏白的季节里，漫步在这有着3万年历史的后山沟，在烟雾弥漫的历史面前，一个人的想象力是非常有限的。3万年以前，人类活动的足迹也曾留在这片温润的土地上，那是怎样的一种情形呢？2002年经考古发现，这里是一处旧石器时代遗址，这一发现具有很大的意义，标志着宁夏南部旧石器时期也有远古人类的活动。在宁夏这块6万多平方公里的土地上，旧石器时代人类活动的遗址迄今发掘的只有水洞沟遗址一处，在研究中华民族古老文化的起源上有着重要的科学价值。水洞沟旧石器时代文化遗址在地理位置上属于宁夏北部，在它被发现80余年后，位于宁夏南端的彭阳县西山脚下后山沟也发现了这处旧石器时代遗址，被称作“岑儿遗址”。有相同之处的是它们都属于旧石器时代晚期，大致同属于一个地质年代，距今2.7万年至3.2万年。同一个时期，南北两地，生活着两个族群的远古人类，相隔只有数百里，但却是千山万壑、千难万阻，完全地活动在两个世界。他们的栖身之处尽管有着茂密的森林、丰厚的草地、湛蓝的湖泊、成群的猎物，但饥饿疾病、毒蛇猛兽整天包围着他们，甚至自然界的一个小小的动作，比如电闪雷鸣，都足以使他们惊魂不定、久久不能平静下来。他们生活在艰辛、动荡、惊恐、死亡之中，真正的食不果腹、衣不蔽体，他们唯一的目标就是挣扎着活下去，延续着族群的一丝血脉，因为很少有人活过四十岁。每一个人都在为生存战斗着，离开了集体，谁也活不下去。在长期的实践中，人类发明了石器：尖状器、刮削器、石片、石核等，这些自然的造化物，成了人类的朋友和武器，也成了一种力量的象征。在远古人类的执着坚硬的手中，石头散发出了它的热能。钻石取火，驱散了冬的寒冷；削石为箭，射向奔跑的猎物，使人热血沸腾；磨石成珠，戴在每一个人的脖颈，驱邪镇魔，更让人感觉到石头的温暖。这些石头虽然粗糙、冷峻，但它们伴随人类走过了非常漫长的最初岁月，它们是早期人类最忠实的朋友。

在彭阳，在形似灯盏的灯盏山下的西侧，在这个叫后山沟的地方，曾经是很荒芜的，它的沟畔上面的山坡上是一片杂乱的坟地，以前是很少有人来的。我在读中学的时候，正是十四五岁年纪，到了暑假无所事事，就常和一群小伙伴们翻山游玩时到后山沟来采摘野杏，沟里沟外跑了个遍，十分的快乐，却丝毫不晓得这荒郊寂静之处在3万年前还是一块“宝地”，当然，没有考古发现谁也不会知道。3万年的变迁是何等的巨大，地理地貌、气候特征完全地不一样了。温润的气候、丰沛的雨水、茂盛的草木、众多的禽兽，已经与现代的文明人无关了，它们过早地消失在了历史深处，让人们望不到它遥远的边缘，失望抑或是忧虑，却是复杂得说不清楚。有了祖先们与自然的不屈抗争，付出了不仅仅是漫长的时间的代价，才得以使人类延续到了今天，我们还要继续前进，将人类延续下去，但我们赖以生存的依靠是什么呢？靠石头显然是不行的，更何况新生代的石头都是冰冷的，没有一丝的温暖可言。干燥代替了温润、干旱代替了雨水、干涸代替了河流、干枯代替了草木，干裂的土地只能望着一层层裸露的山岩，做着曾经是一个庞大湖泊遗留下来的旧梦，很是无奈。经过地壳的不断运动，今日的后山沟已上升到了一个裸露的层面，水是没有的，树是很少的，但这里的石头至少还是温暖的。

如果这温暖的石头能给生活在今天的人们一点点什么启示，我想就足够了。

（原载2010年第十二期《朔方》）

陶之美

也许,你不太注意,一只浑身沾满泥土的陶罐或陶杯,因为它们太普通了,在宁夏南部固原市的一些农户家中,你都能看到这样的器物,有的被用来装米,有的被用来盛盐,有的干脆就被弃置在屋檐墙根之下任由风雨侵蚀。这些陶器都是农民们在开垦农田或平田整地时刨挖出来的。在宁南山区,已发现的新石器时期遗址有二百六十余处,几乎遍及每一处山川河道,分布之密集,就像今天大大小小的村落一样。一些遗址距地表只有几十厘米,遗址之上,破碎的陶片俯拾皆是。它们本身或许并没有什么过高的经济价值,更不能和精致华贵的古瓷器相比,因而往往被人所忽略或轻视。其实,这些陶器正是这一地区古老文明和原始时代生产、生活发展进步的佐证,它所包含的历史价值和先民们非凡的创造力、想象力,是现在任何有经济价值的东西都无法比拟和替代的,它从一个侧面也折射出了固原远古历史的辉煌。固原历史之悠久,可以上溯到旧石器时代。那时,人类已经在这片土地上留下了他们活动的足迹。丰盛的水草、茂密的丛林、原始的牛羊、成群的鸟兽、温润的气候,为人类的生存提供了优良的环境。随着时间缓慢地向前推移,人类才一步步地告别了粗糙的打制石器和以采集渔猎为主的穴居时代, 在步履蹒跚中进入了"少年时期",新石器时代开始了。在距今五六千年前,在固原所处的黄土高原上,孕育出了我国早期的原始农业居民,这也是当地农耕文化的肇始。我们的祖先通过自己的劳动，通过无数次实践探索，创造出了一种新型的器物：陶器，这种具有革命性的生产、生活资料的产生，不仅标志着当时母系氏族社会的繁荣，也给这片土地上的人类发展与文明带来了深刻的变革。原始人的衣食起居、生活方式由此得到了极大的改善。这一地区陶器的出现，从时间上看，当属于中原地区新石器时代的中晚期，陶器的制作系手工用泥片贴筑和泥条盘筑的方法，多为夹砂红褐陶或橙黄陶，工艺水平不高，类型简单，带有明显的地域特征，但它显然也受到了同在黄河流域的关中地区其他文化的影响。这从固原店河遗址、海原曹洼遗址、隆德页和子遗址出土的陶器或陶片中就可以得到印证。随着其后彩陶的出现，才将制陶工艺推向了一个新的境界。我在固原博物馆见到过几件彩陶：双耳草叶纹彩陶罐、单耳齿纹彩陶罐、双耳彩陶罐等，颜色都是红黑相间，图纹以网格纹、锯齿纹为主，纹样富于动感，线条流畅自如，彩纹结合完美和谐。尤其是黑彩绘于红陶之上，鲜艳夺目。就拿双耳草叶纹陶罐来说，此罐高 23.5 厘米，口微敞，长颈、溜肩、鼓腹、小平底，腹中部有对称孔耳，通体施彩，连口唇部位也不放过，腹部施四块近似圆形的树叶图案，写实性很强，不仅体现了艺术的想象，也是对生活的再反映和抽象概括，因而极富感染力，令人百看不厌。另外，隆德县出土有双鱼纹彩陶瓶、波折纹彩陶钵，西吉县出土有双耳圆纹彩陶瓶，海原县出土有双耳彩陶瓮等数十件彩陶器，可见彩陶在固原一带分布也是较广的。值得一提的是，固原北部七营柴梁遗址出土的陶器多以单色红彩竖条纹为主，极有特色，这种陶器的饰纹，若不细心观察，还以为是后人涂上去的红彩线条用来作假。以单色红彩为主的新石器时代文化遗存，在黄河上游地区还属首次发现，有很高的研究价值。在固原新石器时期众多的文化遗址中出土的彩陶虽不很多（包括稍后的齐家文化陶系），但展现在我们面前的这些少量的彩陶艺术品，不仅使我们看到了固原和黄河流域同一时期其他经济繁荣地区文化上密切联系的不可分性，也使我们在赞叹之余，产生了无尽的遐想和无穷的回味。

但真正能够体现和代表固原灿烂的原始文化的陶系，在一定意义上说，还是公元前1890—公元前1620年出现的齐家文化，保留在这片土地上的很大一部分文化遗存，都属于齐家文化类型，不仅分布面广，而且陶器面世量大，随处都能碰到。这时已到了新石器时代的末期，甚至时间已跨进了夏王朝的门槛，我们的祖先仍然平静地生活在原始的村落里，从事着农耕生产，制造着各种纹饰的陶器，用来烧饭盛水、贮藏食物，也制作着数量可观的明器，随葬他们的公共墓地。先民们傍山依水、向阳避风而居，墓地就建在山台之上。尽管岁月的流逝以千年而计，但我们仍然可从固原的店河遗址、铁家沟遗址，彭阳的打石沟遗址、张化遗址等处依稀可辨。尤其是长达十公里的店河遗址中下段的上峡村向阳的山坡面上，暴露着灰层、红烧土和居住面、墓葬区，这里到处都是散乱的陶片，真可谓漫山遍野，难怪整个山坡俗称烂罐洼。由于自然和人为的因素，遗址被破坏得较为严重，附近的一些农家多少都有几件陶器。据说以前耕地垦荒挖出来后，认为是墓葬的东西晦气，就地摔碎了事，或是因为偏僻，或是限于财力，遗址没有能够得到保护，叫人惋惜。

齐家文化因1924年在甘肃广河县齐家坪首次发现遗址而得名，分布范围主要是甘肃、青海和宁夏南部，亦即固原一带，这里地域上属陇东黄土高原范畴，文化上同甘肃其他地方一脉相承。不难看出在当时我们祖先生活、劳作的这片土地上，农耕经济在即将进入阶级社会的前夕是相当发达的，这也反映在陶器制作的多样化和陪葬品的数量上，从发掘的一些墓葬看陪葬的陶器多则几十个，少则七八个。陶器中多见大型或较大型器物，这是一个特点，多数敛口卷沿，瘦颈溜肩，鼓腹平底。我见过高达六十多厘米的陶罐，大有鹤立鸡群俯瞰一切之势，脖颈下饰一圈小圆圈纹，如同一串珍珠项链，肩部四面再配以四个对称的突起乳钉，通体以细密的绳纹自底部旋转而上，直达唇沿，即使不常见的底部都饰有斜方格的席纹。制陶的艺术家们真正是具有绝妙想象力的大师，简直把一个红泥陶罐打扮成了亭亭玉立的少女，充满着青春的朝气和活力，楚楚可人之态，十分迷人。有的大型陶罐被施以附加堆纹，长长的泥条沿颈部围一圈，再在圈下斜斜地粘上数根泥条直通腹底，看上去如同风吹动着的一条条飘带，潇洒飘逸，静中含动，仿佛临风的少年，凝望着远方若有所思。这些大型陶器的制作，在工艺造型上都有相当的难度，足以看出我们祖先的聪明才智以及通过艰辛的劳动而获得的想象力、创造力确实是超乎寻常的。正如普列汉诺夫所说："什么地方有优秀的战士和手工业者，他们就一定是优秀的画家和雕塑家。"再看一些体型较小的陶器，它们在制作上更是精美绝伦，极富才气，无处不显露出原始人对美的向往和追求。我见过的几只磨光细质红泥小杯，造型就很奇特，一般都是十多厘米高，敞口直颈，腹部一圈鼓起凸出，而底部很小，但很平稳。凸出部分的半径大致就是杯的整个高度，底部大小相当于杯高的三分之一，这种杯分单耳和双耳两种，肩部都饰有一圈小圆圈纹或弦纹，通体光滑细腻，色泽亮丽鲜艳，娇贵妩媚，仪容可掬，可以说是陶杯中的皇后。置于掌上把玩再三，品味良久，彼时的感觉是难以用语言准确地表述出来的。另有一件橙黄色泥质陶壶，高不过十五厘米，浑身绳纹，看得出在制作陶胚时是一个整体，后用竹片或其他薄器从上部分离出一个盖来，盖上有一拇指长短便于提拿的泥柱，盖与壶之间两面都有划纹，盖时只要对准了两面的划痕，盖与壶就会完全吻合，复成一个整体，不存缝隙。整个陶壶呈不规则的圆形，向右微微倾斜，盖把也稍歪，显得幽默风趣，如同白石老人画中的一件物什，敢看而不敢动，直怕走了它的灵气。这些陶器摆在今人的面前，它对我们心灵的震撼和思想的启迪无疑是巨大的。

人类在“少年时期”所创造的这一系列陶作品，充满着丰富的幻想，包含着强大的信息，显示着无穷无尽的勃勃生机，自由奔放以及广阔的思维空间是它最大的特点。进入阶级社会以后，纵观秦汉的一些陶器，不是缩头缩颈，就是四平八稳，充斥着压抑和矛盾，没有生气可言，弥漫着沉沉的暮气，和原始人那种积极向上、生动活泼，洋溢着浪漫情调的陶器相比，则高下判然。今天我们虽然能把陶器制作得更精致更美观，但肯定缺少人在少年时期所具有的那种天真无邪的思维方式所释放出来的神气与灵性。假如原始人能和我们对话的话，他们一定会这样告诉我们，什么是陶器的至真至美，那就是和制作它们的土一样平常，和它们盛装的水一样自然。

固原古老历史上的这一页辉煌，给我们留下了极其珍贵的财富，也给我们带来了许多值得深思的问题。面对瑰丽缤纷的新石器时代的陶器，如同面对我们的先人，在他们灼灼的目光注视之下，我们在今天应该更多地做些什么？

（原载 2014 年第六期《朔方》）

永远的陶

在我家的书柜上摆放着几件我数年前收藏的新石器时期的陶器，其器型大小不一，形状各异。从陶质上看，有经过精心打磨的细泥红陶，有夹砂橙黄陶和较少见的灰陶；从形制上看，有罐、碗、豆、鬲、杯等；从纹饰上看则有绳纹、篮纹、弦纹、戳纹、附加堆纹等。常常凝视它们，觉得颇有一种生气并能深深地感染你。这几件出土于固原大地上的陶器，穿越了几千年的时空，带着先民们的气息，仿佛在向后来的人们传达或昭示着什么，令人遐思。其中有一件造型生动、娇小玲珑的陶埙，更使人浮想联翩。透过这小小的陶埙，你就会情不自禁地想到在一堆堆燃烧的篝火旁，先民们在埙悠然起伏的音乐声中欢乐舞蹈的情景。他们也许是为狩猎捕获到的一头野牛在欢呼，也许是为捕到更多的鱼儿在庆祝。快乐来自生活，快乐的生活更是源于创造。原始时代的人们在长期与自然抗争的生产实践中创造了陶器，也创造了音乐和舞蹈。看似一个小小的埙，一个并不起眼的陶制乐器，它却包含着巨大的文明和进步。其实，从原始社会人类发展的状况看，陶器贯穿于当时巫术、宗教、祭祀、战争、饮食、音乐、舞蹈、墓葬、渔猎、纺织等社会生活的各个方面，从文化的角度看，陶器不仅是当时人们日常生活中的主要物质资料用品，同时也伴随每一个人出生、成长、婚配、死亡这一个体生命的始终。

在固原这片孕育了悠久历史的古老土地上，每一处向阳避风的山川沟道的台地上几乎都有原始先民们生活留下的遗迹，仅新中国成立五十多年来出土的各类陶器就达数万件，涉及范围之广泛、遗址分布之密集，几乎和现在的村落一样。以时间上划分，这里先后有马家窑文化、菜园文化、齐家文化等新石器时期文化遗存。尤以较晚出现的距今四千多年的齐家文化遗存为最多，现已发现二百多处。由于这一时期氏族社会进一步繁荣，农耕经济有了一定发展，人口也有了较大增加，从而遗留下来的文化遗址较多。这是一笔不可多得宝贵财富。齐家文化的特点是在制陶技术上采用了转速较慢的陶轮来制作陶器，使陶器的产量和种类都有了新的变化。但这种文化的陶器主要以素陶为主，此时曾占据主导地位、辉煌一时的彩陶已是夕阳西下，已不是陶器的主流。

我 2003 年冬天专程到北京古陶文明博物馆参观，为馆内收藏的中华大地上各种文化遗存出土的不同类型的陶器所惊叹。此前我也曾去过甘肃省博物馆和青海省乐都县柳湾墓地（这个不起眼的小山村曾一次出土彩陶两万五千多件，规模之大，世所罕见），我更为这里异彩纷呈、灿烂夺目的彩陶所折服。但我更钟情、更崇敬的是在生我养我的固原这片土地上出土的各种各样的陶器。以最常见的陶罐为例，它们有的高大，气势饱满，浑身遍布细细的盘旋式绳纹，脖颈处粘贴有一圈泥条饰带，看上去如同一个姿态雍容的贵妇佩戴着一条项链；它们有的娇小，空灵可爱，光洁的身上却长着一双大大的“耳朵”，仿佛在聆听着什么……这每一件经过精心制作的陶的器皿，历经数千年岁月的沉睡，一经苏醒，横空出世，面容如新，气质超常，不由你不钟爱。一方水土养一方人，几千年前这块土地养育了我们的祖先，他们在生存环境十分恶劣的条件下，用智慧和勤劳的双手创造出了陶器这一划时代的生产和生活资料，同华夏大地上其他意义非凡的原始文化一道共同推进了人类的成熟与进步、文明与发展。几千年后的今天，依然生活在这片土地上的我们，生存环境和生活条件有了极大的改变，是原始人所不能够想象的，但我们更应继承前人的勇敢和智慧，创造出更多的物质和文化财富，贡献社会，造福后人。念天地之悠悠，数千年沧桑巨变，原始先民们留给我们的信物，就是他们所创造的那个时代最美、最具人性化的器物——陶。面对这些灵性般的器物，你只能用心去阅读，用心去感受，因为陶是有生命的，它连接着祖先和我们的脉搏——人类心脏的永远的跳动！

（原载 2005 年第八期《朔方》）

青铜时代

陶在历史上辉煌的一页被青铜的手轻轻地翻了过去，由于陶在制作技术上发展到了顶峰，不可避免地要走向衰落。在制陶的基础上人们发现了青铜的冶炼术，青铜时代就像某个约定一样一下子就来到了并迅速在社会生活中占据了主导地位，同时也标志着人类社会由蛮荒阶段进入了一个新的文明时代。作为女性象征的陶器文化被代表男性的青铜文化所取代。青铜器狰狞跋扈、粗犷豪放、充满张力的图案和纹饰，也逐渐战胜和代替了陶器纤弱秀丽、质朴素雅、细腻工整的纹饰，这也是历史发展的必然趋势。因为阶级社会所尊崇的原则就是强权，所具有的审美标准就是威严。统治者需要、使用的器物与他们严酷、独断的统治方法在内容和形式上应该是一致的。

当然，青铜器所包含的内容非常广泛，夏商周三代的青铜器大致可分为礼器、兵器、乐器、生产工具等几大类。而其中最著名的当数礼器，这是统治者进行祭祀、朝会、盟誓等礼仪活动使用的器物，数量很大。我们在历史教科书上见到的商代后母戊鼎就属此类。礼器以其独特的形制、精湛的工艺或刻有特殊的铭文而备受人们的青睐。夏商两朝主要活动在今河南、山西等地，这一时期的青铜器多出土于此。而周朝崛起于陕西周原，它距离我现在生活的地方只有数百里之遥。《诗经小雅·六月》诗曰："戎车既安，如轾如轩。四牡既佶，既佶且闲。薄伐猃狁，至于大原。文武吉甫，万邦为宪。”诗中的大原指的就是我的家乡——固原一带，历史上它处于西周北部疆域的边缘。西周时期的青铜文明自然也把固原涵盖在了其中。我曾经到上海博物馆、陕西历史博物馆和国内唯一的青铜器博物馆——宝鸡青铜器博物馆专门看青铜器，无不为其馆内所藏的美轮美奂、气宇轩昂，甚至连名字都不认识的青铜器物所深深地震撼，可以说它凝聚着历史上那一时期我们中华民族的最高智慧，每一件物品都是灵魂的产物。几年前，我在台湾《葡萄园》诗刊发表过一首《青铜爵》的小诗：“周朝的手臂伸过来/要和我碰杯吗/一只精美的爵/令我陶醉不已。其实/周朝的青铜手臂/穿越了数千年的历史/在和人类的文明碰杯/轻轻一碰/在青铜器皿的铮铮声中/整个世界就醉了。”这首诗真实地记录了我当时观看青铜器的沉迷心境和感受。异乡他土的青铜国宝重器，许多年后依然在我的心头熠熠生辉，但我从心底里更看重的是收藏于同样属于国家级博物馆——固原博物馆的两件出土于当地的西周青铜器：一件鼎和一件簋。它们 1981 年出土于距固原城西约七公里处的今原州区中河乡孙家庄一座西周时期的墓葬。从青铜器的形制和带状的饕餮纹饰来看，它们当属于公元前 13 世纪至公元前 11 世纪商代晚期。固原博物馆副研究员马建军在其所著的《二十世纪固原文物考古发现与研究》一书中写道：“这座墓葬的发现和青铜礼器鼎、簋的出土，不仅填补了宁夏商周考古的空白，有着特别的意义，而且打破了传统的认识——认为西周文化没有越过陇山，其成为西周统治势力和文化逾越陇山（六盘山）之西的标志。”最近又有学者论证固原的长城始筑于西周宣王时期，距今已两千八百多年，由此相互印证，西周的政治、军事、文化已延伸到了固原并产生了重要影响。两件出土于固原土地上的青铜器物，一鼎一簋，铸造精美，弥足珍贵。虽然数量少，但它们也是中国青铜时代灿烂文化的组成部分，更折射出了固原古老历史文化的光辉，毕竟它也曾经穿行于华夏大地上光芒四射的青铜时代。其后，春秋战国时期，固原的青铜器物出土就更多了，并且成为一种独具地方特点的北方青铜文化现象，也使固原具有了较高的历史知名度，这是很值得生活在这片热土上的人们引以为自豪的事情。

不论是古陶时期的文明，还是青铜时代的文化，都是祖先留给我们的不可多得的宝贵遗产，我们应该倍加珍惜并从中不断地受到启发，这样我们才会在前人的智慧中找准自己的位置，使人类创造的文明在我们的手上得到更好的传承，得到更大的发展。

（原载2005年3月17日《固原日报》）

大原

大原是一个很古老的名称，它确切的位置主要指的是甘肃平凉以北今宁夏固原一带。单从字面上理解，它肯定是一个大而广阔的原野或草场，远古时代的固原的确是这样，这里地势略高于四周，是一个平缓的原地，水源充沛，草木丰茂，适合于人类居住和放牧。古代北方的少数民族犬戎、玁狁等族先后游牧并定居于此。那时候的“大原”一定是非常的壮丽：一望无垠的草地像绿色的绒毯平展展地铺开，草地上的河流像一条条丝带缠绕在它柔软的身躯上，在阳光的照耀下闪闪烁烁，现出碎银子一般的光亮，辽远而静谧；各种各样的野花在自由地舒放，它们是草地上的公主，因为它们是最美丽的；成群的牛羊在悠闲地享受着永远都吃不完的美味；飞舞的蝴蝶在花丛中尽情地展露着它们五彩斑斓的身姿，一切都那么生动，一切都那么鲜活。我想，谁都不会否认，自然的原生态的美才是人间真正的美。这真是一块“逐水草而居”的好地方。日渐强大的犬戎经常侵扰周的边界，周天子忍无可忍，“穆王西征犬戎，获其五王，王遂迁戎于大原”（见《后汉书·西羌传》）。周穆王将犬戎逐出了周的疆域，把它安置在了大原，犬戎因祸得福，在大原这块肥美的土地上得以休养生息。后来在大原崛起的猃狁也不断地侵袭周的领土，他的先祖也许就是犬戎，但他没有他的先祖幸运，最终被周宣王派大将尹吉甫打败，大原也被正式纳入了周的版图，猃狁从此失去了对这块土地的主宰权，成为周的臣民。此后，历东周、战国，经先秦、两汉，大原也以各种名称在历史中出现过，但这里始终是中原农耕文化与北方游牧文化的交汇融合处，其文明进步的程度显然朝前迈进了一大步。周宣王征服大原猃狁族的辉煌过程以诗的形式在《诗经·小雅·六月》中有明确的记载，这也许是周人为了炫耀自己武力征服弱小民族所取得的战绩，但却使“大原”一名最早见诸史籍，也使今天的固原得以在历史上扬名。《诗经》中关涉固原及征伐猃狁的诗歌有三首，全出自“小雅”：《六月》《采薇》《出车》。其中《六月》比较全面地记录了周的大将尹吉甫从备战、出征、取胜到获得荣耀的全景式过程，这是一首有景有物、有声有色、夹叙夹议的优美叙事诗。诗曰：

戎车既安，如轾如轩。四牡既佶，既佶且闲。
薄伐猃狁，至于大原。文武吉甫，万邦为宪。

整个诗有六段，这只是其中的一段，也是最精彩的一段。每一辆高大的战车都由四匹健壮的雄马拉着，上面载着全身戎装的战士在大原平阔的大地上驰骋，严整威武的王师怀着勇于赴敌的无畏精神和对国家的一种责任，最终征服了外族的入侵，文武兼备的指挥官尹吉甫名声大振，也由此被万邦取法瞻仰。这是发生在固原这块土地上远古时代的一场战争，其结果是加速了当地文明的进程，这对我们今天仍然生活在这里的人来说是引以为自豪的事情。

（原载2008年第五期《六盘山》）

厚重的秦长城

登上固原市区北面的明庄梁，这里地势较高，向南可以俯瞰固原新区，一座座醒目的崭新建筑尽收眼底，令人振奋。向西望去，宽阔的原野上静卧着一条不见首尾的“长龙”，若隐若现，又如黄色的大地上隆起的脊梁，由西而来，蜿蜒起伏，向东而去，气势夺人，这就是著名的战国秦长城。历经了两千多年风雨岁月的侵蚀，古老的长城已没有了昔日的雄风，也丧失了防御外敌的作用，它见证着一段腥风血雨的历史大于它的存在。它的一头连接着两千多年前的先秦时代，它的另一头延伸到了现代，站在颓圮的长城之上，举目望去，一种历史的厚重感会向你袭来，让你有种饱经沧桑的感觉。

长城是古代最主要的防御工事，在春秋战国的时代，几乎每个国家都修筑长城，以抗御外族的入侵和掠夺，此后千百年而不绝，到明代还前后修筑达十八次之多，古代的“边墙”，就成了今天的万里长城。固原在战国时期是古西戎族的义渠、乌氏戎聚居的地方，秦的统治者先后与这里的少数民族进行了数百年的战争，直到秦昭襄王时（272—251 年）固原才被纳入了秦的版图，秦昭襄王于是在固原北面“筑长城以拒胡”。后来的史学家常常讲固原在历史上处于中原文化和北方游牧文化的交汇点上，恐怕这就是出处。秦长城西起甘肃临洮洮河东岸，东北至内蒙古包头西北，穿过固原的这一段秦长城是由甘肃静宁县进入西吉县，经原州区东行至彭阳县，东北出境到甘肃镇原县，在固原境内长约两百公里。秦长城在固原的历史上发生了许多的事件，演绎出了许多的故事，其中最著名的有两件不可不叙。

一件是 1935 年 10 月红军长征途中，毛泽东同志率领中央红军突破西兰公路上静宁、平凉、固原之间的敌军防线，一路沿小水沟，越牛头山口，于 10 月 7 日一鼓作气登上了红军长征途中最后一座高山——六盘山。当时，毛泽东与周恩来、张闻天等中央其他领导同志登临山峰，举目远眺，饱览了六盘山的雄姿。10 月的六盘山，正值深秋，天高云淡，雁声阵阵，满山苍松，挺拔遒劲。毛泽东同志满怀北上抗日的革命激情，面对郁郁葱葱的崇山峻岭，寄景抒情，构思了气贯长虹、名垂青史的《清平乐·六盘山》这一光辉的词篇，后在陕北瓦窑堡写成该词初稿。毛泽东这首词中画龙点睛之句是“不到长城非好汉”，这里的长城实指的就是固原的秦长城。1935 年 9 月下旬红军由甘肃进入宁夏，前后在固原境内约五天时间，红军每天都由西向东沿战国秦长城行军。面对盘亘起伏的古老长城，红军即将到达陕北，毛泽东同志触景生情，向红军将士发出了“不到长城非好汉”的号令，同时也抒发了将革命进行到底的团结奋进的长城精神和不屈不挠的长征精神。“长城”在这里借指的是陕北，即不到达陕北革命根据地，不推翻国民党反动派的统治，就不是英雄“好汉”。从更深层次上来看，“长城”更是借指“烽火连三月”的抗日前线，红军历经千辛万苦、经过千难万阻北上就是要开赴抗日前线，拯救民族危亡。自古以来，长城的巨大作用就是抵御外族入侵，并且已成为国家统一和民族凝聚力的象征，昭示着中华民族团结拼搏、自强不息的顽强精神。万里长城永不倒，红军就是一道横亘在敌人面前的不可逾越的钢铁长城，是维护国家统一的“好汉”。秦长城起到了鼓舞士气的作用，也丰富了全新的内容，为固原留下了一笔宝贵的精神财富。

另一件却带有悲情的色彩，让人感泣。我们都知道孟姜女哭长城的故事，它在大江南北广为流传，也有着太多的出处，但在彭阳县的秦长城脚下孟姜女哭长城的故事听起来似乎更为真实，真的是那样的巧合、真的是令人难以置信，在故事流传的地方，有三个地名就让你惊诧，一个是孟塬，一个是姜洼，以孟姜两姓为名的，一个是万寨子，孟姜女的夫姓家，这三个地方离得不远。据当地人讲，“姜孟两家是邻居，姜家种的葫芦的果实，后来结到孟家的院子里，孟姜女是两家将葫芦一分为二分时里面生出来的奇女子”。还有一首在当地广为流传的民歌《孟姜女探夫》，歌中唱道：“正月里探夫是新春，家家户户点红灯，人家夫妻团圆住，孟姜女丈夫造长城……三月里探夫是清明，家家户户祭祖坟，人家祖坟飘白纸，万家的祖坟冷清清……十月里探夫小阳春，想起我夫泪淋淋，心中只把秦皇恨，强迫我夫造长城。冬月探夫雪花飘，一心要把夫君找，长城天气多寒冷，我夫无衣命难熬。腊月探夫过年忙，家家户户喜洋洋，看看新春佳节到，孟姜女两眼泪汪汪。”不管怎么说，在彭阳县境内孟姜女哭长城的故事由来已久，广为传诵，这与秦长城从这里穿过是密不可分，从一个侧面反映了古代修筑长城、征召民夫，致使夫妻离别、家破人亡的悲惨境况，也说明了统治者的横征暴敛、残酷无情。偶然也罢，巧合也罢，我想，只要有长城的地方，孟姜女哭长城的事情就一定存在，只不过表现形式不同罢了，内容注定都是一样的。哭就是反抗，哭就是对统治者的不满，哭倒了长城也许就是孟姜女们众多的同情者的最大愿望,也是弱者的一种无奈。

无论如何，秦长城是厚重的，它承载着一种不屈的顽强精神,它也蕴含着一种深刻的历史文化内涵,虽然包含有悲剧的成分,但它伟大的历史意义却是十分明显的,它更是今天仍然生活在这里的人们的一种骄傲和象征。

（原载 2010 年第十二期《朔方》）

天圆地方之间

中国的古代货币自秦始皇一统天下，使用的就是“天圆地方”形制的货币，即方孔圆钱。古代货币，除去一些贵金属货币或极少数其他形制的外，就是我们常见常说的麻钱子，你可别小看这麻钱子，它里面却包含着大文章，有说不尽的知识，讲不完的故事。

在上至东周，下到民国初年的数千年间，历代王朝都流通和使用着金属货币，而以造型简单、轻巧耐用的方孔圆钱为代表的金属货币，始终占据着重要地位。因为这种外圆内方的制作形态，体现了我国古代天圆地方的宇宙观，象征着君临万方、皇权至上的思想，外圆代表天命，内方表示皇权，它所包含着的特殊的政治、经济甚至意识形态的意义，在世界文化史上是独一无二的，因而它也是东方货币的典型代表。今天古钱币早已退出了流通，但在它小小的身上，我们看到了历史上朝代更替、国家兴亡和经济发展状况的一些记录，又可以获得有关当时政治、文化、军事、宗教、科技等方面的知识。从这个认识意义上看，它小小的形体却是一块巨大的社会化石，已越来越多地引起了人们的关注。

记得在我少年的时代，麻钱子是经常见到的，在固原农村里几乎家家都有，我常和小伙伴们用麻钱子玩“丢窝”的游戏，女孩子则用它做鸡毛毽子踢着玩耍。一次我和几个小伙伴拿着铁锨去一座废弃的老城里挖麻钱子，竟然在乱土堆中还翻拣出了数枚，足见其存世量之多。那时人们挖出麻钱子大多都交到了收购站又送到工厂被熔化掉了，其中肯定不乏珍品，现在回想起来，这个损失是永远无法弥补了，只能令人抱憾。当时时代的政治、人文环境就是那个样子，加之位于宁夏南部的固原地处偏僻，没有钱币方面的人才，因此根本谈不上甄别、收集和保护。远的不说，在20世纪40年代初，上海就出版过钱币学家丁福保编著的《古钱大辞典》《历代古钱图说》两本专著，收录历代钱币拓片数千幅，并有标价。清末至民国时期的南方，钱币收藏名家辈出，著述颇丰，钱币收藏、观摩、交流活动也很活跃，这些收藏活动，为我们今天留下了无数珍品，成为祖国历史文化遗产中的一份瑰宝。相形之下，我们地处遥远的大西北已经十分落后了，即便是在今天，古钱币的收集保护也不甚理想，导致了本地出土的古钱币还在不断流失。固原土地上这些历史给予我们的馈赠之物，每一枚都与当地的历史文化相关联，它的流失，也就是我们这个区域历史文化的流失，怎能不叫人心痛？人们不禁要问，为什么在固原会有这么多的古钱币留存于此？那就让我们再一次回到古老的历史中去，寻找沧桑岁月的足迹。

先秦时期，固原所处的六盘山一带就属秦地，秦惠文王最早铸行的货币“半两”“两甾”等，在固原、彭阳等地就有发现，这种行笔粗放，且不甚规范的古钱，钱体凸起、似圆非圆，显得苍莽古拙，是先秦时期留存在这里较早的金属货币。秦统一货币后，仍然铸行“半两”，但更加规范，制作精好，钱文系用小篆书写，遒劲挺拔，美观大方，一般直径都在3.2厘米以上，重约8克。两汉时期，“丝绸之路”的开通，固原成为其东段北道必经之地，交通的便利，带来了经济的繁荣。西汉早期铸行的“半两”及汉武帝之后开始改铸的以后竟延续了700多年的“五铢”钱，至今随处可见，尤其是品类繁多的"五铢"钱存世数量很大，动辄出土千枚万枚，其中珍异之品常有所闻。我在彭阳县曾见过一枚玉质"五铢"，系手工刻凿而成，玉质光滑细腻，当属佩钱，象征着富贵。在固原一带出土的汉代钱币中，王莽新政时期的铸币占相当大的数量。其时王莽弄权，币制紊乱，铸行的货币繁杂，达十几种。1992 年固原西郊出土一个窖藏，几乎全是"莽币"，被当地人称之为"钱钞"的"货布"就有千枚之多，"货泉"竟多达万枚，另有"布泉""小泉直一""大泉五十""大布黄千"数百枚不等。这些古币铸工精美，文字隽秀，皆为上乘之品。单就"货布"来说，式样独特，如同一直立的人形，生气盎然，其钱文是悬针篆，币文最长笔画达 30 毫米以上，宽度则不过 0.3 毫米，看上去细若游丝，却生动流畅，铸造工艺之高，后人难以企及，难怪乎世称王莽为中国古代第一铸钱高手。彭阳县古城汉墓曾出土较为稀有的"莽币"："一刀平五千"（亦称金错刀）、"契刀五百"十数枚，个个完整如新，这些奇异的珍稀之品，形制优美，超乎常规，与众截然不同，使人见了确实有出乎其类、拔乎其萃之感受。王莽新政短短几年，四次改革币制，朝令夕改，废旧用新，造成"农商失业、食货俱废"，社会矛盾迅速激化，终于导致了其政权的覆灭。而其铸的钱却精美绝伦，深受历代泉家青睐，不能不说这是历史开的一个玩笑。汉以后的历朝历代，固原作为重要的边陲重镇之地，连年不断的战争，被掠夺的财富或供驻军给养的兵饷，流落下来的很多，间或经济的发展、边贸的往来也有大量的钱币遗世。唐钱"开元通宝"、宋钱、清钱（元、明多发行纸钞，铜钱铸量较小）数不胜数。20 世纪 80 年代末在固原城中一次出土的北周钱币"永通万国"精品就有一百多枚，现在这种钱币已成稀罕之物。北周铸有"布泉""五行大布""永通万国"三种货币，统称"北周三钱"，钱文用玉箸篆，书体刚柔相济，颇具韵味，其铸工之精美，在当时已达巅峰状态。“北周三钱”在固原一带出土频繁且数量较多，这与北朝时期固原就是北周通往西域的咽喉要道和军事重镇分不开的。现已被列入中国古泉 50 名珍的钱币，如南朝“永光”、五代前蜀“永平元宝”、后蜀“大蜀通宝”、南汉“乾亨通宝”等在固原都有出土，我也有幸目睹了其中的一些实物。这些被湮没了上千年的珍贵之物，重见天日，又被人们玩于股掌之间，而随着时事变迁、人物变化，其命运不知又将如何，不免使人感叹。固原在历史上也是宋与西夏交界对峙的地方，时有战争，时有交往，故西夏钱币在这里也多有窖藏发现。固原头营镇、海原李旺乡曾出土有西夏“屋驮文”钱币。西吉红耀乡 20 世纪 80 年代中期出土的一批西夏铜钱，其中有一枚西夏“元德通宝”，十分罕见，国内仅存数枚，现存于被誉为“华夏钱币收藏第一县”的西吉钱币博物馆，供人们观赏。西夏钱币铸工精整，不亚于宋钱。其经济最繁荣时期铸行的“天盛元宝”，出土量最多，余者十余种钱币很稀有或绝少，偶尔见于北方的内蒙古及陕西、甘肃等地，这与疆域的局限性有很大关系，今天所见到的西夏钱币“元德重宝”“大德元宝”等等无一不是伪品。出土量很少的西夏钱币，现已成为研究这个神秘王国政治、经济、文化的一种重要实物资料。

说到古钱币的保护，西吉县文管所尽了最大的努力，1996 年在西吉建成了宁夏第一家钱币博物馆，共收藏展出历代钱币三千余种，琳琅满目，使人目不暇接，若徜徉于其中，仿佛时光回到了过去，便有历史的烟云依稀浮现于眼前。你可以从一枚枚锈迹斑斑的古钱币身上，联想到改朝换代的血腥、刀光剑影的厮杀、巧取豪夺的卑劣、军阀割据的残暴；也可以了解到古代经济社会发展的某些痕迹，历朝军事智勇相克的一些谋略；更可以从中领略到包含在古钱币中的美学、艺术的享受和民间习俗风情。特别是书写在古钱币上的文字，真、草、隶、篆，各臻其妙，另有少数民族文字西夏文(屋驮文)、八思巴文、满文，更是不拘一格、争奇斗妍，其间不乏艺术水准很高的杰作，如唐初书法家欧阳询制词并书写的“开元通宝”，隶书文字端庄凝重，结构妥帖，开创了我国钱币以“元宝”和“通宝”相称的先河，成为后世制钱的楷模。北宋徽宗皇帝赵佶把独创的瘦金体也用于钱文，御书“大观通宝”“崇宁通宝”，铁画银钩，飘逸劲挺，为古今一绝，如此等等，不一而足。

在祖国五千多年文明的灿烂长河中，固原的历史是古老而漫长的，历史积淀下来的历代精美之品灿若星辰，各具特色，是固原古代政治、经济、人文、地理最逼真、最直接的实证。也许，很多精致稀贵的物品能留存至今与固原近代开发较迟有很大的关系，但也使这些历史的馈赠之物避免了更早地遭到掠夺和破坏。这虽是一种幸运，同样也蕴藏着不少危机，近一二十年来出土的珍贵古钱币大量外流，就说明了这个问题。20世纪90年代初，固原民族师范出土一批唐“乾元重宝”连体钱，都是未经锉磨的毛坯，其体形独特在国内独一无二，而其十之八九已流入外地，使我们痛失了研究当时可能在固原设立钱监铸币的珍贵实物资料。

不论怎样，古钱币是历史播撒在固原这片土地上的尤物，是其共性特征寓于个性之中在固原的历史再现，随着时间的流逝，它会越来越少。不管妥当与否，我一直是这样认为的，古钱币鲜明的个性所包含的综合的历史价值，就是固原这片古老而炙热的土地上文明人格的物化及其真实反映。

(原载2014年第六期《朔方》)

西海固与古钱币

近几年来，在固原县城附近和西吉县的硝河、偏城出土的文物中就有商、周时期的贝币，这是当时人们相互交换商品的一种媒介物，说明当时这里的经济已有了一定水平的发展。

先秦时期，六盘山一带隶属于秦地。秦惠文王铸行的货币"半两""两甾"，似圆非圆这种不甚规范的货币，在固原、彭阳等地时有发现。战国秦长城的修筑，使固原成为秦王朝的北部边关和拒胡重地，常年有重兵把关。修筑长城的劳务费用和驻守边关的军饷大量遗存了下来。我们现在见到的宽度在3.2厘米以上的秦半两，就是这一时期的产物。

唐、宋和西夏时期也是"丝绸之路"最繁荣的时期之一，地处北方游牧文化与中原文化交汇点上的西海固地区，同时也是宋与西夏交界对峙的地方，战争的间隙，双方都设有榷场以增大贸易。西夏需要北宋的铜、铁，而北宋需要西夏养育的战马。唐代"丝绸之路"上往来的西域商人和宋与西夏的边境贸易，也为西海固留下了种类繁多的古钱币。

西夏建国之后，为了扩大地盘和掠夺财富，与北宋在西海固一带经常进行战争，连年的战争使数量可观的军饷随着将士出战也流落到了西海固地区。已发现的众多宋代窖藏中也夹杂着许多西夏钱币，其中更有珍稀之品，西吉县红耀乡20世纪80年代中期出土的一个宋钱窖藏中就有一枚西夏"元德通宝"小平钱,较为罕见,据有关资料介绍,现在国内存数不过十枚。

在西海固还发现了宋朝铸造的大量铁钱，说明北宋后期因为战争,国力减弱,已没有更多的铜来制造钱币,只好用铁钱来支付军饷。遗存至今的大量的锈迹斑斑的铁钱,已成为北宋当时国力衰退的实物写照。

元明时期,固原一带是边关要隘、军事重镇,经济相对繁荣,但由于元明两朝多发行纸钞,因而铜钱遗留下来的不多。到了近代,清朝钱币和民国银圆、铜币存世量较大,在西海固地区随处可见。

红军长征经过西海固地区并在西吉县将台堡胜利会师,西海固地区也留下了苏维埃政权发行的货币。

虽说西海固的钱币收藏保护在海内外钱币收藏界出了名,但文管部门由于资金等方面的原因，现在收集和保护的古钱币仅仅是其中非常少的一部分,而大量的古钱币已经或正在流失。

1990 年,固原县城小南市巷一次出土北周"永通万国"精品一百多枚,被人以低价购走,现在这种钱币已成稀罕之物。

1992 年,固原民族师范出土一批唐乾元重宝连体钱,都是未经挫磨的毛坯,其体形奇异在国内独一无二,现在大部分已流入外地，从而痛失了研究当时可能在固原设立钱监铸币的珍贵实物资料。

1994 年,固原西郊秦长城脚下出土一个汉代窖藏,有"钱钞"之称的叉钱——货布近千枚,货泉多达万枚,其中有"金错刀"一枚,都被钱币贩子收购后贩卖到了外地。

1995 年,彭阳县古城汉墓出土"一刀平五千"(金错刀)、"契万五百"十数枚,这些形制精美的珍罕之品都被陕西人购走。

1997 年,固原头营乡出土一个宋代窖藏,内有西夏"屋驮文"

大安宝钱、天庆宝钱及汉文乾祐元宝等西夏珍稀钱币数十枚，都被钱币贩子贩卖给了外地人。

2000年，彭阳县城桥头一建筑工地挖出一批清钱，被人哄抢一光……

西海固土地上这些历史给予的馈赠之物，每一枚都与西海固的历史相联系，它的流失，也就是西海固历史的流失，其状况不仅令人担忧，更令人痛惜。

古钱币虽然早已退出了流通，但它作为一种文化景象再也不能从西海固人的心里退出，西海固人有责任来保护和珍惜它，它们是西海固这片贫瘠土地上的财富。一枚出土于西海固地区小小的方孔圆钱，就是古老的西海固走向世界的一张名片，也是世界了解西海固历史文明的一把钥匙。

让我们来共同呵护这些出土于西海固的古钱币吧！

（原载2002年4月7日《固原日报》）

丝路深处的辉煌

2011年年底我在北京学习，得空去了趟国家博物馆。据介绍这里是中华文物收藏量最为丰富的博物馆，整体规模在世界博物馆中位居前列。你不由得不赞叹，泱泱中华历史之悠久，文物之丰盛，真是让世人侧目。在古代中国展厅，有一件文物一下子就吸引住了我的眼球，那是1983年出土于我的家乡固原南郊的一件文物：北周柱国大将军李贤夫妇合葬墓中波斯萨珊王朝的鎏金银壶。提起鎏金银壶，在宁夏、在固原很多人都知道，它不仅仅是一件国宝，更是固原的一张名片。尽管我对这件宝贝是那样的熟悉，曾经无数次地停留在它的身边，默默地与它对话，从心底里感受它从历史中带给我们现实的巨大信息和力量，但这一次见面毕竟有所不同，是在北京，在中国最权威的国博，我的浑身似乎都弥漫出一种骄傲的气味，我滔滔不绝的话语表现让我的同事都感到吃惊。我知道这是一件复制品，象征意义远大于实际存在。它的真品收藏于固原博物馆，是那里的镇馆之宝。尽管是复制品，但能在国博占有一席之地，对一个地处边远的小地方来说是一件非同寻常的事情，也说明了这个小地方在历史中的地位（“小地方”是相对于整个国家而言，固原在我的心目中永远是“大”的）。

什么地位呢？在举世闻名的古丝绸之路上，当时的固原是一个军事、文化重镇，延续了千余年而不衰。如果再需要有一个印证的话，2012年8月中国邮政公司发行了一套四枚以“丝绸之路”为题的邮票，其中第三枚“神秘故国”在显著的位置即印有鎏金银壶的图案。鎏金银壶的下面是一幅唐代的绣鞯残片，黄色的绢丝上用白、棕、蓝、绿等色绣着艳丽的唐草宝华。这幅绣鞯出土于青海省都兰县，时间也是1983年。鎏金银壶的中后方是楼兰古城遗址，再往上一点是放大了的丝绸之路截图以及行走在丝路上的马队，远处是新疆的天山山脉和青海西宁的土楼山。有山有城有出土的实物，这些都是丝绸之路上的代表性东西，其寓意不言自明。

固原是丝绸之路东段北道必经之地，这是最重要的一条陆路通道，由此南去直抵当时中国的心脏长安、洛阳，北上则经过河西走廊通往中亚和欧洲。汉代丝绸之路的开通，为历史上的固原带来了勃勃生机，使黄土高原上的这一边塞之城步入了一段辉煌的岁月。我们可以遥想，来自西亚的波斯商人、来自阿拉伯半岛的阿拉伯商人翻过帕米尔高原进入西域，再穿过茫茫戈壁一路东行，庞大的驼队载着金银玉器以及西亚中东的特产历经千辛万苦到达原州(即固原)，这里距他们的目的地长安只有四百公里的行程，原州是进入长安的北大门，历史上著名的关隘——萧关即设置在这里。汉唐以来，长安就是国际化的大都市，那里不仅汇聚着世界各地的文明和先进的思想，也汇聚着全国的财富，有高贵华丽的丝绸，有醇香浓郁的茶叶，世界性的贸易以货易货。汉代的货币五铢、北周的货币永通万国、唐朝的货币开元通宝，它们与罗马金币、波斯银币无须兑换，一律通用。北周的货币永通万国，凭直觉就可以判断出它在当时就是一种对外开放的货币，就其名称而言，是何等的大气。扼守西域通往长安要道的军事重镇原州，高大伟岸的城墙矗立在碧波浩渺的清水河畔，高峭冷峻的萧关万夫莫开，南来北往的商队都必须从此经过或投宿。原州城中应是酒肆瓦舍林立，繁华一时。时任北魏孝文帝时原州刺史的李贤就驻节在这里。刺史是一州的最高军事行政长官，商队经过都要受到其检查，很多中外商人为了减少麻烦，都和官府有密切的联系，甚至和官员结成了利益上的“朋友”关系而受到保护。官商关系，古今中外，大致都是如此，时至市场经济时代也无多少改变。我不敢对古人的廉洁有过多的怀疑，但我们可以对出土于先任北魏原州刺史后任北周河州总管大都督李贤夫妇合葬墓的三件波斯物品鎏金银壶、凸钉装饰玻璃碗和镶宝石金戒指做一个大胆的猜测。这三件物品在当时来说都是非常贵重的东西，并且是“洋货”，怎么会到李贤的手中？史料记载，当时的波斯萨珊王朝与长安之间的商贸往来十分频繁，原州地处丝路要冲，商旅云集，物品众多，而鎏金银壶极有可能就是由非常善于经商的中亚粟特人携带进来，而被李贤所获取的。如何获取？一种是波斯商人或粟特商人为了巴结李贤送给他的礼品，而使其大宗货物得以免检通关并一路受到保护，直至长安；另一种可能则是李贤向外籍客商索取的，他对“洋货”或许有几分好奇，“要”上几件玩玩也在情理之中，于是就有了后来的稀世国宝伴随着李贤夫妇在20世纪80年代一同出了大名。这种推测当然有损于李贤的名声，还是第一种的可能性大些。不论历史上发生了怎样的情况，“国宝”总算留了下来，这毕竟是一件幸事。考古学家只管发现与发掘，才不去管这些东西当年是怎么到的李贤手中和墓中的，现在的通行说法是：它们是中外文化交流的佐证，是丝绸之路商贸频繁往来的缩影。鎏金银壶在中国仅此一件，被视为绝品，在世界现存的波斯萨珊文物中亦属罕见的珍宝。总而言之，它表明固原在古代丝绸之路或中西交通上的重要位置。丝绸之路是遥远而漫长的，八千多公里的路途充满着各种变数，从长安到罗马，世界两大文明圈之间的贸易通道，它的每一段路程，它经过的每一个城镇、关隘，甚至小小的驿站都会有无数的故事发生，固原自然也不例外，只不过因了李贤夫妇合葬墓的发掘、因了鎏金银壶的出土而使这样的历史故事变得更传奇更辉煌一些罢了。

固原在丝绸之路上遗留下来的辉煌除去它坚实厚重的城墙，还有大家熟知的须弥山石窟、开城遗址以及固原南郊北朝至隋唐的十余座墓葬，李贤夫妇合葬墓只是其中之一。在固原城的南面与白马山之间有一块面积在六十平方公里左右的塬地，地势开阔平坦，西面依山，东面临河，地理位置优良，是古人理想的埋葬之地，因此塬上古冢随处可见。北周李贤墓志中称其地为“原州西南陇山之足”，唐代史索岩墓志称之为“高平之原”，足见其风水不同一般。在塬的东南边沿一带相对比较集中的是隋唐墓葬，这些墓葬自有其特殊性，我把它们称之为丝绸之路上散落在固原这块土地上的辉煌碎片，因为它毕竟不及鎏金银壶的出土辉煌耀眼。说它特殊，是因为这些墓大部分是粟特人的，我们习惯上把他们称之为“胡人”，当地人管这些墓叫“鞑子墓”就说明这点。粟特人原本居住在葱岭以西的河中地区，是古代中亚历史上最活跃、最神秘的民族。早在南北朝时期就建立了康、安、米、曹、石、何、史等城邦，谓之昭武九姓。他们长于筹算，不畏艰险，以善于经商闻名于世。随着丝绸之路的开通，大批粟特人通过经商、传教、留学或入质移居中国，丝绸之路沿线都建有他们的聚落，到隋唐时达到高潮。粟特人实际上是中古时期丝绸之路上的贸易担当者，到处都留有他们的足迹。他们中的一部分人定居原州，从事商贸或其他活动。在发掘的隋唐墓葬中有七座史姓墓葬，墓主人均为“昭武九姓”中史国人的后代。他们以族聚的形式在固原历史上出现，再现了古代中西文化交流过程中固原的历史地位。在这些粟特人后裔的墓葬中，出土有中亚甚至西方文化色彩的文物，如罗马金币、波斯银币等等。其中史诃耽墓中出土的一枚蓝色宝石印章，一面抛光，另一面中央雕刻卧狮，四边铸有铭文，铭文属古波斯的帕勒维文，是萨珊王朝的一种祈祷文。史道德墓中出土的罗马金币含在墓主人的口中，而口含金币的习俗与古希腊神话有着一定的联系。粟特人也许就是把鎏金银壶献给李贤的事主。他们在唐朝以后的漫长岁月里再没有留下任何痕迹，只有一种解释，他们已完全地同化于当地居民之中。粟特人，有着深眼窝、高鼻梁的西亚人为中西商贸的发展、为丝绸之路的繁荣，当然也为古代固原的社会进步做出了积极贡献，历史应该为他们写下永不忘记的一笔，因为他们是丝路深处的一群精灵。

如今固原南郊隋唐墓地与须弥山石窟、开城遗址、固原古城遗址作为丝绸之路跨国申报世界遗产项目而更加受到世人的瞩目，身为固原人，我与每一个生长在这里的人一样，深感自豪和骄傲。冬日雪后的一个下午，我再一次从南塬上走过，望着一座座高大的坟冢，我想，这何尝不是一部厚重的历史之书，它书写的不仅仅是人类文明的璀璨华章，更多的是一段辉煌历史的开放、包容和大气，它所表现出来的人文精神和其思想内涵，已经超越了政治及商贸的原有意义，也超越了地域文化的范畴。是啊，要想真正理解一段地域历史在丝路深处产生过的辉煌，我们只有在不断地阅读和反思中才能慢慢懂得。

（原载 2014 年第六期《朔方》）

闪光的文明通道

跨过苍茫的萧关古道，登上巍峨的六盘之巅，放眼北望，绵延数百里的六盘山脉云雾缭绕，松柏苍翠；蜿蜒东去的清水河流光闪烁，奔腾不息；战国秦长城宛如一条巨龙，横亘东西，淹没在时间深处的古丝绸之路若隐若现，仿佛还在向人们讲述着那一段历史的绚烂和神秘……

这是一片孕育了古老文明而又充满神奇的土地。这是一片蕴含着深厚文化积淀而又充满希望的土地。这就是西北历史文化名城——固原。

固原，位于宁夏南部，从新石器时代算起，它已经有五千多年的文明史，西周即以大原之名见于史册而地入版籍。千百年来因其位于中原文化与北方游牧文化的交汇之点，经济和军事地位十分重要，向以“左控五原，右带兰会，黄河绕北，崆峒阻南”著称于世。古老的固原城墙就是历史沧桑最好的见证。

在几千年的封建社会中，固原因地处萧关要道，一度成为西北著名的军事重镇，是历代各朝镇南争北、拓东取西的基地和据点。

固原城始建于西汉，素有“高平第一城”的美誉，后经历代采断修缮，至明万历三年（1575 年）建成砖包城，其建城规模达到了历史的顶峰。

令人惋惜的是，1971 年在人防工程建设中，固原古城被拆除了。仅存的一段城墙,它留给我们的不仅仅是古老文化的缩影和象征,更多的是对人类文明的一种怀念和反思。

出县城沿银平公路北行不到十分钟的路程，就来到了战国秦长城的脚下。两千多年前,秦昭襄王攻灭了义渠,“于是秦有陇西、北地、上郡,筑长城以拒胡”。这就是固原城北战国秦长城的建筑由来,长城由西向东至固原西郊明庄村西北,分为内城和外城两道城墙,这在筑城史上是比较少有的,可见当时固原战略地位的重要。雄浑厚重的长城虽经数千年的风侵雨蚀,雄风犹存。人们依然能够从它的身上感受到历史的沧桑，领悟到一个民族精诚团结所显示出的力量。作为一座远古的历史丰碑,而今它如同一块巨大的化石,供后人前来探古访幽,凭吊它的千年兴衰。如果说秦长城是为了抵御外敌入侵而修筑的，那么古城堡的修建则是为了屯兵和扼守险关要隘。在固原境内现存的古城堡遗址有十余处,瓦亭古城堡、七营北嘴子古城堡、黄铎堡古城堡……它们在历史的不同阶段曾发挥过重要的作用，现在这些古城堡已构成了一道独特的风景,为古老的固原增加了几分沧桑和凝重。面对这些历史的馈赠,怎能不让人遐思和感叹!岁月的脚步在不停地行进,时间的跨度又把我们和一个马背上的民族联系在了一起。

1227 年夏天，一代天骄成吉思汗在即将完成统一中原的大业时,在六盘山麓避暑时陨落。“朔北留得豪气在,射雕大漠敢问谁？”他和他的子孙创立了开城。

从南到北,在固原境内 100 多公里的宝中铁路、银平公路沿线,已发现的有历代石窟寺 5 座,古战场、古养马场、古军寨 50 多处,遗址 86 处,抢救发掘的古墓葬 300 多座,而其中最著名的当数全国重点文物保护单位——须弥山石窟。须弥山石窟位于县城西北55公里处的六盘山支脉须弥山东麓。驱车前行，峰回路转，首先映入眼帘的是别具特色的紫红色山体和矗立其间的20.6米高的大佛。这尊释迦牟尼坐佛高大魁梧，面部丰腴，慈眉善眼，耳垂至肩，雕刻十分精细，显示了我国古代工匠的高超技艺和雄伟气魄。它比著名的山西云冈石窟中最大的坐佛和河南龙门石窟奉先寺卢舍那佛还高，是须弥山石窟的象征，而相国寺内北周的几尊立佛则是须弥山的代表作，造像的宏大精美，在国内独一无二，被誉为“须弥之光”。

须弥山石窟始建于北魏，兴于盛唐，已有一千四百多年的历史，是丝绸之路北线上的珍贵文化遗存，是中外文化交流融合的历史佐证，它同敦煌、云冈、龙门石窟一样，是我国古代文化遗产的瑰宝，具有极高的艺术研究和旅游观赏价值。

固原自古以来就是一个多民族地区，现在又是我国回族的主要聚居区之一。明清时期建筑的清真寺遗留下来的就有近百座，独特的民族风俗和宗教建筑风格，深深吸引着每一个来到这里的游人。而距固原城南二十里铺的拱北是明成化二年(1466年)，一位西域传教士于此归真后，由当地回族乡老筹资修建的。时光变迁，几经修葺，现已有一定规模：大殿斗拱飞檐，塔亭琉璃盖顶，尖顶耸立着新月，前殿后塔的石雕更是绚丽无比，梅兰竹菊跃然其上，飞禽走兽穿行其间，一派富贵祥和的气象，整个建筑浑然一体，蔚为壮观，充分展示了伊斯兰文化与中国传统文化融汇的强大凝聚力。当你从这令人心旷神怡的人文景观中回过头来，透过闪烁着丰厚文化遗产亮点的文明通道，走进固原出土文物的历史长廊时，你就会被再次震撼。固原的出土文物异常丰富，从新石器时期的陶器到春秋战国时期的铜器，再到汉代、南北朝时期的建筑材料以及漆棺彩画，可谓琳琅满目，流光溢彩。

1983年,发生了一件轰动考古学界的大事,这就是当年中国十大考古发现之一的固原南郊李贤墓的发掘，它的重大意义就在于填补了我国北周这段历史考古发现的空白。墓内出土文物多达三百多件,内有一把鎏金银壶,系波斯萨珊王朝器物,腹部有三组表现希腊神话的图,图形精美绝伦。无论是其工艺水准,还是表现内容,都是绝无仅有的。它也是丝绸路上中西文化交流的商贸往来的实物见证。

历史文化是一个城市的灵魂。固原不仅是宁夏的文物大县,文物遗存丰厚,也是文化部命名的“民间艺术之乡”,文化积淀深厚。历史上有许多文人名士都留下了脍炙人口的佳作,其中以班彪的《北征赋》、陈琳的《饮马长城窟行》、岑参的《八月萧关道》、王维的《使至塞上》等最为著名。

须弥之光享有盛誉,六盘风景这边独好。面对西部大开发的历史机遇,一个以文物古迹为依托,以固原古城为中心,北起须弥山,南至六盘山的三点一线旅游业开发已全面启动,这不仅使璀璨斑斓的固原文化再现昔日的光彩，还将成为带动固原发展的新的经济增长点。

（原载2005年第二期《共产党人》）

雄关漫道

在几千年历史的演进过程中，由于掠夺性的战争和人们保家卫国的强烈意识而筑就了许多关隘。中国之大,关隘之多,数不胜数,那些著名的关隘,人人耳熟能详,如今早已成为壮美的风景和旅游胜地,想想那"关"的气势,高耸、险峻,扼咽喉要道,一夫当关万夫莫开,真是雄浑奇崛。在宁夏南部的固原市历史上就有一个名闻天下的关隘——萧关,它是拱卫长安的北大门,古有"东函谷、南武关、西散关、北萧关"之称,四关之中便是"关中",是秦汉唐的京城所在地,萧关控扼着中原包括京师长安通往塞北乃至西域的通道,这里既是军事要冲,又是丝绸之路东段北道必经之处,其历史重要性不言而喻。

萧关故址距今固原市区以南四十公里,这里三面环山,一面临水,西靠六盘山,南依三关口,道路狭长,地势险要。年序递转,风云变幻，秦汉唐宋那一页页厚重的历史早已被岁月的手指轻轻地翻了过去,但这里的山势地貌却依然险峻,其曾经显赫的地位依然坚挺在历史的深处,让人浮想联翩的同时依然敬畏。秦昭襄王北游戎地经此去往黄河的车辇仿佛还在列队行进；丝绸之路上中西交往的驼队发出的铃声仿佛还在隐隐作响；唐与吐蕃战斗的刀光剑影、宋和西夏厮杀的血腥场景仿佛还在不断闪现。蓦然回首,一切都悄然进入了历史,向前去了。追读时节,几声感慨,就已经超越了十多个世纪。山石突兀,水流急切,辉煌了几百年的萧关就这样在风雨的侵蚀下一点点地湮没了，没有留下一丝的痕迹。萧关在我的心中是苍茫而巍峨的，不是因为它的险要，也不是因为它的高远，而是因为诗。王维《使至塞上》中"征蓬出汉塞"的壮阔画面，王昌龄《塞下曲》中"八月萧关道"上的萧索图像，陶翰《出萧关怀古》中"驱马击长剑"的壮烈情怀，张蠙《过萧关》中"晴原起猎尘"的狩猎情景能勾起人们的无限遐思，那大雁、那黄芦、那长剑、那猎尘都会把人深深地感染。雄奇的萧关是古代边塞上的一道文化风景，有多少"出塞复入塞"的文人骚客、达官显贵，甚至是过往商贾、戍边兵士在这苍凉的萧关之地发出心中的感叹，寄托他们的情思，萧关无疑是他们吟咏的对象。千年的风霜雪雨可以让一座坚固的关隘荡然无存，却无法使它承载着的文化泯灭。萧关是以那些优美苍劲的边塞诗词的化身挺立在我的心中的，它是那样的神圣、神奇，让我无数次地来此凭吊、怀思，追寻前辈诗人的足迹，从中获得我人生的感悟。山河依旧，萧关无觅。为了让更多的人了解萧关、了解固原悠久的历史，固原市人民政府新近在萧关故址上斥资修建了萧关文化园，请书法名家撰写了十七首古代咏颂萧关的诗篇，镌刻在文化园的石墙上。同时建造了一座仿古碑亭，正面书有"萧关故址"四个字，背面刻有碑文一篇。这篇碑文是不才撰的稿，虽有言不达意之处，但也无妨抄录于此，以表达我作为一个固原人对萧关这一历史文化名关的追怀和崇敬。

萧关碑记

萧关，古代著名关隘，地处固原东南，北靠瓦亭峡，南衔三关口；六盘西来，泾水东去，翠峰环拱，深谷险阻，易受难攻，屹为雄关，乃北方通往关中之险要屏障。

秦时明月汉时关。昔秦皇一统六国,取道陇西越六盘过萧关首巡天下;汉武六度北出,驻跸塞外巡边地察疆域祭山拜岳。班彪一曲《北征赋》,文学史上留奇葩;王维一首《使塞上》,萧关美名万古传。“单车欲问边,属国过居延。征蓬出汉塞,归雁入胡天。大漠孤烟直,长河落日圆。萧关逢侯骑,都护在燕然。”名诗佳句,千年传诵;家喻户晓,妇孺皆知。萧关四野,碧草连天;举目环顾,感慨万千。汉唐诸公,作文吟诗,佳气在此,胜迹犹存。真可谓历岁月却常新,行天下而不朽!

山河依旧在,萧关可追寻。今喜逢盛世,政通人和;经济繁荣,百业兴旺。特在此傍山依水之瓦亭古城北侧立碑勒石,上书“萧关”;前思古人,后启来者。以重播萧关之威名,再振六盘之雄风。是为记。

站在萧关文化园的高处,举目四望,碧草连天,西面的六盘山高耸入云,南流的茹河水声如弹筝。昔日的萧关古道已成为如今的南北通道:中宝铁路穿山而过,福银高速横贯全境,西兰、平银公路在这里交汇。征蓬出塞、商旅驼铃、萧关夜宿已经消失在了历史的深处,不复再现,真正地让人感慨岁月的无情,又不得不赞美文明带给人类的进步。萧关、萧关古道又是幸运的,它们毕竟留存在了人们永久的记忆当中。“雄关漫道真如铁,而今迈步从头越”,萧关、萧关古道终于迎来历史文化的春天,它们也将以另外一种存在的形式走入今天、走向未来。

(原载 2012 年第一期《朔方》)

长河落日圆

缘于现代交通的发达，即使是居于固原这样一个西北偏远的地方，出行也十分方便，这在古代是不可想象的。在历史上经济最繁荣的唐代，要从固原去长安，快马加鞭恐怕也得四五天的光景，这还是官差，道路受阻、豺狼出没也是常有的事儿。要是坐着一辆牛车或是马车，那速度就更慢了，不过沿途可以饱览一下优美的自然风光。乘客如果是文人骚客，那么一路走来，必定是触景生情、诗意荡漾，留下一两句千古名句也不是没有可能。确实如此，唐玄宗开元二十五年(737 年)的秋天，时年三十五岁、官居监察御史的著名诗人兼画家王维被朝廷委派了一项使命：出使凉州慰问在前线攻袭吐蕃取得胜利的大唐官兵，是为劳军。凉州的治所在今天的甘肃武威，要去位于河西走廊的凉州，从京城长安出发，走的是"丝绸之路"东段北道，经现在的陕西彬县、甘肃泾川、宁夏固原、甘肃会宁四个古代驿站，然后即可到达凉州。进入固原境内，要经过险要的三关口，这里道路逼仄，一面悬崖峭壁，乱石嶙峋，一面流水湍急，声如弹筝。四周碧野，景色险峻。北行二十余里，越小六盘，便是瓦亭关。这是汉代修筑的一个关隘，依山而建，极尽地利，是扼守南来北往东去的咽喉要冲，终岁氤氲缭绕，固原八景之一的瓦亭烟岚便由此而得名。沿三关口至瓦亭关再到开城一线，所经行的道路就是著名的萧关故道。过原州城、出石门关便到了会宁地界。这一段路程二百余里，沿途有险关要隘——三关口、瓦亭关、石门关,有名山大河——六盘山、泾河、清水河,有秦汉时期开辟的著名官道——萧关道,这是一条中原通往西域的交通要道,是固原境内“丝绸之路”的一部分,由固原北向出境一直走的都是清水河冲击的河谷。清水河是固原的母亲河,是她奔腾不息的清粼粼的河水滋润和养育了固原这片土地。历史上,清水河河面宽阔,舟船来往,颇具气势,两岸草木繁茂,牛马衔尾,沃野千里。郦道元在《水经注》中对清水河的发源、水量、流向等都有明确的记录。这是一条蜿蜒北去、波澜不惊的“历史长河”。

遥想当年,王维正是沿着萧关故道一路北行,深切地感受了固原一带塞北壮丽的山水风光,结合自己此行的使命及其所见所闻,写下了《使至塞上》这一流传千古的名诗:

单车欲问边,属国过居延。征蓬出汉塞,归雁入胡天。
大漠孤烟直,长河落日圆。萧关逢候骑,都护在燕然。

名诗之中必然有名句,“大漠孤烟直,长河落日圆”便是人们熟知又称颂不已的名句。“大漠孤烟直”,自然是诗人在凉州一带看到的奇特景观,而“长河落日圆”则描写的究竟是哪一条河流呢?通常的解释是黄河,黄河的知名度不言而喻,王维出使途中也是过了黄河的,但我认为这首诗中的“长河”描写的是清水河上黄昏落日的壮观景象更为接近历史的真实。诗是以倒叙的手法来写的,先提到的是诗人足迹到达的最远的地方——居延,即甘肃张掖附近,再“大漠孤烟”“长河落日”到“固原萧关”,由远及近。顺着二百多里长的清水河河谷行进,不仅能看到朝霞,更能观到落日。清水河是浩渺庞大的,沿着广阔平坦的河床奔流北去，景象万千，诗人一路风尘途经这里，白日饱览了两岸的风景，时近黄昏，落日浑圆，猩红色的太阳仿佛带着一天的疲惫欲投入河流的怀抱沐浴。王维被自然的景观深深地感染，此情此景，唯"长河落日圆"方能真切地抒发诗人兼画家心中的无限情怀与感慨。王维的足印裹着久远岁月的风沙留在了清水河、留在了萧关、留在了固原，当我们今天在萧关故址旁默读刻在由固原市政府立的"萧关碑"上的《使至塞上》的诗句，我们的心情一样会被感染，只是时境、情形不同而已。

清水河是美丽的，让"长河落日圆"美景图画永远地留在她的身边，永远地留在我们每一个人的心中。

（原载 2010 年第五期《六盘山》）

美丽的传说

2004年7月17日,天空下着蒙蒙细雨,仿佛是对一个流传了许久的美丽传说做着注脚。正是在这一日,在地处内陆偏僻的宁夏南部山城固原举行着一个特别的仪式:民间传说邮票《柳毅传书》首发式。这看起来平常的一件事,其实却包含着巨大的历史文化内涵。首发式之所以选在固原举行,原因很简单,固原是《柳毅传书》这一美丽传奇故事的发生地 或者叫首发地。这也是固原当地学者徐兴亚先生及公子徐华森几经查阅史料反复考证得出的结论,并因此为固原争得了该邮票的首发式,使固原的知名度和美誉度得到了很大提高。

固原有着悠久的历史和较为特殊的地缘环境,各种文化曾在此交汇融合,因而文化底蕴十分深厚。在固原市所辖的五县(区)中,遗留下来的各种传奇、传说、故事、笑话、寓言等很多,且内容丰富多彩,诸如流行于原州区的《太阳和月亮》、西吉县的《火石寨的来历》、隆德县的《龙爬山》、泾源县的《魏徵梦斩老龙》、彭阳县的《金雀雀》等传说和故事,分别从各个不同的角度反映了当地劳动人民朴素的思想感情、美好愿望和对未来的幻想,千百年来对陶冶净化人们的心灵,激励人们同自然做斗争的勇气起到了巨大的鼓舞作用。虽然《柳毅传书》是唐代陇西人李朝威写的一篇传奇故事,但故事却发生在属于固原辖区内的泾河源头及泾水两岸,自然也归于固原这片热土的历史文化范畴。

这是一篇描写神怪、爱情、侠义三者交织在一起的人神恋爱的故事:传说洞庭龙君的女儿嫁给泾河龙君的儿子为妻,受到虐待,被赶出龙宫,在凄凉的泾河边上牧羊,终日以泪洗面。书生柳毅在长安考试落第探友途经此处,遇龙女哭诉托书,遂日夜兼程赶往洞庭龙宫传书报讯,终使龙女得救,返回洞庭,后几经波折和柳毅结为夫妻。故事赞颂了柳毅见义勇为、刚决明直的高贵品质,同时也反映了封建社会妇女的痛苦遭遇,寄托了作者渴求冲破封建藩篱的理想,具有一种可贵的叛逆精神。整篇故事情节曲折、优美动人,极富浪漫主义色彩。

《柳毅传书》这篇产生于唐代、取材于固原、流传到现在的著名传奇故事,一千多年来受到人们的广泛喜爱,和其他脍炙人口的民间故事一样,就是因为它的丰富的人文环境。唐时的固原经济、文化较为发达,又处于丝绸之路东段北道必经之地,境内山清水秀、景色优美,尤其是泾河两岸水草丰茂、风光旖旎,引人入胜之处不胜枚举,为故事的产生提供了必需的客观条件,当然更重要的是人文环境,这就是当地丰富多彩的文化背景。历史上秦皇汉武曾多次出巡陇山(六盘山),祭山拜岳;北魏时开凿的须弥山石窟更是中外文化交流融合的佐证;唐初诗人卢照邻、王维等也曾在此留有著名诗篇。由此可以看出,《柳毅传书》取材于此,自应在情理之中。这也是多少年来我们一直在为这块土地深厚的文化积淀而感到自豪的原因,同样前人的辛勤付出也深深地感动着我们,在今天我们更应当珍视这份资源,而不是丢弃、遗忘或者背叛。

如今,《柳毅传书》已与《梁山伯与祝英台》《白蛇传》《董永和七仙女》齐名,并称中国四大民间传奇故事。后三个故事不仅发行了邮票,也拍成了电影或电视剧,广为传播。我想,随着传统文化回归潮流的不断涌动以及固原当地旅游业的逐渐兴盛,《柳毅传书》这个美丽的传说将为天下更多的人所知晓,为未来固原经济与文化的发展必将带来双重的效益。

（原载 2005 年第八期《朔方》）

夕阳中的王府遗址

王府大多建在历史上立过都城或藩镇割据的地方，是封建时代权贵的象征，一般地方是没有王府的，即使有也早已湮没在了岁月深处，无从寻觅。但在西北边地的宁夏南部固原却有一处王府，确切地说是王府遗址，它毁于一场地震，地面上的建筑荡然无存，四处散落着瓦砾残片，昔日的恢宏被深深地埋在了地下。也许你不相信这里怎么会有一处王府，但王府的存在的确是事实，它就是元初建在距今固原城不到二十公里的开城镇西山脚下一片广阔的原野上，它就是元安西王府。

在一个春日的下午，我和几位朋友相约来到安西王府遗址踏青游览，这也是我心中存放了很久的一个愿望，今天终于得以实现，别提有多高兴。虽然在固原生活了数十年，多少次乘车从这里经过，每次从车窗向外眺望山野、村庄，看的都是四季变换的风景。春天苍茫的远山在风中一天绿过一天；夏天绿茸茸的草地上各色花儿竞相绽放，织着艳丽的大地花衣；秋天硕果累累的枝头伸出农家的庭院，成熟的季节怎么关也关不住；冬天的北风在空旷的原野上肆意奔跑，河流、山野披着厚厚的雪衣却显得异常静默。无数次地经过、无数次地眺望，这山原之地竟蕴藏着神奇的秘密，我浑然不知。第一次知道"安西王府"是从固原地区地方志上看到的，那是20世纪90年代的事，但当时并不在意。后来有机会在原州区文管所见到了许多文物，大都是黄绿色琉璃的物品。听介绍在古代琉璃属于皇家专用,民间是不能用的,这些东西出土于固原市原州区开城镇,难道在原州还有什么皇家或与皇家有关系的人家,以前从未听说过。一问才知道这些文物全出土于“安西王府”遗址,这下才算彻底明白过来,原来固原在历史上并不简单。

沿着一条乡间常见的土路,我们徒步走向安西王府遗址所在地的广阔原野,这是一片呈馒头形状的土地,东面和北面是一个缓坡,西面依山,南面是一条河水冲击的沟道,周围的台地上是一些散落的村庄。站在中间的高地上四面环顾,这一块足足有着数千亩的原上之地有着它的“来龙去脉”:它位于六盘山东麓,踞于清水河西岸,依山傍水,氤氲缠绕,草木茂盛,气势开阔,真称得上是一块“风水宝地”,不然,皇家的宫殿怎么会建在这里。自然的造化,必然会赐予首先发现它、开发它、珍惜它的人们。在原野之上,在历史和现实之间,任由山野之风劲吹,使我的思绪也随之飞扬。

蒙古人崛起于漠北,横扫欧亚大陆,所向披靡,无人能挡,它的成功离不开两样东西:马和草。剽悍的骑兵以马的速度勇猛制胜,但马需要吃草,草原上有吃不完的草,走出草原,也得驮上粮草,那该有多麻烦。元代以前的时候,六盘山东麓开城一带河汊众多,水草肥美,夏季气候凉爽,是避暑的胜地。南北征战的蒙古人终于发现了这块宝地,在灭夏攻宋时,把这里作为他们的根据地,而且是成吉思汗、蒙哥、忽必烈三代君主在此经营,足见其地位之重要。据《元史》记载,1227年成吉思汗率大军渡过黄河,四月进军六盘山西麓隆德,拔德顺军,并避暑六盘山,闰五月病逝于此。1253年,忽必烈征伐云南时屯兵六盘山。1272年,忽必烈三子忙哥剌受命出镇西安,将陕西路改为安西路。“至元九年十月，忽必烈‘封皇子忙哥剌为安西王，赐京兆（西安）为封地，驻兵六盘山’，‘以镇守秦、蜀’”。当时在西安也建有一个安西王府，安西王冬季住在西安，夏天就避暑于六盘山下开城。1280年，安西王忙哥剌病逝，其长子阿难答承袭安西王王位。到1287年，阿难答因参与争夺皇权失利被罢黜，安西王府辉煌的历史由此结束。1306年八月，在固原以南的开城一带发生较为强烈的地震，安西王府受到了灭顶之灾，在地震中被夷为平地。我查阅了有关资料，这次地震为6.5级，震级并不算高，但它正好处于南北强震构造带北段六盘山东麓断裂带上，从而使这一地区成了重灾区。据《元史·成宗纪》《元史·五行志》等记载：“开成（即开城）路地震，王宫及官民庐舍皆坏，压死故秦王妃也里完等五千余人，以钞万三千六百余锭，粮四万四千一百余石赈之”。安西王府在地震中有五千余人遇难，由此可见王府规模之宏大。这次地震使王府毁灭，埋入地下，昔日的繁华不再，开城作为王府的所在地从此也走向了衰落。安西王府从建成到消失，荣华富贵不足百年时间，世事变化如此之大，让人万般感喟。皇家的命运始终与政治关连，权力才是一切欲望毁灭的根源，历朝历代概莫能外。当然，再高贵的王府，再华丽的宫殿也经不住大自然之手的“抚摸”，这也使我们人类常常发出的最无奈的叹息。

走过宽阔的“王府”地面，到处都是农民耕田种地时拣出的瓦片砖块，一堆一堆地放置在田埂边上，随手拿起一块看看，以黄色和绿色为主色调的琉璃砖瓦虽然残破不全，拂去它们身上的泥土，摸上去手感依然光滑细腻，虽经几百年风雨侵蚀而色泽依旧，你不得不叹服前人的陶瓷工艺和烧制技术。在一堆砖瓦下面，我翻拣出一个圆形瓦当，除了边沿有几处磕碰磨损釉面脱落外，其余部分都较为完整，绿釉的外圈，中间是一条飞舞的黄釉蟠龙,形象生动,极具美感,让人爱不释手。曾经茂盛的草场变成了华丽的王府,曾经不可一世的王府瞬间又变成了堆满瓦砾的荒原,沉寂了许久的荒原在人口迅速增长中又变成了耕田。几番轮转,自然遭到了严重的破坏,历史的遗产也遭到了更严重的破坏,究竟是谁之过,真的不好妄加评判。我听文管部门的朋友讲,以前这里的农民耕地耕出的文物很多,基本上都让迅速得到信息的文物贩子收走了,文管部门限于资金收购或征集到的文物却很少,听了这话,理解之外只有惋惜。偌大一个国度,文物之多、遗存之广,难以计数。但等我们真正在认识上解决了问题的时候,文物已流失殆尽,没有流失的,埋在地下的,却在继续被人为地破坏,这就不再是让人惋惜,而是痛心疾首。值得欣慰的是安西王府遗址已于 2001 年被国务院公布为第五批全国重点文物保护单位。我们有理由相信,它一定能够得到更有效的保护。

在安西王府存在的几十年中,这里发生的每一个重大事件都与元王朝的政治息息相关。第二代安西王阿难答就是个显著的例子。史料记载,阿难答自幼被寄养在一个中亚穆斯林家庭,受到宗教文化熏陶,对伊斯兰教信之颇笃,并能流利背诵《古兰经》。至元十七年(1280 年)阿难答袭封安西王后,他的部下十五万蒙古军队中大半跟随其信仰伊斯兰教。当时的元成宗认为他背叛"祖宗之道",将其拘捕下狱,迫令归信佛教。阿难答曾与之激烈辩论并最终说服成宗。成宗鉴于阿难答领地广阔,所统军队和属地居民大都信奉伊斯兰教,恐激而生变,遂抚慰放还。元成宗于大德十一年(1307 年)病逝后,阿难答在帝位之争中失败被处死。不论怎样,阿难答及其部下皈依伊斯兰教,这是中国伊斯兰教发展史上不可忽视的一件大事,对壮大元代穆斯林队伍及西北社会经济文化产生了深远的影响,更重要的是对固原地区最初伊斯兰教的传播发展和回族的形成起到了很大的作用。远去的历史为我们后人留下了许多宝贵的民族文化遗产，不管是有形的还是无形的，都值得我们去珍惜、爱护并延续。

拨开岁月沉重的烟云，尽管我们无缘目睹安西王府的华丽，但在王府的遗址上走上一大圈，也算在历史中做了一次短暂的停留。在这春日的黄昏，当我从历史中回过神来，登车离开安西王府遗址的时候，已是倦鸟归巢，夕阳西下。血色的夕阳徐徐西沉，将要散尽它的光芒。初升的旭日是何等的新鲜光耀，如日中天又是何等的灿烂辉煌！在生命的运动之中这一切都将过去，我们只能期待新的一天的到来。踏上了回城的路途，渐行渐远的王府遗址慢慢拉上了一层黑幕，它又安静地回到历史中去了。安西王府虽然在时间上覆灭了，它的精彩始终深藏于地下，在它的精华重新见于天日之前，它依然可以有足够广大的空间做它瑰丽的酣梦。

（原载 2014 年第六期《朔方》）

古城遗韵

举世皆知,泱泱中华,幅员辽阔,是涵盖五千年辉煌历史的世界文明古国。在这片古老的大地上,每一块土地,每一方天域都有它说不完的各种各样的寓言神话、故事传奇,它们都是历史流传下来的极具生命力的信息,也是祖祖辈辈生活在那里的人们所特别具有的一种精神寄托和文化向往。我的出生地和养育了我几十年的固原便是我心目中最神圣的,不论是它的历史或是它的现实,都是我一生一世想要向人们诉说的内容。其实,我很早就想写一篇关于固原城墙的文章,因为古老的城墙是固原历史中最耀眼的所在,但我一直不知从何处下笔。我真正看到它时它已是残垣断壁,一截一截地颓弃在机关、学校、医院和人们居家的大杂院内,如同一个散了骨架的、病了许久的老人,再也看不到它身上有一丝一毫的雄霸之气、威武之气,只能任由人们宰割。人们在它的身上挖出窑洞居住或取砖取土修建别的什么;要是修路或者建设新的房屋就干脆把城墙连根拔掉一段,这些充其量也不过是小打小闹。要说固原古城彻底地被毁掉算起来也不过四十二年时间。1971 年人防工程建设中,一位军队的高级将领检查备战备荒工作时到固原一看,古城墙的存在不利于现代战争,城墙是老掉了牙的古代防御工程,早已过时,赶快拆掉,城砖倒是铺设地道的好东西,不能浪费。许许多多的城砖由此从地上转到了地下,再难见天日。深挖洞的时代,到处都是地道,就是为了防止“苏修”的核武攻击。十多年前看过一本书叫《恩维尔·霍查和他的阿尔巴尼亚》，写的是20世纪70年代，一个记者进入阿尔巴尼亚，看到这个国家到处都是碉堡，还在不断修建，全国笼罩在战争的阴云之中。世界上各国都在搞建设，这个国家却在准备打仗，记者就很奇怪。我们是同志加兄弟，真是何其相似乃尔。后来偶然想想，我们要是真的和苏联开战，人家打你固原干啥，难道这里的地位依然和明代一般，享有“九边”重镇的待遇？我们的古城真正的是毁于冷战思维，毁于一段不堪回首的政治。历史把一件美好的东西交到了我们手里，我们把它毁坏了又交还给了历史，这足以让一种制度一个时代蒙羞，我们需要深刻的反省。近些年开始重视历史文化和文物保护，固原的一些残存的城墙得到了修复，无论怎么修复，一个完整的固原古城早已不复存在，只能在地方史料中见到它完整的身影。我也多次看到过它的身影，倒不是为它的逝去惋惜，想要去追回它昔日的辉煌，而是这样也许更好，更能给人们带来遐思的空间，在空间之中做一些反思。如果将历史与现实两相对照一番，自然就有了一些话题。

史料记载中的固原城墙何其气派，单筑城史就有两千多年。走马城头，朝代更替，几经兴衰变迁，至明代达到建城顶峰。明代固原是九边重镇之一，常常受到蒙古骑兵的侵扰，为了中原的安危，筑城防御是必不可少的。于是明王朝不仅在原有旧城的基础上进行了规模宏大的加固，而且又用烧制厚重的砖头对土墙做了包裹，使其更加坚固，俗称“砖包城”。关于固原砖包城的修建还留下了许多传说，传说生动甚至是传神。在《固原民间故事》中有一则固原城建筑的传说，它是我的前辈师友佘贵孝和任光武二位老师搜集整理的，现转录于此：

固原城建于明朝，它四周围成一圈，呈长方形，高三丈六尺，墙基座宽四丈，顶宽二丈三尺，内用黄土夯成。据说黄土全用蒸笼蒸过，所以不长杂草；外用大城砖砌成，周长十三里七分；上有锯齿形城垛三千六百个，共有城楼二十四座，炮台三十二座。在整个陇东高原上，该城堪称首屈一指，其他许多城都不能与它相提并论，唯有同心的下马关城造型可以与固原城媲美。据说这两座城出于同一个建筑设计师之手。

明代万历年间，固原城和下马关城同时开工，聘请当时一位有名的师傅做总设计。这位师傅是名扬四海的能工巧匠。他满怀信心地接受了聘请，便亲自实地勘探，精心设计，对所需的工程材料都做了准确的计算，然后让有关官员按他开列的料单提供材料。有关官员看到他作做的预算十分具体，需用多少块砖、多少石条、多少石灰，抽调多少民工，多少时间可以筑成，筑成后能保证多少年不裂缝倒塌，等等，都写得一清二楚，感到十分惊讶，尽管半信半疑，但因为这是一位鼎鼎有名的工匠，也不好当面表示怀疑。

十年过去了，固原城和下马关城如期建成了。其他建筑材料都按工匠的计划单一点不差，唯独固原城少了一块砖。工匠听说此事感到十分意外，如同发生了一件大事故。尽管赶来验收的地方官在一旁安慰他，说这么大的工程，差一块砖头算得了什么，可他还是连声叹气，显出非常懊丧的神色。正在这时，下马关一人飞马来报，说那边如期竣工，唯独多出一块城砖，说着从马上取下一块砖头。来人话音刚落，从工匠身后闪出一个人来，朝工匠师傅倒头便拜。工匠不明其故，扶起问时，方知此人为了试验师傅的计算水平，有意将一块砖转移到下马关工地上去了。听到这话，在场人无不肃然起敬，佩服工匠师傅的神机妙算。只见工匠一手托砖，一手挥瓦刀，跨前几步，把这砖砌在了最后的一个口子上。自此，固原城便巍然屹立在清水河畔了。

城市的建设，在古代是一个重大的事件，人们都是怀着一种敬仰的心情来看待这件事情，所以在民间就有了许多的传说，正是有了这些传说，我们也才能够在阅读的过程中慢慢理解古人的心情，并在与他们的默默对话中感受他们的智慧和幽默。

固原博物馆有一个模型，内外两城，有十道城门，是一座曾经高高耸立在清水河畔、雄踞北方的典型的防御性古城。我的许多年轻乡党知道了自己的家乡原来有这么一座比较完整的古城在几十年前毁了，曾是怎样的扼腕痛惜，那情形真是让我无法细述。我看主要还是受了西安古城、平遥古城等等古城旅游经济的影响，说我们固原古城如何如何，要是没拆，那现在怎样怎样了得。我说不见得，毁在过去总比毁在现在好，毁在上个世纪总比毁在这个世纪好，我们这个地方现有的文化气量还不足以担负起历史给予我们的重责，许多事例都证明了这一点。关于固原古老的城墙毕竟还遗存了一小段，这一小段对我们来说已经足够了。

这一段城墙现在成了我们的宝贝，在各种各样的图册上，它忧伤的形象已成为一个城市的名片。但它能够留存下来并不是多么光荣的，因为它是一所监狱的背墙。它的高大、雄厚正好符合专政机关的要求，它便阴差阳错地保留了下来，物和人一样，“适”者才能生存。这段城墙位于固原旧城的西北角，总体长有四百多米，其中砖包的一段有一百五十多米，城墙西侧还有一百米左右的护城河遗迹，护城河的宽度有八米左右，有的地方还遗留有护岸的青砖。以前这里很是空寂、荒凉，只有一条小路通往城外，里面是监狱，城墙外面是荒野，一个人行走还是有点害怕的。只十多年间这里就发生了重大变化，仅这一段城墙，除去现在的看守所占用的一部分大约有三分之一外，其余三分之二，在不足五百米间，南北打通了两条大道，穿城而过，一名曰靖朔门，一名曰和平门，前者是明代的旧名，后者是新命名的，可能各有寓意。现在城墙里外建满了房屋，街市两边也迅速地繁荣了起来，固原城一下子向北扩展了数公里，城墙已经变成了城市公园，发展进程把历史一下子压缩了许多，高耸了几百年的城墙在高大的楼宇面前显得很是低矮，但它心里一定是夯实的，它的土是蒸熟了的黄土，杂草不生，不像很多楼房外表高大内里很虚，却在不断地生长着各种欲望。很多外地人来固原，来看这段城墙，他们心里想什么我不知道，但他们可以自由地行走，甚至登上城墙，眺望城市的格局，他们看到的是现代的城市，回望的一定是历史。文化是能够深深地感染人的，真正的文化不是拿来卖钱的，所以我说残存的城墙更有它的分量，更符合文明时代人们的怀旧心理。

常常走过古城墙的身边，感受到的不仅仅是历史的厚重、岁月的沧桑，也体味到了什么是幸运和机遇。几百年、几千年都能顺利延续，但只需一天就可以让你不复存在，看不见的力量总藏在看不见的地方，等一切都能够透明、都能在阳光下让人们看得见那该有多好。残存的古老的城墙，身上虽然有了深深的裂痕，但散发出的韵味却是悠长而深远的。

（原载 2014 年第六期《朔方》）

远去的城堡

城堡是特定社会历史条件下的产物，也是经济不发达、社会不稳定的历史“堆积物”，从中折射出的是封建时代及其以前的统治者及臣民们所怀有的一种封闭心理状态。统治者修城池，御敌驭民，称霸四方，自得其乐，是强权的象征；土财主建城堡，防匪防盗，横行乡里，各自为政，是富有的标志。有的城堡也专门用作屯兵驻防和存放粮草的营寨。泱泱中华大地上，数千年来，修筑建造的大小城堡不计其数，气势恢弘、无与伦比如皇城；方圆不足数亩土地，只供土豪财主居住的、把庭院四周夯起高大围墙如堡子；等等。虽然大小不一，差别迥异，但都属于城堡之列。随着历史的不断演进和经济社会的迅速发展，城堡保守、封闭的状态已和社会的进步不能相容，其御敌防匪的作用也逐渐丧失。进入现代社会，除有价值的被经常修葺保护，成为人们观光游览、发幽古之思的场所，仍在很疲惫地努力凸显着历史上的那一段辉煌之外，余皆经千百年风雨侵蚀已成残垣断壁而独自在旷野静默着，更多的则被当作旧世界的东西捣毁拆除，其遗址上已建成新社会的高楼大厦或广场、公园。总之，不论是现存的还是消亡的，城堡都在渐渐地隐没于历史的深处，终有一天只将作为一个名词存在。

今天，我们用开放的心态去看这些残存的衰朽的城，去看这些颓圮的堡，除了是一道走向没落的风景外，更重要的是一种古老文化和这种文化带给我们的沉重思考，当然也包括无论如何也不能否认的其中所包含着的劳动人民建造城堡的卓越智慧。

我真正接触和认识城堡，还是从我的家乡固原开始的。在固原这块地界上，现在仍然遗存着上百座城堡，城少而堡多，大多孤零零地窃据一方，浑身千疮百孔，明显已是这个时代的另类。从历史上看，由于固原地处萧关要道，一度成为西北著名的军事重镇，是历代各朝镇南争北，拓东取西的基地和据点。高大而坚固的固原城就是明证，该城始建于西汉，有“高平第一城”的美誉，后经历代不断修缮，至明万历三年（1575年）建成砖包城，建城规模也达到了历史的顶峰。令人惋惜的是，在1971年人防工程建设中，古城被拆除了，其直接恶果是彻底动摇了固原作为北方历史文化名城的地位。现在仅存的一截城墙不仅是岁月变迁最好的见证，更是历史文化的缩影和象征，它留给我们的应该是对人类文明的永久怀念和反思。小的或比较小的城堡在这里就更多一些，原州黄铎堡古城堡、七营北嘴子古城堡，西吉将台堡，隆德德顺军故址、神林堡，泾源瓦亭古城寨，彭阳古城等，它们在历史的不同阶段都曾发挥过重要作用，即使现在也是一道独特的景观，为古老而悠久的固原平添了几分沧桑和凝重。面对这些历史的馈赠，怎能不让人感慨！

大大小小、林林总总不堪历史重负的城堡正在离我们远去，今天我们还有机会置身于其中做某些遐想，但我们的思维一定不会囿于这城堡，我们思考的理应是与历史文化有关的一些事情，我们作为后来者有这个责任，因为历史文化是一个地方的灵魂和有史以来这个地方发展轨迹的真实记录，而城堡只是其中的一个载体。我们没有理由不去了解、不去认识固原当地历史文化中所包含着的更多的知识，它是我们立足于生养我们这片热土的资质，也是我们满怀激情、毫无愧色地走向未来的动力。

（原载 2005 年3 月 19 日《固原日报》）

行走山河

西海固速写

西海固，不知从什么时候起就成了一个地理名词。近几年间，西海固在全国也渐渐有了名气，并不是这里有什么名胜古迹，或是发现了金矿、煤田，而是因为贫穷。贫穷就像痼疾一样深深地困扰着西海固，困扰着这片满怀期望与深情的土地。

连绵不断的荒山丘陵，像一条巨大的长虫蜿蜒、盘亘在西海固的每一寸土地上，首尾相接，纵横起伏，隆起来是山峰，沉下去是沟壑。山与山之间由河水冲击成的不很宽的川道，由于灌溉条件较好，而成为山里土地中的“天心地胆”，城镇村落也大都聚集于此，占据了不少“有利地形”。其余百分之八十以上的耕地都是开垦的山梁坡洼，根本存不住少有的雨水，大风一起，种下的粮食就会被连根刨出。西海固的农业除了广种薄收，就是靠天吃饭。

大山深处，在每一道山梁避风或向阳的地方，都坐落着几户人家，显得很零落，同是一个村的，你住在山的东面，他住在山的西头，中间隔一道长长的深沟，有事喊一声听得清清楚楚，要走起路来至少需要一顿饭的工夫，傍山而居的人家，依崖凿几孔窑洞，多数是一孔住人，一孔是厨房，一孔储存粮食或柴火或圈放牲口，空落宽敞的庭院，也没有围墙，一只狗、几头猪、数只鸡，另外还养有猫、羊、驴、牛之类，大牲口拴在树桩上，小动物来回逗趣，自得其乐，一家之中能同时看到有七八种动物，这在山里人家中并不稀奇。住在偏僻的大山沟里，几乎没有什么交通工具，干啥都得步行，走在弯弯拐拐的山道上，大风一吹像晃来晃去的绳，一边是陡坡，一边是悬崖，着实叫人心惊肉跳。在西海固东部的深山里，前几年许多人还未见过汽车，有一次，山外不知怎么开进来一辆卡车，由于路窄坡陡翻到了沟里，生产队长一看，这家伙比牛还大，就喊队里的人分汽车肉去，当然这是一个笑话，褒贬不说，足以说明山里的落后与闭塞。

西海固十年九旱，除了粮食连年歉收外，深山沟垴的饮水也很奇缺，吃水要到很远很深的沟底或泉坝处用牲口去驮，在清晨曦光微露之时，在黄昏太阳即将西沉之际，就会传来驮水的人吼的“花儿”漫过苍凉的山野，听来有一种牵人心肺的感觉：

山梁梁来个沟垴垴
不见(者)长一根草草
吆上个驴娃子驮水水
十里八里(么)跑断个腿
下坎坎那个爬洼洼
汗水(者)湿透了褂褂……

西海固的旷野与山塬上，最具野性的是风，风沙起处，一片黄风土雾，刮得人睁不开眼睛，西海固的人皮肤都比较粗糙，红脸蛋儿是最明显的特征，春秋两季几乎天天刮风，不要说生活在尘土飞扬的乡下，就是在城镇的柏油路上行走一会儿，都会变得蓬头垢面，风沙满身，即使是最恬静的夏日，有时连续几个晚上都是风打门窗，树枝摇曳，不羁的风声凄厉地吼个不停，使人难以入睡。

风刮走了天上的雨云，风吸干了地上的流水，风助旱势，四五月麦秆抽穗孕实的季节，几场大风，麦子就枯个半死，恶劣的自然环境，是西海固贫穷的症结之所在，生存的地域无法选择，但祖祖辈辈生于斯长于斯的人们，那种在苦难中顽强的生存精神，与自然抗争的精神，却常常令人感动不已，在贫瘠的土地上，备受生活磨难，穿着补丁摞补丁衣裳的我的乡亲，在风沙中扶起一株株倒卧在地上的秧苗，像扶起跌倒在地的孩子一样，轻轻拍去它们身上的尘土，默默地不吭一声。在烈日的暴晒下，他们担光储存的窑水，舀完了坝堰的蓄水，再给秧苗浇洒上自己的汗水，也不能断了世世代代对粮食的虔诚与恩情，听一听这饱含着辛酸的"花儿"吧，是多么哀怨凄怆，它也是西海固自然条件的真实写照：

山里头那个西北北风
刮得(者)一时时不停
树上刮没了树叶叶
能把天上的日头(者)刮跌
泪眼眼对着风线线
你再不要(吗)刮咧……

望着个能晒死人的老天爷
你的心儿(么)狠得慢些
照着(者)活命命的麦苗苗
你就上下个滴(么)两滴……

尽管西海固是苍凉的，山川沟壑中充满着艰辛，但生活在这里的人们依旧执着地爱着这片土地。

西海固流淌着搏动着也是祖国的血脉，现在扶贫攻坚的希望工程已经启动，改土治水、打井挖窖、植树防沙、吊庄搬迁，都在循序地进行着，希望之神并没有将这片土地遗忘，西海固终将走出贫困的峡谷，而它积淀下的厚如黄土堆积层的淳朴的乡情，憨实的“花儿”以及这里的人们顽强不屈的与自然抗争的精神，都将深深地植入每一个熟知它、热爱它的人的心中。

（原载1998年2月5日《固原日报》）

中华回乡文化园

中华回乡文化园位于宁夏永宁县纳家户村，这是一个有着悠久历史的回族村落，在区内外享有很高的知名度。乘车从银川市区出发，二十来分钟的路程就到了回乡文化园，这里是塞上平原最好的地方之一，地势平坦，眼界开阔，绿油油的田园，阡陌纵横，直溜溜的树木，生机盎然；一方方鱼塘如明镜一样映照着白云蓝天；一道道渠水流淌奔溢，浇灌着肥沃的土地……真是自然的造化，天地的恩赐，回乡文化园建在这样一个“天心地胆”的地方上，无疑是锦上添花。

中华回乡文化园主要由广场、门楼、回族博物馆构成，广场整洁宽阔，门楼高大气派，回族博物馆是一个典型的伊斯兰建筑，兼有清真寺的建筑风格，富丽堂皇，气势夺人。进入广场步行百多米后，拾级而上穿过门楼，就会看到一个长方形的水池，清澈明亮的水为回乡文化园平添了几分秀色，令人心肺通畅的感觉油然而生。顺着水池边沿轻步走去，就来到了博物馆。回乡文化园最大的看点其实就是馆藏文物十分丰富的回族博物馆。走进馆内，首先映入眼帘的是左侧几个或坐或立的穿着具有中东地区特点的男女模特儿，他们的后面是一组实物，很有观赏性，据介绍这些是阿联酋赠送的，博物馆虽小，但这里却与世界是相通的。右面是一个小型放映厅，循环放映的是一部有关文化园介绍的短片，看了以后对这座建筑庞大的回乡文化园的概况就有了一个基本的了解。之后便有一位身穿回族服装的少女，把我们这些游客带入展厅参观并进行讲解。展厅很大，分有几个部分，主要包括回族的历史渊源、风俗习惯、宗教信仰、知名人物、著作典籍等等，有实物，也有图片资料，涉及的内容非常丰富。一面听，一面看，使我从中了解到了：大约在7世纪中叶，大批波斯和阿拉伯的商人、学者、传教士等经海路和陆路来到中国的广州、泉州等沿海城市以及内地的长安、开封等地经商、学习、传教并定居。到了13世纪，随着蒙古大军的西征，中亚的穆斯林大批迁入中国，以这些信仰伊斯兰教的中亚移民、波斯人、阿拉伯人为主，后吸收汉、蒙古、维吾尔等民族成分，逐渐在中国形成了一个新的民族——回族。有回族聚居的地方，就有清真寺。有几幅很大的图片展示了国内现存的一些历史悠久的清真寺的概貌以及国外著名清真寺的外景、人们礼拜的情况和不同肤色的教民在沙特麦加朝觐的盛况，足见伊斯兰信教群众的虔诚。在仔细了解了回族的形成、发展的历史之后，又随讲解员来到了馆藏的实物柜前，这些实物主要是生活用具，不知道为什么，大部分都是从新疆喀什地区征集到的，区内的不多，也有个别是从固原境内征集到的，诸如清代、民国时的香炉、汤瓶之类的器皿等，也有少许的服饰和家具。馆藏的典籍以《古兰经》为主，有明清时期的；有手抄的，也有最早印刷的版本；有装帧精美的豪华本，更有非常小的袖珍本，只有在放大镜下才能看清上面的字迹，种类繁多，蔚为大观。回族人物是一个大的专题，从元明清各朝到现代，回族的优秀人物层出不穷，如元代的政治家赛典赤·赡思丁、天文历法学家扎马鲁丁，明代的航海家郑和、政治家海瑞、思想家李贽，清代爱国将领左宝贵，革命先烈马骏、郭隆真，抗日英雄马本斋，著名学者白寿彝，等等，还有许许多多的杰出人物在各个领域为中华民族的发展做出了不可磨灭的贡献,成为民族的骄傲,真是群星灿烂,光彩夺目。直到走出博物馆大厅,我还沉浸在刚才看到的历史画面之中。这中间还有一个小小的插曲,展厅中有几幅图片是介绍东北抗日联军的,有一幅图中出现了杨靖宇将军,旁边的文字在杨将军的名字后面的括号里注明:回族。讲解完,我在展厅外对个头不高但漂亮的讲解员提起了这件事,并请她转告馆方能够予以更正。我告诉她杨将军是著名的民族英雄,是东北抗日联军的主要创建和领导人之一,是汉族。如果是回族,他也会和著名的英烈马骏、抗日英雄马本斋等人一起有一个专题介绍的,绝不会一笔带过,这也许只是一个笔误。讲解员睁着杏眼狐疑地看着我,嘴里咕嘟着:“反正我也搞不清,不过我会向上反映的。”近两个月时间过去了,这小小的一个笔误不知是否已经得到了勘正。

回乡文化园外观大气,内藏丰富,尽显回族特色,是宁夏发展民族文化、进行对外交往的绝佳场所,更是外部世界了解宁夏、了解回族的一扇重要窗口。国内也有一些其他民族的风情园,回乡文化园和它们一样,在展示本民族文化的同时,也在宣传着团结、和谐,也在时时处处体现着民族大家庭的温暖,在党的民族政策的光辉照耀下,中华回乡文化园必将绽放出更加鲜艳的色彩!

（原载 2010 年第二期《共产党人》）

走近贺兰山岩画

初秋季节,塞上大地到处都呈现出一派收获的景象,万物丰腴,生机勃然。逶迤起伏的贺兰山在秋风氤氲中愈加苍茫、遒劲,经过无数岁月孕育的岩石嶙峋而突兀,似一匹匹欲要奔腾的烈马桀骜不驯;新生代的树木以其顽强的生命力从石缝间挺拔而出,尤以松树为最,一种“力拔山兮气盖世”的感觉,看它伸向天空的枝干,你就会明白什么是不屈不挠!贺兰山是真正的崇山峻岭,它身上的一棵草木、一块石头都显得气势豪爽,棱角分明,当然,那些刻有“画”的石头更是灵气十足,让人叹服。

9 月 14 日,我和银川文学院院长葛林陪同前来参加“塞上江南、神奇宁夏”全国旅游诗词大赛颁奖晚会的著名诗人雷抒雁,评论家张同吾,中华诗词学会副会长王亚平、秘书长王德虎,北京诗人高若虹,重庆诗人冉冉前往参观贺兰山岩画。我们中午时分到达山下,在一处叫作“山上人家”的农家小院吃了当地的农家菜。“野蘑菇炖鸡”“南瓜烧土豆”“农家大杂拌”几个菜,几位外地的贵客品尝之后都说好吃,如风卷残云般,一桌菜吃了个干净,看来众口并不难调。饭后,我们沿着山路一边观赏贺兰山的风光,一边朝着不远处的山口行进,那里是一条开阔的河谷,河谷边的石壁上留有先民们刻在上面的“画”,虽经数千年而不朽,并愈来愈显示出它的艺术价值,这就是闻名中外的贺兰山岩画。进入山口,路的左侧便摆满了大小不等的石块,上面刻有各种各样的人像和动物，这些岩画是后来搬到这里的，便于保护和参观,因为贺兰山岩画绵延数百里,比较分散,贺兰山口这一带岩画较为集中，有千余幅个体图形的岩画分布在沟谷两侧六百多米的山岩石壁上,十分壮观。一路看来,大家除了赞叹之外,也免不了有一些议论。面对有些很“逼真”的岩画,明显是经过了后人的重新描摹,有的动物形象,滑稽夸张,显然已经超过了人在童年时代艺术想象的空间,有疑问和猜测是正常的,大家毕竟不是岩画方面研究的专门人员。尽管如此,我们依然被岩画的神奇、神秘所深深地吸引着。看到刻在山石陡峭处的岩画,不能不让人感佩先民们对生活忘我追求的勇气。在远古时代,岩画是历史文化最有效的载体,它一开始就与先民们的生活息息相关。你看那狩猎的场景、那祭祀的场地、那交媾的场面,它不仅揭示了先民们自然崇拜、生殖崇拜、图腾崇拜、祖先崇拜的文化内涵,还真实地再现了原始氏族部落当时生活的情形。每一个画面都很朴实自然,而又粗犷浑厚,有很强的写实性。贺兰山岩画中的代表作当属“太阳神”,它刻在距地面四十余米高的石崖壁上,整个头部呈放射形线条,面部浑圆,两眼重环,神圣威武。原始时代,先民们缺衣少穿、惧怕黑暗,太阳能驱散寒冷,带来温暖,能赶走野兽,带来光明。草木生长,四季轮回,太阳是世间万物的主宰,先民们信仰太阳,把神一样的太阳人格化了再进行崇拜,这也许就是贺兰山岩画中“太阳神”的来历。生殖崇拜在远古岩画中是一个永恒的主题,中国外国,概莫能外,这也许就是人性的相通之处。在大自然面前,先民们是脆弱的,疾病肆虐,猛兽出没,饥寒交迫加之部落战争,很少有人能活过四十岁,人们需要食物,草原上的牧民更需要牛羊来维持生计，人的传代与动物的繁衍是首要的,这是生存的前提,可见“人畜两旺”是先民们最美好的愿望,所以岩画中的男女生殖器崇拜、人或动物交媾的图景处处可见,它集中反映了先民们的心理意向。现在人们的生活多样化了,人的心理活动丰富而复杂,有了某些想法也不会直露地表现出来,更不会画在外面,如果有,那就是低级的东西,是与现代文明相悖的,但远古岩画中的生殖器或交媾图却是美的,甚至可以说是美不胜收。

贺兰山岩画被称作是"人类早期艺术的化石",不论其中是否"不经意间"掺杂有后来的"作品",但绝大多数的真实性是不容置疑的,在我的心目中它是最可宝贵的文化遗存。因此,2009 年 9 月 14 日这一天,我和外地的客人还是大大地开阔了眼界、丰富了胸襟,这也是大家共同的感受。

(原载 2010 年第七期《共产党人》)

感受沙家浜

沙家浜其实是一个很小的地方的名称,但它的名气却很大。它的出名全是因为样板戏《沙家浜》,我小的时候可是没有少看它,电影不说,光舞台上看过的就有县上、公社、学校编排的,虽说那时候年龄小,看不太明白,但好人坏人分得清,尤其是《沙家浜》里的大小人物、故事情节记得比较清楚,甚至一些唱段至今还能哼上几段,足见影响之深。几十年后的 2008 年夏季,有机会来到沙家浜故事的发生地参观,还是因了过去的一种情结。浜就是小河的意思,在江南水乡,叫什么什么浜的地方很多,沙家浜也就不足为奇了。但我一直在想,在没有《沙家浜》这出戏之前,是不是真有叫这个名的地方,还是在演响了《沙家浜》这出戏之后,在改革开放、发展经济的时候,有头脑的人在阳澄湖边找了一个村子起了沙家浜这个名,发展旅游,带动经济,后面的这种可能性很大,不过借助这种文化资源发展旅游是很有眼光的。我到沙家浜来主要是接受红色革命教育,因为我当时在苏州市委党校学习。

从苏州到常熟用了不到一个小时的时间,之前还参观了著名的民办企业隆力奇集团和其东方蛇园,由这家企业扶持建造的村民小区、公园,使这里的农民早早过上了小康生活,让人感慨不已,也为我们留下了深刻印象。之后我们就来到了沙家浜芦苇荡风景区,这里现在已是全国爱国主义教育示范基地。在阳澄湖边一片开阔的地上建有瞻仰广场，以郭建光、阿庆嫂等形象为主创作的大型主雕屹立于广场中央，构图生动、人物丰满，着重体现了军民鱼水情深这一主题。广场西侧是沙家浜革命历史纪念馆，陈列着数百幅沙家浜革命斗争历史照片和革命文物。我仔细地观看了这些图片和文物，为当年烽火智斗敌顽的新四军伤员和老百姓所吸引、所感动。虽然《沙家浜》高于生活，但它的题材来源于这里，亲身体会一下才是最真实、最自然的。出了纪念馆，我沿着芦苇荡风景区向前走去。满眼的芦苇在微风中摇荡，一丛连着一丛，一片接着一片，看不到它的尽头。唯见一只只游船穿梭其中，或隐或现，不时惊起一群水鸟飞向远处。遥想当年新四军伤病员在此养伤，得到群众掩护，既可隐蔽自己，又能打击敌伪，真是一个很好的去处。这江南湖水上的芦苇荡，与北方黄土地上的青纱帐何其相似，都是抗击外敌入侵的绝好阵地。这碧蓝的湖水、这起伏的芦苇构成了秀美的画卷，十分的养眼，十分的迷人。在这芦苇掩映的湖水边上建起了许多亭台楼阁、小桥曲径，供游客赏景。其中有一座戏楼，每天在一定的时间里上演京剧《沙家浜》的片段，就是人们都很熟悉的斗智斗勇的那段表演。我随即也观赏了一阵，剧中人阿庆嫂、胡传魁、刁德一三人唱的是有滋有味，十分投入。“三人组合”真是一个很好的“景点”，占尽了天时地利，很容易让人回味起许多过去的东西来，一种既飘忽又遥远的感觉。顺着湖边的小路一直朝里走听说就是沙家浜的村子，我走到了半路，一看时间不够了，因为看戏耽误了一阵子，只得往回走，没能去沙家浜的村子看看，给我留下了遗憾。往回走的路上，我又看见了刚才的三个演员。胖胖的“胡传魁”骑着摩托驮着“阿庆嫂”飞驰而过，后面的“刁德一”却骑着自行车，嘴里叼着烟慢悠悠地骑了过去，看着台下穿着演出服的这三个演员真是很滑稽，听说他们又要去赶下一个场子，也许这就是他们的戏剧人生或者叫生活。

沙家浜芦苇荡风景区环境优雅、风景秀丽，民俗风情使人流连忘返，“春来茶馆”更是让人心旷神怡。坐在回程的车上，脑子里却始终上演的是《沙家浜》这出戏，耳畔也一直回响的是那优美的唱词：

垒起七星灶，
铜壶煮三江。
摆开八仙桌，
招待十六方。
来的都是客，
全凭嘴一张。
相逢开口笑，
过后不思量。
人一走，茶就凉，
有什么周详不周详。

2010年2月17日

过京城

9月的天气依然炎热，一到京城迎面而来的热风就将你一层一层地死死缠住，你只能用汗水一次又一次地“付费”；四面的高楼密密麻麻压得你喘不过气，沉闷的感觉自心底便渐渐地渗了出来，流淌到了身体的各个角落，压抑又郁闷；眼里到处是人流、车流，汇向黑色的大街，缓缓地流动着，不知道最终都要奔向哪里。我站在天桥上臆想，我儿时戏水的河流如今已经干涸了，北方许多的河流已经干涸了，大地不再像以前那样滋润，仿佛一个失血过多的女人，面容枯糙，慢慢在衰老。而城市由人由车组成的河流却呈汹涌之势，四处澎湃，城市也由此变得臃容起来，这到底是好呢，还是不好，谁能说得清楚！京城是这个泱泱大国的心脏，“血”都在往这里流，心的泵可持久地负担得起，也没咋听人讲过。夜灯初上，钢铁生辉，霓虹闪烁之处，让人头晕目眩，真是华丽的外衣，在它的包裹之下，我坚信，没有几个外地人能窥得透！

五六月间来京，初夏季节，已是热气腾腾，我在人流车流中来回盘桓，最终不得不上岸喘息，这个城市只能使人身心疲惫，许许多多匆匆奔走的人其实与这里一点关系都没有，我也是，充其量只是一个过客，你记得这个城市，这个城市永远都不会记得你。这次的心境与几月以前的情形似有不同，虽然劳累，但不匆忙，城市越喧哗，我的心越平静，不蹚人流车流熙熙攘攘汇集的大河，偏走看似静默实则自由自在的“小溪”。闹中取静，静中放松，感受自然就不同，当然也是“身居闹市无人问”的另一种自我安慰。在这样的环境下，只要不迷失，知道自己是谁就已经不错了。

京城，京城，在我的心中，你在不断地改变，但改变不了的是我往日的情怀，我许多次的驻足、许多次的凝望、许多次的沉思、许多次的遐想，如今都抛撒在了你的怀里，不再与我关联。我只是一个过客，明天还将远行！

2010 年 9 月 26 日

秋日的南湖

说起南湖，了解中国共产党历史的人马上就会想到浙江嘉兴南湖。是的,嘉兴南湖,它湖波浩渺、烟雨迷蒙的景色让人陶醉,而停泊在湖面上的一艘红船更是令人心驰神往。1921 年 7 月中国共产党第一次全国代表大会在上海召开，会议期间由于遭到法租界巡捕的突然袭扰而被迫停会，随后代表们便转入浙江嘉兴南湖租了一艘游船继续开会，在游船上通过了大会纲领和决议,完成了党的"一大"最后一个议程,庄严宣告了中国共产党的成立,这是"开天辟地大事变",沉沉的中国大地从此迎来了新的曙光，中国革命在共产党的领导下一路从胜利走向胜利,最终建立了人民当家做主的政权,南湖也由此成为重要的革命纪念地。

九月的南湖,在秋日的骄阳下,少了昔日的晨烟暮雨,显露出了它端庄秀丽的面容,楚楚动人。望着碧波荡漾的湖水、婀娜多姿的岸柳,深深地吸一口秋风送来的凉爽的空气,真是无限的惬意！定下神来细思,眼前这湖就是我向往了许久的南湖吗？今天我终于来到了它的面前,怎能不让人激动。三十多年前,在小学的课本中我第一次感受到了南湖那美丽的身影，后来又常常在党的各种历史书籍中看到南湖泛起的涟漪,一圈一圈,八十八年,从南湖扬帆起航的革命的航船已经掀起了滔天的巨浪,正在驶向更加辉煌的未来。凝视着这南湖,仰望着这一艘停泊在湖面上看似普通的游船，每一个有着信念和追求的人的心里此刻也一定会泛起波涛。从走进南湖的那一刻起，我就仿佛走进了历史的深处，看旭日初升，看星火燎原，看大浪淘沙，看泾渭分明。出席中国共产党第一次全国代表大会的十三位代表，他们代表着五十多名自己的同志从五湖四海来到上海，来到这里，就是为了实现一个共同的理想，但共同的理想需要坚定的信念做支撑，他们中一些人后来动摇了，有的走上了完全相反的道路，在革命处于最艰难的时候脱党、叛变，甚至沦为汉奸，而具有崇高信仰的先进分子是永远不会改变自己认定的道路的，他们领导革命，最终使中国这个多难的国家推翻了"三座大山"，人民过上了幸福的生活。在波澜壮阔的革命风暴中，要经受住各种考验并不是一件容易的事情，作为革命的后来者我们更应该深思。

乘船在南湖游览一周后，我登上了烟雨楼，这里位于湖心岛中心的最高处，凭栏远眺，南湖秀丽的风光尽收眼底，远处现代化的高层建筑鳞次栉比，直插云天，昭示着这座古老城市的发展变化；眼前的湖光水色映照着婆娑的树影，亭台楼阁之中花木扶疏，山水园林，极富诗情画意。南湖地处太湖流域，气候湿润，多数时节细雨霏霏、烟雨蒙蒙，嘉兴一带又历史悠久、颇具文化底蕴，真是"南朝四百八十寺，多少楼台烟雨中"，烟雨楼也因此得名。烟雨楼有着一千多年的历史，历代文人墨客留下了许多瑰丽的画卷和优美的诗作，其中米芾、黄庭坚、苏辙、董其昌等人的手迹石刻，使人赏心悦目、大饱眼福。烟雨楼，这南湖中的秀美园林，让人频频驻足，流连忘返。

南湖是美丽的，千年的烟雨楼使它名闻遐迩，重要的革命纪念地又使它大放异彩。在秋日处处都显露着丰盈的时节，我怀着一颗虔诚的心来瞻仰南湖，这与一般的游览是不同的，南湖印刻在我心中的永远是红色的经典，它会让我今生永不停歇地阅读，而且已经在这秋日里有了收获的喜悦。

（原载 2012 年第一期《朔方》）

躬亲道情

爷爷和菜的故事

有一段往事常常萦绕在我的脑海中使我久久不能忘怀……那是在我很小的时候，我家门前有一块方方正正的菜园，除去冬天，其余季节都种有好多蔬菜，白菜、萝卜、茄子、辣椒、韭菜等。爷爷成天在菜园子里面转悠，不是浇水、施肥，就是除草、培土，看护得可细心啦。周围几家种菜的，都比不上我家的菜色好、菜叶肥、菜质嫩。爷爷种菜从不拿去卖钱，收摘蔬菜后，除送给邻居一些外，其余的都收拾得干干净净，连一片菜叶他也不肯丢弃。爷爷不仅菜种得好，而且腌菜也内行。我家大小七八个坛坛罐罐，爷爷都把它们派上用场，有的渍酸芽，有的腌咸菜。这些菜一直可以吃到来年开春，接到续下新菜来。

爷爷的眼睛不太好，见太阳就流眼泪，总是戴一个茶镜，他穿一身黑衣服，戴一顶瓜皮帽，待人挺和气，总是慈眉笑眼的。可有一回他却发了大火。那是一个星期天，我和小伙伴们捉迷藏，一不小心，正好踩倒园子边上的两棵白菜，让爷爷看见了，他铁青着脸，骂我是“龟孙子”，并从地上顺手拾起一根木棍，直朝我追了过来。我吓得三四天都躲着不敢见他，后来还是他主动和我搭的话，好像没有发生过什么事的一样，再看让我踩倒的那两棵白菜，让爷爷扶得端端正正，幸好菜根没断，只是踩坏了几片边叶。爷爷这样惜菜，一直到我上了高中以后，才知道了其中的缘由。

这还是妈妈从奶奶那儿听来的。妈妈说：民国八年十一月初七，西海固一带发生了大地震。爷爷当时还不到二十岁，一个人住在火窑[①]子里。地震刚一发生，外面“轰隆隆”地怪响，一时天昏地暗。爷爷不知发生了什么事，想跑出去看看，慌乱中却辨错了方向，竟跑到窑洞的最里面去了，随后窑面塌陷了下来，把爷爷埋在了里面，整整十天爷爷就是靠放在窑根里的一坛子酸菜活下来的。等到村里人把他挖出来时，他已经奄奄一息了。等把他从窑里抬出，一见阳光，眼睛就流泪，从那时起爷爷就落下了眼病……

原来爷爷大难不死，是蔬菜救了他的命，到这时我才明白他为什么那么惜菜。爷爷在我上中学以前就故去了，但随着岁月的流逝，我对爷爷思念之情却与日俱增，这不仅仅是因为他慈祥，善良，勤劳，而更重要的是在他身上有着一种质朴的感情，他的这种感情，是一个有过不幸经历的人才具有的，就是他那用奇特方式所表示的人和自然的真挚不渝的爱。

（原载 1988 年 11 月 1 日《中国地震报》）

---

①火窑，即设在窑洞里的厨房。

怀念父亲

父亲离开喧嚣嘈杂的人世到另一个平静的世界已经十余年了，这十余年父亲是静默安宁的，但我对父亲的思念日渐浓烈，幻化起伏的脑海却一天都没有安静下来。父亲是带着对这个世界的无限留恋走的，是带着胸中还没有来得及化解的郁结走的，他还不到六十岁，他给家庭和子女留下的是永远抹不去的伤痛。

父亲出生在甘肃省镇原县新城乡一个贫苦的农民家庭，姐弟四人，父亲五六岁的时候就失去了母亲，两个姐姐十多岁时就早早地嫁了出去，换了粮食，用以维持家庭生计，所幸两个姑姑仍然健在，都已年过八旬，生活在陇东的乡下安度晚年。父亲还有一个弟弟，后来也送与别人家做了儿子，也是在土地上辛劳了一辈子，不到七十岁，身体已经佝偻了。可以想象祖父当时的艰难，他带着我年幼的父亲四处给人打工度日，最后落脚在了一个叫作“野王”的地方，一孔破窑，不能遮挡风雨，饥寒交迫，父子相依为命。许多年之后，我来到父亲少年时代曾经生活过的这个地方，人们傍山而居，山脚下有一条小沟，常年流着一股浑浊的水，人们吃着沟里的水，耕种着山上永远干旱的土地，走着一条条弯弯曲曲的小道，但最终还是盘桓在自家门前，过着一种属于山里人的小日子，一种很“小”的日子。最近几年他们的生活有了改观，山上人都搬到了川地上，彻底告别了昔日的危窑危房，道路也宽阔了，过上了“新农村”的美好日子，我送了人的叔父也享受到了这一“惠民工程”,晚年的日子还算平顺。父亲年幼好学,祖父省吃俭用送父亲到当地的私塾和小学堂学习,解放后父亲虽然只上到初中,但他一生勤于学习,20世纪50年代买的一本四角号码字典一直用到他生命的尽头,父亲写的一笔好字,都是他勤学苦练的结果。我记得70年代,他就自费订有几种报刊,在那个工资少得可怜的年代真不容易,其中《参考消息》我印象最深,我喜欢读报就是从那个时候开始的,我拿一个小本子抄《参考消息》上外国领导人的姓名,父亲有时也和我说起一些国际国内的时事,使我对国际国内时事的兴趣几十年从未变过,“位卑未敢忘忧国”啊,可以说是父亲深深地影响了我。十五六岁的父亲就当了乡邮员,从乡上往各村投递报纸、信件。1956年,父亲十七岁便参加了中国人民公安部队,1958年加入中国共产党,1960年转业到地方公安部门,先后在固原县三营、什字派出所,县革委会保卫处从事政保、刑事工作。“文革”中,固原农业银行发生了一起案件,父亲受命破案,却被农行的造反派捆绑殴打,致使腰部受伤,终身未愈,一遇天阴下雨,病痛就会发作。记得有一次父亲回家,刚进门就被祖父锁在了一个小院子里,我当时年幼,正在纳闷,只见当地的一伙人闯了进来,翻墙破门,将父亲架“土飞机”架了出来押去开批斗会,我吓得直哭,三十多年过去了,这一幕仍历历在目,让人惊心。1973年父亲调到了彭阳派出所担任所长,我不明白父亲为什么要这么做,人家都往城里走,他却从城里调到乡下去。后来才知道父亲是为了躲避“运动”,说东山里人厚道、实在,在这里工作心里踏实。1974年6月,母亲也调到了彭阳工作,我就跟随父母来到了彭阳,从此这一片热土就与我的人生有了紧密的联系。初到彭阳,我们就住在靠北面城墙下一间临街的房子里,条件虽然艰苦,父母上班,我上学,不知不觉时间很快就过去了，现在回想起来，那真是我们全家度过的最欢快的时光。20世纪70年代后期彭阳曾发生了两起杀人案，一起是彭阳林业站的一个女职工把丈夫杀了，将尸体藏在腌菜的大缸里；一起是红河一个女的杀了自己的三个孩子。父亲最早到达现场并与上面来的刑警一同破案，一两个月都难得见他一面。两起案子最终破了，前者精神出了毛病，后者出走后死在了离甘肃边界不远的一个涵洞里。我只是一个孩子，这些都是听父亲说的，但一直记到今天。进入80年代，父亲调到了彭阳区公所任副区长，从事行政工作，1983年10月彭阳县成立，父亲重回政法战线，担任了县人民法院党组副书记、副院长。建县之初，诸事繁多，许多干部都是上面派下来的，不是十分熟悉情况，父亲总是工作在一线，倾注了大量心血。正当他尽心尽力干工作的时候，却被牵进了一个案子，原来他昔日手下的一个户籍警曾变造、伪造户口卖给别人被查了出来，查来查去，父亲喝了人家两瓶酒，折合人民币七元，有连带责任，被停职检查，最后受到了较重的处理，父亲蒙受了冤屈，这与建县之初一些人“左”的工作作风不无关系。父亲写了许多申诉材料，向有关方面反映情况，不是被搪塞推诿，就是石沉大海，父亲临终前将这些材料交到了我的手上，希望我能够为他洗冤，这事让我非常愧对九泉之下的父亲，我没有再将材料寄出去，也没有找过任何一个人。清者自清，麻木的官僚阶层是不会理睬这些“小事”的，父亲承受的苦难是沉重的，但许许多多了解和熟悉父亲的人，他们从心底里明白父亲是清白的，有这一点就足够了。父亲遭受了冤屈，内心十分痛苦，郁郁成病，最终不治。让儿女痛心疾首的是父亲赍志而殁，没能活过六十，未来很多美好的事情父亲都没有看到。父亲在世的时候也没有享过什么福，吃一个油饼都觉得是一件奢侈的事情，他有一次闲聊时说起，他从没有吃过香蕉，使我又吃惊又惭愧。他几十年中养成的生活习惯，就是一碗面或两个馒头外加一份咸菜，长期食用咸菜也是他后来致病的原因之一。在吃穿用上他是清贫了一生，这该是多么的缺憾，今生今世我们做儿女的只有对父亲无尽地去思念，才能一点一点来弥补对他欠下的太多太多的养育之恩。

十几年的时光转瞬即逝，父亲的音容笑貌长留心间。他一生节俭朴素，几年间也不见穿一件新的衣服，线衣线裤甚至补丁摞着补丁；他待人真诚厚道，至今仍有一些他昔日乡下的朋友说起他唏嘘不已；他慈祥、仁爱，教会了我们子女许多做人的道理，使我们终身受用。父亲没有死，他永远活在我们心里，是我们生活的力量、前行的明灯！

（原载2010年4月3日《固原日报》）

父亲简历：张清福（1939—1996），甘肃省镇原县人，1939年2月出生于一个贫苦农民家庭，1954年担任乡邮员，1956年参加中国人民公安部队，曾任小队长，1958年加入中国共产党。1960年转业到固原县公安局工作，曾任政治保卫组组长、派出所所长。1981年任彭阳区副区长，1983年10月任彭阳县人民法院党组副书记、副院长等职，1996年7月因病去世。

寒风中的儿子

今年入冬以来，下了几场大雪，整个山川一片银装素裹，树梢上也垂下了多年不见的冰条，气温立降，煞是寒冷。12 月 13 日，又是一个大风降温天气，气温降到了零下 23℃，北风凛冽，雪渣乱飞，裹在厚重棉衣中的人们走在街上都觉得闭气，一到晚上街面上更是鲜有行人。儿子是高中一年级的学生，晚上要上两个小时的自习，我的家离学校有一段距离，来去大约需要一个小时的时间。儿子虽然已是十五岁的少年，但每次上学走的时候，都要再三安顿穿暖衣服，避免受寒感冒，因为这一阵子甲流肆虐，让人十分操心。现在每家的孩子都很金贵，父母的心思除了工作就是照顾孩子，期盼着自己的孩子身体好、学习好，健健康康地成长，都在努力地为下一代创造幸福、安康的环境。想起我们在 20 世纪 70 年代上学的情景，真是天壤之别。那时的孩子好像不怕冻，耐寒力很强，许多孩子都穿着单薄的衣服，最多再加上一层厚点的单衣，也就是夹袄，脚上穿着单鞋，根本没有袜子，成天流着擦也擦不尽的鼻涕，手上、脚上到处都是冻皴的裂子，教室里是一个永远“吃不饱”的半死不活的小炉子，散热很差，小时候上学冻确实是没有少受，但从小学到中学十来年的时间一晃不也过来了吗，记忆里更多的是快乐，很少有挨冻受饿的忧伤。时代不同了，人也变得脆弱了，年少的时候一点苦都没有受过，那明天的希望就很让人忧心，今天的人们难道真的怕冻？

儿子的体质属于中等，一年中感冒总有几次，有时半夜发烧到40℃，又是热毛巾敷，又是酒精擦，医院的急诊就去过好几回，没少折腾人。进入冬天，我是千叮咛、万嘱咐上学的儿子一定要穿暖和，不可马虎。可就是在12月13日晚十点多钟的时候，传来敲门声，儿子用急切又颤抖的声音说："爸，快开门！"我知是他下了晚自习回来，但听他的声音和平时不同，就急忙打开门，借着灯光一看，他在寒风中哆嗦。拉他进门，只见身上套着薄薄的校服，里面只有一件线衣，不见了平日穿的羽绒服，脸冻得通红，浑身颤抖，可把我气坏了。"羽绒服哪去了？"他嗫嚅着说："借给同学了。"我不问青红皂白，狠狠地把儿子训斥了一顿。后来他见我口气缓和了，就解释说："一个同学感冒了，又穿得单，我就把羽绒服脱下来穿在了同学的身上，他明天就会还给我。"真是让人哭笑不得，他竟在寒冷的夜风中走了近半个小时候才回到家中，听了他的话，我真不知说什么好。儿子渐渐大了，有自己的处事方式和是非判断能力。等冷静下来后，我对他说，以后帮助别人，得先保证自己不受痛苦。我嘴上这样说，心里还是赞许儿子的行为。幸好的是，儿子这次经受了寒冷的侵袭却没有感冒。2009年12月，儿子满十五周岁，渐次长成了一个英俊少年，通过观察，他做的许多事情也让我慢慢地放下了心来。

（原载2010年2月28日《固原日报》）

搬 坟

转眼又到了清明，每逢这个时节，我就会在梦里梦见故去的亲人慈祥又熟悉的面容，我们在一起亲切地相处，没有一丝的陌生，没有半分的隔阂，除了没有语言表达之外，一切都栩栩如生，让人欢悦，甚至欣喜，但在惊醒之后再也难以留住这稍纵即逝的梦境，只有热泪两行。这也许是一种心灵的感应，却也有着它的神奇，在特殊的日子里对故去的亲人思念得越浓烈，他们就会如期而至，通过梦来相见。这几天就梦见了父亲，我知道是清明快要到了，该去给他老人家上坟了，还有父亲的父亲，我的爷爷，给他们烧一叠纸、敬几杯酒，不仅仅是我对祖先的感恩和尊崇，追思和怀念，更是一种内心深处不可名状的无言诉说和心理诉求，血脉的延续也许永远都离不开对一抔黄土的祭奠。十多年前，父亲病重在床时，他向家人说出了一个多年的心愿，就是替我的爷爷搬坟，从暂厝的地方搬到我奶奶埋葬的地方，两地相距大概有一百多公里。我的爷爷从那时算起去世已近三十年了，没想到还厝在异地他乡，没有得到真正的安葬。父亲生前忙于事务，突然得了大病，已来不及了却这桩心事，只能由我代他来完成。我小的时候是爷爷一直带我，他也是我生命中最可亲近的人之一。给爷爷搬坟，让他和奶奶在地下团聚，是家人共同的心愿，但后来的情况并不如愿，这其中就有我的原因，每每想来，不知是缺憾，还是别的什么，总是难以厘清。在这里先说说我所知道的我的爷爷。

一

从我记事的时候起，爷爷就是一个身体瘦癯的老头，中等个头，常年戴着一顶瓜皮帽子，略显稀疏的胡髭有些枯黄，可能是营养不良造成的。爷爷手里总拿着一个旱烟锅子，时不时抽上一锅子旱烟，呛得自己有时也喘不过气来，印象中他抽烟时老是咳嗽，有时我也拿他的烟锅子玩，含上一含他的烟锅嘴子，熏得有些焦黄的烟嘴子光光的、滑滑的，吸出的味道油烟子很重。爷爷是陇东一带人，说话常带有“外那”的口语，加上喜欢抽烟，人们常叫他“那锅子”。我理解就是口语加爱抽烟，也便于分辨他和别人，逐渐叫习惯了就成了爷爷的代称，一点也没有贬损的意思，反倒觉得亲切。在我的记忆里爷爷常背着我在街上走动，给我买水果糖吃，我是一步路都不走，不高兴时总趴在爷爷的肩头揪他枯黄的胡髭，看他痛苦的样子，我却高兴地笑着。家里冬天要煨炕取暖，爷爷就背一个大背篼，把我背在里头，到离家二三里远的山脚下扫毛衣，所谓毛衣其实就是贴在地上的干枯了的草叶。爷爷扫毛衣，我却在一旁的不远处拿土块瞄着爷爷练靶子，爷爷从不生气，他太娇惯我这个孙子了。毛衣扫满了，爷爷背上背篼拉我回家，我却赖着不走，叫爷爷背我，爷爷没办法，只好把背篼背到前面放下，再走回来背我，就这样轮换着把我和装满毛衣的背篼背回家，到家了，爷爷也累得站不起来了。后来爷爷病倒了，在县里工作的父亲回来看爷爷，爷爷要吃苹果，父亲就骑着自行车驮着我到二三十里外的大一点的镇子上买了几斤苹果回来给爷爷吃，我想多吃一个也不行。那时候苹果很少见，还是稀缺的东西。爷爷躺在炕上吃力地吃着苹果，我趁父母不在，就夺爷爷吃的苹果，爷爷大声喊人，我被吓住了，爷爷从来都不是这样的。我后来听大人说人快要去世的时候就护食。爷爷活了七十多岁，去世的那一年我才上小学，大概六岁的样子。爷爷去世了，家里来了许多人，我一点儿不知道悲伤，觉得人多好玩，还有好吃的，我竟然把家里蒸的点有红点点的白面献馍馍偷出去换小人书看。爷爷被安葬在了镇子西面的山梁下，几十年后我才知道是一直厝在那里，等待搬迁。过了几年，我随母亲离开了埋葬爷爷的地方，从固原北川来到了东山里（也就是现在的彭阳县城）上学，爷爷暂时被忘记了。上高中时，才从母亲那里知道了一些爷爷以及我们家族的事情。爷爷老家在陇东的乡下，家境贫寒，兄弟又多，靠出外给富户拉长工勉强度日，遇上年馑还得四处乞讨。据说我的奶奶就是一个从陕西逃荒过来的女子。我的爷爷奶奶育有两子两女，两个女儿十几岁时就给了人家，换了几斗粮食。我父亲还有一个弟弟，在他出生不久，我奶奶就在贫病交加中去世了。我爷爷一家当时流落在一个叫野王的很偏僻的山村，我奶奶就草草地葬在这里的一个荒凉的山脊上。我爷爷无法养活两个儿子，就把小儿子送给了当地一户没有儿子的人家，爷爷就带着我父亲过活，俩人住在一孔别人废弃的破窑洞里相依为命。1949年，父亲有机会进学校读书识字，后来参军走出了大山，1960年转业到固原的北川从事公安工作。再后来与同在一个地方工作的我母亲认识成亲，这才把我的爷爷从山里接了出来。我母亲说，第一次见到我爷爷时，爷爷穿着棉花露在外面的破衣裤，拿一根打狗棍，她当时以为是一个要饭的。母亲以后也常调侃说，我们家是叫花子出身，其实这是有出处的。爷爷来了，也算过上了一段能吃饱饭的日子，毕竟我的父母一个月还挣几十块钱的工资。“文化大革命”初，我父亲调到了县上，我母亲就带着我和爷爷在一起生活,爷爷的任务就是看管我。爷爷从一个给人拉长工、要饭的,过上安定的生活,也有了孙子,你说他能不宠我吗?爷爷去世时正值60年代末期,形势紧张,父亲从不敢给爷爷上坟,偶然烧一回纸,还要等到夜深人静,在路边拐弯处烧完,抹去痕迹,赶快走人。等我长大了,工作了,宽松的环境使人性得到了应有的回归,亲情终于大过了狂热的政治,我也慢慢体会到了爷爷对我的溺爱深情,留在幼时一些模糊的记忆也渐渐清晰起来,爷爷又一次走进了我的心中,从此常驻。无限的哀思、无限的追念,怎么表达都不能胜过爷爷对我血浓于水的恩情,每年清明给爷爷上坟的事就由我一个人承担, 这一上就是十几年, 从未间断,直到父亲提出给爷爷搬坟为止。

二

给爷爷搬坟的日子定在了清明,1996年的清明。一大早就有三个人来到了我家,一个是阴阳师,一个是整骨的人,一个是挖坟的人,我和他们同乘一辆租来的吉普车,经过两个多小时的颠簸,来到了固原北川陆家梁的脚下,我的爷爷就埋在这里。我先去请了当地的几家熟人,告知他们搬坟的原因,因为平时他们受托照看我爷爷的坟地,是我们家几十年的朋友。然后又拿着礼品感谢了坟墓所在的耕地的主人,地的主人很厚道朴实,尽管我们离开这里已有二十多年了,彼此还是熟知的,他每次犁地都会把坟地的边缘留下, 如果是不地道的人就会把坟地的边缘逐年旋掉,再看到没有人来上坟,过不了几年就把坟头彻底平掉了。阴阳师拿出罗盘定了方位,看了时辰,烧完纸点上香,挖坟的人就开始掘土挖坟。爷爷的坟紧靠着一个土坎子,不大的坟包,在四月初的时节里显得光秃秃的,没有树,也没有草,只有风扬起的黄土,让人感到迷离,感到恍惚。挖坟人很快掀掉了松软的黄土坟包,靠着土坎子的一个洞穴就是爷爷的棺木所在之处。由于墓穴离地面很浅,没有深埋,是厝着的。经年的雨水灌了进来,整个墓穴都是淤泥。薄薄的棺木已朽,整骨的人就在泥土中寻找爷爷的骨殖,经过仔细地寻找,甚至是翻筛了墓穴里所有的泥土,最终爷爷的骨殖还是没能找全,可能是少了几根肋骨,还有几节指骨什么的,头骨倒是完整。不到三十年的时间,再一次见到爷爷时,只有一堆零散的骨头,他已经渐渐地融入了泥土,融入了大地, 我当时想, 何必又要让他重见使他一生都受苦受难的天日呢。用红布包好了他的骨头,我就把他抱在了怀里,然后点燃一张引魂纸,愿爷爷的灵魂随着我们的车轮一路向东,去往一个新的安息地。三个小时后,爷爷又回到了他四十多年前给人拉长工的小山村野王。我想,这也许是宿命,不管是死是活,你终究还得转了回来, 真是苦命的人啊。爷爷的新坟地在一座山的半坡地上,需要翻过一条流着浑浊泥水的小沟,再步行一段很长的山路才能到达。爷爷的"新宅子"是按照当地的风俗深挖下去带有穿堂,是埋葬老年人的最高待遇,在我们来之前已雇人挖好了。阴阳师照样是做一番他的"法事",然后整骨的人下到穿堂将一匹红布铺开,把爷爷的骨殖依照人的形状很细心地摆好,缺少的部分用和好的面团捏成骨头的样子摆放上去。做好这一切,就开始填土,最后就形成了一个新的坟冢,比原来的要大许多。爷爷新埋的这块地是我送了人的叔父家的。重新安葬爷爷的时候,我突然想起,不是要和早已去世的奶奶合葬在一起吗? 问了叔父,他说我奶奶的坟还在更高的一个山头上,埋在别人的地里,这家主人属于另外一个村的,很难说话,硬是不让我爷爷"入住",只好将我爷爷先埋在叔父的地里，等段时间再把我奶奶的坟迁过来，虽说两位逝者分别半个多世纪了，现已近在咫尺，却只能遥遥相望。爷爷是再一次入土了，如果他有灵，他会怎么想，我当时是很难受的。

三

我们家没有祖坟，父亲去世后就安葬在县城的西山上，和爷爷的坟地也有几十里之遥，清明上坟的时候我们兄妹几人也是分几头跑。父亲去世十多年后，母亲的心情慢慢好转了过来，但心里还装着一件事，就是把奶奶的坟迁过来和爷爷合葬。有一年清明前，母亲决定要给我奶奶搬坟，和我说起这事，我是坚决反对，我说奶奶都已去世六十多年了，骨头早就化了，再说您也没有见过她，六十多年了，您再动她干啥？只要我们生活得幸福、快乐，就是对先人最好的怀念，这也一定是先人的愿望。母亲却说我不孝，为此我们母子俩吵了一架，母亲也就对我有了意见，但坟是最终也没有搬成。我是这样想的，人性至真至纯的东西完全可以超越形式。死去的亲人固然重要，他们永远活在我们的心中，但我们活着的人更重要，能够创造一些财富，孝敬在世的老人，何乐而不为呢。为死去的人折腾，也折腾死去的人，就是劳民伤财，当然个别特殊的情况可以例外。什么是人生？活得好，能为社会做有益的事就是人生，很简单的事情。先人们为我们能有今天奠定了基础，我们不忘他们，把他们放在心里最暖和的地方，一同共享眼前的美好与幸福。我常在心底里发问，爷爷会懂我的心思吗？会说我不孝吗？爷爷最疼我了，他一定会猜透我的心思，一定不会说我不孝的。十多年前，爷爷的坟搬走了，搬得离我工作生活的地方更远了,上一趟坟要走许多的路,十多年了,我去的次数很有限,一想起来,真的很愧怍。如果当初不搬走,我到爷爷坟头去就更方便了。爷爷生前走出大山很短的几年时间,他一定喜欢平展展的川道,不想再在山窝窝里生活,可是他又不得不回到山里,鬼差神使,许多事情都是命中注定,没有办法改变。好在我走到哪里,我就把爷爷在心里装到哪里,爷爷是我一生一世的守护神。虽说爷爷和奶奶没埋在一起,却还可以天天见面,还是不要再惊扰他们的好。

活人为死人搬坟大多是不得已的,入土为安才是唯一的真理。每个人的一生中都有一根看不见的线与地下的先人连接着,这根线就是血脉。为血脉世世代代相续是每一个家族的责任,也是我们苦苦追求的一种最原始的真实。

（原载 2013 年第六、七期《朔方》合辑）

驼背老人

许多年了，不知他是否还活在这个世上，但他一直留存在我童年的记忆深处。

小时候，我随外婆住在老家的一个小镇子上，那时我只有十岁左右的年纪，入读镇上的小学四年级。父母在外工作，顾不上我，我的童年是调皮而贪玩的，不怎么好好学习，常常拿着家里的馍馍送给高年级的大孩子带我到山梁上捉黄鼠玩，或者在种有洋姜的地里挖地溜子吃。我那时年龄虽小，却记住了一个人，他就是住在镇子北头果园里的一个驼背老人。他也许是镇子上最不起眼的人，但镇子上的人甚至邻近乡村的村民都知道他。因为他是一个天生的佝偻病患者，背上长年累月仿佛都背着一口沉重的锅，压得他直不起腰来，走起路来像爬行一样向前挪动，人们都叫他“背罗锅”。他的头很大，常常戴一顶黑色瓜皮帽，脸部布满皱纹，几根稀疏的焦黄胡须随意地长在他的上唇和下巴上，他的身体上半部隆起像半个圆球，两条腿很短。由于长相丑陋，小孩子家见了他都不敢靠近，只有远远地喊他“背罗锅”“背罗锅”。他却并不生气，或许他已经习惯了这样的称呼。很少有人和他搭话，他也总是避开往人多的地方去凑热闹。不过，他有一手绝活，能够使他在众人面前“露脸”，那就是打干鼓。那时候镇子上经常演样板戏，从演员到乐队都是由有特长的公社社员来担当，这是一项政治任务，当然要比下地劳动轻省，工分也记得高，大家都乐意干。演戏就得有乐器伴奏，文戏有板胡、二胡、笛、唢呐、大号等；武场有干鼓、堂鼓、小锣、铙钹、铰子等。样板戏《智取威虎山》《沙家浜》《杜鹃山》等多是武戏，没有干鼓不行。找来找去没人能敲得了，只好“屈尊”到他的头上。这些都是后来听老人们说的。但我确实看过他在舞台上的“演出”。干鼓大小如一只小盆，牛皮绷面，用一双略比筷子粗的木槌敲击，声音尖高，清脆悦耳。在70年代初的西北农村，乐器是十分奇缺的，干鼓就成了伴奏唱腔的主要家当。“背罗锅”在演奏时手腕弓起，双手握槌高举至头顶，上下挥舞，动作敏捷，似乎全臂之力都集于槌尖，全身之力都掼于鼓面，雨点般地敲打使鼓铮铮鸣响，随着剧情波荡起伏，节奏感很强。这个时候，甭说看戏，专看他的神情，他的皱巴巴的脸上每个沟纹仿佛都流淌着兴奋。

记得有一年秋天，正是果子成熟的时候，我和几个小伙伴去他住的果园里偷果子吃，等我们几个翻过矮墙刚刚攀到树枝上时，被他发觉了，我们知道他跑不动，嘴里还喊着“背罗锅”欺负他。没想到，他从屋子后面牵出一条大黄狗，狗一叫，可把我们吓坏了，我们几个拔腿就跑。由于惊慌，我从矮墙上跳下来时崴了右脚脖子，疼得直叫唤，想跑也跑不动了。心想，这下让他抓住非挨一顿狠揍不可，经常喊他“背罗锅”不算，偷摘果子自己还送上门来。越想越急越怕，一时的疼痛也顾不上了，爬起来一瘸一拐地就往前走，没走几步，只听身后“吱”的一声，矮墙的门开了，他走了出来。看来我只有束手就擒了，索性倒在地上装“死狗”，看他能把我怎么样。只见他慢慢走过来，沙哑着嗓子说：“把哪里绊着了？”畏惧的我没敢搭话。他看见我的手放在右脚脖子上，又缓缓地说道：“把脚脖子崴了吧？碎娃娃家，不要伤了骨头。”我惊悚未定，还是没敢言喘，只准备着挨揍。这回他真的生气了，嗓音也高了起来：“你是不是把脚崴了？”我恐慌中尽量避开他浑浊的目光，却不由自主地点了点头。这次他竟然笑了，我紧绷的心也随着松弛了一下，看来他并没有什么恶意。紧接着他吃力地蹲了下来，拿过我受伤的右脚轻轻地揉搓了一阵，又让我站起来试着走走，我只好顺从地试着走了几步，还是感觉很疼。这时的我完全像一个木偶由着他支配。随后他不由分说就架着我来到园子里的屋子。这屋子很矮小，烟把整个屋子熏得黑黑的，炕上堆着破旧的棉絮，炕台上是一盏煤油灯和一个旱烟锅子，连着炕台的是锅灶，锅灶边上的墙上钉着一个长长的木板，上面放着几个装盐醋的罐头瓶瓶和一个洋瓷碗、几只筷子，屋里没有几件像样的东西。我只觉得，待在这屋子里用不上半天就会把人憋死。我面朝屋门坐在小木凳上，很不自在，但又没办法。他在一个很小的泥炉子上煎了半碗草药，等药温下来，他就用粗糙的手蘸着药水涂抹我的右脚脖子，他好像在做一件很有意义的事情，不停地自言自语，显得很高兴，我却有些抖抖索索，任由他摆布。过了一会儿他出去摘了一些果子让我吃，我还是紧张，只听他说："娃娃，不要害怕，吃吧。"我吃了一个果子，润了一下因恐惧而干结的喉咙，渐渐也不再拘束，孩子的本性就露了出来，话也多了，这样我就和他拉了很多"家常"。快到吃晚饭的时候，我提出要回去，他却显得烦躁不安，脸色也变得更难看了，低声说道："你会再来陪我一起说话吗？我会摘果子给你吃，给你讲很多故事的。"我怕他不相信，就使劲点了点头。他把我送到大路上，我走了老远，回头看见他还在向我摇着手里的旱烟袋。

后来我经常去他那里，有时一个人去，有时带小伙伴们去，他住的果园成了我们游戏的乐园。以前很少见他说话，自从和我在一起时，他的话就多了。他知道的真多，天南海北，古往今来的都有。他说兰州、甘州，在我幼小的心目中这都是些陌生又遥远的大城市，但我牢牢地记住了这些地名；他讲“毛野人”“瓜女婿”的故经，虽说离奇古怪，却浸润了年幼的心灵，不能不说是我最初文学记忆的启蒙，终使我一生受益。他一定走过很多地方，见识过很多事情，但也遭受过很多苦难，人们对他是看不起的，是鄙夷的，他是多么的自卑。我幼年是单纯的，感受不到他的痛楚，我成长的快乐只能稍稍减轻一下他的孤寂，其他什么也做不了，但我当时并不懂得。他心地善良，为人慈祥，从不因为我小而有丝毫怠慢，他是把我当作一个成年人来对待的。我们和睦相处了一年多时间，他就像小孩子一样快活，脸上常常挂着笑容，有时他还和小伙伴们捉迷藏、扔沙包，显得无忧无虑。他的背驼了，心没有驼，他是一个有喜怒哀乐的人，他也害怕孤独。

时间真快，转眼我就要上中学了，父母把我从小镇上接走的那天我去向他告别，可四处都找不见他，我急得差点要哭了，但在父母的一再催促下我还是走了。临上车前外婆说：“他可能是不愿意看见你走，躲起来了。”我心里怅怅的，纠结了好一阵子。换了一个新的地方，又有了新伙伴，很快就把这事给忘记了。随后外婆一家也搬离了小镇，我再也没有回过给了我童年许多快乐的那个地方，尽管那里还有许许多多让我难以忘怀的人和事，但一切都变成了记忆。一晃很多年过去了，我也步入了中年，回忆往事的时候总有他的影子在闪动，抹也抹不去。从老家临走的时候没能见上他一面，我常感到歉疚，我当时虽然理解不了他内心的孤寂，但我们也算无话不说的忘年朋友。时间愈久，我的一些念想就愈真切，但愿我的歉疚能化成真诚的告慰，告慰无论是地上或是地下的他那颗善良而孤独的心。

改自1985年5月旧稿

老盼

老盼是一个绰号，是我四十多年前一个发小的绰号，那时候我们只有九、十岁的年纪，很小，所谓“老”字，只是成人们给他起绰号时用的一个词头。四十多年前我和老盼共同生活在宁夏南部山区的一个小镇上，他比我大一岁，年纪相仿，经常在一起玩耍，是好伙伴，不论是干好事或是什么“坏事”，大人们都认为是我俩干的，想分也分不清。四十多年一晃就过去了，我们也已年过半百，两鬓飞霜，儿女成人，想想以前的事情虽觉好笑，但也充满着童年的乐趣。件件往事，历历在目，不能忘却，有时竟成为谈资，说给子女、朋友们听，博得快乐。说明我们已经老了，至少将步入中年与老年的交界了，细一想真能惊出一身冷汗，扪心自问：昨天我不是正年轻吗？怎么今天就老了，真快！其实这些都不重要，重要的是四十多年后我和老盼还在来往。

我十一岁时就随着母亲工作的调动离开了地处县城北川里的这座小镇，到县城东面的东山里的另一个镇子上去了，北川里的小镇与东山里的小镇之间相隔近 100 千米，这是一段很远的距离，加上当时的交通条件，说起来就更遥远了。虽说我们“天各一方”，但上了中学，慢慢懂得友情的重要了，又用通信这种方式联系上了。老盼精瘦、聪明，学习冒尖，高中时就被选拔到县城重点中学去了，后来考上了南方的一所大学。我则高中毕业后上了师训班，之后当了一名乡村中学的老师。我们尽管没有机会相见，但消息都知道。他上大学四年和我通了四年的信，说些往事、说些学习的情况，说些所谓理想方面的追求，互相勉励，精神支持一下，真是难能可贵，他给我的信件，我扎成捆至今还存放在家里的书橱中，几十年间，无数次搬家，都不忍舍弃。他大学毕业分配到了首府城市，这中间成家立业，忙于工作，我们就断了通信。记得有一年春节他回老家，大概是1983年吧，我在县城碰到了他，说了很多话，临别他拿出一只钢笔送给我做留念，让我感动了许久。后来我到首府学习，他来看过我几次，好像还有一次在我住的宿舍喝了点他拿来的葡萄酒。再后来各忙各的事，就再也没有见过面。但彼此之间的情况通过熟人都基本知道。不知谁说过，朋友就是不见面也经常能记起来的那些人，我们的情形大致就是这样。2010年初夏，我调来首府工作，他听说后即从他长兄处要来我的手机号码，一个电话过来，也不客套，请我吃饭。多年不见，一见如故，依然谈笑风生，没有丝毫的陌生和隔阂，他仍旧精明强干，智慧幽默，工作干得风生水起，事业有成。只是时间把我们曾经稚嫩的脸、单纯的心改变得老到、城府了，别无什么变化，真诚依旧，乡音依旧。

在我的记忆中，我与老盼有两件事值得一叙，其中一件就与他的绰号有关。

我家当时住在镇子上的供销社里，院子很大、很深，后院有一块空地，与前面的一排房子隔开，我们经常来这里玩。空地的下面是一个地道，是反帝防修的产物，地道口是斜着挖下去的，里面黑乎乎的，看不见什么。地道口的正上方是一个庞大的麦草垛，可能是供销社收的马料，当时到县城调货用的都是马车。空地其实不空，有时也种玉米或洋芋，在地的边角靠墙处生长着一丛很大的洋姜。有一年夏天，我和老盼就在这里挖洋姜和地溜子吃,不知谁提议,洋姜和地溜子烧熟了可能更好吃,于是我跑到前院家里拿了一盒火柴,又到地道口抱了一抱麦草,老盼拿着刚挖出的洋姜和地溜子说在外面烧大人看见了骂呢,拿到地道里烧大人看不见。于是我俩就来到地道里把洋姜和地溜子埋在麦草里点着了火,心里正想着吃烧熟了的洋姜和地溜子的滋味有什么不同,没想到一瞬间烟火弥漫了整个地道,熏得我俩眼泪直流,什么都顾不上了,只有"抱头鼠窜"出地道。回头一看,但见地道口浓烟滚滚,直冲地面而上。这时只听得有人喊道:"麦草垛着火了,快救火!"不大时间,供销社主任便领着一群职工拿着各种家当来救火,主任一看见我俩呆呆地看着地道口擦眼泪,就明白了几分。问道:是不是你两个把麦草垛点着了?我俩吓得不言喘。主任把老盼打了一巴掌,我们只好承认是在地道里烧洋姜和地溜子。主任一看麦草垛没着火,就把我俩赶到地道口让下去灭火。我俩边哭边捂着眼睛,摸到地道里用湿土盖到麦草上压住了火,然后战战兢兢出了地道,心想这下可能犯了大罪,不知要受到什么惩罚。幸好主任只把我俩训了一顿,让我们以后不要再来这里玩耍,就放我们回家了。现在回想起来,当年"放火"也算是一场童年大的"游戏",幸亏没闯出祸来。

还有一件事是发生在老盼家里的。老盼家住在小镇街道的东壕口上,向右转过拐角就是一条南北街道,两边是铺面房子,镇子上逢集主要就在这条街上。老盼家的大门开在南面,进门有一个南北长方形的院子,他家的西面是一排靠南北街道的房子,其中有一家是兽医站,兽医站房子的后面开了一个门,是个放药的地方,旁边有一个窄道道连着老盼家,转进来就到了药房。有一次我在老盼家玩,出于好奇,和老盼扒在兽医站的药房门口通过宽宽的门缝朝里望,里面摆满了花里胡哨的瓶瓶,这让我们一下子想起了卫生院装糖豆和装宝塔糖的瓶子，心想这些瓶子里装的肯定也有能吃的甜东西。我们很快找来了一根细长的木棍，从架子上捣下来了一个小瓶瓶并把它拨到了门口，伸手从门缝里拿了出来。瓶子跟我们的拳头大小差不多,小口大肚子,里面装着一片跟瓶子一样大的粉色的薄片片,需要捣碎才能倒出来，我们便用竹棍子把它捣成碎片,倒出来用舌头舔了舔,还真是甜的,当时想这可能就是糖片,就毫不犹豫地各吃了几片,心里有点发潮,就再没吃,剩下的老盼拿到旁边的猪圈都喂给了他家的猪。我回到家里,晚上就发高烧,迷糊了,吓坏了大人,赶紧把我送到卫生院救治,才知道是药物中毒。事后才知道老盼也被家人送到卫生院里挂了瓶子,我们好好的活着,但他家的猪却死了。等街道上的人弄清楚是怎么一回事儿,就有人说还不到过年,娃娃嘴馋是盼着吃猪肉呢。老盼就这样落下了一个“盼猪肉”的绰号,慢慢就被简称为老盼了。多少年了,镇子的街道上上了岁数的人都晓得老盼是谁,他的大名反而很少有人知道了。

今年春节前,接到老盼电话,说来了一位朋友,一起坐坐。我去时看到的是四十年前一块玩的另一个发小，他从南方回来过年。多年不见,彼此亲热,他也不忌讳孩子在旁,依旧老盼长,老盼短的呼叫,让孩子一头雾水,难道这人姓“盼”？老盼倒是很宽容,自我解嘲说:“当年缺少肉,盼着有肉吃,如今生活好了,盼啥有啥,也有盼头了,叫我老盼,我也高兴。”是啊,发小相见,无话不说,好吃好喝,真是高兴!

2015 年 2 月 27 日

心中的鲁迅

几次去上海，都是急急匆匆，但心中总有一个愿望，去鲁迅纪念馆或他的墓地看看，我是读着鲁迅的文章成长起来的一代人，至今仍有一种鲁迅情结。我2003年12月、2009年7月两次到北京阜成门内宫门口二条19号鲁迅故居参观，这里是鲁迅1924至1926年在北京的住所，在此期间，他写下了《华盖集》《续编华盖集》《坟》《野草》《彷徨》等不朽作品，印行了《中国小说史略》《热风》等著作，同时还主持编辑了《语丝》《莽原》等周刊杂志。北京的鲁迅故居不大，小四合院里有一棵鲁迅手植的玉兰树长得枝繁叶茂，虽然鲁迅走入了另一个世界，但树的存在还是让人感觉到了真实。故居边上的大院里树木葱郁、草绿花红，很是宽敞，这里是新中国成立后建的鲁迅纪念馆，鲁迅故居已成了纪念馆的一隅。进得纪念馆的大门，正中的草坪上是鲁迅的半身汉白玉雕像，鲁迅以他独有的目光注视着远处，沉郁而睿智。雕像的后面便是纪念馆了，这是一个两层的建筑，里面主要以照片配以实物介绍了鲁迅光辉的一生。鲁迅的一生可以说是一部近代中国半殖民地半封建社会历史的浓缩，他疾恶如仇，用手中的笔呐喊，用手中的笔战斗，燃尽了生命的火焰之后，五十五年的人生历程却使他最终走到了中国思想文化的顶峰。第一次来这里，怀着虔诚之心，寻找鲁迅的足迹，感受哲人的气息，在故居的院中长时间地徘徊、观望；在许许多多的照片面前停留、凝视，历史的烟云仿佛并没有散去，这些熟悉的人物依然行走在我们中间，虚幻中又有很多的真。我带了一些照片回去给上中学的儿子看，他对“三味书屋”的模拟照很感兴趣，因为他正在学习《从百草园到三味书屋》这篇课文，便问了我许多关于鲁迅的事情，我也是尽其所能给予回答。第二次去鲁迅故居我便是带了儿子去的。7月的京城，天气十分炎热，我们选择去了鲁迅故居，让儿子真切地感受一下“鲁迅”，近距离地和“鲁迅”对话。让他从课本的印象中走出来，实地地去接触“鲁迅”。儿子很兴奋，看了鲁迅生活了数年的小院及书房，看了许多他以前没有见过的照片以及卷帙浩繁的各种鲁迅的著作，并和“藤野先生”合影留念……书本与现实是有很长的一段距离的，实地感受一下，会让他慢慢懂得一种叫“思想”的东西，让他知道文化的“力量”，我想我也尽到了某种责任。

2009年9月我到上海浦东新区党校学习，时间相对宽裕，不像前几次急急匆匆。除了安排参观的党的“一大”会址、宝钢、上海国际金融中心、世博会展览馆等景点外，我又去参观了上海博物馆，再一次感受该馆所藏文物的精美、博大、丰富、独到。最后一个主题便是去鲁迅公园，参观鲁迅纪念馆，拜谒鲁迅墓。由人民广场乘地铁到虹口体育场出站，走几十米就是鲁迅公园，公园里有山有水，草青树绿，公园中央是鲁迅纪念馆，馆名是周恩来题写的，五个大字苍劲有力，很有韵味，纪念馆白墙朱门，古色古香，典型的江南民房建筑风格。馆内陈列了许多丰富的文物资料，生动地展现了鲁迅在中国现代文学史上的特殊地位。鲁迅先生1927年10月从广州来到上海，到1936年10月19日逝世，在上海整整生活了九年，曾先后住在虬江路景云里和山阴路大陆新村9号，他生前经常去虹口公园散步。新中国成立后鲁迅的墓从万国公墓迁到了虹口公园内，1956年10月，鲁迅逝世二十周年时，园内建成鲁迅纪念馆，1988 年，虹口公园正式改名为“鲁迅公园”。鲁迅故居距此尚有一段路程，是先生 1933 年至 1936 年逝世前居住和工作的寓所，在这里，鲁迅从事了大量创作、翻译和编辑工作，还组织了“中国自由运动大同盟”和“左联”活动，据资料介绍，故居现陈列着主人生前用过的珍贵物品和写作用具，由于时间已晚，故居就没有去成。鲁迅公园是上海著名的纪念性文化休憩公园，参观、游玩的人较多，我想来这里的人们都是怀着崇敬的心情，来追寻鲁迅先生的足迹并感受他那颗伟大的“民族魂”的。在公园的左侧稍靠后的地方就是鲁迅墓。墓前草坪上有一尊鲁迅坐像，面容安详，目光深邃。墓碑上有毛泽东的亲笔题字：“鲁迅先生之墓”，墓碑下是安放着鲁迅灵柩的基椁，上面铺筑着光洁的花岗岩，四周被翠绿的松柏、香樟、白玉兰等常青树和花木环抱着，整个墓区庄严肃穆。我来到墓前，久久凝视着鲁迅先生的铜像，默默诉说着对先生的崇敬之情，多少年来，我无数次徜徉在先生用文字砌成的思想的大厦中，努力阅读，艰难攀登，今天与先生如此接近，仰望之中，亲身感觉先生传递给这个时代的巨大信息，一种力量自心中油然而生。与鲁迅先生墓只隔着一道栅栏的是虹口足球馆，馆内正进行着一场比赛，球迷们的声音铺天盖地，叫喊声、口哨声、拍打座椅的声音响成一片，喧嚣嘈杂，在这样的环境下，鲁迅先生一定不能静下心来进行他的思想活动，的确，现代城市已没有一片安谧的所在，大多数人已不可能用笔去战斗了，而是用身体在不停地“打拼”，可见存在的艰辛。

告别鲁迅公园，踏上归程，天已经很黑了，但鲁迅先生是我心中的光明，永远照亮着我前行的路途！

（原载 2011 年第一期《六盘山》）

忆秦中吟老师

3月23日晚，著名诗人秦中吟老师抛下他热爱的诗词事业悄然离去，噩耗传来，令人悲痛不已。秦老师是新时期宁夏诗词事业的开拓者和领军人物，为提升宁夏诗词创作水平，发现和培养诗词方面的人才可谓殚精竭虑、鞠躬尽瘁，在晚年疾病缠身的情况下，仍然坚持创作、组织活动、编辑刊物，直至病重住院。他视文学为他的生命，诗词更是他的灵魂，他为伟大的时代讴歌，为火热的生活歌唱，同时他又针砭时弊、鞭笞丑恶，关注现实、倾情民生，他始终担负着一种社会责任感，视野辽远、胸襟开阔、不随流俗、昂扬向上，他倔强耿直的性格，疾恶如仇的品质使他的诗时而桀骜不驯，时而意气纵横，浪漫中有激情，豪放中有大爱。在他的不懈努力和主导下，塞上诗风在刚劲明丽之中更增添了鲜明的时代特色、地域特色和民族特色，诗的题材更加广泛、内容更加丰富，因而也使宁夏的诗词创作在全国产生了一定影响，秦老师是塞上诗坛的执牛耳者，功莫大焉。

我是一名文学爱好者，在文学创作的道路上，尤其是古体诗词方面深得秦老师的培养、奖掖，往事如烟，但其情其景，历历在目。1982年，我还是一名乡村教师，处在宁南山区的穷乡僻壤，打发寂寞的办法只有读书写作，这一年我向《宁夏日报》副刊投了几首新诗，6月份我的一首诗就被登了出来，编辑正是秦老师，这对我的鼓舞是巨大的。在那个年代，在我的眼中编辑是神圣的，能够发表作品的都是有地位的名人,没有想到我也得到了眷顾,是秦老师给予了我文学梦想的最初机遇,虽然我不认识他,但我永远记住了他的名字。后来的几年里我在秦老师做编辑的《宁夏日报》副刊陆续发表了十余首新诗、散文诗,我们从未谋面,但我相信,这些见诸报端的文字就是他对我默默的鼓励。秦老师是宁夏文坛著名的伯乐,经他发现、培养的文学人才多达五十余人,这些人都是参加了各级作家协会的,其他的就更多。西海固今天许多知名诗人作家的成长都与秦老师的关心、指导、提携不无关系。其中有王漫曦、虎西山、张铎、戴凌云、王怀凌、权锦虎、白军胜、杨建虎等,每每说起秦老师,都心存感激。到了90年代初,有一年秦老师来固原住在招待所,我们几个文学青年相约去看他,这是我第一次见到他。秦老师时值壮年,戴一顶鸭舌帽,人很精神,也没什么著名诗人的架子,和我们坐在床边上侃侃而谈,我也就没有了拘谨。记得他问了固原几个作家的情况,对我们几个写作的年轻人也进行了一番鼓励, 他说话时银川这边的口音很重,但显得亲切随和,给我留下了深刻印象。他此番来固原是印行他的古体诗词集《朔方吟草》的,不久我就收到了他的签名本诗集,很是感动了一阵子。90年代中期,在报纸上看到成立不久的宁夏诗词学会征集稿件,我就试着写了两首诗词投稿,没想到还获得了一个奖项,我来银川领奖,再一次见到了秦老师,他对我热情有加, 让我立足六盘山区并以此为题材多进行一些诗词的创作,多为《夏风》投稿,这使我很感动,没有人就诗词的话题和我深入地谈过,这次谈话使我再一次与古体诗词续上了缘。我十四五岁学写诗,就是因为爱上古体诗词这种体裁,一开始也是学写古体诗词的,以后有十年时间写新诗、散文诗,因为觉得缺少发表的地方,古体诗词也就很少写了,是秦老师的多次激励、帮助与支持，终使我的古体诗词创作坚持了下来。我后来所走的诗词之路，哪怕是取得的一点点成绩，都与秦老师的无私帮助、真诚扶持是分不开的，应该说他是引导我进行诗词创作与文学追求的导师。我能来银川工作，也是秦老师极力推荐、倾心相助的结果，令我没齿难忘。还有一件事既让我感动又让我歉疚，去年后半年在他身患重病的情况下，我却出于个人的想法，请他为我的诗词集作序，他很爽快地答应了我，后来得知，在他入院的前几天他已不能提笔，便以口述的方式最终成就了这篇序文，展卷捧读，真是字字珠玑，句句情切，感人至深，催人泪下，这是他劳心瘁力写下的文字，也许是他生前最后留下的文字，斯人已去，其情其景，真的无法用语言来表达。事前我虽几经思虑，毕竟他有重疾，要用脑、要进行精神劳作，这对一个患病的老人或许是过于不近人情，所以一想起此事我就感到十分歉疚！秦老师入院以后一直处于昏迷状态，在重症监护室进行抢救性治疗，我们得到消息后都很着急，在心底里默默祈祷着他能够尽快苏醒、康复归来，好带领大家继续在诗词的道路上前进，未料竟成永诀。但他的艺术风采和音容笑貌，时时萦怀在我的心头，永难忘却！

秦老师性情耿介，爱憎分明，为人正派，不事权贵，没有门户之见，积极奖掖后进，在诗词界真正做到了“桃李无言，下自成蹊”，这一点永远是我们学习的榜样。尤其是他对文学的终身追求和孜孜不倦的探索精神让人感佩！宁夏诗词事业的开拓与发展离不开他，宁夏诗词学会今天能有这样一个良好的局面，涌现出众多颇有建树的诗人词客以及缪斯的追求者，这一切如果离开了秦老师，将不可想象。秦老师文艺理论水平精深，长期坚持毛泽东文艺思想，他身体力行，撰写文章，引领大家始终行走在正确的文艺道路上，在文化多元、心浮气躁的今天实属不易。他作为新时期边塞诗词公认的扛旗人物，不管是现在还是未来，其影响都将是深远的！李白有诗云："高山安可仰，徒此揖清芬"，秦老师就是当代诗坛的一座山峰，让我们高山仰止，他留给我们的精神财富——他的操行品德以及一首首脍炙人口的诗词犹如散发着清香，不仅沁人心脾，使人陶醉，而且让我们永久地敬慕、崇尚！追思和怀念秦老师，就是要让他未竟的事业在广大诗词爱好者的手中不断地得到传播和弘扬，同时通过诗人们的共同努力，以宁夏诗词新的提升来告慰秦老师的在天之灵。

（原载 2014 年第三期《夏风》）

追忆石作梁先生

石作梁先生是民国时期固原著名士绅,新中国成立后长期担任固原县政协委员,一生为固原当地社会文化、教育等事业做出颇多贡献。20 世纪 90 年代新修出版的《固原县志》在艺文辑录中选有石作梁先生的三篇文章:《庚申地震记》(节选)、《己巳饥馑记》(节选)和《戊辰匪乱记》(节选)。这三篇文章均选自《民国固原县志》,为什么要选,就是因为它具有很高的地方史料价值。

在这里我先简略地介绍一下石作梁先生的生平, 因为一些史料对他的记载存有较多的舛误。石作梁先生 1888 年生于甘肃省临洮县衙下集乡石家坪村一个书香耕读之家,少时聪颖好学,七岁时父亲因病去世,母亲再嫁,他便随当时在甘肃督抚衙门任司笔的继父唐某在衙内读书,因学业出众,被留作督府侍童,成年后即被提拔为凉州管带(州县治安官),三年任满后,又调任徽县县令,在任时,体察民间疾苦,兴修水利,曾被立碑纪念。民国 7 年(1918 年)调任固原县警察所警佐(公安局长),遂定居固原。以后曾任固原西区区长、农会理事长,民国 34 年(1945 年)11 月当选为固原县第一届参议会议员、副议长。后又担任《民国固原县志》的编修工作。1949 年 8 月,固原解放前夕,他与当地一些著名乡绅亲到开城会见解放军十九兵团领导人, 后又率回汉群众在固原南门迎接解放军入城。新中国成立后,他担任县政协委员,积极参政议政,拥护中国共产党的领导,先后随县政协委员参观团参观了长春第一汽车制造厂和洛阳拖拉机制造厂等新中国大型企业，深受鼓舞。

石作梁先生一生绝大部分时间都生活在旧时代，经历了清末、北洋军阀统治时期、国民党统治时期和中华人民共和国，且长期担任旧时代的下级官吏，人生观、世界观有其难以逾越的历史局限性。难能可贵的是他注重民意，热心公益，为人坦荡，做事毫不徇情自私，深得当地绅民敬仰。民国 9 年冬（1920 年 12 月）海原、固原一带发生大地震，他积极参与救灾赈济事宜。民国 18 年（1929 年）固原发生罕见的灾荒，他出面斡旋，晓以大义，促成富户放仓济民，共渡难关。民国 17 年（1928 年）匪患猖獗，他倡办团练，屡挫匪锋。当王占林等土匪三次围攻固原县城时，他冒着生命危险积极组织民团联防固守，化险为夷。他以自己的亲历亲见，写成了上面所提到的三篇文章，也为我们留下了一笔宝贵的资料。

《庚申地震记》较为详尽地记述了 1920 年 12 月 26 日海原大地震发生后，距震中不远的固原县城乡受灾程度和进行自救的情况。因作者亲自参与指挥救灾，文中描写的受灾情形让人读来既如同身临其境，又不能不触目惊心。“其始震也，由西北而来，从东南而去。故无论城乡，西北重而东南轻。壮如车惊马奔，轰声震耳。房倒墙塌，土雾弥天，屋物如人乱掷，桌动地旋，人晕难立。真是震荡倾足下，土瓦临头上，急呼狂奔，茫无所适，张皇失措……登时全城一片哀悲之声，哭震四野，惨不忍闻，听者酸恻。”作者以亲身感受描述了大震突然降临之时的情景以及人们在灾难面前无所适存、张皇失措的失控状态。由于地震突发，电损邮阻，赈灾十分迟缓，又逢严冬季节，天寒风猛，灾民无家可归，饥寒交迫，更是死伤无数。“余时为公安局长，负营救保卫责。”作者时任公安局长，既要负责“救护未死人民”，又要指挥维持社会秩序，昼夜奔驰，未敢懈怠。地震甫过，人心不稳，“乃出事者多矣，彼此争物者，互相窃用者，乘间抢妇者，借灾刁亲者，打伤人重者，无所不有，兴讼不已”。作为地方治安官员，除了处理比平时更加繁杂的诉讼事体外，还要“时常躬带马队，亲往查慰”。“四处弹压，循环巡视。”对结伙抢劫者严惩不贷，杀一儆百，慑定人心。此次大震，固原城乡“共计男女老幼死者三万三千八百四十五丁口。余职司其责，此为饬查经报之数”。震后，作者又要负责查清全县死亡人数，具体数字也写入了文中，在当时北洋军阀统治时期，能尽职尽责至此，难能可贵。该文涉及固原城乡震中、震后抢险赈灾、社会治安、风俗民情等方面方面的内容较多，记述翔实，且多为作者亲身经历，是一篇不可多得的第一手资料。

《己巳饥馑记》真实地记录了民国 18 年（1929 年）固原大饥荒的情况。是年“旱魃肆虐，施风扬土，天晴日烈，日甚一日”。“日晒水沸，苗枯树萎。熏烁欲焚，正所谓高山憔悴而柳生烟也，其热蒸之燥，如鞋底稍薄，着地如熨，不堪久立。”从作者描述的情形看，当时的旱情十分严重，“灾浩劫深，亘古未有”。如此百年不遇的大旱，田间粮食颗粒无收，“米珠粮玉，持金难易”。大多数人初始只能以草根、树皮为食，后来发展到了“以人易粟，与粮即售”卖人换食的悲惨境地，最后竟至发生了人吃人的情况，作者在文章中举有数例，其凄惨程度令人不忍卒读。“更土匪蜂起，四野被掠，既天灾而人祸，人民太苦”。作者其时任固原西区区长，为筹措粮食，想方设法，最终通过通富贷贫，救济灾民。此举虽然不能从根本上解决问题，但作者也尽了最大的努力。在贫困、黑暗的旧中国，作者作为一名下级官吏，能关心百姓疾苦并发出“人民太苦”的感慨实属不易。1930 年发生在固原的大饥馑，人民饿毙无数，教训极其惨痛，应该永远铭记。该篇文章由于内容生动翔实，资料弥足珍贵，常为后来研究固原地方志的学者所引用。

《戊辰匪乱记》主要记述了民国17年（1928年）前后固原境内发生匪祸的情况。由于此前国民军过境并驻扎，使原本闭塞的固原不再宁静，国民军扩军拔丁、筹饷要粮，“官派兵拉，驱民走险”。加之一些散兵游勇存心为匪，诸多原因，致使固原匪祸蜂起。作者对当地土匪的起因做了分析，对其为祸一方、戕害百姓的暴行给予了无情揭露，同时也对官府漠不关心的态度进行了批评。匪患给固原人民带来了深重的灾难，“匪无忌惮，使民受害。四野遭劫，陷为贼巢。民罹惨苦，无所幸免”。作者凭自己多年的经验告诉人们：“然他事可从缓，而匪患断不可耽延观望，使贼成气，宜早随时殄灭。”作者虽身处乱世，其为保一方平安，使百姓不受蹂躏之拳拳心，犹可见也。但旧政权的当政者昏庸无能，是无法从根本上解决这个问题的。在后来的固原终于酿成了窜匪王占林三次攻打县城、涂炭生灵的惨剧。石作梁先生在其另一篇文章《固原城守记》中对此有详细的记录。

石作梁先生阅历丰富，不论从政还是为绅，都能留心观察身边发生的重大事情，并用其文采斐然的老到文笔加以记述，从中也可以看出其卓尔不凡的见识。他善于记事写史，一生著述不少，新中国成立后曾编写有《司马相如与卓文君》《史可法》《徐州革命》等大型剧本。他还热衷于公益事业，创办了张易镇中心小学，为当地教育的发展做出了贡献。石作梁先生1962年9月因病去世，享年七十四岁，遗体安葬在固原南郊田洼。

作为晚辈后生，撰写此文，以表达对石作梁先生的崇敬和怀念之情。

（原载《固原文史资料》第一辑）

记尹文博

我和尹文博先生交往二十多年，且大部分时间在一起共事，从相识到相知，从相知到朋友，经过了时间的考验。最近文博先生打算出一本诗文书法作品集，我听说后很高兴，这不仅是多年来他在诗文书法方面孜孜以求的又一个艺术总结，更是他主持固原市文学艺术工作以来能力、实力的一个绝好见证。文集中也包括了一些他的师友的作品，体现了文博为人重情爱友、事业成熟的一种人生态度。

文博先生出生于宁南山区一个世代耕读之家，祖父是习墨之人，他自幼便受到熏染，祖父是他的启蒙老师，也是他终身追求书法艺术的不竭动力。他保留的一篇祖父书写的小楷，纸质虽已泛黄，但字迹清秀，在文化落后的久远年代，处于西海固偏僻的山村，这样识文研墨的人家真是凤毛麟角，应该说文博先生是幸运的。文博是恢复高考后考入宁夏固原师范专科学校第一届的中文系学生，在这里他如饥似渴地学习文学理论知识，极大地丰富了眼界、开阔了胸襟，为以后的艺术创作奠定了坚实的基础，同时他也结识了许多英才贤达。袁伯诚先生即是他的恩师，袁先生学识渊博，诗书兼得，对文博的教诲及影响很大，其后的几十年中他们亦师亦友，书艺往来，从未间断，直至袁先生作古。这种使人仰羡的师生关系在当地实在是不多见的。文博在文学理论、书法艺术等方面受益于袁先生，再加之他自己不懈的努力，才有了今天的成就。文博先生在书法方面钟情魏书，兼顾行草，几十年中临帖不辍，又善于学习、吸收当代大家的一些笔法，逐渐自成一体，显现出了自己独到的风格。十多年前文博先生即举办了个人书展，这在当时的山城固原产生了不小的影响。时任地委委员、宣传部部长的李克强为书展撰写了序文，形容文博的书展是“风乍起，吹皱一池春水”。地区及自治区的一些文艺评论家也纷纷撰文，给予高度评价。我当时也多次参观了他的书展，为他新颖独到的笔法，大气磅礴的豪情所感染。此后不久，他就出版了个人的第一部书法作品集，这是他书法艺术创作臻于成熟的一个标志。他时值盛年，精力充沛，早晚研习，功力扎实，对书法艺术已有了较深的感悟。这本书法集还有一个显著的特点，就是文博本人撰写的一些诗联通过他的笔记录了下来，从中我们不仅可以管窥到他的艺术观点，更可以看出他的做人、修养、品性。言为心声，这一点任何时候都假不过去，当然更重要的是品其书、阅其诗、观其言，让人感觉到的是他书法之外的功夫。因为任何一门艺术都不是孤立的，它包含着诸多的文化元素，就书法论书法，看不见一点其他的艺术成分，那只能说是写字，文博先生是深谙其道的。2010 年 7 月，文博先生又以廉政为题，创作了一百余幅书法作品，在固原市展出，这不能不说是一个大手笔，同样也显示了文博先生的魄力。自担任固原市文联主席一职四年来，文博先生为西海固文学艺术事业的发展殚精竭虑，不仅想方设法调动广大文艺工作者积极创作，他也时时事事带头，努力打造西海固文学艺术品牌。此次书展从形式到内容即是一个创举，形式独特，突出一个热点主题；内容丰富，着力宣传廉政文化，形势教育与书法艺术完美结合，这种书展使得文艺工作者具有了政治家的视野，也使艺术的生命力得到了有力的延伸。正是这次书展使文博先生萌生了再次结集出版作品集的想法，并很快付诸实施，我很赞同他的这种雷厉风行的作风。因为艺术没有止境，只有刻苦进取，不断扬弃，才能达到更高的精神层面。

文博先生与我多年交往，我的感觉他是一个性情中人，知书达礼，有文人风骨，追求的是雅致，摒弃的是俗气。我们常常在紧张的工作之余，品酒论诗，畅谈人生，他鲜明的个性，看问题的敏锐，都是很深刻的，但并不张扬。随着时间的推移，我们因工作的变动虽不经常在一起了，彼此问候、想念却是常有的，每每回首当年从事宣传工作的那种情景以及工作带给我们的愉悦心情，总是令人感奋。文博先生善于读书、勤于思考，注重个人修养，有着深厚的文学功底。他家中的书柜上摆着很多的古籍，诸子百家、唐诗宋词，都是他多年来必读的篇目，从中汲取着艺术的养分。他深知“于古今书无不精读，则天下事大有可为”的道理，总是身体力行，不敢稍有懈怠。最近几年他的身体状况不是很好，因长年伏案工作和长久地练字，腰脊受到了损伤，动了手术，但他并没有因之放弃他的钟爱，而是愈加努力，这就是一种精神，也是一种人生的境界。他在读书、习字之余，也写诗词，是宁夏诗词学会的理事。他的诗注重内容，很有一些意境。自古诗书一体，文博先生在这两个方面都有造诣，所以我说他是：胸有诗书气自华。

回忆往事，真情长在，我也时时在关注着文博先生的创作，为他取得的成绩感到欢欣，不仅因为我们是熟知的，更是因为他艺术魅力对我的巨大吸引。尽管文博先生身在官场，诸事繁多，但他能够静下心来，从不浮躁，专事创作，且成绩斐然，这与他一贯所持的淡然的为人风格有必然的关联。我们几个朋友聚在一起的时候常说，不论做官、做学问，首先是做人，做不好人，其他的都是妄谈，这一点上我们是相通的。我一直以来都坚信，在艺术的追求上，能够信念执着地走到今天，堂堂正正地做人正是文博先生艺术创作的力量和最大的精神支柱。

（原载《琼斋》，宁夏人民教育出版社 2010 年 9 月）

跨越时空的友情

——一位影迷和她仰慕的影星的故事

1993年8月的一天，住在北京市北太平庄黄亭子小区的著名电影表演艺术家谢芳，收到了一封由北影转来的信件，这封信寄自遥远的西北一个县城——固原。信中写道：

谢芳同志：

我是一名普通的林业工人，三十三年前我看了电影《青春之歌》，被您主演的爱国知识分子林道静的形象深深地感动，并且对我以后的人生选择起到了很大的影响作用。1965年我自愿报名从河南开封来到六盘山下的固原，成为一名支援宁夏建设的知识青年。以后的日子不论多么艰苦，但我的心中充满着信心，是林道静，也是您在始终陪伴着我，给了我力量。多少年来，我把《青春之歌》的小说和电影看了无数遍，每一次看到林道静，我就抑制不住想念您。我把您和林道静看成是一个人，卢嘉川、王晓燕是您的朋友，也是我的朋友。我无论干什么工作，有多忙，工作变动有多大，我都在思念着您，多次做梦，梦见您。有时我一边劳动，一边想着您，眼前就好像电影镜头一样闪过您，一想到林道静那漂亮、善良、大方、催人向上的逼真形象，我就感到浑身是劲。十年动乱，再也没有在银幕上看见您，这深深地刺痛了我的心。后来看到您主演的《泪痕》，您又回到了银幕上，可以演电影了，您可知道，我心里有多么高兴。

我想您三十三年了，以前多次想给您去信，又怕打扰您的工作。三十三年如一日的想念，使我实在忍受不住了，为了了却我一个老知青多年的心愿，在我将要退休的时候，给您写了这封信，以表达我的思念之情。谢芳同志，请原谅我打扰了您的生活……

这封信的作者叫徐香菊，一位居住在六盘山区的退休林业女工。

读着这封来信，谢芳被信中的真情感动了。三十三年，对一个从少年时代已步入老年的人来说，包含着的是人生最美好的年华，是青春最纯真的梦幻，也包含着人生创业的艰难与幸福、生活的烦恼与欢乐。岁月仓促，人生短暂，但一个人活着最有意义的莫过于他的精神生活，徐香菊就是这样的人。三十三年来，尽管她饱经了风霜雪雨，但她的精神世界却是富有的，正是林道静那不屈的奋斗精神在鼓励着她、支撑着她在人生的道路上一步步前行。

1993 年 12 月 11 日，用徐香菊的话来说，是一个终生难忘的大喜日子，她收到了谢芳的来信和一张照片。谢芳在信中对徐香菊矢志不渝对她三十三年的友情非常感谢，并表达了对徐香菊等一大批知青奔赴边疆，建设祖国的敬意，她在信中很动情地写道：

徐香菊同志：

谢谢您对我的友情，我为能在中国拥有真诚的艺术上的知音而感到不枉此生……

徐香菊收到来信后一遍遍地阅读，一行行热泪留下了脸颊。为了表示崇敬之情，她请装潢师傅专门做了一个精致的相框，把谢芳的照片镶在里面，挂在卧室里，这样，她就可以和她想念了几十年的人天天在一起了；就可以和她心目中的林道静天天在一起了。对她来说，这就是人生最大的幸福。

徐香菊，今年五十岁，1993年从固原县林业局田洼林场退休，在此之前，她在林业战线上默默奉献了近三十年。现在她和同在林业岗位上工作的老伴住在固原行署林业处家属院内，一子一女都已参加了工作。过上退休生活的她，平时除了练练气功，还听听音乐看书。一本伴随了她几十年，已经发黄了的小说《青春之歌》，仍被她小心翼翼地珍藏着，这已成为她生命中不可缺少的一部分，时不时翻翻，就能勾出一段美好的回忆来。徐香菊动情地告诉笔者——

我出生在河南省开封市一个工人家庭，父母如今都已去世，只有一个弟弟在开封汽车修理厂工作。说起看电影《青春之歌》，那是在1960年夏天，我刚满十五岁，一天，我去开封人民剧院前的广场，看到上映电影《青春之歌》广告。电影是1959年拍的，当时影响挺大，我就买票进去看了，一下子就被林道静的形象吸引住了，她反抗包办婚姻，从封建家庭中出走，追求进步，最后成为一名爱国知识分子，实现了自己的人生追求，特别是她参加学生运动的激情、在监狱中与敌人不屈斗争的精神等深深地感染了我，从此“林道静”这个人物就和我结下了不解之缘。走出影院我就买了一张剧照，知道是谢芳主演的。我不知咋的，吃饭看、走路看、睡觉前也看，真像着了魔一样。后来经过“文化大革命”，又搬过几次家，剧照弄丢了，我一直都后悔这件事。1964年，我中学还未毕业，就响应号召上山下乡到开封郊区的一家林场工作，心中装着林道静，走与工农相结合的道路，对未来充满了理想。1965年又报名再三要求支宁，被组织批准了。这一年冬天，我和一起支宁的几十名河南知青，告别了父母亲人，怀着一颗报效祖国的红心，来到了六盘山下。我们这批知青来自北京、天津、开封、银川等大中城市。我当时想，越是艰苦的地方越能磨炼人，我把林道静当成我的榜样，下决心一辈子献身革命事业，来实现我的人生意义和价值。几十年过去了，固原的面貌发生了很大变化，我们知青也有一份贡献。后来大部分人又返了城，我留了下来，思想上也经过了许多变化，但我认定的路是对的，现在，我把固原看成是我的第二故乡，我后半辈子的命运是和固原连在一起的。

“文化大革命”期间，再也没有看到谢芳的银幕形象，也没有她的消息，我心里真难受。她是我心目中活着的林道静，十余年中，我一直保持着对她的思念。打倒“四人帮”后，谢芳主演了《泪痕》，我找了一张《泪痕》的剧照，请摄影师傅翻拍了谢芳的照片，我把她珍藏在身边，想起她的时候，就看上一眼。不怕你笑话，多少年来我就养成了这种习惯。1993年，我实在忍不住多年的想念之情，就给谢芳写信，我前后想了很多，脑子里很矛盾，生怕人家笑咱，但我最后还是下了决心。三十三年的思念藏在心里，不说也憋得难受。信写了整整一个星期，写成了，却不知道谢芳的地址，我突然想起《青春之歌》是北影拍的，就寄给北影让转。信一发出去，我感到轻松了很多，三十三年我都老了，不能再等了，这对我来说是感情上的一件大事。后来我就等呀、盼呀，终于在1993年12月收到了谢芳的回信和照片。电视剧《离别广岛的日子》播放时，我不知道是谢芳主演的，晚上都睡了，女儿看电视里有谢芳，就来喊我，我赶紧穿上衣服，直到把电视剧看完。记得1983年秋天，我在林场上班，中间有一次休息时，电视里正在放

《青春之歌》,我看得入迷了,耽误了上班。我参加工作许多年,这是唯一的一次违犯了劳动纪律。现在好了,退休在家,时间也多,前一阵子中央台电影频道开播,我马上就想到了谢芳,想到了林道静的感人形象。我最后要说的就是,借电影频道开播之际,向谢芳同志再一次表示我深深的敬意,盼望从电视里再次看到振奋人心的《青春之歌》。

(原载 1996 年 3 月 15 日《宁夏日报》)

感事咏怀

家乡集市

深秋，我回了趟分别不到一年的家乡，眼前的一切感觉新鲜多了。用碎砂石铺起的一条不很长的马路，款款地从镇子中央穿过，路两边挤满了新建的商店、饭馆和一些杂货铺面，本来就不算太大的小镇一下子显得臃肿起来，乍一看，倒让人眼花缭乱。家乡的小镇，每次回来，都会给我留下一些陌生而又使人感到亲切的印象。

我虽然身处异地，但思乡之情难了，只要梳理一下杂乱的、有点激动的思绪，家乡那留给我陌生与熟知交织在一起的印象仿佛电影镜头一样掠过脑海，或时隐时现，又历历在目，而其中最清晰的莫过于家乡的集市。

家乡集市，就是逢集的日子，每逢农历一四七日，方圆几十里的乡亲一大早就吆着牲畜、驮着家禽、担着蔬菜、挑着山货从四邻八村来到镇子上，早早地占上一席之地，思谋着能好好的做上一桩顺心的买卖。集市一般九十点钟就渐渐热了起来，中午时分人头攒动，吆喝声、讨价还价声不绝于耳，集市就达到了高潮，人们通过“买卖”，各取所需。到下午三四点钟赶集的人就慢慢散去了，集也就散了，镇子也恢复了平静。人们赶集除了做一些“买卖”，购置一些家用货物，吃一碗炒面改善一下伙食，凑一凑热闹外，还有一些人通过赶集结识另一些人，趁此展示一下自己，这主要是年轻人的事，因为年轻男女有了接触的机会，多少也含有一些相对象的成分。所以,集市不仅仅是一个买卖的场所,也是乡里人见面、交流的一个平台。那些平时不怎么出门的小媳妇和大姑娘们把自己打扮得花里胡哨、鼓鼓囊囊,十分招人注目。小媳妇们头戴一顶白帽,再披上一条纱巾,俗称盖头,证明自己已婚;姑娘们则把一条红的或绿的围巾和一条素纱巾混搭在脖子上,又特意在两条粗粗的辫子上扎上两朵绸绸花,鲜艳夺目。她们的穿着则更很讲究,里面要是穿一件绿的,外面就套一件红的;里面穿的是白底大花的衬衣,外面就罩上紫色的外套,裤子一般是化纤的蓝色或绿色,穿红裤子的也有,大红大紫,吉祥如意。赶集对她们来说有着很大的乐趣和吸引力。她们喜欢在小摊上挑挑拣拣,讨价还价,买一些零吃的,还有一些针头线脑、皮筋扎花之类的小玩意儿,把积攒的钱花完了也就满足了。要是有邻村的小伙子跟在她们后面对着她们打口哨,她们总是露出不屑的神情,私下里却是偷偷瞄上几眼,姑娘们的心这时就乱了,小媳妇们则喜欢指指戳戳,跟着丢笑取乐,常常把姑娘们闹个大红脸。再看集市上的大老爷们,他们很随意地披一件老羊皮袄或黑布棉袄,他们心里装的是位于镇子南头的牲口市场。乡下人耕田种地、驮水送粪靠的是牛、马、驴、骡大牲口,每次赶集他们都想去牲口市场转转,买不买不要紧,关键是看红火、看门道,了解行情。牲口市场云集着"各路人马",阵容庞大,嘈杂而热闹。有人想出售一头牛,若有买家想接手,就会有人从中讲价、圆价,互不相让,他们一会儿看看牛的牙齿,摸摸牛的骨架,一阵子又瞧瞧牛的毛色,扳扳牛的犄角,品头论足够了,价钱也磨得接近了,买主和卖主还要在衣襟底下抓个手,开始真正谈价,摸索几个回合,才能把价格定下,一桩买卖就算成交了。最后的成交价外人是不知道具体的数目,只能估摸,这种较为原始的交易手法,虽说有几分神秘，但也防止旁人插手，哄抬价格。

小镇集市上人最多时，都是“挤”着走路，相互撞一下、扛一下都是很正常的事情。摆在路两旁的摊点一个接着一个望不到头，大多是农家地里产的东西，拿来易货换钱，交易的品种也在不断丰富。这使我不由想起前几年小镇的破旧、冷清，赶集的人也稀稀拉拉，无非是到公家开的商店里买半斤盐，打一瓶醋，扯几尺布，完了再到同样是公家开的食堂里花上五分钱、二两粮票买一个白面馒头解解馋。不几年天气，就有了一个大的对比，令人感慨，我想，一定是好的政策促使了小镇的变化。

生活给了人们希望，人们也没有让生活失望，这首先是通过集市这个交易窗口形成的，也是我们现在所看到的情景。

（原载 1988 年 9 月 28 日《固原日报》，略有修改）

川口两年

十八年前，我刚刚步入社会这所大学校的时候，第一站就在川口工作、生活了两年。

川口现在是彭阳县的一个乡，其名称不知从何得来，去过那里的人都知道，川口无川，只是处在一个长长的河道里，乡政府所在地仅有的几家单位也零落地分散在河道两面的山台地上。这里四面环山，看上去天如同一个锅底。

1980年9月，我从固原师训班毕业，被分配到川口小学任教，当年不通班车，我是骑着自行车赶了四十多里路去报到的。川口小学处在一块不大的山台地上，显得有些孤寂，学校有六名教师，五名都是本地的，上完课就回家了。有时候到了课外活动，他们就和我开玩笑，讲一些鬼故事，说晚上你就会听到教室里桌椅搬动和操场上厮杀的声音。他们走后，我一个人待在空旷的校园里，就会感到有一种说不出的恐惧袭来。有几次，我真想逃跑，但最后硬是坚持了下来。晚上只有把门顶得紧紧的，灯也不敢熄。当时还不通电，点的是煤油灯，我就把它拧小，放在头顶的桌子上，然后伸长耳朵静听，自然不会听到有什么怪异的声响，然后就迷迷糊糊睡着了。我当时只有十七岁，白条教书，面对穿着破烂的小学生们，我认真地教他们识字、算数，晚上待在房间里一个人却瑟瑟发抖，我虽是男士，可还是一个没有长大的“老师”呀。在学校吃饭也是一个难题，学校专门为我在附近村上请了一个厨师，其实顿顿都是洋芋面，也没有什么花样，厨房就在学校的前院，破门破窗。有一天早晨我去厨房舀水，发现锅里泡着一双烂鞋，学校也临近放假，从此灶就停了下来。校长人很实在，有事就叫我去他女儿家吃饭。

我在学校每周要上二十节课，从语文、数学到音乐、体育都代。教师少，没办法，赶着鸭子上架，也只有硬着头皮边学边教。有几个班上课都在窑洞里，光线昏暗，教学设施很差。虽然过去许多年了，想来肯定已有了很大的改善。我在小学只待了半年，第二学期开学不久，我就到离此不远的中学去任教。临走时小学的几位老师送了我一个塑料笔记本，上面签着他们的名字，表示对我的欢送。我到中学教初二一个班的语文并兼初三的历史课，中学人多，课业不重，有一个教职工灶，吃饭也比较方便。

刚到中学时，两个人住一间房子，和我同室的老师也很年轻，是 1980 年固原师范毕业分配来的，他带初二另一个班的语文。他在中学时比我高两级，我们是校友，他的篮球、乒乓球打得很好，留给我的印象极深。他父亲是河南人，以打铁为业，他小时候就随父亲来宁夏读书，直至走上教师的工作岗位。1982 年夏天，他和几位同事到乡政府上面的水坝里游泳，不幸溺水，时年不过二十二三，令人惋惜不已。他曾对我讲过，他在师范上学时有一个漂亮的恋人，能歌善舞，分配在固原西面的一所学校里任教，不久就会来看他的。言词之间充满着对美好生活的无限憧憬，现在想来，都叫人感到心酸。可就在夏日一个平常的午后，在一条深山沟储藏的死水之中，他去了。五天后，他直立于水中，头发漂出了水面，被村民打捞了上来，牙关紧咬，腹中没有积水，显然是他自己用气憋死的。在通往未来的道路上，他倒下得太早了。人的脆弱，常常令活着的人感到一种思维的不可名状。十多年过去了，他的事仿佛就发生在昨天。

川口地处偏僻，交通不便，我常骑自行车行走于崎岖的羊肠小道之上，翻过近二十里的山路，才能通上砂石大路回家，有一次下山，由于路窄坡陡，我被摔下了山坡，昏倒在那里，还是一个过路的学生将我搀扶了起来，自行车的前叉也摔断了。我曾经填过一首《虞美人》的词，来形容我常走的这条山路，记得上阕是："一条曲曲白小路，行去天将暮，驱车往来时，常遇风吹雨打山中雾……"

1982 年秋季，我离开了工作两年的川口，从此也离开了教育战线，转入到了其他行业工作，十七岁的我怀着美好的理想来到川口当了一名教师，那是一个充满着梦幻的年龄，可面对的是艰苦的条件和难耐的寂寞，独自一人的时候，常常为想家、为自己的"命运不济"而掩门哭泣。现在回想起来，两年的人生旅程，实实在在地锻炼了我，使我懂得了一些生活的艰辛，也使我从稚嫩逐渐走向了成熟。

川口，我真想有机会，再去你那里看上一眼。

（原载 1998 年 7 月 9 日《固原日报》）

读书难忘少年时

少年时代是人生憧憬未来走向成熟的一个支点，有许多美好而欢快的事情永留记忆之中，使人终生难忘。对我来说记忆最深刻的莫过于我少年时期的一些读书情景。

1976年秋天，我家当时所在的镇上，由县里开办了一个新华书店分店，货架上一排排码放得整整齐齐的新书，我见了以后，觉得既好奇又新鲜，那时我刚满十三岁，在读初中二年级。此后，我有事没事总爱到书店去逛，有时从父母那儿要点零用钱买上一本或几本人物故事或历史知识之类的小册子，便认认真真地翻看起来，有的书也读得懵懵懂懂，但就是喜欢看，就这样我和书结下了终身的情缘。一次，书店来了一批新书，其中有一本《杨靖宇的故事》吸引住了我，当时我没钱，等我急急忙忙回家取上钱再回来时，书店已关了门，我硬是敲开了书店的后门，营业员问我干啥，我说买书，他说下班了让我明天再来，我站在门口不走，说一定要买，营业员见没法子，只好让我进去给我卖了这本书。在此之前我已经买了《毛泽东少年时代的故事》《周总理的故事》等书，我幼稚的头脑想的是以后见了这类书一定要买，也许是小孩子的一种兴趣吧，没有办法，当时就是爱读。虽说那时的生活条件差点，但父母都有工作，对我买一些书还是比较支持的，后来我和书店的人混熟了，他们对我很优待的，让我随便翻看书架上的新书，这对我来说是一种殊荣，因为那个时候书是不开架的。星期天或是假期,有时间我就待在书店里。他们上午 9 点上班，下午 5 点关门，我吃过早饭就去书店一直到下班才回家。许多书都是趴在柜台上或坐在砖头地上看完的。记得有小说《三家巷》《万山红遍》《吕梁英雄传》,历史或人物小册子《官渡之战》《诸葛亮与武侯祠》《李白》以及《革命烈士诗抄》等等。看整整一天都不觉得累,还很有兴致。1978 年,书店分配来了一种叫作《现代汉语词典》(试用本)的书,只有两本,我看见后,立刻被这种厚大的书给迷住了，我从没有见过这么厚大的词典，我当时想,它一定容纳了中国所有的字词。我让营业员给我留一本,好歹彼此通过读卖关系已经相熟了，虽然他们用一种怪异的眼神看我,但最终还是笑着答应了。我急忙赶到母亲工作的单位,给母亲讲述这本书多好多有用,有了它我一定会好好学习,母亲给不给钱,我心里没底,母亲听我啰啰唆唆讲完了,也没多说啥,就掏了五元钱给我,我当时感动得竟有眼泪在眼眶里打转,五元钱对我来讲可不是个小数目,我以前买书都是几毛钱的,很少有超过一元的,这次我终于以四点五元的“大价钱”买下了此书。书店的营业员告诉我这种书一般不卖给个人,学校、文化站才有资格买,因此我也特别感谢书店营业员对我的“开恩”,怪不得他们用怪怪的眼神看我,甚至笑我,后来我想,他们笑我的因素也有我从家长那里要不来钱买不起的意思。以后的许多日子我都沉浸在词典之中,小心翼翼地翻着看着,一点点地背着记着里面的字词,我感到很满足、很幸福。三十多年过去了,这本词典已经很旧了,甚至有些地方脱页或破损了,一版又一版的增订本装帧得愈加精美了,但我更喜欢我这个儿时的“伙伴”,现在它依然置放在我的案头陪伴着我,它不仅使我增长了知识、开阔了视野,见证了我的成长,还在于它永远讲述着一个我少年时代读书的故事。

记得一些古典名著如《三国演义》《西游记》《水浒传》《聊斋志异》等,我第一次阅读,也是十四五岁。有次我家邻居和我一般大的少年借得一本又黄又旧、没有封皮的《三国演义》,约我一起看,这对我来讲真是如获至宝,我们着了魔似的读着。他吃饭时我拿来读,我被家里喊去干别的事时,他拿去看,我有时就等在他家门口,直等到他干其他事时把书给我。有一个晚上连觉都没睡,看了一个通宵,真正地过了一回读书瘾。看完《三国演义》之后,我们还相互学着书中的人物和故事搞些游戏。有次我和他把各自的姓写在一片油纸做的小旗上插到房头,呐喊招摇,后被父亲看见了,踩着梯子上去把我制作的旗取了下来。多年以后,每当想起这事,就觉得好笑。《水浒传》也是借来传着看的,小伙伴们玩时就相互起绰号,关系好的、大一点的就叫"玉麒麟""豹子头""神机军师",关系一般或年龄小的就叫"没面目""丧门神""金毛犬"等等,真是现看现用,十分爽快。后来这些名著我又翻看过几次,数看不厌,每一次都有不同感受,最初背记下来的水浒一百单八将和他们的绰号,至今不忘。《三国演义》中有一百多号人物我一口气能说得上,《封神演义》《隋唐演义》《聊斋志异》等书,一说起来,也是如数家珍。如果是让现在看了再牢牢记下,是无论如何都办不到的。

以后的年月,不论上学、工作或出差在外,唯一的癖好就是逛书店,买喜欢的书,数十年下来,书藏了不少,说得上是坐拥书城了,但却没有了少年时那种读书的浓烈兴致与激情了。由于时间的缘故,现在读书针对性、实用性、休闲娱乐性强了,有的书只能粗粗地浏览一下,完完整整、认认真真读完的书少了。尽管条件比过去好多了,书比过去多多了,但为着读书的真诚与乐趣,我要说的一句话就是:人生读书最难忘的还是少年时代的那段情景。

(原载 1998 年 1 月 16 日《固原日报》)

买了两次的书

同一种书,看着喜欢,买上两本或更多,除了自己阅读之外,还分送同好的朋友共享,这在读书人中是很正常的事情。但同一本书,花钱购买两次,就有点匪夷所思了,我却真正地经历过。几十年中,买了无数的书,这种买法到目前只有一次,一次也就足够了,但愿这样的事情以后再不要出现。

事情的经过是这样的,最近,我去一个旧书摊淘书,一本摆放在书摊中央的有着淡绿色装帧的书一下子就刺伤了我的眼睛,有一种要流泪的感觉即刻溢上我的眼眶,这其实是一种欣喜带给我的错觉。眼前的书似曾相识却又是那样的熟悉,回一回神,马上就想了起来,我们像分别了多年的朋友,见了面一下子不知说什么是好,虽然我是增添了许多的白发,它是面色泛黄,但彼此仿佛相知已久,就是在等待这一激动人心的重逢时刻。我生怕别人发现似的,不由自主地很快拿起这本书,问了摊主价格,也没有顾得上还价,就付了钱,一转身打车就离开了,担心摊主反悔追上来把书又讨了回去,过后一想,当时的情景真是有点可笑。回到家,我就把书小心地放在桌上,打开扉页看着上面写着:“张嵩一九七八年四月于彭阳书店”的十四个字,我的眼睛湿润了,我轻抚着书体,真是久别重逢,恍如一梦。随后我细细地翻看了书的每一页,并找来糨糊把书脊处裂开的缝隙粘好,这才恋恋不舍地放下。这本书的书名叫作《杨朔散文选》,是人民文学出版社 1987 年出版的，我第一次购于书店，第二次买于书摊，不得不叫人感慨书有时和人的命运一样，也有坎坷，也有磨难。记得 20 世纪 80 年代，有一位同学从我的家中借走了这本《杨朔散文选》，后来一直没有归还，碍于情面我也不好催要，随着时间推移，这事就慢慢忘却了。没有想到二十多年后，这本书却是以这种形式重又回到了它的主人手中，虽不能说是什么奇迹，但也是一种深挚的缘分。二十余年的归路是漫长的，这本书经历了怎样的过程，我不得而知，但它一定是不讨别人的欢喜，最终被廉价卖掉了，我们才有了今日的相遇重逢。我想，我与这书的相逢是偶然的，但一定还存在着某种意想不到的必然。我是从心底里喜欢这书的，重又得到它是对我精神的一种慰藉，它再一次“落户”到我的家里，也可以说是它理想的归宿，因为我不仅认真地读它，也懂得对它的呵护。

买了两次的书，如今蹲踞在我的书橱里，不时和我交换着眼神，自然而亲切，没有一丝一毫的陌生，我保证在我有生之年它再不会流离失所，我既然有阅读它的义务，就有保护它的责任。要知道，在对待书的问题上，“亲娘”总没有“后娘”那么狠心。

（原载 2010 年 10 月 20 日《宁夏日报》）

一本书的故事

书是我生活的伴侣,伴随我度过了许多寂寞的岁月,它也使我从一个不谙世事的毛头小伙子逐渐地认知世界、感悟人生。我自从上小学的时候接触到书本,几十年中再也没有离开过书。不停地购书、读书,成了我今生最大的乐趣,我少年时代购买的书,依然整整齐齐地放在书柜中,它们就像我多年的老朋友一样,每天都要看上几眼,心里才觉得舒服,有时还要拿下来翻上一翻,从书中散发出的气息,是那样的浓烈,又是那样的亲切,仿佛使我一下子又回到了那无拘无束、自由自在的快乐年代。随着年龄的增长,读书的口味咸淡基本没变,还是喜欢读文史哲方面的。现在收藏的书是越来越多了,搬了几次家就够受的,但我从没有把书当成累赘,而是把它当成我的家人,愿意厮守终身。与书在一起的时间长了,难免会有一些故事,有些还是很值得一提的。

1982 的夏天,我到泾源县去出差,到旅馆一安顿下来,就去街上找新华书店(多少年中,我不论走到哪个城市,去书店好像是和谁约定俗成的,从没有改变过)。记得当时泾源县的新华书店在一条街拐角的地方,面朝着西北方向,砖木结构的老房子,里面还是比较大的,靠墙一溜摆着书架,前面是一排铺柜,陈列着书。那个时候刚刚改革开放,书籍还不是很丰富,但对我来说,这里的一切都是十分新鲜的。我才走出校门,正在做着文学的梦，我也自认为是一个“文学青年”，于是我就买了几本文学方面的书籍，其中一本是雷抒雁先生的诗文集《春神》，宁夏人民出版社当年6月出版的。我之所以买这本书，一个主要的原因就是我受了《小草在歌唱》的影响，雷抒雁先生的这首诗是为张志新烈士而写的，在20世纪70年代末期被广泛传诵，其影响超过了今天人们的想象，我是一个“文学青年”，正在学写诗歌，购买此书自然在情理之中。回到旅馆，我就在书的扉页上写下：“一九八二年七月八日于泾源新华书店”。不想近二十年后却引出了一段佳话。2001年6月，时任鲁迅文学院常务副院长的著名诗人雷抒雁与《诗刊》主编叶延滨、《人民文学》副主编韩作荣应邀来到六盘山下做客，我因为工作关系一直陪着他们做一些服务工作。6月8日去泾源县参观，临行前，我从书柜中找出《春神》带在身边，希望能够得到雷抒雁先生的签名。在泾源胭脂峡景点参观完毕休息的时候，我便拿出《春神》请雷先生签名，雷先生拿过书端视良久，随后在书的内页上写下了这样一段话：“张嵩同志廿年前得此书，今日见到张嵩同志及此旧作，十分高兴。旧书新友能够相见实为缘分，特此以记。雷抒雁 2001年6月8日于泾源县。”感慨之余，雷抒雁先生又用胭脂峡景点提供的笔墨，挥笔为我写下了四个苍劲有力的大字“诗魂书胆”，我如获至宝，后经装裱就挂在我的书房里。著名诗人平易近人、朴实无华，给我留下了深刻印象，这本签名本《春神》也从此成了我珍贵的藏书之一。

因书受益，也因书结缘，今年9月在银川举行的一个活动中，我再次见到了雷抒雁先生，他已经六十多岁了，跟我握手的时候还说起八年前的六盘山之旅，记忆清晰，十分感人。第二天在组委会的安排下，我随雷抒雁先生和其他几位诗人一起游览了沙湖、贺兰山岩画等景观。雷先生一路谈笑风生，很是幽默，讲一些文人的典故，引来一阵又一阵的欢笑。我想，诗人也许永远都是年轻的，雷先生尤其如此。

（原载2010年第二期《六盘山》）

新年畅想曲

时间铿锵有力的脚步载着新年在雪花飞舞的美妙时刻将如期而至,山谷在松涛中激荡,河流在喧嚣中奔腾,田野在孕育中复苏,万物在期待中又一次开始悄悄萌动……它们将向这个世界齐声宣告:一元复始,万象更新!

从壮美的雪域高原到秀丽的南海之滨,从万里长城南北到长江黄河两岸,从朝气蓬勃的城市到生机依然的农村,它们都在敞开着胸襟迎接这新的一年的到来!新年新起点,新年新气象,岁月苍劲有力的大手又为我们注入了新的活力。新,是人类永恒的追求;新,是人类创造的不竭动力。与时俱进,开拓创新,才能使我们永远立于不败之地!新的一年,它展现在我们面前的是美丽的画卷,壮丽的诗篇,但它需要我们用勤劳和智慧的双手去细心地描绘,去热情地抒写!生活在为我们提供机遇的同时,也给我们带来了挑战,爱拼才会赢,努力才出新。只有站在新的历史起点上,激情干事,奋勇当先,才能开创出新的天地、新的生活!如果走不出背负沉重的历史窠臼,抱守残缺,墨守成规,畏缩不前,只会被快速前进的时间遗失在荒凉而古旧的原野,永远不可能感受到全新的世界发展带来的先进成果给予人类的喜悦!

即将过去的一年,将要带走我们的一些感慨和一些没有来得及实现的梦想,但我们毕竟经历了许多成功的快乐,虽然有不尽如人意的哀怨、忧伤,这些已然成为过去,我们需要的是全新的生活，不再为旧的东西所羁绊、所烦恼，明天才是我们唯一的希望，一直向前走，前面的阳光更灿烂，前面的风景更迷人，我们还没有来得及实现的那一部分梦想一定也会在明天如愿以偿，通向明天的路也许并不平坦，还有很多的困难在等着我们，但明天却包含着巨大的喜悦、蕴藏着无限的想象，它是崭新的、是美好的、是没有一丝污染的，除非被不可抗拒的意外击倒，否则我们对明天的追求永不放弃，我们向往的只有一个字：新！

乘风破浪会有时，直挂云帆济沧海。让我们昂首阔步走进新的一年，为着理想、为着浪漫、为着我们心中的梦想，永不停歇，一路与新并行，共同奔向明天的尽头！

新年万岁！

明天万岁！

（原载2008年第一期《共产党人》）

党校情深

固原市委党校今年建校五十周年，辉煌岁月，风雨兼程，经历了太多的艰辛，也饱尝了无限的喜悦。五十年建设，五十年发展，从小到大，从几间简陋的平房到教学设备先进的崭新大楼，变化之大，真是难以用语言一一表述。我是党校的一名学员，对党校怀有深厚的感情。我和党校结缘最早是在 1982 年的冬季，那时我从一名教师刚刚转行进入公安战线，第一次参加法律知识培训就来到了当时的固原地委党校。党校地处固原城区三里铺的黄峁山下，四周有数百株挺拔的白杨围绕，十分幽静，是学习的一个绝好去处。党校在我的心目中是神圣的，它总是与党政部门和干部紧密地联系在一起，是培养干部的地方，不同于一般的学校。我们来这里学习，既新鲜又感到有压力，吃住规律，上课接受理论教育，分组讨论，写学习笔记，谈心得体会，一切都有条不紊，党校管理严格，我们也是怀着一种崇敬的心情学习，初进党校，受益匪浅，也给我人生留下了不可磨灭的印象。以后随着工作的变化，我和党校的关系也越来越紧密。1986 年我调入固原地委讲师团担任理论教员，工作重点是在职干部理论教育，每年都在党校办班，我常到党校去上课，也虚心向党校的老师学习，请他们提意见，在教育教学上我学到了不少东西，不仅提高了我的理论水平，而且使我终身受用。二十多年过去了，仔细一算，我参加过市委（地委）党校的各种培训班有十多次，党的十三大至十七大的学习班,邓小平理论培训班,“三个代表”重要思想培训班,科级轮训班、处级轮训班以及各种公务员培训班,等等。我和党校的许多领导、教师都成了理论学习上的朋友,经常有理论方面的探讨和交流,这不能不说是人生的一笔宝贵财富。但我在党校持续学习时间最长、影响最深的还是 1993 年 8 月到 1995 年 12 月的本科函授学习。

我 1984 年 7 月至 1986 年 7 月在自治区党校政治理论大专班脱产学习,取得了党校教育大专文凭,但总感觉到在工作中知识不够用,趁年轻还得继续补充“营养”,加强学习。机会终于来了,1993 年中央党校函授学院在宁夏招生,我参加了经济管理专业本科班的报名考试并被录取为正式学员。8 月开班学习,一共有两个班, 一个行政管理专业本科班, 一个经济管理专业本科班,一百来号人,绝大多数来自地县各级行政事业单位。我们的班主任是安志杰老师, 认真负责, 是属于在工作中敢于较真的“正统”的一类人,正是由于他的认真使他付出了代价,一次在骑车急忙赶往学校的途中被一辆三轮“蹦蹦车”撞倒在地,大脑受伤,留下了腿部残疾的终身遗憾。党校对函授教育非常重视,除了让有经验的老师担任班主任外,还在教学方面做了精心安排,除去自治区党校派来上课的教师外,英语、政经等课程也是让本校最好的老师授课。我们在城区住的学员每周六、周日到校听课,都是骑着自行车,早晚四趟,来回二十多里地,也不觉着累,还要加班做作业,对知识的渴求使人真有些废寝忘食,充沛的精力,真正做到了工作学习两不误。也许是年龄的原因,现在要做到这些恐怕就有克服不了的困难。我因为喜欢历史,尤其是中共党史,常常去党校图书馆查阅有关资料,图书馆的老师总是不厌其烦,很热情地帮我查找,我在这里借阅了《莫斯科中山大学与中国革命》《王明言论集》等内部书籍，为我当时写一些文章提供了很大的帮助，至今心存感激。虽说是函授学习，但每逢考试都须认真备考，丝毫马虎不得。我那时的记性也好，对学习内容能背的尽量背下来，免得考试时答不上，脸面上难看，在学习上我们那一届学员是下了功夫的。党校在考试的时候都是单人单桌，区党校派人来和党校的老师联合监考，不留面情，要想作弊的学员早早就打消了侥幸心理。虽说学习很累，由于党校每次对授课、甚至课外生活都安排得十分周密，加之校领导和老师尽职尽责，因此在党校的一年半函授时间过得紧凑而愉快，学员之间也结下了深厚的友谊，应该说这段时光也是我人生中美好的时光之一，值得纪念。日月如梭，韶光似箭，十余年时间转眼就过去了，但在党校函授的日子却如同发生在昨天，一切都历历在目，党校的领导和老师路世明、魏晓东、隋志坚、黄玉红、王海富、刘子鹏、张建华、赵青、刘治荣、牛廷伟、贾黎明、王金莲……有时我觉得还在为某一个问题和他们在交谈，既感到亲切又有一丝说不出的留恋。

市委党校培养出了一批又一批优秀学员，如今他们在全市的各个岗位上为党和人民的事业努力工作着，是党校给了他们先进的思想、坚定的信念，经过党校这所大熔炉的洗礼，再大的风雨也无所畏惧。不论任何时候我都是党校的一名学员，心系党校，一往情深。市委党校在五十华诞来临之际，又搬迁到了固原新区新址，面貌焕然一新，双喜临门，可喜可贺，在这里我衷心地祝愿市委党校如一棵挺拔遒劲的青松，永远都充满着朝气和活力，永远都焕发着勃勃的生机。

（原载《风雨历程》，宁夏人民出版社 2009 年 11 月）

奥运精神永远闪亮

8月24日,奥运圣火经过整整十六个昼夜的熊熊燃烧,在巨大的鸟巢上空渐渐熄灭了，北京第29届奥运会在五彩斑斓、绚丽绽放的焰火中徐徐落下了帷幕。奥运圣火熄灭了,但北京奥运会带给我们的奥运精神却始终在每一个人的心中闪烁,永远光亮。

奥运会不仅仅是一次体育的盛会，它承载着人类共同的希望与梦想。虽然竞技场上只是少数运动员的较量,但却吸引着全世界的目光。体育没有疆界,运动员搏击与竞争的不单单是一枚奖牌,也是在为光荣和梦想而战,在为精神和意志而战。体育是一种人人都能“听”得懂的国际语言,它表述的是交流、融合,展示的是团结、友谊,体现的是和平、进步;它发出的声音节奏明快、音韵铿锵,悦人耳目、振奋人心。奖牌属于勇于拼搏、挑战极限的人,更是属于一种精神:胜不骄、败不馁,勇往直前、不屈不挠。奥运赛场就是战场,台上是对手,台下是朋友,竞赛分胜负,友谊无高低。成也英雄,败也英雄,运动员付出了巨大的努力,每一个人流下的无言的泪水、汗水证明他们是最优秀的,登上领奖台或没有登上领奖台的他们赢得的是同样热烈的掌声。刘翔因伤退出了比赛，虽也留下了不尽的遗憾，但得到的是国人的宽容、理解,国家领导人为此专门向他发了慰问电,充分彰显了以人为本的理念。为了祖国的荣誉而参与、而奋战,为了共同的理想而跳跃、而奔跑，不论成败，不讲得失，一样的令人感动。伊拉克女运动员穿的是从旧货市场上淘来的二手跑鞋，两名赛艇运动员穿的是服装不一的旧运动服，他们的精神、他们的勇气让人感佩，他们也许根本不是为了夺金摘银而来，而是为了和平而来，因为和平也是奥运会的主题。

奥运会也是一次文化的盛宴。北京成功举办了第29届奥运会，再一次说明了中国走向世界的决心以及中国人更加开放的胸怀、更加成熟的心态。中国人百年梦想成真，这中间有多少的艰难、有多少的辛酸，为了祖国的荣耀，一代又一代的中国人始终没有放弃追求，当积蕴深厚的五千年中华精髓文化展现在人们面前的时候，整个世界折服了，这是文化的力量。世界只有一句话：选择北京是多么的正确！从开幕式到闭幕式，从赛场内到赛场外，处处都能感受到中华文化的浓郁气息，礼仪之邦、文明国度，古老文明与现代文化相互交织、碰撞，传承、延续，营造出优美的人文环境，让世界尽情地享受中国的发展、中国的进步。通过奥运会这一全球盛会，使中国文化、中国精神得到了最广泛的弘扬。同时，不同国家、不同地区、不同民族、不同肤色的文化也在中国交汇、撞击，充分显示了开放世界多元文化的活力，也正是这多元文化的精华撑起了强劲的奥运精神。

奥运过后，我们需要永久地保持中国人不畏艰难、为实现梦想追求人类崇高境界的坚韧精神；需要永久地保持奥运赛场上中国健儿顽强进取、引领风骚的精神风貌，把它们化作我们建设伟大祖国的强大动力，在各条战线上做出积极的贡献。我们应该清醒地认识到，我国还是一个发展中国家，与发达国家相比还有不小的差距，只有脚踏实地，艰苦创业、不懈奋斗，才能使国家繁荣、富强，才能最终实现中华民族的伟大复兴。

今年是宁夏回族自治区成立五十周年，全区上下正在热火朝天地为宁夏的跨越式发展出力流汗，为建设宁夏美好的明天绘图添彩，就让我们乘着奥运的东风，发扬敢为人先的进取精神，以取得工作中的优异成绩为自治区五十大庆献上一份厚礼！

2008年 8 月

谜花飘香东南隅

“施琅杯”第二届中华灯谜锦标赛于2001年10月1日至5日在福建省晋江市举行。受大赛组委会邀请，我和固原地区灯谜协会副会长兼秘书长李军作为嘉宾参加了本次灯谜盛会。

踏上南去的列车，心绪难以平静，能有机会参加全国灯谜赛事，对我来说是一次难得的学习机遇。借此机会也可以增长见识，开阔视野，丰富知识，提高谜艺，怎能不叫我“喜出望外”呢？9月6日我们途经上海，受到当地谜友袁杰先生的热情接待，在“上海一家”为我们设宴接风洗尘，并请著名谜家苏纳戈先生作陪。席间苏、袁两位先生机智幽默，妙语连珠，给我留下了深刻印象。袁杰先生在一家旅行社做老板，事业如日中天，又醉心于灯谜艺术，年轻有为，令人感佩。

经过长途跋涉，我们经杭州、厦门于10月1日抵达晋江，与我们一同参加这次赛事活动的有来自香港、台湾、泰国、新加坡等海内外嘉宾及国内15支参赛代表队共计百余人。

10月2日上午的开幕式上，国家文化部、中国民间艺术家协会、福建省文化厅的官员及晋江市党政领导出席。谜坛盛会，南北谜家、谜友济济一堂，规模空前。在三天的时间里，我们观摩了命题谜评、命题创作赛、团体电控竞猜半决赛、决赛及新世纪中华灯谜论坛研讨会。观看了10月2日晚在晋江市阳光广场举行的由各参赛队主持的对外群众灯谜展猜。其时华灯初上，人群欢闹，在微风中飘舞的彩色谜条夹杂着南腔北调构成了一片谜的海洋，浓烈的氛围使人深受感染。在晋江期间，大赛组委会还组织了我们参观了康熙年间收复台湾有功而被封为靖海侯的施琅纪念馆、深沪湾海底古森林遗迹、安业民烈士陵园和享有“天下无桥长此桥”美誉的安平桥以及世界上保存最完整的摩尼教遗址草庵等名胜古迹。

在这次盛会上，我们虽然没有参赛，但通过观摩，也是大开眼界。“射虎”选手们一个个思维敏捷、反应迅速，很少失手，因而竞赛一轮比一轮激烈。灯谜虽小，但它蕴含的知识量却很大，涉及多学科的知识以及生活的方方面面。猜谜制谜不仅能开发智能，更要有丰富的知识储备，不经常学习，不动脑筋，不博览群书，就很难猜射灯谜。这次得奖的大多是南方省份的一些选手，男的年轻俊朗，女的英姿飒爽，不论怎样，他们一定是喜欢学习和动脑筋的人。我还有幸结识了许多海内外谜家，并向他们当面讨教，学习交流，受益匪浅。

东南沿海地区谜事活动兴盛，谜家、谜人辈出，群众基础扎实。一是经济环境好，二是政府、企业支持，三是有一些热心谜艺事业的有志之士长期在谜坛勤奋耕耘。与之相比，我们地处西北偏远地区，在灯谜猜制、群众参与等方面，差距明显，还需要做大量的灯谜普及、宣传工作，以提高灯谜的猜制水平。灯谜并不是曲高和寡的阳春白雪，它的生命力就在于根植于群众之中，走老少皆宜、雅俗共赏的路子。灯谜也不是少数人的专利，而是大众的事业，更应作为一项有益的文娱活动，纳入到群众性创建精神文明建设的范畴中去，寓教于乐。

这次灯谜赛事活动还利用半天时间进行了论文宣讲，许多论文见解独到，理论上有深度，对灯谜艺术的发展有一定的指导意义。灯谜事业要前进,要走出被人视为“雕虫小技”的圈子,必须要有一批有志于谜艺的文化人写出高质量的灯谜理论文章来摇旗呐喊,从而为灯谜艺术最终赢得较高的文化地位。

（原载 2002 年 1 月 16 日《固原日报》）

六月谜花正烂漫

6月23日,是固原市灯谜学会成立二十七周年的日子。二十七年的时间在历史的长河中只是短暂的一瞬，但在固原市的灯谜发展史上却经历了由自发到自觉、由自觉到繁荣的一个漫长过程。二十七年前的5月23日,当时在固原地区和固原县活跃的一批灯谜爱好者经过艰苦的努力，在固原行署文化广播电视处的支持下,通过一段时间的筹备,于此日成立了固原地区灯谜学会,这在固原的文化发展史上是一件值得纪念的日子。是谜把大家聚到了一起,高涨的热情使大家忘记了一切,只盼着灯谜学会成立的日子早点到来。大家分头准备材料,为灯谜学会的成立奉献着总也使不完的热情。5月22日,大家做了最后的分工:杨含璋、李军布置会场,任光武、张嵩接待客人,陈宗胡、夏小康张贴海报,高东阳、万第魁、赵振汉书写谜条,郭瑞臣、谭文军等后勤服务,一切都显得井井有条。当时行署的领导和主管部门的领导出席了会议,自治区民协副秘书长马青、银川市灯谜学会的苏德友、薛茂章、吴新民到会祝贺。甘肃秦安的谜友王少鹏骑着摩托专程与会,至今想来令人感动。固原市灯谜学会第一次会员大会选举产生了灯谜学会的领导班子,杨含璋为会长,高东阳、李军、张嵩为副会长,二十三人为理事,其中包括各县从事文化工作的同志。灯谜学会聘请时任行署副专员陈希明(后任中央直属机关工委副书记)、周维让,固原地委宣传部副部长孙熙雍(后任宁夏人民广播电台台长)、固原师专副校长慕岳(后任宁夏文联副主席)、固原日报总编辑闻希贤为顾问,名誉会长由固原行署文化广播电视处处长范泰昌(后任宁夏博物馆馆长)担任。灯谜学会的成立在当时文化尚不十分活跃的固原是一件了不起的大事,盛况空前,影响深远,为成立大会准备的展猜活动更是精彩纷呈。二十七年过去了,往日的情景历历在目,使人终生难忘。一些当年关心、支持和从事灯谜事业的领导、谜友,有的调离了固原,有的年事已高,有的已经去世,无论如何,我们将永远铭记他们、怀念他们。大家凭着热情干事创业,筹集经费、出版谜刊,即使在最困难的时候,大家都毫无怨言。经过多年的不懈的努力,固原灯谜有了长足的发展,不仅成为当地文化事业的生力军,也走出了固原,参与到了西北乃至全国的灯谜艺术活动中,与西安、宝鸡、兰州、陇西以及福建、江苏、广东、浙江、湖南等省的谜友都有了广泛的联系,并派队员参加了全国性的灯谜赛事,开阔了眼界、增长了见识、积累了经验,同时也于 2008 年 9 月成功举办了“七省十三市中秋灯谜联展”,进一步宣传了固原,提高了固原文化的知名度,最新一期谜刊还获得了全国十佳谜刊,同时获得了其他两个奖项,这也是前所未有的事情,使谜友们信心倍增。如今固原的灯谜发展形势喜人,一批灯谜爱好者参与其中,不计名利,甘于奉献,积极为公益事业奔走宣传,为灯谜艺术出力流汗,使人欣喜、让人感动。我相信,只要有群众基础,灯谜就会有生长的沃土;只要坚持先进的文化方向,灯谜就会有自己的一席之地。在固原市灯谜学会成立二十七周年之际,我衷心地期盼大家都来关心灯谜事业,让这一为人们带来乐趣、益智开慧的艺术在祖国文艺的百花园中绽放出更加耀人眼目的光彩。最后真诚地感谢多年来对固原灯谜事业发展提供帮助、给予爱心的社会各界朋友和各位谜人。行文到此，激情难抑，兴之所至，诗以抒怀：

为固原谜友而作并共勉

花开六月分外红，一枝独秀向谜丛。
浑身豪气能擒虎，满腹激情敢缚龙。
塞上常常归大雁，宁南每每起飞鸿。
同为乐趣相执手，总抱痴心不改容。

2009年5月22日

素心结絮

放鱼记

一日上街买得新鲜鲤鱼数斤，将其中已死的先收拾好美食一顿，活的暂且蓄水养于盆中，心想待其死后再逐个烹饪不迟。面对活生生的鱼，我是不敢动刀动剪的，鸡鸭禽类，更是如此，想吃时就买现成卤好的。记得有一次却买了一只活鸡，不敢也不会宰杀，只好请一熟人来帮忙，等鸡下锅煮熟时，半个鸡也让他吃掉了。鱼不同于鸡，只要翻了白肚我还是敢收拾的。几天中，放于盆中的鱼们死得剩最后一条了，这是条五寸来长的黑背鲤鱼，它依然是摇鳍摆尾，在没有了同伴拥挤的盆水中，独自优哉游哉，全然不知死为何物，我也只有耐心等待。一天两天三天，鱼不但喝有漂白粉的自来水不死，而竟能把水搅得噼里啪啦怪响，之后便是一个鱼跃蹦出盆外，在地上乱跳，它这一跳，着实让我吓了一跳，等缓过神来，只好将其脏兮兮滑腻腻的躯体重又放回盆中。鱼是越活越旺，每天每夜都要跳出盆外三到四次，尤其是半夜或者是中午，人正休息，它一蹦跳，你就心跳，水放的浅了不行，水放的深了更不行。有几次躺在床上睡不着觉，就等着鱼跳。鱼跳了，再把它捉回盆中，才能够平静地躺上一会儿。这几天来，一条鱼竟使我们这个小家有了些负担，真是不可理喻。一天晚上，我就对家人说这鱼不是条普通的鱼，如果明儿再不死就放生了它。第二天鱼没有死，我没去放，第三天鱼没有死，我也没去放，第四天鱼活蹦乱跳。家里人一再催促，我也觉得对不住鱼，更觉得这鱼不是鱼,是一个具有灵性的异物,再加上自己给自己制造了这些莫名其妙的气氛,就更显神秘了。总之,想的一多,心里就隐隐的不安。看来放鱼的事是不能再拖了,这第四天天气晴朗,我就把鱼装入盛水的双层塑料袋中,驱车十余里,将其放生于郊外的一个水坝之中,这才如释重负。

当然,放鱼去的时候,我是带着鱼竿的,放鱼是要享受那种轻松愉悦的乐趣,垂钓却是要得到那种悠然自得的满足。不可理喻是吗?人不就是一个矛盾的混合体吗?极具两面性,既心慈又手狠,既吃鱼又放鱼。不过,我钓的鱼是从不吃的,最终还是要将它们放回水里去,因为只有那儿才是鱼的归宿。

(原载 1995 年 4 月 20 日《固原报》)

一只信鸽

今年6月2日(星期二),上午,天气晴朗,阳光明媚,是一个难得的好天气。我和年幼的儿子在楼外的小林子边散步,看见一只鸽子从头顶飞过,不幸撞在了三楼顶端水泥墙的边沿上,随即栽了下来。我上前将受伤的鸽子抱起，鸽子的左翅和右腿被撞伤,飞翔不起,站立不住,只是无力地扇动着羽翼。看到受伤的鸽子,我将它抱到卫生所请大夫仔细地检查了一下。大夫说,鸽子没有骨折,恢复几天就会好的,我这才放下心来。

这只鸽子是灰色的,较一般的鸽子高大、健壮,它的右腿上戴着一个塑料软管,上写“中国甘肃064583”的字样和编号,无疑这是一只信鸽,或因长途跋涉疲惫,或因飞行速度疾快,才撞到了楼房顶上。以后的几天,它就“休养”在我家,我找来了一个纸箱子把它放在其中,给它水喝,给它米吃。初时它只喝点水,不肯吃东西,家中只有大米,又在邻居家要了点谷米,喂它吃,它还是不吃。开始以为是训练有素的缘故,后来才发现它是受了惊吓,老是缩在纸箱的角落,若用手去触摸,它就会发抖。大米、谷米也许不太合它的胃口,听人讲鸽子爱吃豌豆、玉米之类的食物。第二天一大早，我到城郊亲戚家讨得一些豌豆，盛在碟子里端给它,夜深人静的时候,就能听见它在进食。有时整晚上窸窸窣窣的,使人难以入睡。

这只被我上幼儿园的儿子称作“灰灰”的信鸽。在我家一共待了四天时间。由刚开始的怵惕不安到渐渐地适应环境，由头一两天站立不稳，到后来完全恢复体态，我们一家始终以它朋友的身份在注视着它。星期六早晨，我便将“扑腾”个不停的鸽子从纸箱中放了出来，它一展翅膀就在屋子里飞了起来，一瞬间就把我的两只精美的花瓶从桌架上撞落了下来，打得粉碎，塑料插花散落了一地。花瓶是我外出时购置的物品，是一种纪念性的东西，就这样碎了，多少叫人有些惋惜。尽管如此，我们一家仍然为它很快地恢复了健康的飞翔感到高兴，它能够飞，能够健康地飞，就会免受不必要的伤害，这也是我们救护它的初衷。我和妻子商定，就在星期六的早晨，一个晴朗明媚的日子里，将它放飞，让它回到自然的怀抱中去自由自由自在地飞翔，在飞翔中去完成它的使命，然后回到一定在期待着它平安归来的主人身边。

我们让稚幼的儿子亲手放飞了已经成为他朋友的“灰灰”，“灰灰”飞上了楼顶，梳理着羽毛，久久徘徊，似有不忍离去之意。望着欲飞欲罢的鸽子，儿子还在不停地向它招着小手……

编后：这篇文章寄自宁夏固原。“中国甘肃064583”信鸽的主人，也许您并不知道自己的信鸽还有这样一段奇特的经历，相信那位远方的小朋友还在惦记着：“灰灰”你到家了吗？

（原载1998年7月19日《兰州晨报》）

菊

不是花中偏爱菊,此花开尽更无花。

每当炎热的夏季渐渐逝去的时候，凉爽的秋色就开始在菊的枝叶和花瓣上绽放开来。紫色的、红色的、黄色的、白色的、淡绿色的菊花将秋天渲染得更加妩媚成熟。从绰约多姿、纷呈异彩的各种菊花中，你看到的不仅仅是自然绘就的一幅幅绚烂夺目的图画，更让你感受到的春夏秋冬四季中的一个高潮季节的到来。菊在所有花草树木中独领风骚,秋菊、黄花的称谓恰好说明了它是秋天最生动的代表。

在菊的家族中,其花色品种繁多,形状大小不一,不同的颜色有不同的韵味,紫的宁静、红的热烈、黄的艳丽、白的素雅,它们或在花圃中争奇斗艳,或在山野之中随风摇曳,淡淡的香味散发在秋天的空气当中,深深地吸上一口,清爽而透人心脾。

菊从远古开到现在。菊开放在古典的诗词曲赋之中,也开放在历代文人的心里头。

菊更多的时候不是一种植物,而是一种文化。

从古到今,有多少文人骚客、名流达士,对菊赞美,对菊钟情,对菊倾诉,借菊喻志,甚至对菊寄托着怅然的思绪。作诗、作画无不把菊的风采、倩姿、俊秀、儒雅,从审美的角度表现得淋漓尽致。这不仅因为菊是美丽的,更因为它有一种独立寒秋、傲视风霜的高贵品格。

春兰兮秋菊，长无绝兮终古。

伟大的爱国主义诗人屈原在《九歌》中赞美了分别代表两个不同季节的尤物——春兰和秋菊，两者虽分属不同季节，却芳香相继，终古不绝，各显一时之秀，也充分表明了菊独具一格、卓尔不群的品行。

一代帝王汉武帝刘彻在他的《秋风辞》中也写下了"兰有秀兮菊有芳，怀佳人兮不能忘"这种蕴含着悲秋之意而引出佳人之思的优美诗句。

为人们所熟悉的晋代大诗人陶渊明的千古名句 "采菊东篱下，悠然见南山"，更是朴素而形象地表现了作者陶醉自然、寄情山水的生活情操。"采菊而见山，境与意合"，咏菊喻志，一个"菊"字，代表了作者的操守和志节。

唐宋以来，借菊抒情、以菊明志的文人不胜枚举，其中唐末农民起义军领袖黄巢所写的《不第后赋菊》《题菊花》两首诗气势雄浑、激情豪迈。他在《不第后赋菊》中写道："待到秋来九月八，我花开后百花杀。冲天香阵透长安，满城尽带黄金甲。""我花"即菊花，当秋天到来时，菊花怒放，其他花都凋谢了，只有菊香浸透着长安，长安到处都是身披如菊一般秀色的黄金甲的起义军战士。黄巢把自己的远大志向寄寓于菊花，高洁明远，从而把借菊喻志升华到了一个更高的境界。

菊以其独有的丰姿、风韵，和历代文人结下了不解的缘分，它和梅、兰、竹一样已成人们取之不尽、用之不竭的吟咏题材，它所包含的其实是一种更深层次上的文化结构，也是中国人以独特的方式对一种植物的钟爱。

菊是自信的，它总是开放在寒冷季节的前沿。

菊是有情的，它对每一个人都展露着它妖娆的容颜。

菊是美丽的，它永远都在创造着生活中最美的诗篇。

（原载 2002 年12 月 12 日《固原日报》）

风雪中远足

出趟远门去散散步，看看外面的风雪，人生的风景永远在远处。待在一个地方时间久了，眼睛就没有了新鲜感，本来是热血奔涌的心，跳动也会慢了下来，见了周围早已熟悉的一切，竟会生出麻木的感觉。有时候很痛恨自己，为什么不能常常保持一种昂扬的激情呢？你不是常说热爱生活吗，可嘴上常常发出的是曹操“对酒当歌，人生几何”的感叹，内里也每每是一种辛弃疾的“树犹如此，人何以堪”的心境。流年似水，不可阻挡；青春华年，可有追悔？人生的矛盾侵蚀着你脆弱的神经，滋生出的犹豫、彷徨像虫子一样啃噬着你的骨头，半夜在痛痒中醒来，再也无法入睡。其实，流逝的时间与人生的矛盾并没有改变你的本质，挑剔或者逃避也不是你的性格，你只不过变得成熟起来，甚至是有一些城府，这都是由事不由人啊，谁也不可能超然物外而独自存在，难免要适应环境，接受改造。但特立独行的处事方式不能被“适应”掉，但独立思考的能力不能被“改造”掉，存在的前提不仅仅是为了活着，要活就要活出“个性”，不可以迷失了自己，更不可以丧失了自我。为了保持这个性，就得找机会到外面去走走，去自觉地接受更大的环境的“洗礼”，让你褪去萎靡、扫去困顿、除去消沉，重新焕发出往日的勃勃生机。入冬以来，北方地区天降暴雪，许多地方都是百年不遇，不知道百年前降雪的情景还有人能说得上不？仅凭媒体报道有时也说不准。雪确实下得大，并且来得早，刚一进入冬的门槛就突然而至，有点让人猝不及防的意思，自然界有时候也没有什么“规律”可寻，任性得很，不要以为人就是这个世界的主宰，想干什么就干什么，不行，你不听，发点洪水，再不听，来点地震，你就受不了了。不过名曰暴雪，虽然一时阻断了交通，给人们生活带来了不便，但从长远看，湿润了空气，杀死了病菌，减少了感冒，对“甲流”也有一定的抑制作用；更重要的是缓解了旱情，对北方地区的冬小麦给足了墒，预计虎年又是一个虎虎有生气的好年景，“瑞雪兆丰年”一点不假。雪花飞舞，漫天皆白，“望长城内外，惟余莽莽。大河上下，顿失滔滔。山舞银蛇，原驰蜡象，看银装素裹，分外妖娆”。这就是壮丽无比的北国风光。不要畏惧寒冷，有机会就出门散心，看雪赏景，愉悦心情，何乐而不为。在我的想象中，到远处去，到更为广大的地方去，你的步履就会飞奔起来，你的心脏就会跳跃起来，你的呼吸就会蓬勃起来，出发吧，远处的风景在等着你去用心真诚地“感悟”、用身深刻地“体验”。在天色暗淡的一个周末，我的心向着远方却渐渐地明亮了起来，我就要在风雪中远足，去寻找远处与我的心境相互映照的美丽的风景，有与我同行的朋友，让我们迎着即将到来的又一场风雪，一路前行，共同走向无垠！

（原载 2010 年 2月 28 日《固原日报》）

说说我的QQ“好友”及感想

屈指算来,开通QQ空间已近半年,回顾这期间的所做,无非是写得几篇文章,聊得几句闲话,加了几个QQ好友,说是好友,其实一个也不认识,“好”字从何说起,“友”又从何而来。当初也是想图个新鲜刺激,找个精神寄托,人毕竟有无聊的时候,这很正常,但不到半年,却是有些厌倦,不过我的文章还是要写下去的,这才是我真正的寄托,任何时候都不会丢弃。

虚拟的网络让人虚幻,也使我常常陷于虚构,但我十分尊重现实的规律,虽然一个人的精神生活丰富,会有许多狂妄的想法,理智终究会战胜一切,他决不会去破坏现存的秩序,认同秩序就是遵从道德,这是一个底线,这时你也会渐渐发现你一开始就没有“知音”,甚至你的善意会给你带来误解,真是不值。

几个“好友”都是他们自愿加入进来的,我很高兴,不要问你从哪里来到哪里去,相逢何必曾相识,都是网上“沦落人”。志趣相投者可说也可不说,各做各的事情,谁也无法干扰谁,爱理不理是你的自由。但也发生了一些让你感到不乐的事情,比如,某人发来纸条要求加我为好友,我同意,确认,可对方的好友已经超员加不进去,我告诉他,他回音拒绝了我,是他主动,却使我的热情遭泼了冷水,我很生气,回音给他奉劝他以后做事慎重一些。区区小事当然不值得生什么气,只是觉得都很可笑。又比如,某人发来纸条要求加我为好友,我同意,确认,可对方从不到访你的空间，他的空间也设置了密码不让你进去，问他为何要加我为好友，也不回音，无法交流，时间长了，摆在那里，有何意义。这样的人有几个，不知道他们心里想的是什么，是何目的，无论怎样，我终将把他们删除干净。再比如，偶尔有说上几句话的，这种情况对我来说很少，真是难得与人聊天，倒是常去对方的空间看看，有的文章转的还是不错的，可供消遣一看，走得几次，对方也就敏感了，一见我上来就急急隐了下去，是怕我“纠缠”或什么的，让我顿觉尴尬，请相信我的自尊不是用小女子的心态打造出来的，多年来的功课造化、勤思追求，我的目标就是做到尽量“绅士”，在个人的字典里让你查不到“低级趣味”“缺乏素养”这样的字眼。但我懂得尊重每一个人，人格没有高低贵贱。总的原则是不去打扰别人，你不管是出于何种原因也没有必要“回避”，正正常常不是很好吗，谁会没有感觉？一个人如果没有了“感觉”，那他离丧失自尊也就不远了，这话是说给我自己的。

每个人都在耕耘着自己的精神家园，不愿别人在最不适宜的时候打扰，完全理解，而人又极具两面性，空落时无人问津，又仿佛在期盼着什么，谁能够把得了你的脉呢。靠自己排遣吧，虚的实的都靠不住，尤其是虚的更是有点“玄”了。

忽闻海上有仙山，山在虚无缥缈间。不要以为你的梦就生长在这“仙山”的上面，如果有那就更虚了。

2010年2月22日

交流的快乐

时序已经进入了3月，又是一个草长莺飞、生机勃发的季节，虽说乍暖还寒，确是春风将至，人的心情也变得轻松起来，仿佛从束缚了一冬的厚重的棉衣中一下子解放了出来，血液沸腾，筋骨舒展，四肢灵活，行走快捷，思维也随之活跃了，与人交流的欲望抑或是冲动也有了，冬去春来，四时变化，与人的身体和精神生活真是密切相关。

说是交流，真正要想与人交流可不是件容易的事情，社会化程度高了，人的可信度就低了，彼此沟通也就难了。朋友吃吃喝喝可以，要真谈心什么的一下还转不过弯，闺中密友还有保留呢，谁也不会把话说完。同在一个单位更是虚情假意，伪装得让人心寒，交流无从说起，即使所谓的向组织“交心”都是层层水分、堆堆泡沫，大家都是如此，心知肚明，再愚蠢的人也不会把话说破，真话都藏着掖着，像隐私一样，生怕被别人“窥”去，成为把柄。在人与人“正常”的交流面前，整个社会是病态的，假的、空的、虚的是维系它的“液体”，其他方式产生的“药物”都没有效用。

鸟有鸟的语言，兽有兽的声音，它们都在自然界中交流着自己的心声，何况语言表达极其丰富的人类，但在交流这一点上人类是虚伪的。那么只能换种方式，不是面对面的，不是熟悉的人，只有对着虚幻、对着陌生才做一些交流（当然更多的人说的也是假话），但至少可以打开自己思想的闸门，让语言的水活泛起来。在这里交流，没有必要掩饰，更无须做作，甚至少了平时的羞涩，使人有一些大胆。人是需要交流的，不论哪种方式只要释放出来就行，而且讲一些真话，哪怕是对着你从来没见过面的人讲，总比整天把自己的心封闭起来好。我多么希望大家都能畅所欲言，但是不能，有些话只能放到发馊，与其这样还不如私下里在虚无中"呐喊"，起码有共鸣者响应一下，"满足"你的精神需求，可能只有网络上的朋友能做到这点。交流交流真好，不认识还能说话，谈谈生活、说说故事，人生况味，乐在其中。在现实中"不要和陌生人说话"，在虚拟中还真需要和陌生人说说，虽然是无声的，却让人痛快。通过交流，不良的情绪就会化解，一时的怨怼就会消弭，心中的烦恼就会缓释，生活的疲惫就会除去，大多时间也许是你一个人在"说"，你却乐意。在这里不怕别人误解，不怕别人耻笑，只要你是真诚的，交流对你来说就是一种快乐！

2010 年 3 月 1 日

朋友是一种感觉

一个人可以离开父母妻儿、离开兄弟姐妹，但离不开朋友。朋友无处不在，何时都有，棋友、牌友、酒友、网友，部队上的战友，监狱中的难友，良师益友，狐朋狗友，忘年之交，男女恋人，都称得上是朋友，朋友的含义随着社会的发展，越来越宽泛，甚至像一个大箩筐，什么样的人都可以往里装。但是我以为真正的朋友是一种感觉，许多被称之为朋友的人其实你从来就没有感觉。

感觉是以感情为基础的，你没有投入一点感情，就谈不上交情，没有交情哪来的朋友。“有朋自远方来，不亦乐乎”，有人从很远的地方来造访你，你高兴，因为你懂礼仪，把他视为朋友，但他不一定是你真正的朋友，说了很长时间的话，你可能还找不到感觉。一见如故者很少，千古知音者更稀，当今社会，前者无非是有利益关系，后者只能是一个传说。好朋友、老朋友是特定的历史条件下形成的，没有足够的时间是不行的。小学就开始是同学的、从小就青梅竹马的，下乡、扛枪也没说的，路遥知马力，日久见人心，瓜长蔓短，知根知底，什么时候都是铁打的一块，想分也分不开。当然最亲最近的朋友也有害人不浅者，这种人毕竟是极少数，不足挂齿。结识新朋友，不忘老朋友，老朋友是金子，新朋友是银子，含金量还不一样，就是含有一定的道理，让你慢慢感觉。人的一生中除去相濡以沫的丈夫妻子，和你走到老的有感觉的朋友就那么两三个，绝不会再多。年轻时呼朋唤友，灯红酒绿，顾不上感觉，蓦然回首，和你一样拄着拐杖，虽然经常不见面但隔三岔五互致问候的人有几个？老病中的朋友一年难得见面，见面要么是相互调侃：你还没死，哈哈大笑；要么是回忆往事，泪流满面；要么是对视良久，沉默不语。那是一种怎样的感觉，只有体验了才能知道。

当下的朋友，说起来很多，靠得住的很少，不是办这事就是办那事，托人、求人、烦人，中国是一个熟人社会，谁也无可奈何，朋友相托，脸面总是要给的，到头来坏事也就坏在这帮朋友的手上，例子奇多，不胜枚举。不见面的网友，少男少女，孤男寡女，等到见了面欺骗的、上当的、寻死觅活的，不在少数。正常的恋爱、合法的夫妻之外，花男绿女也能成为朋友吗，鬼才相信。但也不能绝对，说说话总是可以的吧，异性相吸，红颜知己，不为友，可为朋，两月见见总行吧，说不定还能找点感觉，开个玩笑。

朋友，不求长在一起，但求善解人意，因为心是相通的，所以才有感觉，这种感觉是美好的，是无限的，是人生的道路上不可或缺的。

2010 年 3月 3 日

美丽的诱惑

美丽的力量是巨大的,尤其是女人所特有的美丽,轻者吸引你的双眼,重者折服你的心灵,更有甚者摧毁你的肉体。世界需要美丽装扮,人类需要美丽调味,离开了美丽生活就失去它的意义。

怎样来看待美丽,各人各有见解,但美丽能给你带来美好的心情,这一点恐怕是共同的。世界之大,美丽的事物之多,数不胜数。春天万物竞发,花儿绽放,因此春天是美丽的;秋天硕果盈枝,田野如画,因此秋天是美丽的;飞禽走兽、花鸟虫鱼都可以美丽,但万事万物之中,最美丽的莫过于人类之中的女人,她们有着任何其他动物、植物所不具有的诱惑力,美丽不是她们的过错,但美丽的女人却常常让男人很受伤。天生丽质、倾城倾国、闭月羞花、沉鱼落雁等等就是对女人美丽最深刻的形容,当然女人的美丽还伴生着天生尤物、红颜祸水,不论是褒是贬,不论吃亏受益,美丽的女人总是让人生出许多的幻想,产生许多的向往,男人们前赴后继,从没有断了对美丽的念想,有权有势的男人视女人为玩物,左抱右拥、铺红卧绿,实是对美丽的亵渎,但这种"美丽"在一定程度上也是轻贱的;低微的人们也有想象美丽的权利,通过电影、电视,现代娱乐传媒,即使不能见到真人,他们难道就不能意淫?这话也可能过了,美丽的女人对大多数人是一种奢望,而地位低微的人们对美丽是仰望的,至少是看重的。美丽的女人真能使人心旌摇乱,难以自禁。看见美丽的女人从身边走过,驻足时刻,惊魂一瞥,真是很饱眼福。谁人没在街头看过美女?诗人波德莱尔当年在巴黎街道上看美丽的女人,留下了图画般的诗章:“轻捷而高贵,小腿半露宛如雕像。从她那孕育着风暴的铅色天空似的眼中,我像狂人般浑身颤动,畅饮那销魂的欢乐和迷人的美。”美丽的女人让人看得浑身颤动,那是一种怎样的情形,相信许多男人都有共同的感受。在我看来更美丽的女人是存在于你的想象之中的,不是“态浓意远淑且真,肌理细腻骨肉匀”的那种视觉真实,而是任凭你的想象驰骋,想她有多美就有多美,千姿百态、变化莫测,一种精神与心理的巨大享受。这种想象着的美丽,始终对你产生着诱惑力,你只需“相处”,无须了解,如果真的了解了,你也许就会失望,她原本不是你想象中的那么美好。美丽的花儿是为这个世界开放的,它不为哪一个人所有,我们可以尽情地观赏,不可以采摘,呵护它是你的修养,占有它是你狂妄。美丽也是瞬间发生的事情,设法要使她永久地留住,莫要枯萎、莫要凋谢,把心的祈愿化为现实,让美丽美丽我们的每一天。

天空飘雪的日子是美丽的,它是下给美丽的女人的,雪飘飘洒洒,顷刻间就失去了它的原身,是美丽诱惑了它、消融了它,它为美丽付出了代价,但它是情愿的。今天是“三八”,就在下雪,谁说这雪不是下给女人的,不是下给美丽的?

2010 年 3 月 8 日

人生是缘

人从呱呱坠地、一声啼哭,就开始了他漫漫的人生旅程。可不可以这样说，一个人能诞生在这个世界上就是因为他与这个世界有一个约定,也就是有一种缘分,不然他就不会如期而至。人生处处有缘,与什么事有缘,与什么人有缘,不能说是前生注定,但也和命运有关,有缘无缘,其实就是一种偶然,偶然之中包含着必然。在人生当中,我偶然遇见了你,我们素昧平生,却一见如故,就说明我们之间必然有缘。

在漫长的人生道路上，一个人一生会经历许多事，小到家事,大到国事,有顺心的事,有倒霉的事,有正经事,当然也有花花事,等等。从上幼儿园开始再到行将就木的那一天,中间还要经过少年、青年、中年、老年几个阶段,每一个阶段也要接触不同的群体和个人,家庭、社会,男人、女人,回头仔细一算,真正有缘到底的总有那么几个,这是长缘。但人生过程之中还会生发许许多多的短缘。工作、学习,一般同学、普通朋友,社会交往、人情往来,也是一个缘字在中间牵线。男女除了亲缘、婚缘之外,还会产生很多复杂的事情,正如一个网络朋友所言,有缘无分,无分凑缘,有些缘终将成“圆”,圆满,有些缘终会成“渊”,渊薮,好坏要看各人造化。当然也不能一味地把什么都给它披上一张缘的外衣,有的人一提起缘来,说得真是好听,做起来就不怎么样了,甚至是让一个缘字为你挡箭,代你受过,着实不地道。缘是一个善字、好字，不能让它在不道德的人手中恶化，一定要保持它的内涵积极向上。我看重的缘是正常的遇合，我理解的缘是干净的交往。缘是命运的安排，不是迷信的巧合，更不是一种冥冥之中的暗示，搞得很神秘，完全没有必要。佛是向善的，讲究机缘、善缘，这是对的，是对有恶倾向的人的劝化，不可使他们再罪孽深重下去，但说到轮回就不可信了，这也是没有办法的事情，佛当世解决不了，只能推到下世。今世我与你都无缘，下世能和你有缘，寄托是靠不住的，因为在我的思维中没有下世一说。要相信自然而然、顺其自然、听之自然，一切才能理所当然。人一生无论经历什么，都应当倍加珍惜每一次缘分、每一段缘分，有了缘分，我们才不会孤独。有时与人结缘，十分偶然，其实这是人生的机会，好缘一定得抓住它，抓住了就要放在心上，培土、施肥、浇水，细心呵护，不要冷落，让缘在你的心中愉快地生长。

人的一生要坚持活下去很不容易，缘是人们精神支柱中坚实的一根。相信缘，会给你带来好运、带来真情；迷信缘会让你执迷不悟，陷入泥潭。人缘好、友情在，心窍通、长相连。让我们在缘中相识、相处，思缘、化缘，幸福生活，直到永远。

2010年3月11日

人的两面性

人类的进化过程，几百万年以来，就是从爬行到直立行走，就是从原始、自然走入了社会，走入了文明，大脑的高度发达使人最终成为了高级动物。既然是动物，人的身上或多或少地还存在着某种野性的东西，它也许就在你的骨子里面，有时候会冒出来一下，但很快就被理性的“光辉”压了下去，人毕竟是“文明人”，但是却无法排除其与生俱来的两面性。

人之初，性本善吗？其实人性是恶的，从小到大，经过了多少教育，才抑制住了这恶的成分，何其难哉！成人了，恶的东西隐藏得更深了，还要接受现代社会道德的规范、法律的约束，人就变得十分的矛盾，常常戴着假面具，显露出来的是他的一面性，你却不能见到他的另一面，这另一面才是他的真实。台上衣冠楚楚，台下衣冠禽兽；人前冠冕堂皇，人后蝇营狗苟，这两面性的例子着实太多，当面一套，背后一套，阳奉阴违，两面三刀，更不用说了。我想说的是人的感情的两面性，让许多人无所适从，深感头痛。我有一个朋友，结识了一位女友，两情相悦，相见恨晚，但交往中也产生一些摩擦，这本是正常的事情，却使他徒生很多烦恼，烦恼的原因是该女子老是走走停停，犹犹豫豫，忽冷忽热，捉摸不定，你很难捕捉到她真实的一面，这“两面性”很是棘手，交往有困难，断了又不舍，我朋友虽重感情，却又不善“经营”，真是难为他了，这种事情别人又帮不上忙，要让我说，感情的事情虽说复杂,但要真诚为先,互谅互让,求同存异,自然发展,不要人为设置障碍,搞些感情折磨,通过磨合,尽量让她的“两面”变成一面,如果你用“两面性”或“多面性”去对付她的“两面性”,还不如让这种感情无疾而终,何必活在“两面性”中受苦受累。人在现实当中,工作生活,待人接物,都会显示出他的两面性,都会把最好的一面拿给你看,孔雀开屏都是如此。但不能老使别人捉摸不透,小的“两面性”是可以接受的,大的是绝对不行,要有尺度,才有真情。

把人性中恶的东西尽量减少;把心中的矛盾尽快化解,不要放得时间过长;把影响感情的两面性下决心使其趋于一面,不要计较得失,也不要患得患失,这样才轻松,生活才有意义。

2010年4月28日

人有时活在幻想之中

人是唯一能够想象的动物。当然,人类的发展与创新、文明与进步都离不开想象，很早以前我们的先人就想象着有一天能够飞向天空,漫步太空,这些现在都实现了。包括我们熟悉的凡尔纳的科幻作品,那奇巧的构思、丰富的想象、引人入胜的情节,让人终生难忘,他的小说也不是胡编乱造、异想天开,一百多年后的今天,他的许多幻想都变成了现实。更高一点说,要实现崇高的目标,要创造美好的未来都必须要“想”,那就是理想,科学的理想也会变成现实,只不过需要一个时间的过程。这些都是大的方面的“想”,小的方面就是每个人的“想”,只要是思维正常的人,不去“想”是不可能,而且时时刻刻都在“想”,想现实的事情,更想虚幻的东西,后者的重要性一点儿不容小觑,在人的精神生活中占有很大的比重,所以我说,人有时就活在幻想之中。

人如果没有幻想,那是不可想象的,是活不下去的。人从孩提时就开始幻想一些美好的事物,女孩当公主、男孩当王子,穿最美的衣服,住最好的房子。及至中学时代,就向往着跟班上最漂亮的女同学交往,甚至幻想着娶她为妻;要么则是想着能够考上一所好的大学,将来当文学家、科学家,报效祖国,实现自己的远大理想。山里的孩子幻想着大海的湛蓝与广阔,城市的灯光与高楼；海边的孩子幻想着大山的苍茫与巍峨，天空的遥远与神秘。可以说一切都在孩子们好奇的想象之中。长大成人了,幻想有一份高收入的工作，有一个美貌能干的妻子，有一座宽敞明亮的房子，车子、票子、当官、出国什么的等等，都在幻想之中，有些是能够通过不懈的努力实现的，有些则是无论如何努力都不能够实现的，现实的局限性虽然阻止不了你的幻想，但能束缚你的身体。想入非非是人的天性，你想当总统、你想娶天仙、你想中头彩、你想不工作有人喂你吃喂你喝……想是你的自由，但现实不是哪个人想出来的，你幻想完了，还得老老实实干活，不然就没得饭吃。“想”是人的一种寄托，是人朝前走的支撑，没有“想”，人就没有了指望。不论你是推想、假想、设想、梦想、空想、联想、妄想、猜想，还是突发奇想、苦思冥想，只要你“想”了，就说明你是热爱生活的，是有一种追求精神的，当然不能想过头了，以免得了狂想症。当下人们更多的是陷入了虚幻的想象之中，步入电脑时代，寄托网络世界，幻想更是有了它的无限发展空间。人们有时在现实中无法适从，找不到属于自己的位置，更有甚者被现实生活搞得焦头烂额，失恋的、失业的、失意的、失败的，只有逃避，遁入虚幻，把自己“押”在了“美好”的幻想之中，寄希望在此寻得一个避风港、找到一个知心人、淘出一个百宝箱。这一切都属正常，谁也无权责备，每个人都有精神寄托的权利，纯粹的“私生活”而已，但也不能深陷其中，终难自拔，最后再酿一个新的悲剧。

人的想象力好了会干出令人侧目的事情，为人造福，也会干出为人不齿的事来，使人痛心。尽管我们每天都出入在幻想之中，要想就往好里想，不要往歪里思，把握好自己的想象，自由驰骋，构想幸福的生活，幻想美好的未来，使自己的思想空间更加滋润、精神生活更加充实。

2010 年 3 月 16 日

人最可宝贵的是生命

人的生命只有一次,失去了就不会再有。当今世界文明国家都讲人权,最大的人权就是生命权。人没有了生命,一切将无从谈起。

人之生命,受之父母,是父精母血的结晶。按理说一个生命的诞生是很不容易的事情,从孕育到成熟,是有一个艰难的过程。既然上天赋予了某个人以生命,他来到这个世界上,就是约定,就是缘分,平安地度过这一生,是每个生命个体的责任。不论是贫穷还是富有,不论是惊天动地还是默默无闻,走过春夏秋冬,历经风霜雪雨,完成生命体验,感知美好人生,还有何求?初生的婴儿让人感受生命的奇迹;活泼的少年让人感受生命的活力;幸福的恋人让人感受生活的美丽;白头偕老的夫妻让人感受生命的魅力。总之生命是那样的美好,让人迷恋,迷恋之时更要倍加珍惜。昨天在银川的街头,我目睹了使我感到非常痛苦的一幕,中午时分我站在塞上明珠宾馆门口和朋友说话,大风中放学的孩子也正在回家,突然一个孩子在离我们不到一百米的地方穿越马路,被一辆疾驰而过的银色轿车撞倒在了路边,只听砰的一声,许多人还以为是什么东西掉在了地上,都没在意,车的惯性又向前冲出来二三十米才歪歪地停了下来,只有短短的几秒钟,孩子甚至连一声都没有来得及吭,就蜷缩在了路边,银色车上的一个小伙子下来抱起孩子拦了一辆出租就往医院去了。孩子有个十一二岁的年龄,刚刚攀缘在人生的门槛边上,一下子就掉了下去，生命受到了重创，不论如何，几个家庭的痛苦将会接踵而来，那是一个怎样的情景，想到这里我的眼泪都涌上了眼眶，同为父母，人心相通，不能自已，这件事萦绕在我的脑海、闪现在我的眼前久久挥之不去。这种事情在偌大的一个中国每天都在发生，生命的凋谢，让多少个家庭背负沉重的负担，让多少人从痛苦的深渊中不能自拔。除去地震、洪水、雪灾、风暴等等自然的力量，死人是无法抗拒的之外，还有许多人为制造的死亡，矿难、沉船、车祸、楼倒等等，带血的煤炭、超载的车船、劣质的建筑就是对生命的漠视与践踏。还有那些个自残的、自戕的、自尽的，无论经历了多少困难与艰辛，都没有理由去死，活着就是对生活的盼望，就是对亲人的安慰，死了就是对生命的背叛，就是对生命的藐视。尊重生命、爱惜生命，是我们每个人的权利，因为生命来之不易，它能降临在我们身上，就是我们的幸福。美国著名的残障教育家海伦·凯勒，她从小因病失明失聪，又丧失了语言表达能力，可她凭着自己顽强的毅力，完成了大学学业，掌握五种语言，出版十四部著作，她的代表作《假如给我三天光明》，以她一个身残志坚的柔弱女子的视角，告诫身体健全的人们应珍惜生命，珍惜造物主所赐予的一切，那是一种对生命怎样的热爱，我们从中也许能得到一些启发。

我常常想，生命有它的价值，如何去体现在于每一个个体，但绝大部分人是普通的人，只要平安、健康地活着就是对生命的负责，无须追求过于高大的理想，而把自己的生命无辜地献身其中。“生命诚可贵”，就让我们在和平的环境中、自由的天空下享受生命带给我们这些普通人的乐趣，请不要浪费每一天！

2010年3月20日

我不是金子

因为金子是贵重金属,可以用作货币或装饰品,人们是非常看重它的。有关金子的成语、谚语、俗语很多,如"金口玉言""春宵一刻值千金""沉默是金""金字招牌"等等,这些比喻指向的都是尊贵、重要,物有所值,或是提醒人们要十分的珍惜。把人比作金子,也是多见的,说明这个人一定是个人才,人才嘛当然少,也就值钱,千金难买,比作金子是合适的。但在现实生活中,也有比喻不当,甚至过分的。比如某人过去一直时运不济,默默无闻,突然时来运转,遇到了"好事",就有人捧他说:我说嘛你是金子,总有一天会闪光的,把这人比作金子,也许这人本就是金子,只是没有拭去浮在他身上的灰尘,但经人一捧就显得俗气了,如果这人本是块砖头,你硬要给他来个包金的,想想也没有多大意思。是金子终究会发光的,不是金子它到任何时候都发不出光来。

绕了半天,最终要说的是:我不是金子。你本来就不是,何必要来搞笑。大家有所不知,我的几个朋友、同事知我这几年发了文章、提了职务或者换了工作环境,就说我是金子,终于闪了几下光。不是谦虚,我连铁呀、铜呀都算不上,更不会发什么光的,我知道是大伙儿善意地捧我,笑笑也就完事了。这里还要说一个小小的乐趣,有个和我要好的朋友是我先说气话伤着了人家,人家竟恨恨地对我说,你就是金子,我也不稀罕你的,潜台词是你根本不可能是金子,也许就是废铜烂铁,没人要的,只有弃之如敝屣，不值一看。这话我是爱听的，也是真心要听的，没有丝毫的怨气，后来我还和人家开玩笑常说起这事。我本不是金子，你说我是，会让我难堪；你说我即就是块金子，你也不要不看，才是夸我，高看了我一眼，说明我还真有值钱的地儿，得感谢人家让我时时清醒，不要忘乎所以。当然说这话的人一定是和我关系好的朋友，不然人家才犯不着跟你斗气呢。我说我愿意是一个土块，只要有用就行，我想人不论啥时候都要把自己的位置摆正摆好。

什么是金子？几经磨合，风雨无阻，很多年不变颜色，心始终在一起的朋友才是金子！

2010年4月28日

我拿什么拯救自己

岁月变换,人事交替,我们每个人都行进在过程之中,男人看花,女人喝茶,一道道风景从我们的眼前掠过,赤橙黄绿,五彩缤纷,能够让我们记住的又有多少?也许你心动过,很快你就恢复了往日的平静,也许你的眼眶湿润过,过往的风很快就把你的眼睛吹得干裂,目不转睛地看着一个地方,画一般的风景,你也会看出它的破绽,是美的风景欺骗了你的眼睛?还是你的眼睛蒙蔽了你的大脑,你快步走了过去,又慢慢地退了回来,潮涨潮落,花开花谢,才几个回合,就已是波澜不惊,尘埃落定,曾经激荡的心依然萎缩在你的胸腔,仿佛才刚刚睡醒,你为你迅速到来的麻木感到吃惊,然后,你仰天长啸:我拿什么拯救自己?

太阳将要升起的时候,你曾经深陷梦境,飞舞的蝶,摇曳的花,奔走的兽,可爱的虫,它们排队进入你梦的舞台欢快地表演,你穿行在它们中间,梦中都能传出你兴奋的声音,正当一只彩蝶翩翩飞向你的时候,外面早醒的一声鸟叫,它们很快就如散去的烟云,不复存在,只有一些似是而非的虚幻留在你的心中。阳光普照的中午,你装着满口袋的浪漫走上现实之路,你充满着活力,你洋溢着青春,你涉过了宽阔的河流,你翻越了险峻的高山,一路走来,挥汗如雨,你已记不清你向多少人派发出你的浪漫。当你蓦然回首时节,你发现你已不再年轻,霜起两鬓,额头布满了蛛纹,这些都丝毫没减弱你前进的信心,令你悲哀的是这时却没有一个人与你同行，你曾经有很多的同路人，他们不是在你倔强的脾气面前崩溃，就是被你尖刻的语言流放，你还没有真正老去，可你的语言不再诗化，重复让听者厌倦，滔滔不绝，一刻不停更让他们的神经颤动，你不相信失败，但你不得不承认，你只不过是一个人生驿站上匆匆而过的孤独游客，唯一依偎在你身边的是你的灵魂；黄昏时分，面朝落日的辉煌，你站在万丈悬崖上观赏绝美的景色，你心里明白，你纵然能够奋身一跃，花儿也不可能为你再红。有个声音在你的身后轻轻地唤你，却不让你回头，你一点点地退后，苦思着她的面容。她是谁，从哪里来，要到哪里去？发出的声音是那样的熟悉，又是那样的陌生，她仿佛离你很远，又感觉离你很近很近，你猛然回过头去，她已不见了踪影，无限的惆怅从你的心底弥漫而过，你一时迷失了回去的路途，向着远山、向着近水，你发出了微弱而苍老的声调：我拿什么拯救自己？

奔走了很长很长时间，你不是寻寻觅觅，你是冷冷清清，你真的需要休息，把落满灰尘的心房彻底地打扫一遍，重新让你的思想入住进来，再次为你打造行动的指针。你的固执已经无可救药，你的多言已经进入了传说，你为此感到的是骄傲，还是烦恼？一向侃侃而谈的你，此时却说不出话来。你是从欢快走向忧伤，又从忧伤走向无奈的，从无奈处你已无路可走，但徘徊又不是你的性格，你会从人生艰难的羊肠小道上跌落吗？没有人为你担心。再次出门时，你显然少去了许多锐气，你就像是“个”对“人”说的一样，你手上多了一支拐杖，它或许是你人生路上最后也是最可靠的朋友，你已经没了其他能依靠的物件，但你始终相信，天的边上，路的尽头有你想要的那个东西，谁也无法阻拦你的行程，你蹒跚着上路，一路都种下了你丰富的语言，哪怕有些啰唆、有些唠叨,甚至是有些反复,这是你给这个世界最好的馈赠,它们会生长起来,开花、结果,把你的思想传递。一切都将成为过去,人能够带走的只有记忆。你曾经大步流星地走在风里雨里,从不穿什么风衣、带什么雨具;如今你更是脱去了累赘的衣服,尽量走得轻松一些,毕竟你已是垂暮之人,看着你赤条条远去的影子,我想,我为什么要拯救你呢?

2010年4月29日

一个人的晚餐

一个人的晚餐，吃点什么呢，从来都没有认真地想过，好些年了，感觉都是马马虎虎过来的。家庭的三个人分在两块，相距遥远，聚在一起吃饭的机会很少，也就是说我一个人单进晚餐已经好长时间了，大多数是下馆子，自己动手做饭的次数是少之又少。近来渐渐感到老去外面的食堂吃饭，真是缺滋少味，还不如自己做上几顿可口的饭菜吃它一吃。

记得上小学四五年级的时候，父母上班都忙，我散学回来就和面擀面，在铁勺里熟油再放一些葱花炒炒，然后调在锅里，加上盐醋，饭还挺香的，有时我还烙洋芋饼饼，至今想来都觉得那是美味。后来一般的饭菜做起来应该是没啥问题，成家以后也常干的。再后来忙于工作，各自南北，一个人就懒得做了，总是凑合，慢慢成了习惯。有几次约几个朋友来家小聚，大家动手煮饭炒菜，很合胃口的，配以小酒，有滋有味。朋友干净麻利，热菜凉菜俱佳，只是干活的时候不让我们进到厨房干扰，总要独自一人操作，吃完了，剩下洗锅的事还有人抢着干，想起来几个人在一起从做到吃，挺有意思的，但这种机会毕竟不是很多。一个人时就没有了那样的乐趣，再怎么说，饭还是要吃的。这不，今天我一个人就炒了一荤一素两个热菜，又拌了一个凉菜，盛上饭，坐下来，细嚼慢咽，安闲自在，心里还直夸自己的手艺不错。一个人做饭一个人吃，动作起来锅碗瓢盆交响，安静下来独自慢慢享受，要比在闹闹哄哄、急急火火的食堂里用餐不知要好多少，细一感受，自己做饭愉快，自己吃饭舒畅，这不能不说是人的生活中的一件快事。不用我说，大家都是知道的，在家里做的饭还是不一样的，油盐酱醋亲切，择菜洗菜放心，好像与几个人吃饭是没有什么关系的。

一个人的晚餐，在别人看来或许是乏味的，但我感觉很好，关键是在家里。

2010 年 4 月 28 日

风雨之后并无彩虹

也许你经历了很多年的风雨，但风雨之后并没有什么彩虹，彩虹只是你心中的一个梦想，最多也只是一个象征，它的虚幻的成分大于实际的意义。

你是我见过最伤情的女人，你不说，我都从你哀怨的眼神里看得出来，尽管你把昔日的伤痛掩藏得很深很深。如果我能够看到你的心，你的心上一定布满了皱纹，那可是一道道的情“丝”？成长的路上和你一起成长的必定是爱和伤害！为情所伤的人待回到理性的轨道上来，不是用时间来计算，她甚至是跨越了几个空间。蓦然回首，情如烟、梦依稀，昨日的情景却依然是难以释怀。活在今天不好吗？今天太真实，那么明天呢，明天又似乎太遥远，只一声轻叹，你的泪就把自己淹没在了情的海里，到处是水，但你的心却是干枯的。昨天、昨天，永不能改写的一页，就这样为你贴上了再也不能够撕去的封条，让你欲罢不能、欲休还痛。你是忧郁的，我知道你缺少快乐，谁也无法去制造快乐给予你，但谁都明白没有了快乐，就没有了幸福。一转眼、一转身，人就老去了，你曾经是那样的光彩照人，数年之前我就目睹了你的风采，因而才有了今天的情结。多少人为你的青春惋惜，你难道没有试图挽救自己吗？你依然是忧郁的，别人又能够说什么呢。我曾经在大自然之中见过你灿烂的笑容，你张开双臂有飞的感觉，面对着丛林、积雪，面对着山溪、小鸟，你笑了，宛若初春的桃花，艳丽如诗,妩媚如画。你是要拥抱这美好、纯净的一切,你暂时脱离了俗尘,忘记了往日的烦忧,显出了原色,但只是一瞬,你又变得沉默、变得内敛了,真正的、完整的你输给了虚妄的、受伤的你,在你的心上上演了无数次的柔情之剧真的无法落幕?但我希望你永远都是一个纯粹的人。或者,我是多虑的,人有多种活法,既然你选择了,就有你的理由;或者,这只是一种现象,我根本就没有看到本质的东西,只是臆测。但你毕竟走入了我的视线,而且停留了片刻,我就有了做出一些判断的想法。

有些人一辈子注定都行走在风雨之中,她的生命里没有彩虹,关键是她的心就从来没有晴过,但愿你不是!

2011 年 5 月 5 日

离别的思绪

离开固原十多天了，换了一个环境，重新开始一种全新的工作、生活。以前常常出差、探亲、学习需要外出，但终究要回去工作，家在固原，根在固原，这一次却是工作的调离，虽说相去只有几百公里，并不太远，但心境却大不一样。那熟悉的环境、熟知的人就不会经常在你身边，惆怅、空落还是有的，在固原的“革命生涯”毕竟结束了，面对未来，很多的是未知，心里的感觉很难表述出来。临走的时候，想了很多，本来是要写点离别的话语的，但过去了一段时间，真正要写的时候却不知从何说起，没有想到自己的感情变得如此复杂。固原是我生长的地方，是这片热土养育了我，我对斯地怀有深厚的感情，千言万语都是诉说不尽的。除去在外学习的几年，其余的几十年间都生活在固原，小学、初中、高中，工作、成家、立业，几多欢乐，几多忧愁，甚至是嬉笑怒骂、爱恨情仇，都与这一片土地息息相关，她给予了我生存的养分、发展的空间，也承载了我许多的喜怒哀乐。亲人、朋友、同学伴我走过的一个个春夏秋冬，其中有数不清的情节令人感怀，更多的是身心的愉悦，寂寞大多时与我无缘；多少回的风霜雪雨，都吹不乱我的思绪，打不湿我的心情，支持、鼓励、帮助，使我不再在人生的低谷徘徊，信心、勇气、抗争，使我再一次迎向初升的骄阳。感恩亲人、感谢朋友，前行的路途中你们依然是我的力量和支撑，不论走多远，相信我们的心离得最近。

有时候，我想哪里都不要去，就和亲人、朋友们在一起，人生需要的是快乐，我们在一起就是快乐，也能创造和繁殖快乐，并把快乐以最快的速度传播出去，传染给别人，这些事只能在自己最熟悉的环境中和一群最熟悉的人中才能做得出来，离开了快乐源，一个人慢慢就会滋生出孤独。来到一个新的城市，很多事其实都与你无关，你只是一个旁观者，融入是多么的艰难，也许我还没有准备好，也许是人到中年已感觉到了人生的疲惫。假设一下，你曾经熟悉的一切因为你的离去而渐渐变得陌生，你面对的陌生不仅熟悉不起来，很长时间仍然陌生，那么你一定没有一个休憩的场所，让身与心完全放松不来，你老是走在路上，怀里永远揣着的是一颗漂泊的心。故土难离，是一种很抑郁的情结，人总是不能忘记过去，成长的经历多么重要，相知的人们多么亲切，真是放不下的东西太多太多，说不清道不明的事情也太多太多。害怕黑夜、害怕孤独是人的本性，但黑夜终会过去，孤独也会慢慢排遣，希望才是我们的唯一，要寻找希望就得上路，就要耐得住寂寞，心中的情太重了就会成为羁绊，但得把情装在你的行囊里，陪伴着你走，你才不会孤单、不会害怕。

走吧，一直朝着远方，亲人在心中、朋友在心中，一个人并不孤独；故土在心中、固原在心中，一个人也很强大！

2010 年 5 月 20 日银川

端午节回家

一个人在外，心中最牵挂的就是自己的亲人，无时无刻不在想着他们，真想天天和亲人在一起，即使有时沉默面对，一言不发，也比过久的分离好得多。我已经二十多天没有回家了，想念年幼的儿子，记挂年老的母亲，他们是我在固原的两个亲人，别无他人。在固原生活了几十年，除去亲人，还有许多的朋友让人思念，朋友们曾经给了我快乐、给了我激情，我是终究不会忘记的，并常常从心底里牵出这些思念来品一品，味如多年的老酒，清醇甘甜，回味悠长。端午节到了，正好趁着三天的时间，回家去。车行四个小时，总是觉得漫长，希望早一点见到亲人、朋友，以暂时了却我的思之苦、念之痛。回家见到了白发苍苍的母亲，让我欣慰的是她很精神，母亲有操不完的心，养育大了儿女，还要看护孙子，我心不忍，但又没有办法，再过一个月，我就会把儿子转走，让她老人家轻松轻松。上高中的儿子，个头已经达到了一米八五，心里却是幼稚的，虽然有自己的主见，还是毛毛糙糙，我总是放心不下，毕竟还是个十五岁多的孩子，这是最让我费心的。见面一如平常，没有更多的话语，其实都装在心里，不好表达出来。只要是回到了家里，说的话再多也是没有必要，人到心就到了，一切问长问短的话就省去了，节过起来也就快乐了。说来惭愧，在固原三天，只和家人吃过一顿饭，其他几餐都是与朋友聚在一起喝酒胡侃，难得的放松，也算是享受，这次回家，也算

"满"载而归,对我而言,"满"就是快乐,就是幸福,就是热情。亲人和大多的朋友也见了,心里很舒坦的。但也有一丝丝的遗憾,有朋友忙,未能一见,只要是朋友倒是无所谓的,不是真朋友的即使冷若冰霜又能如何,人总是要往前去的,好朋友始终装在心里,常想常念,志不同道不合的人终究是要从心里埋去的,我们的天地应是大的,要能容得下高山大海,之所以如此,是我们把"情"总是放在第一的位置,让人不论何时都感受到的是温暖、真实,进而是自然,任何时候都不会有寒气,有怨怼,有别扭。节日的心态就是见面、就是祝福,甚至是为亲人、为朋友默默地祈祷、深深地祝愿。"小插曲怎能影响主旋律"呢。在灿烂的阳光下,愿我们的心头永远不会再有丝毫的阴影。

回家过节,这个端午还是蛮不错的。

2010 年 6 月 17 日

难以入眠的夜晚

夜是静默的，风却不能稍停。吹过街区、吹过庭院，吹进我的窗棂，在我的心头停留，风，素不相识的风，却为何要在我宁静的心房掀起一场风暴，生命中不能承受之重，让我窒息。我渴望着在广阔无垠的大地上奔跑，可是我的腿脚是那样的沉重，我期盼着在清新透明的空气中自由地呼吸，可是我翕动的鼻翼不能把足够的氧送到我衰弱的肺部。我没有选择，是因为还没有来得及选择，错过的不是花期，而是人生轮回的一个季节；我放弃了吗？我没有什么能放弃的，我只有放弃我自己。难以入眠的夜晚，想你、想他，想过去、想未来，想愉快、想烦恼，想是我精神的唯一伙伴。突然想起一个人，但怎么都想不起彼的面容，想着想着就和别人"客串"了，乱作一团，朦胧倒罢，却是模糊。模糊之外还有一次清晰吗，也许已是另外一个夜晚的事了。好生生和你很近的一个人，你想不起长相来，真怪，但又是不能够忘掉的，如果说给本人听听，要么是不屑，要么是恨恨的，心里也就没有了我的尊容，好笑得很。难以入眠，不是刻意安排要去想什么，是炎热的天气使人难耐，我是受不了"热"的，许多的时候我倒是不怕冷，在现实中也许已经让人"冷"惯了的缘故。

继续以往的生活，不要试图改变什么，起作用的总是看不见的东西,你要把看不见的东西看见了,你就是上帝!

不知道上帝睡不睡觉,我想我最终会在不眠中入眠。

2010年7月7日

心的呓语

心事浩繁，长风当歌。这宁静的夜晚，听风穿过树林的声音，看月映在水中的身影，是一种自然的话语，还是某种不可名状的思情？谁又能够表达得出来呢？此情此景，渐渐有诗漫上心头：“水起风生映月光，翠柳围堤夜花香。满天繁星如心语，寄予伊人在何方？”我曾经是那样的孤寂，是因为我走在一条孤寂的路上；蓦然回首，那些生动的花草，无拘无束地生长，它们是多么的快乐啊，俯下身来闻一闻它们的气息，感受一下它们的自信，你的孤寂就会随风飘散，你的身心就会舒展开来，美好的事物是你困顿时、迷茫时的最好的寄托。孤寂是因为你还没有很好地修身养性，为一些凡俗的东西困扰，一旦真正放下这些包袱，你就会感到由里到外的轻松。人的烦恼都是自己找的，越是烦恼越是孤寂，心平静了烦恼就会退去，心躁动了烦恼就会找上门来，孤寂会让你感到非常的难受，没有人会来为你分担。还了你的情债，消了你心账，把发生过的事情深埋在心底，永远不要启封；把没有发生的事情放在心外，不要让相似的事重来。成熟是多么的重要，成熟之后再干一些幼稚的事情那就是非常的可笑。

炎热的夏季里，当你睡不着觉的时候，在夜风中走上一走，把劳累的心放牧一回，这种惬意只有懂你的那个人知道。

2010 年 7 月 28 日

此刻的心情

嘴上常常发出的是曹操“对酒当歌，人生几何”的感叹，内里却每每是一种庾信的“树犹如此，人何以堪”的心境。流年似水，不可阻挡；青春华年，可有追悔？人生的矛盾侵蚀着你脆弱的神经，滋生出的犹豫、彷徨像虫子一样啃噬着你的骨头，半夜在痛痒中醒来，再也无法入睡。渐行渐远的是我曾经一再留恋的昨天，那满载感情的船只不堪重负开始沉没，我已无力让它恢复航行，这是昨天的昨天我没有想过也没有想到的结果，最终我落入了水中，等我挣扎着爬上岸边，我的衣服是干的，我的心却灌满了水，从此我将背负一生的沉重，艰难地走在路上。秋风萧瑟，落叶枯黄，天涯孤旅，寂寞相随。这不是诗情，也不是境界，是一个行者的自白。

2010 年 8 月 1 日

听王立平先生谈音乐与人生有感

王立平先生是中国当代著名作曲家。7 月 29 日上午他来到宁夏政协九楼会议室向一百多名音乐爱好者及有关方面的人士就音乐与人生这个话题侃侃而谈了两个来小时，为盛夏的银川带来了一缕清凉的风，让人甚感爽快。年届古稀的他精神矍铄，身着浅绿色短袖衫，戴宽边近视镜，面对话筒，没有讲稿，一路乘兴说来，甚至是边说边唱，思路清晰，反应敏捷，讲得很是感人，使听者十分尽兴。20 世纪 50 年代初，当时只有十二三岁的他即从长春只身一人乘火车到天津报考中央音乐学院少年班并被录取。基础的训练是必不可少的，经过了“文革”，沉寂了二十多年，一直到 70 年代末，一个偶然的机会才以一首《浪花里飞出欢乐的歌》引起人们的注意。随后一发不可收拾，《驼铃》《潜水姑娘》《牧羊曲》《大海啊故乡》《说聊斋》等等，使他奠定了在中国音乐界的地位，尤其是广为传唱、脍炙人口的电视连续剧《红楼梦》歌曲，更是让他誉满天下。《红楼梦》的一组歌曲他创作了四年半时间，耗费了他大量的心血，也凝结着他对人生的感悟。从学校毕业，他一直在试图创作，但并不尽如人意，这是特殊时代造成的原因。改革开放的春风最终打开了他创作的灵感之窗，看似偶然，其实是必然的结果，他多年的准备，到了用的时候一泻千里。人生就是机遇，机遇就是“上帝”，“上帝”就是为有准备的人们开启命运之门的那个人。你没有思想积淀、没有智慧武装、没有知识储备、没有技能阶梯,你是攀不进这扇门的。当然胸有雄兵百万,无有用武之地也是有的,人生缺少机遇,上不了平台,终不能圆满,只有抱憾终生,最后赍志而殁。人生有无机遇,差异何其大哉! 王立平先生谈每一首歌曲的创作,都谈到了人生的境遇、机会,甚至是能不能够遇到理解你的人、信任你的人,都很重要,不然你无法写作,写出来也无处发表。他的歌曲影响了亿万听众,不同的人唱着他的歌在人生的道路上行进,寻找着不同的目标,是歌给了人们力量,给了人们快乐。高兴的时候唱"太阳岛上",分别的时候唱"送战友,踏征程",怜香惜玉的时候唱一曲《葬花吟》,谁不动容?音乐对人生的喜怒哀乐起着多么巨大的作用啊,人生中如果没有音乐,那人生就是苍白的、人生就是无味的,活着的意义就会大打折扣。

最近十多年中,王立平先生从政,虽有音乐作品,但影响不及当年,这是我的看法。王立平先生担任过全国人大常委、全国政协常委、音协副主席、民进中央副主席,职务多了,政治活动也多了,音乐的思维变得迟钝了,音乐的细胞让政治的话语代替了,做官最能使一个人的灵感泯灭。不过能亲耳聆听王立平先生的讲座,很受感动,他的一些歌曲毕竟也在我的身上留下了人生的印痕,我虽不懂多少音乐,但对人生的思考却从没有停止。思考人生也许就是为了寻找快乐,那么就让快乐在我们每一个人的人生中绽放出它的永不凋谢的笑脸!

2010 年 8 月 2 日

又是秋风起

一年秋风起，两鬓添白丝。飞天梦想里，情怀谁人知。一场秋雨在电闪雷鸣中突然而至，随之而起的秋风便将凉意吹遍了城市的每一个角落，炎热终于消退了下去，由绿而黄的树木之叶、花草之茎已经在改变这个季节的颜色，更有匆匆落叶飘过，使人顿感萧瑟之气迎面而来。经历了寒冷、温暖，复走向开始的所在，一轮又一轮的循回中，老去的只是人心。季节的变化，带给人的是心累，看叶落花谢，无论如何心情是好不起来的，顺应是唯一的选择。一个夏天，酷暑中感到很是忙碌，却从没有什么结果，因为都不是随心所愿，该要干的事情总是难以动手，心浮气躁，为自己深感惭愧。适应季节，尚需调整，身与心的承载，越是感觉重负越要下大力气撑住，要让生活在你面前没有退路。

"休说鲈鱼堪鱠，尽西风，季鹰归未？"秋风起时，家乡虽然不会有美味等着我去品尝，但我仍然思念故地的山水亲朋，我明白只有把思念化作前行的动力，鄙夷享受、永不退缩，才能迎着越来越浓的秋风一路走向明天。

2010年9月6日

落寞时节

客居他乡，皆为稻粱之谋，却常常回首来时之路，真是望断天涯路啊，似乎那里总有你割舍不下的情丝，在牵着你，在缠绕着你，扯也扯不断，但你知道，那一头什么也没有，只是你的一个美好的假设，其实你就是跟你的一颗破碎的心过意不去。多情容易感怀，重意总是受伤。走了多少的路，还是走在路上，却要频频回首，山那边可有你失落的“莲子”，每一年都为你心碎一次？可莲子开花却是与你无关，心碎的只是你。何必执着，人人皆知你却不懂，你永远不能说服自己放下心里的包袱，那只能由着你负重前行，等你有一天背不动的时候你也许才会放下，因为你的心气很大，但你的体力、气力却慢慢不支，你从不为你的行为伤悲，倔强害了你，许多认识你、关心你的人都为你忧心。彻悟的时候何时才能够到来，我们都为你等不及了。你还在回首，来的那条路上没有你留下一样珍贵的东西，珍贵的物品被你都收拾到了心里，你从来都是一个细致的人，应无疏漏之处。你是明白的，你执意这样，只能落寞，甚至落魄。

没有追求是很可怕的，你的追求出现了偏差，没有境界是很可悲的，你的境界竟然越来越虚假。能不能追求真实，能不能抛弃虚幻，你做不到！你被某种现象迷惑了，快乐在你这里永远不会成为永恒，你希望的果园中结出更多的是忧伤的果子，和你一起劳作的亲人都哭了,有人却在墙外笑了。

落寞时节,真乃无药可治!

2011 年 2 月 21 日

麦田的守望者

麦田是希望的所在,它的耕耘、播种、施肥、浇水,无不倾注了劳作者大量的汗水和心血,等待的就是收获,望着眼前这即将丰收的麦田,幸福之感油然而生,那是一种怎样的感觉,无法用语言来描述,在心里面漾起的涟漪一圈连着一圈,真是美滋滋的。天天在自己的麦田边上无论如何都要遛上几圈,甚至还要对着心爱的麦穗说上一阵悄悄话,一种爱意的表达,在他的眼里,这可爱的麦田就是他的情人、他的爱人,他在想方设法地呵护它,不使它受到一丝一毫的伤害,要是有了风有了雨,他就会心神不安,生怕麦子受到侵扰,伤了叶茎,他会为此感到难受。若有麦秆真的被风吹弯了腰,被雨打蔫了头,他会轻轻地把它扶正,口里尽是忏悔的语句,仿佛是他干错了事情。他就是这样一个人,对他的所爱,总怕做错了什么。

但是更令人伤心的暴雨还是来了,夹杂着无情的冰雹,让他抛洒了无数心血的爱的麦田受到了重创,在将要成熟的季节,他的麦田一片狼藉,他付出的一切都付诸东流,美好的愿望化作了虚无,无限的美景瞬息成了残酷的现实,他欲哭无泪,只有心碎。麦田的守望者,一个注定要孤独终身的人,他丧失了他的“食粮”,一夜之间,他愈加苍老了,他已经耗尽了他的心血,他再也付不出什么东西了,他从此自认为自己是一个废了的人。

塞林格是一个麦田的守望者,他成功了,在拥有无数的花环之后,最后他还是孤独地死去了,没有谁能够拯救谁,心中装一辈子上帝也不例外。他也是一个麦田的守望者,最终什么也没有得到,两手空空。幸福也许根本就不可能种在麦田里,你永远都收获不到,你还要经受雷雨冰雹的蹂躏,饱受创伤。守望一片所谓幸福的麦田,不如守住自己原本一颗善良的心!

2011 年 2 月 19 日

人不能活在梦中

思想是前进的,脚步却是停滞的,不能够一致,正是人痛苦的所在。你坐在椅子里、躺在竹席上或是走在马路上,你的思维总是敏锐的,总会联想到很多的事情,对人类的、社会的抑或是对过去的一切,只要是与自己无关的,你都会得出满意的结论,因为你能给出充分的论据以支持你。你和朋友就很多方面的事情展开讨论,你不仅能够引经据典、旁征博引,更是善辩的,言谈之中你理想的特质就会显露出来,不可一世的感觉,那是一个曾经真实的你,但更多的时间里你却变得捉摸不定,失去了自我,是谁改变了你,我百思不得其解。

每个人都是从过去跋涉而来的, 他们的身上多多少少都有一些包袱,你不,梦是你唯一的行李,你一路梦来,生出许多的梦幻,你甚至把一生都托付给了梦,但你不求回报,就被梦牵着走,你是顺从的,你真是一个为梦而生的怪人。梦里有什么呢,你常常是笑着,是说不清楚呢,还是不说,你笑着的时候分明是带有几分苦笑,你却否认。也许,现实中没有你合适的位置,你只能遁迹于现实之外,现实是冷酷的,我们的身旁游荡的都是一些无情之物,你无法与它们对话,你是那样的高深莫测、飘忽不定,又显得无可奈何,你的灵魂从没有受过污染似的,怎么肯屈就呢。我觉得你有时又是可怜的,我理解不了你的行事作为,你在巨大的旷野上消磨掉了你的性情, 在浑浊的河流中挥洒去了你的真实，你憔悴的身躯想必有一天连梦也会抛弃的，真令人为你担忧啊。

该是醒悟的时候了，可以做梦，但不能被梦牵着走，那是没有结果的。用你的思想去拯救你自己又有何不可呢，理性的东西难道还战胜不了你的那些“理想”吗？深深地挖一个坑，把那些虚幻的“浪漫”埋掉，把那些看上去曾经很好看的“花”葬掉，然后走出梦境，还一个“现在”给自己不好吗？你会感到轻松的，从头到脚，不信你试试。

2011年6月25日

心灵短章

一

夏日平静的花园，徜徉其中，有美丽的蝶在你的左右翩翩而舞，却不肯在你的肩头停留，若即若离，情景如画，你是多么的希望这蝶能够在你的掌心、你的衣衫留下它的芬芳，让你真切地感受这夏日花园温馨的气息。瞬间，阳光不经意间隐去，微雨突至，这美丽的蝶带着雨丝飘然而去，你若有所失，怅然之间，一声鸟的聒噪，你惊醒过来，原是一场幻梦，你的手边是一本精致的《庄子》，你恍惚间仿佛看见有一只蝶飞入书中，烟雨水痕淡然划过，你的眼睛霎时雾气弥漫，但你即刻明白，这蝶原是《庄子》的一叶精美书签。

二

走过了漫长的路程，不是为了过一条条的河，翻一座座的山，而是河的彼岸、山的那边有美丽的风景，谁也抵挡不住这巨大的诱惑，但水总是围着山转，河之岸、山之外，你分不清这里的风景到底有什么异样，何其相似。恼心思退之时，有蝶翩然而至，眼前顿时一亮，这蝶绕我三圈，似乎知人心意，引我起身向前，它飞我行，我缓它停，前面是奔腾的河，还是巍峨的山，难道那边有什么不同，我的希望之火重又燃起，我想以最后的力气涉过这河，翻过这山，然后融入美丽的风景，也值此一生。但这蝶真能带我到达理想的所在？或是根本没有更美的人间之境，或是一不留神，蝶远飞，我失迷，耗尽了身上的气力，最后也到达不了那里，会是一个怎样的结局。难道我一生都走在路上，最终还要倒在路上？我担心这是一种注定。

三

为什么相逢？等了许多年，就是为了这一次相逢吗？过往的情景渐渐浮上心头，越来越清晰可见，连一个细节都没有遗漏，难道都是为今天的相逢做的准备，冥冥之中，谁差谁使？没有答案。但你心里明白，这过往的情景根本没有过往，当时就藏进了心底，很深很深，终于在今天成为一份珍贵的礼物。刻意的都是虚假的，唯有真诚的才是宝贵的，感谢自然的神奇，成就了今天的造化。相逢似乎是迟了点，路途是那么的遥远，日夜兼程，身心疲惫，不曾耽误太多的行程，但还是无法达到完美的顶点，甚至有一些微微的憾事，正是有了这些细微的憾事，再用你的心去弥补，你的心去呵护，才会显得愈加珍贵。但愿这相逢的瞬间即是永恒的开始！

四

时间过得真快啊，细细回想起来，大部分都是在等待中度过的。生活在继续，没有因为哪个人的悲伤而停滞，没有因为哪个人的痛苦而失色。希望总在前方，这也是我们永远向前迈进的引力，但为了同行，为了不遭受孤寂的侵蚀，你有时得停下来等人，这样就有了等待，耽误了许多的行程，因此你一个人到达的总比一群人晚，你也失去了很多本该属于你的东西，但你从不患得患失，灵魂的修炼是你首选的方向。昔我去矣，杨柳依依；今我来矣,雨雪霏霏。舍去旧我,在等待中实现新我,没有等待也许就没有成功,相信一种新的期望一定会在等待中迎来它更高的目标。

五

我在心里盼望着有人来读我,然后懂我,但别人不知道从哪一页读起。真正翻开了,却发现我的书没有内容,只是一个看起来有些精美的空壳,扉页上有一句话是这样写的:这是一本连自己都读不懂的书,所以作者把内容全删了!

2011 年 8 月 6 日

闲言杂陈

说奢风

奢,已无从考证是从什么时候形成“风”的,但至少总有千年以上的寿数了。屡禁不绝,延续至今,其势却仍不减弱。风过之处,总有那么一些人被吹得晕晕乎乎。时下这种奢风,有两种之谓,即“明风”与“暗风”。

何谓“明风”,顾名思义,刮将起来无须掩人耳目,明火执仗。报载:河北省某厂借厂庆之时,请客送礼,大吃大喝,发放实物。三五日内,耗资几十万元之巨,挥金如土,触目惊心,慷国家之慨,但它像蛀虫一样助奢侈之风。举行“厂庆”什么的,堂而皇之,“名正言顺”,但它像蛀虫一样侵蚀着国家的肌体,这已成为影响我们今天改革的大患之一,不可不察。像那些明目张胆,挪用救灾、扶贫、教育经费,去购置小轿车、建馆所“坐享其用”者,公费过年、公费送礼的“大院经济”发明者……诸如此类皆属奢侈“明风”。

何谓“暗风”,较“明风”貌似高明,实则更为低劣。如宴请宾客,由“四菜一汤”改为“一菜一汤”,乍看起来节俭多了,其实不然,午餐一人一碗清炖鸡;晚饭一人一盘红烧鱼,只是由“考究型”转为“实惠型”而已,请客费用,却有增无减。有些食客还煞有介事的自我标榜“俭朴”云云……吃都吃了,又何须掩耳盗铃呢?再如,到沿海城市考察,去风景胜地开会,等等,大多只不过是暗度陈仓,公费旅游罢了,总之是上有政策,下有对策,“道高一尺,魔高一丈”,其奈我何。

“明”也罢,“暗”也罢,若任其蔓延,国将不国,民将不民。因此,必须严明法纪。对那些阳奉阴违、表里不一者要予以披露、制裁。用以弘扬俭朴之名,针砭奢侈之弊,以正视听。眼下,已近岁尾,我们应以节俭为本,费贪立廉,煞住用公款请客送礼的“败家”之风,真正建立起廉洁奉公的风尚来。

(原载 1988 年 12 月 3 日《固原报》)

从诸葛亮事必躬亲说起

诸葛亮，三国时期著名政治家、军事家。他从二十六岁起辅佐刘备，东征西战，成就大业。由此，诸葛亮位极人臣，以其功德出任蜀汉丞相达十三年之久。据《三国志。诸葛亮传》载："……政事无巨细，咸决于亮。"不难看出，诸葛亮虽然身居相位，而内外大小政事都有他一人来决定，终因劳累无度，病没军中，时年五十四岁。诸葛亮的一生可谓"鞠躬尽瘁，死而后已"。但是，他的那种"事无巨细，亮皆专之"的做法好不好呢？这就值得我们商榷了。诸葛亮官至相位，许多繁杂琐碎之事交给下面的人去办就行了，可他总是事必躬亲，一一过问，放心不下。久而久之，他把自己变成了一个事务主义者。这样，不但浪费了自己过多的时间和精力，也使办具体事的人放不开手脚，得不到锻炼的机会。从表面上看去一切都仿佛是循章办事，其实，已给国家带来了潜在的可怕的危机：后继无人。

在今天，也有那么一些领导干部总爱揽事，他们并没有具备孔明的才干，却不知从哪儿得到了一点孔明"事必躬亲"的"真传"。为了使人们处处感觉到他作为领导的存在，竟不肯放过一丁点儿施行权力的机会，鸡毛与蒜皮小事也要追根寻源，实行"三包"——"包管、包揽、包办"。或者干脆规定一条：事事都要早请示、晚汇报，老是放心不下。苦得具体工作人员不知所措，诚惶诚恐，穷于应付，其结果工作理不出个头绪，顾此失彼，大事没管好,琐事管不好,整天价还忙得不可开交,到头来一事无成,岂不悲哉。

作为一名称职的领导干部,讲求的是领导艺术,不拘于小节,不计较小过,让搞具体工作的人员在各自岗位上发挥其特长,做到人尽其才,使那些素质好、能力强的年轻干部有机会脱颖而出,这有利于我们事业蓬勃发展。

(原载1988年《固原报》)

“舞弊”别议

首先需要说明，本文只讲由舞厅而生出的某种“舞弊”，其他暂且不议。书归正传，跳舞本是一项高尚的文体活动。一则可以锻炼身体，轻松轻松；二则可以娱乐，高兴高兴。同学朋友，夫妻恋人等遇到周末或节假日泡泡舞池，未尝不是一件乐事。城里有那么几家舞厅霓虹闪亮，也是人民文化生活丰富的象征。有人要问，此等好事，何弊之有？正确的消费，正常的娱乐，确实无弊。可是事物的发展总有变化，这一变化，就有些违背初衷。单说这舞厅的变化，仿佛一下子把大舞场分割成了几十个小酒吧、夜总会、歌舞厅，一夜之间布满了不足八个平方公里的山城。由小到大，由简朴到豪奢，由宽敞明亮到狭小昏暗，由容纳几百个人的场地到只能装几个人的小池，昏黑的灯下，摇晃着几对搂搂抱抱的男女，这也叫锻炼身体？这也叫娱乐？舞厅是越来越小了，也越来越多了，然而更多的人只能望而却步了，处在工薪阶层的普普通通的人哪个能消费得起？在一个贫困落后的山区，大款能有几个？眼下小舞厅个个火爆，个中机关不用细说人们都明明白白。靠着舞厅迅速崛起的服务小姐队伍在不断扩大(其实说白了，服务小姐们就是陪舞客跳舞的舞女，还有客串于各舞厅更会赚钱的“小姐”，这早已不是什么秘密)。据云，每个服务小姐的小费每天晚上就能拿到上百元之多，真是轻而易举，难怪乎有许多青春女子趋之若鹜。甚至是有些人拿着国家的大钱，一张张慷慨地发给个人作为小费，这难道不是舞弊？一束不知向歌女献过多少次，又被转卖过多少次的沾满着细菌的塑料花，依然以几十元的价码在巴掌大的舞池里旋转。一杯饮料、一包香烟以十数元或数十元的高价被舞客们一杯杯、一支支吞噬着，这中间有几个是自己掏腰包？这难道说不是舞弊？谁知道在这奢靡之音当中，在这昏暗的弹丸之地还滋长着什么东西，恕我不敢臆测。舞池也能跳出个弊端，实属管中窥豹，乃我一孔之见，不知妥否？敬请读者诸君评说。

（原载1996年1月6日《固原日报》）

胡侃建筑中的某些学问

本不懂得建筑或是基建，偏要外行说话，因为这里头除了“建”和“筑”的本身，还蕴藏着更大的“学问”，很值得研究和学习。

去年，日本阪神地震，死伤逾5000人，经济损失惨重。日本列岛处于地震带上，国民防案抗震意识尤为强烈，建筑物多用先进的抗震材料建成，真可谓居安而思危。尽管如此，在地震中，仍有许多高楼大厦倒塌，更有夷为平地者。究其原因，原来是建筑承包商偷工减料，该用粗型钢筋的却用细小的代替，该用高标号水泥的竟用低劣的制品，当时看来，高楼耸立，外表壮观，殊不知就此种下了祸患，贻害后人，活生生血的教训，痛定思痛，日本国人无不愤慨。

话说至此，我们不妨也联系一下实际，单说在我们所居住的这块地面上，近年来，以幢幢高楼拔地而起，鳞次栉比，在告别了破旧低矮的平房之后，显得气度非凡，一派繁荣昌盛的景象，建楼者功在当代，利在当代！有利自然有弊，弊当然多为隐“弊”。造楼建厦，国家建设，谁人都无可厚非，关键看是否建得稳稳当当、扎扎实实。可不，城中曾发生过一次微有感觉的小震，好几幢楼即刻缝口大张嘴，瓷片碎裂，漆皮脱落，虽然有碍观瞻，幸而有惊无险。但是没有发生地震，哪怕是一点小震也行，正在建设中的高楼不也照样倒塌吗？真是“塌不逢时”呀，就是有见不得天光的隐私一样也让人多多少少从中窥到了一点点“隐弊”。

何为“隐弊”？这还得从搞基建说起，搞基建本是累人的活儿，时下竟也炙手可热，这等事情多由基建单位领导亲自挂帅，内中情由无须我多言，大家一定知道，用来基建的投资按设计绝不会多多少，有些建筑单位为了包到活，不惜开出高价回扣给搞建筑的人员（这里绝没有投标与竞争，只有不正当的手段），更有甚者，一幢幢房竟有转包几次的，任由不法之徒从中牟取暴利，不正当手段也罢，回扣、牟利也罢，说得严重点，这中间都不外乎贪污、行贿、受贿。“羊毛出在羊身上”，最终坑害的是国家和集体的利益。搞基建的一些人明拿硬要不说，甚至是公家的楼落成了，他私人的楼也竣工了，即使没盖楼，现在的家中也是富丽堂皇，非一般的人家可以比。显而易见，与个人收入远不能相否，资产来源不明，怎的就无人过问，以致隐弊风愈演愈烈，一些人也越来越胆大，当下他拿几个钱，占国家的便宜，肥自己的私囊，看起来没啥大问题。可想过没有，这可是贻祸子孙后代的伤天害理的大事，经过偷工减料建成的大楼，一旦发生不测，那后果怎堪设想，这绝不是危言耸听，是应该敲响警钟的时候了，不要再等到死神降临。

（原载 1996 年 1 月 9 日《固原日报》）

年画的困惑

年画怎么会困惑呢？困惑的倒是我自己，公历新年刚过，农历新春在即，家家户户选上几张年画贴在墙上，增添几分祥和欢快的节日气氛，那是自然的。最近到年画市场走走，觉得少了些劳动致富、五谷丰登、鸡鸭成群、年年有余（鱼）的喜庆画面；少了些传统优秀的神话与传说故事的精致条幅，取而代之的却是一些印的失真的一些领袖人物图像和一些钱财当头、迷信为主、美女招摇而又价高质次的画张。年画逐渐失去了以往那种老少皆宜、雅俗共赏的特色，而落入了市井粗俗的窠臼，这正是我对年画困惑的所在。

不是什么东西都可以印成年画出售、张贴，比如人民币图案，一张张百元、五十元的票面印在油纸画上，仿佛只有这样的画，才能象征着发财，殊不知国家有明文规定，任何人不得以任何方式印制人民币图案（这些显然是违禁的）。再有印有十大元帅图像的画张，元帅们个个勒马而立，林彪也赫然其中，印得逼真与否姑且不论，单说阴谋家、野心家林彪和功勋卓著的元帅们在一起，我看就该议议。还有一张印有毛泽东同志站在正中，左边是马克思、恩格斯，右边是列宁、斯大林，人们拿着鲜花簇拥着毛泽东，这种排列不知有什么根据。余者如观音送子、儿孙满堂，可否与宣扬男尊女卑有点联系，可否与男女平等的提倡相悖；五子登科、黄金万两可否与提倡升官发财、光宗耀祖的不正确思想有关。如此等等,不一而足。

年画也是一个十分重要的宣传阵地,一定要正确引导,千万不能以搞市场经济、丰富群众的文化生活为借口,只顾赚钱不顾其他。

(原载1996年2月6日《固原日报》)

与狗有关的话题

据《报刊文摘》所载，贵州省平坝县境内一教师被三条恶犬活活咬死。其状撼人心魄，令人惨不忍“读”。要说不幸中还有一点欣慰的话，那就是这三条恶犬属非法饲养，其主人被处以 9.76 万元的罚款，虽说罚款难当罪，但多少能平息一下人们的心头之愤，人是死了，可谁能保证这种悲惨的事情今后再不会发生，尽管在今天狗咬人已不再是什么新闻。

原本在很早以前，狗就成为人类的朋友，它们替人们看家护舍，牧羊狩猎，与人为善，功不可没，可随着社会化文明程度的迅速提高，一方面狗看家防盗、放牧游猎的地位和作用下降了，另一方面一些可供观赏的犬类却进入了有闲阶层的家庭，成为款爷、富婆们玩于股掌之间的宠物，还有一种据说是狗与狼杂交而产生的后代，也远涉重洋来到了我们这个国度，几经演化，土生土长的土狗们日少一日了，而“洋犬”狼狗（现如今空恐怕早已变种，甚至是土化）几年间却遍布城乡大地。随之而来的是伤人之事屡有发生，传播疾病之事时有所闻。争相豢养面目似狼者之狗，以显示狗主人威风的时髦竟逐渐地演变成无穷的狗患，这才有了许多大中城市禁止养狗条例的出台。

且说我们所在的这座山城，也算不上什么城市，毕竟也居住着几万人口。狗在马路上却是常见到的，在其主人牵引下，狼奔犬突，招摇过市，少则一个，多则三五个，有的狗干脆不系绳索，左冲右突,旁若无人,胆小如妇女儿童者,见之则惊啼失色,多数路人唯恐避之不及,人给狗让路,似乎理所当然,狗仗人势,招惹不起嘛。有时你还能见到人狗成群,三五一堆,或蹲或坐或立于熙熙攘攘的马路边上,人有人的话语,狗有狗的语言,相互交流切磋,不禁使人惊讶:山城的狗市已具雏形乎！宽宽的马路仿佛一下变窄了,行人都朝一边挤着走,物以类聚,狗是狼狗,吐着长舌,"狼"视眈眈,凶狠得很,谁人不怕？走的是公共大道,名正言顺,却偏要你胆战心惊,岂不怪哉！

近来城市整顿市容管理,乱设摊点,违章建筑已得到有效控制,如果也能管一管狗的话(我想狗肯定是不合法喂养),至少不能使其与享有公民权利的人一样,在大街上自由自在、无拘无束地来往,让狗主人们将这些张牙舞爪的家伙带回家去,关起门来,严加管束,不知可好？可行？

(原载 1996 年 2 月 24 日《固原日报》)

闲侃"T恤文化"

每逢夏季来临,T恤衫就流行于市，以其舒适轻便而成为青年男女喜爱的凉爽服饰。但不知从何时起,这种衣衫的前襟或后背却印上了颜色各异的字句，有些内容着实能让你吓一大跳："千万别爱我,没钱""爱你爱到骨头里""别理我,烦着呢"……一行行红红绿绿的大字,要么火辣辣地灼人,要么生冷暴躁脾气特大,迎面而来,颜色鲜艳,不由你不看,看了总觉得不是滋味,免不了就要伸个长嘴。

本来两年前就想写篇此类文章,又一想忍忍算了,碍你什么事了,可是这种"T恤文化"(姑且这样称呼吧)两三年来愈来愈传播得广了,先是城市多见,现又在小城镇的摊贩点上和小青年身上随处可遇。记得前年是:"钱够花就行"之类,去年是"潇洒走一回,过把瘾就死"流行,看样子是一点也潇洒不起来了,竟有点垂头丧气,不管怎样说,这种"文化"现象就足以令人忧虑。

"T恤文化"现象的出现,原因自然是多方面的,我看主要有两点:一是个别服装加工商为了促销盈利,别出心裁,在T恤衫上印上带有庸俗、无聊、颓废甚至是挑逗的字眼,迎合社会上一些年轻人无所事事、追求刺激的心理。二是社会不良风气的影响,有相当一部分年轻人推崇个人主义价值观,拜金主义,享乐主义,标榜人性,寻求刺激,实则是思想颓唐、消极,没有理想,自私自利,"T恤文化"的某些内容正好和这部分年轻人的心态一拍即合,竟然也有了不大不小的市场。

既然是“文化”,它就依靠载体,招摇过市,叫人不得不“刮目相看”,这种“文化”原以为在客观上起了对青少年教育的误导作用,具有一定的危害性,是一种污染,不能提倡,更不能置于众目睽睽之下,大庭广众之中。这与树立正确的人生观、世界观是相违背的,也不利于精神文明建设。因此呼吁有关部门像净化书刊音像市场一样,也来净化一下“T恤文化”中的“下品”,尤其是要规范其源头,多点积极向上的,少些低级趣味的,再不能视而不见或司空见惯,任其年年蔓延,同时也要加强对青少年的思想教育,正确引导,使我们的生活环境更加文明。

(原载1996年9月16日《固原日报》)

名副其实随感

顾名思义，名副其实就是有名有实，名声和名义与实际相符合，而不是徒具虚名。但是在现实生活中，有名无实或是有实无名却屡有所闻，这与名副其实恰好相反，正所谓名不符实者是也。依余管见，切不可小觑了这“名”“实”二字，若反映到具体工作上，名实结合得紧，则各项事业会顺利发展，蒸蒸日上；名实如果相分离，久而久之，就会危害到我们事业的发展，关系到盛衰兴亡之大事，这绝非危言耸听。

据报载，今年京城文艺院团改革，实行考评招聘制，考评中使许多混迹了多年有名无实的南郭先生们露出了马脚；一打击乐演员面对乐谱，几乎不会演奏，某指挥的表演如同耍太极拳，有的通俗歌手拿着考官现场发的试唱曲，两眼发蒙，竟然目不识谱，等等。试想，偌大一个中国，仅京城的文艺圈里尚且如此，随便逻辑推理一下，哪行哪业敢说没有几个徒具虚名的南郭先生？许多只有名没有实的人靠的是什么得以出没于“官场”“艺坛”而历久不衰的呢？看上去他们一个个堂而皇之、衣冠楚楚，实则是金玉其外，败絮其中。就是这样一些人，却总是受益的宠，能够成为某某部门、某某单位的“有用之才”。好一个“才”字，庸耶？奴耶？其实整天无所作为，以取悦领导为能事，干些吃吃喝喝、拉拉扯扯的勾当，说穿了，就是今天社会的“混混儿”，他们有的是什么？无非是借了不正之风的一丝“昏光”，要么沾点“权亲贵戚”，有靠山;要么凭着一根“舌头”玩软功。“官场”“艺坛”之中多一些这种唯名利是图、不学无术之徒,你说能不危害我们的事业吗?如果衡量用人的标准再多几个硬件,若真要能考考业务能力、理论水平、工作实绩什么的,也好,叫名不副实的南郭先生们统统开路,有什么不好呢?有实无名的人有的是,何不让这些缺乏舌功而怀有真才实学的人在有用的岗位上也露一露脸呢?

当然,光凭说几句激情一点的话是不行的,还需要时间,需要一种逐步健全的机制,这种机制的基石就是不断发展的科学民主法制与大力提倡的清正廉明公开。有了这种有效的机制,就会生产出真正的名牌“产品”,即名副其实的各种有用人才,我想,同时这种机制也是给有名无实的南郭先生们动绝育手术的一把锋利的刀子。

(原载 1996 年 11 月 5 日《固原日报》)

不想过年

有这种想法的人肯定不止我一个，这只是精神层面上的一种躁动，与现实生活是有一些距离，毕竟我还没有到那种“满眼儿孙身外事，闲梳白头看残阳”的境地。我只是觉得年已经很形式化、商业化了，少了以往那种浓浓的年味，让人感受不出那承载了几千年的深深的某种内涵。电视上年复一年地上演着套路中的几个节目，人的视觉已是相当疲劳；网络上炒作着租个女友或男友回家的把戏，真的也好，作秀也好，已勾不起人们的欲望；铁路公路人满为患，一票难求，高价票也罢，实名制也罢，都是无奈之举，根本上解决不了绝大多数出门在外的人们能够舒舒服服回家过年的这一小小愿望；商场促销、超市爆满，人们在疯长的物价中疯狂地购物，谁能够阻挡得了这由“年”助推起来的一波又一波的潮水，这一切都是何苦呢？平常不也吃得很香、穿得很靓吗，这时候抢购一番，许多吃的东西一过年就放不住了，霉了馊了，只好扔掉，很是浪费。一些人过年管不住嘴了，大吃大喝、暴食暴饮，患上了病。跑领导、拉关系，走亲戚、浪门子，身累心累，费钱费事，真是难为，年只是披在人身上的一件外衣，十分沉重，本该阖家欢庆，享受快乐，却是马不停蹄、四处奔波，这一切又是何必呢？会有人说，这些都是你的借口，因为你已经老了，至少有老的心态在作怪，害怕过一年少一年，才发此议论。的确，小时候盼着过年，那种心情既单纯又简单，单纯到就是为了几个

"洋糖"、一碗肉饭外加一身粗布衣服,简单说来就是想着能够早点长大,自己挣钱,吃香的喝辣的,气派气派。真的长大了工作了成家了生儿育女了,也渐渐地头白了心乏了体弱了不觉老之将至了,回头一想,真是害怕,一年一年过得真快。害怕也没有用,心态一定是平和的,当然我从来没有害怕过过年,活了四十多年,也是一年一年过过来的。不想过年和害怕过年完全是两码事,存在决定意识,精神与心理的活动也还要遵循规律、顺应自然,最终你还得要跨过去这年的,只是有种"被过"的感觉。

不想过年,是因为年不再是纯粹的家人团聚,不再是简单的朋友间的欢庆,有许多不相干的人和事掺杂在了属于你的年中;不想过年,是人觉得很累,活得很累,轻轻松松不好吗,平平淡淡不好吗。人为啥老是给自己找一些事做,找一些负担扛在肩上,积累的多了,终究会压垮自己的身体。请相信"年年岁岁花相似,岁岁年年人不同"的道理,珍惜生命,善待自己。也请相信,不想过年,不是消极,更不是颓丧,这只是另一种热爱生活的表达方式,年被深深地包裹在心里,在心中感受,在心中延续,年的内容比形式更加重要。不想过年,这种想法一旦在你的头脑里产生,你就会像卸下了一件沉重的包袱,在以后的年月里你一定会活得舒适、活得年轻、活得滋润!

2010 年 2 月 11 日

春节是一根绳子

春节是一根绳子，每当进入腊月的时候，这根绳子就渐渐地牵动十多亿人的神经，让人心神不定、坐卧不安，总觉得有个什么东西在身体里躁动，甚至是无由地折腾，在外的人不由得常常向着家的方向遥望，在家的人自不自觉地也会在梦里时时梦见远方的亲人。这根绳子是看不见、摸不着的，却绑在你的身上、拽在她的心上，有着巨大的力量，没有几个人不被牵在其中，哪怕你在天涯，哪怕你在海外，哪怕你在太空，只要有中国人的地方，恐怕谁也难脱干系。越是离年关越近的时候，绳子就会逐渐地收拢，让在外的人一下子就有了“家”的感觉，这个家是让你魂牵梦绕的故乡，是你日夜思念的儿女，更是你白发苍苍、望眼欲穿的老父老母，不论你是白领阶层，还是打工一族，不论你是侨居国外的老者，还是求学在外的学生，你都会被绳子牵得紧紧的，一律向着家的方向倾斜。大部分人会被“牵”着回家，排队购票、准备行囊，飞机火车、客车出租，长途跋涉，备受拥挤之苦，饱尝奔波之累，回到家已是一副疲惫不堪的身躯，不过已是平安到家，阖家欢喜，感受到的是天伦之乐，享受到的是幸福欢笑，疲劳过不了多久也就消融了。也有很少的一些人却不那么幸运，行走在冰天雪地之中，拖儿带女，家远路滑，怀着焦灼的心情不说，还要经受路途的惊险，一不小心，极有可能被绳子牵到另外一个世界。这不，网上天天都有交通事故的报道，有死有伤，难以细数，这些都是回家过年的人,着实让人悲伤。死者的灵魂怎得安息?伤者也只有在医院度过这个“虎虎有生气”的虎年春节。虎年对这些人是不幸的,他们怎的就成了“虎口”的祭品和残食,就是因了一根绳子的缘故,这根绳子收得太紧了,终结了他们宝贵的生命,这也让他们的亲人终身疼痛。不能回家的人也会被电话的长绳牵着,总有道不完的亲情,总有祝福不完的话语,虽说话儿喜庆,但听起来也是悲悲戚戚、伤怀落泪。电话冰冷,终究没有与亲人面对面讲得痛快、说得热情。家中的父母也是被绳子套着的,有钱没钱也要过年,为了让孩子过一个热热闹闹的新年,也是紧勒裤带,买这买那,尽量把年夜饭准备得丰盛一些,心里也才安稳。盼亲人回家,与亲人团聚,是每一个人的愿望,老人盼儿女,妻子盼丈夫,过年了所盼的人不能回来,无形的绳子就会勒得人喘不过气来,想不被勒都很难,无情的绳子就会拽得人心生疼,想不疼也不行。

春节来的时候,各种各样的绳子就会随之而来,时不时地挂在了不同心态、不同身份、不同年龄的人们的身上,拉那么一下,紧那么一紧,人就会难受。这绳子有精神的绳子、心理的绳子,有思念的绳子、经济的绳子,虽说无形,却有粗细,也分长短,“剪不断、理还乱”哪。这些绳子总是陪伴在人的左右,形成了一个又一个的结,让人的一生都很难解脱,尤其是在过春节的时候。

2010年2月11日

明天你是上班还是上路

春节的假期一转眼就过去了，长长的七天，也是短短的七天。说长就是因为这七天的时间除了吃就是睡，也没有什么公干，愿意了就干干家务，活也不多，主要是给自己的心情放假，忙就忙了个大年三十，陪老人、孩子围坐在桌子旁，吃凉菜、啃骨头、品小酒、看春晚，初一以后就完全闲了下来，没个亲戚要走，老人有自己的活计，孩子也有孩子的事情，各忙各的，我完全成了一个局外人，一会儿看书，一会儿上网，一会儿睡睡懒觉，一会儿瞅瞅电视，不知道要干啥，几天下来，竟有了慵懒的毛病。有一阵子心里面觉得很空旷，一个年让人过得有些难以自持，回想以往的情景心中便有一层淡淡的伤感衍生出来，岁月真是不饶人啊，“多情应笑我，早生华发”。长长的七天时间多是无事可做，细想一下春节真的很有意思吗？尤其对中年人，我以为春节就是老人和孩子的节日。说短，七天真的是很短很短，许多人把多半的时间都用在了路上，和亲人相聚的就那么一两天或是两三天，见了面就算了了一桩心愿，时间流逝得很快，他们的脚步伴随节日的钟点一开始就是匆匆又匆匆，想从容一点都不行，行人、行囊，心思、心绪，那个累、那个结说也说不清楚。总之七天时间不论是在懒散之中，还是在匆忙之中一下子就过去了，回首时节，真让人有几分留恋、几分不舍。

春节之后，天气慢慢转暖，万物渐渐复苏，人们又要回到各自的岗位开始工作,为了生活,为了创造,更为了美好的明天,就必须去按照规律办事,天天待在家里过年,只能使家庭衰落、使生活衰败、使自己衰亡。但人们又不十分情愿去上班,有了节日依赖症,基因中的惰性就显露了出来,这些个自身的矛盾纠缠也会让人痛苦,需要调节才会运行到正常的轨道上去,不过人的转变与适应还是很强,要不了一阵子就会忘记刚刚过去的春节,把目光放在了下一个什么节日上或是等待明年春节的到来,寄托和希望总在明天,不然也就没有了活头,这也许就是国人的优点。

过一年少一年,记住节日里曾经有过的快乐,不论是孩提阶段的,还是长大成人以后的或是老年时代的,这应该是人生中最美好的时光之一,但也要放弃节日的情结,拒绝节日的诱惑,尤其对我们上班一族来说还要赚钱养家糊口,容不得分心。前面的路途上有许多的事情等着我们去做,你无法回避。春节就是人生的一个驿站,小憩一下,见见久别的亲人,握握熟悉的朋友,待到明天太阳升起的时候你还要上路,人生就是东南西北,人生就是海角天涯。

那么我的朋友,准备得怎么样,明天你是上路还是上班?

2010 年 2 月 19 日

该不该困惑

困惑也许是人一生当中经常会遇到的，按说四十岁以前是常常有着困惑的事情，却没有真正地去理解这个词的含义，“困惑”一下可能马上就过去了，从不在意。人到了四十，进入了不惑之年，就是说人活到了这个岁数，什么事情也经历了，该看淡的都看淡了，面对疑难也有很多的办法可以解决了，何来困惑？其实不然，人是不懂得困惑的时候，再多的困惑也难不住你，等你到了“不惑”的时候，反而困惑偏偏找上门来，你能装不惑吗，你只能更迷惑。

实际上年龄并不是惑与不惑的界线，人活到一百岁，也有困惑他一生的事情。仔细体味一下，困惑真是一个让人难受的词儿，不是糊涂也不是迷茫，不痛不痒，不轻不重，要是让你遇上困惑的事儿，开始想的时候，头脑越清醒越是困惑，越是困惑越是糊涂，到了最后就说不清楚了。什么样的事情最能使人困惑，人与人之间的关系，尤其是感情上的关系，情何以堪吗！我最近就遇到了几个朋友的事儿，事关感情，深感困惑，按说也没有啥，淡然一点，迷糊一些，不必认真，得过且过，可一时重情，有些茫然，让人好笑。但深想一下人家也有困惑的道理，毕竟不同于一般，我们看得清楚，他们却是当事者迷嘛，放一放可能就过去了，但当时不好消化。医治困惑的最好办法或许就是时间，因为你一时想不通，只能花点时间慢慢去想。感情的事从来都是急不得的，难怪一遇到棘手的事，再加上不善处理，困惑就在所难免了。愿意去为这些事困惑谁也没有办法，只是一件事只能困惑一时，不能困惑一生，总结一下原因，以后尽量少点困惑，多点清醒，人到了不惑之年，更不必为情所困，心里不好的时候出去看看风景，让风吹吹你的大脑，然后留下有用的那一部分情意，其他的都付与风，一定会减去你困惑的重量，这样你才轻松。

让我选择的话，宁可恍惚一时，但不陷于困惑。

（原载 2014 年 10 月20 日《新消息报》）

后 记

编完这本散文集子，感觉很不满意，其中有一部分是凑数的，缺少文学性，漠月先生在序言中已经指出了，我诚恳接受，并将在今后的创作中努力改进。

写散文是我业余生活的一部分，但下的功夫不够，用心欠缺，我多年来主要是从事诗的写作，但诗也没有写好，怪只怪先天不足，才气有限，看来光有热情和爱好是远远不够的。收在集子中的文章很散乱，三十多年间的东西，参差不一，良莠不齐，有些看起来已经很幼稚了，没有什么思考，之所以还硬着头皮收在里面，就是因为我也是从幼稚慢慢走向成熟的，从空白慢慢开始思考的，权当作是我个人文学创作的一段记录，闲来也好翻检、对照，对以后的创作若能起到一点点反面的激奋和驱动，我也就心满意足了。

文学的事业是没有止境的，唯有不断学习，才有可能进步，进一步提高散文创作水平是我今后努力的方向之一。

感谢挚友漠月先生，一直关注我的写作，并从繁忙的创作和编辑工作中抽出身来拨冗为敝书作序，语句真诚，令人感慰，但多有美誉之处，也是碍于朋友面子不好批驳的缘故，我心知此点，真难为了他。画家兼美术设计师耿中声先生不辞辛苦，多次设计并修改这本集子及其他两本集子的封面，十分敬业，把朋友的友情完全融入到了其中，情之所至，必定绽放光彩。宁夏人民出版社副总编唐晴、编辑姚小云为该书出版付出了大量心血，用心编辑，认真工作，十分投入，哪怕一个很小的问题都要反复探讨、商榷，一个字、一个词用在什么地方最合适都要再三斟酌，彰显了一个职业编辑的知识水平和工作水准，在此深表谢意。

2015 年 2 月于银川清水湾

张嵩文学丛书·诗词

张嵩 著

黄河出版传媒集团
宁夏人民出版社

图书在版编目(CIP)数据

渐行渐远集 / 张嵩著，— 银川：宁夏人民出版社，2015.4
（张嵩文学丛书）
ISBN 978-7-227-06023-9

Ⅰ.①渐… Ⅱ.①张… Ⅲ.①诗集—中国—当代 Ⅳ.①I227

中国版本图书馆 CIP 数据核字（2015）第 086909 号

渐行渐远集 张 嵩 著

责任编辑 唐 晴 姚小云
封面设计 耿中声
责任印制 肖 艳

黄河出版传媒集团
宁夏人民出版社 出版发行

地　　址 银川市北京东路 139 号出版大厦（750001）
网　　址 http://www.yrpubm.com
网上书店 http://www.hh-book.com
电子信箱 renminshe@yrpubm.com
邮购电话 0951-5052104
经　　销 全国新华书店
印刷装订 宁夏精捷彩色印务有限公司
印刷委托书号 （宁）0017590

开　　本 880mm × 1230mm 1/32
印　　张 8
字　　数 150 千字
版　　次 2015 年 5 月第 1 版
印　　次 2015 年 5 月第 1 次印刷
书　　号 ISBN 978-7-227-06023-9/I·1513

定　　价 86.00 元

序一　六盘山子赤诚心

——《渐行渐远集》序

秦中吟

近日，张嵩同志把他近年来创作的诗词集拿来请我作序，我虽患有眼疾，视力模糊，但还是答应了。张嵩同志1963年8月出生，长期在固原生活、工作，原在固原地委讲师团任讲师，后为地委（市委）宣传部科长、市委政策研究室副主任兼市文联副主席，2010年4月调入自治区政协工作，兼任宁夏诗词学会副会长。他20世纪80年代就开始业余文学创作，写新诗、散文诗、散文和文学评论。1990年加入宁夏诗词学会，从事诗词创作，至今已有二十多年历史。过去忙忙碌碌地工作，现在工作相对安定，静下心来创作，但不是沉湎于书斋，而是在创作的路上继续跋涉，向诗的更高境界步入，我为他祝贺。

中国有句古话“宁静致远”，说的是人一生只有安定下来静心思考才能想得很远，且人无远虑必有近忧，诗人如果不想得很远，创作就不能进入佳境，张嵩半生都在六盘山区为工作、生计奔波，而到了新的工作岗位，生活才相对安定下来，可以静下心来集中精力构思创作，精心描绘诗的意境，写出感人的诗篇，并且在艺术探索的道路上渐行渐远，进入佳境。尽管世上的“路漫漫其修远”,长征的路“万水千山”,也难阻挡作者探索的脚步。由此可见作者的静心不是两耳不闻窗外事,而仍是积极入世。因此我相信张嵩的创作一定有辉煌的未来，也能够取得喜人的成就。在此，预祝他有美好的未来并创作丰收,其理由有五点。

第一,基于他不畏艰难的攀登精神,作为年近半百的他,虽然生在新中国长在红旗下,出生于普通市民家庭,对六盘山有着赤子之心。哺育他成长的不仅有父老乡亲的乳汁,而且有红军长征翻越六盘山的史诗鼓舞着他的雄心壮志。

第二,基于他的聪明好学,成绩优秀,高中毕业后就被组织录用,成为一名人民教师,随后进入公安系统担任刑警、秘书工作,不久很快成为固原地委讲师团讲师,地委(市委)宣传部理论科科长、新闻科科长、社科联秘书长,后又任市委政策研究室副主任,这一段经历使他有了较高的政策理论水平和担负实际工作的能力。

第三,基于他对文学创作的刻苦好学与执着追求。从20世纪70年代末开始,他就写过新闻通讯、新诗,后是散文诗,也学写传统诗词,是固原地区第一个加入宁夏诗词学会的会员。至今诗词创作上他是最有创作准备和潜能的。90年代初,学会刊物《夏风》发表过他的几首律诗,文字老到,古香古色,颇见功力,这是自学成才的表现。

第四，凭他超人的记忆力和文化积累。熟悉他的人都知道他这个人有着好学的精神，有着超常的记忆。和他一聊起来就知道,他读了很多关于政治、文学、历史、地理等方面的书籍,尤其是对历史上的时间、地点、人物、事件有着清晰准确的记忆,还对自治区和固原地区的文物都了如指掌。我曾经开玩笑说“张嵩当博物馆馆长是个好料子”,这一切都使我对他增强了信心。最主要的是他对古典诗词有着特殊的敏感。2005 年宁夏诗词学会与自治区纪委开展的全国廉政诗词大赛,宁夏必须拿出有分量的作品。我作为组织者,于是想到了张嵩,但久久不见他的来稿,为了让他不忘此事,一天晚上我给他打电话,他说没忘记,正写成初稿,接着在电话上他念给我听,题目是《重读〈清贫〉有感》。我听了特别感动,这是一篇歌行体的长诗,立意深远,选材恰当,全诗通过有血有肉的故事情节描写,具体生动地表现了方志敏烈士对革命信仰的忠贞以及他清贫朴素的生活、坚贞不渝的英雄气概和革命乐观主义精神,内容开掘较深,叙事、抒情、议论得当。我建议他加强针对性评论,而且叙事语言不该呆板,应有长短句交叉的错落美。他听了当即表示同意,不料几天后就收到他的来稿,果然不错。评选的结果,在全国数千首来稿中独放异彩,得到评委的一致赞扬,获得了一等奖,这是他长期感受的结果。

第五,立足于六盘山区面向全国。他的诗大部是写六盘山区的,其中有对历史的回顾、现实的关注、未来的瞻望以及个人情感的抒怀。视野随着祖国改革开放的扩大而扩大,不仅限于家乡,而是超越六盘山疆界,注视着全国,因此他的诗有一种开阔深远的境界,壮丽多彩的气象。

这对于一个有志创作的人来说是非常重要的。正如古人所说:行万里路,读万卷书。当然,行万里路无所事事者有之,但作为诗人的张嵩却步步关心着祖国的建设事业、时代的发展变化,以此发现和表现诗意。如《长江颂》《宁夏黄河金岸》的诗,《延安行》《大庆》《内蒙古纪行》等都能放在时代背景上，在广阔的背景上抒情、议论。

如果说张嵩的诗基调是豪放阳刚之美，那么他写江南的一些小曲，如《秦淮河》《夜访李香君故居》等数首绝句，写得比较精纯，有婉约阴柔之美。其他的咏史诗也都精练、切题，发人深思。

张嵩正在踏踏实实地探索，一步一个脚印迈向成熟的境地。当然成熟是一种过程，也是一种境界。其中有些诗还没有达到理想的境界，比如歌行体长诗《六盘山》，虽然曾获得过全国一等奖，虽然下了功夫，但意念大于完整的艺术构思。作者在结构上采取了平铺直叙的过去、现在和将来逻辑推理式的三段论，缺乏时空交错的艺术构思和描写，因而显得艺术魅力不足。这显然是没静下心来构思的结果，它也启示我们：驾轻就熟是没有深度的。我之所以如此期待，是因为他是有这个潜能的。

我希望张嵩能静下心来，精心构思创作，正确对待静与动的关系，动与静是相对的，绝对的静是不存在的，要防止两耳不闻窗外事，一心创作诗词曲，要立足于现实，放眼世界，关注民生和社会发展的动向，把描写个人的梦想和中华民族之梦结合起来，以红军长征万水千山只等闲的探索精神奋勇向前，不断开拓诗的境界，这样才会有更大的收获。

（秦中吟，著名诗人、评论家，生前担任宁夏诗词学会会长、《夏风》诗刊主编）

2013年11月18日

序二 《渐行渐远集》序

张　铎

初识张嵩，他已是一个很有影响的青年诗人，出版了散文诗集《遥远的岸》，又被评为“西海固诗歌十星”之一。总的印象是，张嵩不仅会写诗，而且学识渊博，极能侃，三五友人聚在一起，谈古论今，滔滔不绝。20世纪90年代后期，突然在报刊上读到他写的大量传统诗词，我有些吃惊，也有些纳闷。从没听说他研习旧体诗词，可出手就不一般，连续四次夺得全区、全国诗词大赛一等奖，成了一个获奖专业户，自此跨入了中华诗词有成就的诗人行列，并当选为中华诗词学会最年轻的理事之一。

最近，读到张嵩即将印行的传统诗词集《渐行渐远集》时，一切释然了。怪不得张嵩的新诗有古诗的神韵，原来是有原因的。他“七岁读书心苦用”，十五岁时，就开始填词写诗。《渐行渐远集》中现存最早的《忆王孙·游山》词云：“谈笑间，不觉红霞飞满天。”几个友人，相约登山，兴致勃勃，“不觉红霞飞满天”，有景有情，也有境、有时间，诗味隽永，且格律严谨，如此深湛功力，这让人很难相信出自一个十几岁的少年之手，而且至今仍不失其美学价值。英国哲学家培根曾说：“青年人富于‘直觉’。而老年人长于‘沉思’。”张嵩这部诗词集共分为五辑，其中，写于70年代末，80年代初的一些作品，诗人辑为“少年不识愁滋味”，这部分诗作确是出于一种艺术直觉。如在七律《十六自题》中作者吟道：“十年六载瞬息完，立志高洁照九天。”诗句较稚拙，但语出由衷，感受真切。由于“立志高洁”，虽身无半文，可心忧天下的情怀宛然可见，语言质实含意丰赡。

众所周知，诗是抒情文学。清朝著名诗人袁枚在《随园诗话》补遗卷十云：“诗家两题，不过‘写景，言情’四字。”数十年的交往，我感觉张嵩的诗词长于抒情。在《渐行渐远集》中，怀故人、致友人的诗作为数不少。古人的赠别诗较多，可以理解。原因是交通不便，好友分别，一般很难见面，故送别诗特别发达，产生了诸如李白《黄鹤楼送孟浩然之广陵》，王维《送元二使安西》等千古绝唱。当今交通发达，好友就是分别，想见也不太难。而张嵩却写了大量表现友情的诗词，由此可见，作者是个极重感情的人。如《赠别同学》云：“几日贪欢不忍归，分离此刻陡生悲。鸟唯无有惜别苦，树梢声声把客催。”诗的开头两句，直接抒发感情，但又不平铺直叙，而是曲径通幽，“言有尽意无穷”。“贪欢”出自李煜《浪淘沙》的“一晌贪欢”，古为今用，写见面之高兴，友情之深，时间之快！“陡生悲”，指突然地悲从中来。刚见面，只顾高兴，不知不觉就到了分别之日，怎能不令人伤感。这就有了波澜，有了层次，有了张力。后两句“用写景之笔宕开，而情在景中”（施补华《岘傭说诗》），清空隽永，不尽之意，见于言外，表现出对同学的深情厚谊，极耐人寻味，简直可以和李白

《黄鹤楼送孟浩然之广陵》“孤帆远影碧空尽，唯见长江天际流”的诗句相媲美。又如《冬日有寄》：“天寒三尺正生春，白发催人意念深。身在异乡怀旧事，蓦然回首最思君。”此诗虽明白如话，却蕴含着丰富的感情。看似毫不经意，信手拈来，实则匠心独运。深冬，大雪封路，交通阻隔，特别是“身在异乡”，便“意念深”，致“怀旧事”，乃至“蓦然回首最思君”，一波三折，波澜起伏，形成了深婉含蓄的特点。从中我们不难看出，张嵩是很善于抒情的，这不仅得力于他深湛的艺术修养，更得力于他对于自己所表达地感情，有着切肤的体验。

张嵩是一个写景的好手，也善于造境。王国维的《人间词话》说：“能写真景物，真感情者，谓之有境界，否则谓之无境界。”其实景是属于境的，人可以离景，却不可离境。只有从写境的角度去写景，才能正确处理景与情的关系。张嵩把景作为与情密切相关，与人物活动不可分离的特定环境来看待，因而他笔下的景，使你感到人在境中。事实上，景只有给人以境的感觉时，它才能充分发挥表情达意的作用。张嵩的诗词中有关故乡风物及行旅的诗篇，除了具有一定的感情内容，也善于描写自然景物。“飞瀑响泉掩绿洲，涛声拍岸绕山流”（《二龙河》）；“寒山寺畔小桥东，孤月千年挂碧空”（《苏州枫桥》）等，以声染色，以情染景，无不声色并茂，情景交融，意长韵远，弥觉动人。这就是从写境的角度写景。当然，张嵩的写景，主要还是为了抒情。如获得“塞上江南　神奇宁夏”全国旅游诗词大赛一等奖的长诗《六盘山颂》，作者不仅运用他的生花妙笔，勾画出六盘山多姿多彩的面貌以及厚重的历史文化，而且借助这些自然和人文景物来表达自己的思想感情。“跃上山巅气若虹，临风赋诗望南雁。清平一曲抒襟怀，不到长城非好汉。”诗作用喻生动，语句典雅，富有情趣，既有雄放之势，又有浓郁之情，颇能激动人心。如果说诗人能在自己的诗作中刻画自然、人文美的各种生动具体的形象已属不易，那么能同时使这些形象很好地起到表达感情的作用就更难了。而张嵩却善于通过细致入微的观察、体验，捕捉自然景物的形象，用极经济的白描手法，自然流畅的语言加以描绘，在诗词境界的创造，情意的表达以及风格的生成上达成一致，且与自己“立志高洁”保持一致。别林斯基说过：“诗的艺术，是容纳真实思想和真实（不是虚假的）感觉的优美形式。”张嵩总是带着艺术直觉去观察、审视自然与人文，运用形象思维，既能捕捉景物的突出特征，又能抓住客观景物与主观感情的契合之处，或者把自己的感情注入客观景物之中，创造“有我之境”，把主观之情表现出来，达到情与景的交融，给读者留下了广阔的联想和想象空间，颇富美感。

善写长诗是张嵩的又一个显著特点。他的获奖之作，几乎全是长诗。如果说写短诗需要灵感，那么，写长诗除了灵感之外，还需要深厚的艺术功力。不过，张嵩诗词中那些歌咏亲情，历史人物的诗篇，即使篇幅较长，也很善于抒发感情。如长诗《祭父诗》主要采用叙事手法来勾勒父亲的形象，并抒发作者对父亲的真挚感情及心中的不平。诗中先叙失父的悲痛心情，继而写父亲苦难的童年，接着勾勒父亲在部队和地方“殚精竭虑谋公事”，乃至“盛年受冤”，积劳成疾，“抱憾归去”，最后诗人直抒衷曲。这类诗有别于“用景写意”，而更多地采用直接抒发的方式，刻画出了一个刚正不阿，公正清廉，无私奉献的共产党人的形象，同时也是一个慈父的形象。全诗内涵丰富，言辞简净而表现力极强。《祭父诗》虽侧重于写人，并通过写人寄寓诗人自己的情志。但诗人之写人，则侧重于表现人物的精神风貌以及思想感情。“一来一去一张纸，一言一语一炷香。思念从此无穷尽，亲人永留是病伤。长歌当哭无限悲，化作祭父诗一章。”诗人写失父的悲哀，句含愤懑，情意深挚，催人泪下，感人至深。由此可见，诗作为抒情文学，必须具有真实的感情，才能够打动人心。又如作者获得“塞上清风”全国廉政诗词大赛一等奖的《重读〈清贫〉有感》是一首歌颂烈士方志敏的长诗。这首诗构思奇特，虚实结合，具体写法是“夹叙夹议”，寥寥数十句，即悉尽曲折，表现出高度的艺术概括力。全诗不仅通过叙事表现了方志敏的高风亮节，且语言饱蘸情感，带情韵以行。“受伤被俘遭搜查，浑身无有一铜元。甘愿清苦为大众，不肯屈服向敌顽。”诗人将叙事、议论、抒情熔于一炉，凸显出了方志敏烈士清贫的高尚品格，极具思想的光辉，令人难忘。张嵩很善于运用不同的表现手法，恰到好处地把人物的精神世界展现出来。这不但使他笔下的一个个人物血肉丰满，而且诗人的情志也因此得到很好地表现，即忧国情怀尽寄其中。

著名诗人臧克家诗云：“我是一个两面派，新诗旧诗我都爱。”张嵩也爱新诗，更爱旧诗。喜欢旧诗，使他的新诗带有旧诗的韵味；喜欢新诗，使他的旧诗带有新诗的色彩。张嵩不仅内心充满丰富的感情，而且对自己诗词中所表现的思想感情又多有深切的体验，故善于运用各种不同的艺术手法和自然、平易、含蓄的语言来表达情意，从而使他自己的诗词作品，具有语近情遥，含蓄蕴藉，余味不尽的艺术感染力。

读完张嵩的《静心室诗词存稿》，我有一个感觉，《渐行渐远集》终将渐行渐远，而我们将渐行渐近。

（张铎，评论家、诗人，宁夏诗词学会副会长、宁夏诗歌学会副会长）

目　录

第一编　少年不识愁滋味

诗（1979—1992）

词（1978—1981）

第二编 何妨吟啸且徐行

诗 （1997—1999）

词（1992—1998）

第三编　中庭月色正清明

诗（2000—2005）

词 (2000—2005)

第四编　锦瑟无端五十弦

诗（2006—2014）

词　(2006)

少年不识愁滋味

诗

（1979—1992）

十六自题

十年六载瞬息完，立志高洁照九天。
七岁读书心苦用，百回练字脑甘烦。
丈夫不死驱雄豹，壮士平生做勇男。
阳世要留清气在，阴间为鬼也安然。

1979 年 8 月 1 日

牡　丹

长枝绿叶大红头，艳丽妖娆小瓣柔。
天下花王何处是？芬芳阵阵洛阳游。

1979 年 8 月 1 日

读　书

静坐家中不越屋，闲情逸致自读书。
寂然一片无声响，是夜更须数只烛。

1980 年 2 月 2 日

冬日登城有感

出游乘兴自登城，寒气谁知太寡情。
满目凄凉回首去，只听身后鸟哀鸣。

1980 年 2 月 3 日

小鸟诗

哀哉孤鸟树枝鸣，天色黄昏夜欲临。
寂寞如烟平地起，声声悲郁怨离群。

1980 年 2 月 6 日

夤　夜

茫茫黑夜染寒风，遥望山中有盏灯。
忽灭忽明光幽幻，何人独坐阅孤峰？

1980 年 2 月 14 日

无　题

整日房中闷气杀，想能戎马走天涯。
万般胜做书生辈，驰骤边陲保我家。

1980 年 5 月 8 日

咏落花

艳枝招展太飘摇，娇媚千般表自豪。
一旦狂风凋落去，不如山谷野白茅。

1980 年 5 月 8 日

读《岳飞传》

百战沙场立大勋，一心讨寇建威名。
风波冤狱惊神鬼，“还我河山”血泪凝。

1980 年 5 月 13 日

山　花

脚踩苍苔觅道来，芳香浮面漫额腮。
轻摇曼舞居山野，朵朵朝阳任意开。

1980 年 7 月 21 日

生日有感

一世光洁不玷污，为国甘愿献头颅。
英雄千古知何处？报效神州是丈夫！

1980 年 8 月 1 日

伤　花

秋风连日甚萧条，淫雨滂沱随处浇。
丝柳滴滴千万泪，落花无数水中漂。

1980 年 8 月 3 日

读唐诗

不朽诗章万古传，细看字句蕴奇观。
诗人虽去名犹在，后辈书生始觉鲜。

1980 年 8 月 3 日

题笔砚

砚台方正墨汁浓，小小笔头尖子锋。
前似大河翻巨浪，后如刀剑舞春风。

1980 年 8 月 3 日

伤离别

人生何事不悲欢？最是送君别去难。
日落黄昏肠断处，无言泪下意绵绵。

1980 年 8 月 7 日

赠别同学

几日贪欢不忍归,分离此刻陡生悲。
鸟唯无有惜别苦,树梢声声把客催。

1980 年 8 月 8 日

思　远

层峦叠嶂四围连,天外云涛靠远山。
目不交睫三整夜,欲穷千里待何年?

1980 年 9 月 3 日

中秋遐想

玉轮洁净挂天空,极目苍穹望月宫。
隐隐兔蟾丹桂下,素娥独舞太凄清!

1980 年 9 月 22 日

中秋节同学相聚偶成

中秋月下诉衷情,更语前程路不平。
此去恶涛多逆道,遇合风浪莫强行。

1980 年 9 月 26 日

故乡别

风凉九月我乡吹，进取人生意不灰。
求识未能家井住，归来再看杏花飞。

1980 年 10 月 6 日

照镜有感

镜里清晨做小游，脸无朱色半白头。
山溪今日稍歇步，洗我一生少怨忧！

1980 年 10 月 22 日

抒 怀

有志男儿不厌愁，身躯何怕辱山沟。
岂能白洒青春泪，空对苍天复再流。

1980 年 11 月 5 日

降 雪

北风阵阵紧敲门，飞雪纷纷地似银。
啼鸟门前三两树，可怜无处把食寻。

1980 年 12 月 10 日

春 意

移步观花在野郊，风光景色笔难描。
飞来燕子传春意，举目山前四月桃。

1981 年 4 月 8 日

六盘山[①]

再三盘亘入云端，沧海变迁聚大观。
皇上威仪留显赫[②]，“罪臣”匹马著悲欢[③]。
峰高万仞英雄骨，松立千年正义肩。
功过是非谁可定？青山铭记慰人间。

1992 年 8 月 12 日

①六盘山位于宁夏南部，是 1935 年 10 月红军长征途中翻越的最后一座高山，毛泽东一首《清平乐·六盘山》，使之名扬天下。

②秦始皇、汉武帝、元太祖或祭山或避暑都曾驻跸六盘山。

③清道光年间，林则徐贬谪伊犁曾途经六盘山。

词

（1978—1981）

忆王孙·游山

几人相约共登山，步步为言往上攀，行于花丛哪有边？笑谈间，不觉红霞飞满天。

1978 年 4 月 28 日

捣练子·伤情

孤月冷，自空蒙。满树秋风叶涕零。

不觉旧情过肺腑，数行泪水到天明。

1978 年 10 月 21 日

长相思·思家

北风吹，夜风吹。对坐寒窗一片黑，独听树叶飞。

思一回，泪一回。隔有山峰座座围，家井能去归？

1979 年 11 月 3 日

江城子

冷面薄情谁晓？纷争恩怨如疴！流水落花由尔去，如玉无瑕不可遮，赢得身后歌。　　壮士为国长远，男儿怎好贪闲，清气永留人世寰，肝胆光辉日月间，迎来身自廉。

1980 年 3 月 11 日

唐多令

年少莫言愁，老来自可悠。几千秋、漫水东流。一世人生如草木，新代旧，变白头。　　立志不能丢，为国甘断喉。忆春秋，抛却烦忧。甘把青春捐沃土，洒热血，润神州！

1980 年 3 月 18 日

苏幕遮·闺怨

想一回，愁万遍。天色黄昏，目送南飞雁。路上行人看不见。晚景凄凉，泪水衷肠断。　　夜间思，白日盼。岁岁年年，花放依然艳。奴却红颜容貌变。往事迷茫，怨恨心无限。

1980 年 5 月 10 日

江城子·寄友人

相逢那堪相别离。此时思，愈依依。人间悲苦，自古亦无期。待到他年春雨润，涤旧泪，再重娱！　　悠悠岁月太凄迷。少年愚，可留迹？才经沧海，伤痛寸心知。日日伴吾唯纸墨，观世界，涂传奇！

1980 年 8 月 5 日

调笑令·窗前思

床被，床被，湿了几多珠泪？人生不可轻别，窗前又见舞蝶。蝶舞，蝶舞，对对双双楚楚。

1980 年 8 月 21 日

如梦令·悲花

昨日花开如绘，红艳绿鲜枝翠。夜恨风和雨，凋去泥中皆碎。何罪，何罪。情洒滴滴珠泪。

1980 年 8 月 23 日

如梦令

近忆往昔年月，誓立为国勋业。皆付水东流？人似深秋黄叶。磨灭，磨灭。空有满腔热血。

1980 年 9 月 9 日

上西楼·寄友人

秋凉满眼孤凄，我独急。衰叶枯黄一地，有谁惜？冬将到，君知晓？应添衣。寒气正逼人甚，去无期。

1980 年 10 月 21 日

青玉案·独坐晚秋

萧然自坐和谁语?小庭院,秋风起。落叶低言长叹气:此愁何尽，年年相遇，哪里飘零去?　　可怜冬降温情避,春色公平少来此,唯有悲伤吾处聚。不信休道,耳沉听细,流水轻声泣。

1980 年 10 月 30 日

南乡子·悲秋

满目景荒凉,落叶飘零过小墙。一夜秋风偷换世,愁肠。唯见冬君立在旁。　　岁月太仓皇,年少何来两鬓霜?路径遥遥归哪处?茫茫。不尽忧伤似水长。

1980 年 11 月 1 日

桃园忆故人·月夜

惊飞报信枝头鹊,一对相约今夜。柳上初挂明月,仙女临凡界。　　双双言笑情为悦,任凭寒风狂烈。身影依偎贴切,各自心中热。

1980 年 11 月 1 日

点绛唇·悲秋

小鸟枝鸣，多是怨恨寒风浸。冷秋霜凛，飞叶飘无影。　　回想门庭，九月菊花俊。甘霖润。此时休论，萧瑟涂冬韵。

1980年11月1日

虞美人·感怀

往昔稚嫩人惶愧，常把心思费。小溪不尽向东流，洗去胸中多少怨和愁。　　遥知旧友欢声伴，独我山沟畔。悠悠岁月过无情，只有青春白鬓映门庭。

1980年11月3日

醉花阴·山道

一道曲曲白小路，行去天将暮。日日往来时，常遇风吹雨打山中雾。　　浑身困顿多凄楚，尽染黄尘土。翘首向天涯，热血何时能写英雄谱？

1980年11月3日

归自谣·山村秋晚

冬日短，金乌归窝天色晚，积肥路口人忘返。
秋风一阵过小院，书房暗，唯听流水声呜咽。

1980年11月11日

画堂春·秋思

大雁南去正天凉，声声鸣叫牵肠。小花残瓣越低墙，归路茫茫。　　遥想夕阳故里，游人成对成双。山前嬉笑话清秋，落叶匆忙。

1981年10月16日

第二编

何妨吟啸且徐行

诗

（1997—1999）

香港回归[1]颂

清室屈膝丧主权，签约割地辱河山。
锁关自守国衰敝，用武相逼敌暴残。
百载流离珠浸泪，一朝回归月盈盘。
欣逢盛世颂欢聚，青史迎来新纪元。

1997 年 4 月

凭吊汉代古战场

汉代兵戎卷塞风，原州[2]落日照荒村。
弓刀响处单于血，剑戟声中将士坟。
去后英雄皆壮烈，来时岁月亦纷纭。
世间多少兴亡事，都是今人吊古人。

1997 年 5 月

①香港回归，即 1997 年 7 月 1 日，由中华人民共和国政府开始对香港行使主权，从而结束了长达 155 年的英国殖民地身份。

②原州，即宁夏固原市原州区。

萧关[1]古道

寒雪临风天欲沉，苍茫古道染烟云。
秦皇西去挟灵气，汉武南来着征尘。
边地险艰兵燹灭，老城萧瑟战台存。
莫言塞上多寥落，远水近山鉴古今。

1997 年 5 月

过六盘山吊成吉思汗[2]

西风猎猎裹旌麾，车马辚辚扬虎威。
万里纵横天下走，千军征战草丛飞。
陇山避暑中原定，泾水御寒骄子归。
朔北今留豪气在，射雕大漠更同谁？

1997 年 5 月

中　秋

月圆梦醒几多回，斜倚风中知向谁？
大气邀盅同起舞，豪情把酒共交杯。
静读千载听晨鼓，长坐五更伴古梅。
秋意渐凉人不晓，玉盘空照紫蔷薇。

1997 年 8 月

---

①萧关，在今宁夏固原市区南 40 公里处，古代著名关隘。

②1227 年闰五月，成吉思汗避暑六盘山麓，不久病逝于此。

读前人咏月诗有感

云开雾散映高天，气爽风清独倚栏。
先辈诗章学不易，后人文字作更难。
昔时每思素娥苦，今日才觉神女欢。
莫论平生缺憾事，月悬塞外也团圆。

1997 年 8 月

晚　秋

飞霜动地降寒凌，冷月孤悬似水凝。
南雁追云应有意，北风绕岭自多情。
面朝萧瑟除愁怨，心对凄凉写沸腾。
纵是饱经忧患苦，不同秋草共悲鸣。

1997 年 10 月

秋雨寄思

天幕阴沉门不出，独听秋讯避石屋。
风飘千片作飞叶，雨洒万颗化落珠。
执扇纳凉说四季，添衣驱冷梦三伏。
流光谁与争长短，雪染鬓丝情可殊。

1997 年 10 月

家居偶成

人生何事不奔波，受累担惊任打磨。
身处阁楼亲友少，家居斗室紧邻多。
贤妻执教体渐弱，稚子贪玩衣常豁。
每看柜中书卷满，胜过江上唱渔歌。

1997 年 10 月

游山感怀

奇峰佳境本识途，何必坐家读死书。
山远禽肥逐草戏，水深鱼美伴萍浮。
闲云来去轻盈态，野花开合生气足。
就此登高观景色，胸中积郁已然无。

1997 年 10 月

纪念周恩来百年诞辰

汗青百载染书丹，华夏万民共仰瞻。
正气磅礴凝正义，高风浩荡胜高天。
心胸相映古今史，肝胆交辉日月篇。
长忆周公动人事，于博大处见平凡。

1998 年 3 月

清 明

远山如黛起烟岚，细雨织丝系世寰。
莫论此时断魂苦，敢言来日去身难。
多少过客化青草，无数荒冢变良田。
每看亲朋做新鬼，淡然生死自欢颜。

1998 年 4 月

宁夏回族自治区成立40 周年

一

华诞四十如日升，盛年庆典两相逢。
贺兰山阙留豪气，六盘云高谱雄风。
塞北稻米调玉馔，宁南豆菽烹美羹。
黄河东去大潮起，万里征途再请缨。

二

物转星移何所留？昊王故土起高楼。
沙坡绿茵惊中外，陆地铁桥连亚欧。
开放喜迎城市禧，改革犹断农户忧。
回汉同唱丰收曲，锣鼓声里醉金秋。

1998 年 8 月

读 史

古今来去已成书，世事变幻谁细读？
王者摇扇一梦远，诗人邀月千载孤。
学究携醉写沧海，游客乘兴过淖湖。
无路可行才有路，烟波深处掩通途。

1998 年 9 月

春日抒怀

平生感慨几多时，长坐每将旧事思。
少有大志无人问，老无童趣有谁知？
青春已伴忙碌逝，白发却随闲散滋。
朋辈日趋秋色重，应锄暮气绽新枝。

1998 年 9 月

怀故人

月落星残独倚楼，怅然思绪上心头。
花开高干雨凋谢，木秀老林风践蹂。
夫我何来书咏叹？斯人已去成土丘。
纵是世路难行惯，任性未必向哀愁。

1998 年 9 月

泾源胜景

泾源县位于宁夏最南端，泾河发源地，景色优美。

野荷谷

碧水青山景色宜，香花异草不足奇。
野荷十里满峡谷，堪与芙蓉美名齐。

二龙河

飞瀑响泉掩绿洲，涛声拍岸绕山流。
二龙交汇腾神气，荡尽尘埃唱自由。

凉殿峡遇雨

观光访古走奇峡，烟霭轻飞若舞纱。
七分流水三分雨，苍山染遍绿无涯。

鬼门关

穿云拨雾觅仙山，峰怪石奇谁敢攀？
最是令人魂乱处，眼前突现鬼门关。

1999 年 10 月

词

（1992—1998）

如梦令·须弥山大佛[①]

满腹禅机独坐，修业高深缄默。佛法本无边，尘世可曾识破？难测，难测，哪管俗间寒热。

1992 年 8 月 12 日

满江红·庆香港回归祖国

百载沉浮，回首望，怆然一页。激愤处，切肤铭骨，山河啼血。失地丧节羞辱事，坚船利炮强权约[②]。割禁脔，几度梦惊魂，金瓯缺。　　流年去，尘垢灭。鸦片恨，心头烈。喜神州改革，故国腾跃。昌盛和平成大统，繁荣稳定开勋业。盼团聚，海内共欢欣，庆七月。

1997 年 4 月

①须弥山大佛，雕刻于唐代，造像高 20.6 米，是一尊依山开凿的露天弥勒坐像。位于宁夏固原市区西北 55 公里寺口子河（古称石门水）北麓的山峰上。

②指 1842 年英国强迫清廷签订的不平等条约《南京条约》。

京华杂忆

渔家傲·乘火车过青龙桥并谒詹天佑雕像

正是北国春色早，燕山绿浸青龙道。绵亘长城极目眺,心浩渺,流泉飞瀑来危峭。　崇岭铁笛云里啸,大写“人”字奇观造。神工鬼斧惊世翘,詹公妙,扬威天下中华傲。

临江仙·过卢沟桥[①]

五百醒狮雄踞,一钩晓月高悬。苍茫烟雨染栏杆。弹痕留血色,悲壮著人间。　浪锁浮云空阔,故国万里关山。稽桥临水思潮翻。永铭历史事,正气贯长天。

踏莎行·游昆明湖[②]

岸柳婆娑,飞莺鸣啭。石桥续路穿湖面。碧波万顷起春潮,远来游客轻舟泛。　水洗尘身,风掸衣冠。双楫荡过流光乱。几番愁绪入怀中,夕阳摇影心无限。

---

①卢沟桥,亦称永定桥,位于北京市丰台区永定河上。

②昆明湖,位于北京市西北郊区的颐和园内。

中庭月色正清明

诗

（2000—2005）

咏承天寺塔[1]

承天顾命意如何？“佛”字岂能强帝国。
东土高僧留法器，西方达士受衣钵。
无疆梦想化神秘，延永宏图成论说。
历尽荣衰平淡事，幸逢盛世谱新歌。

2000 年 9 月

九江浔阳楼[2]

借酒题诗雁过楼[3],何来胆气比江流[4]?
英雄东去平常客,浪里谁人有怨愁!

2000 年 9 月

①承天寺塔,位于宁夏银川市内,建于西夏时期,后毁于地震,现为清代重修,保留了西夏风格。

②九江,简称“浔”,位于江西省北部,历史文化名城。浔阳楼位于九江市区九华门外的长江之滨。

③《水浒传》第三十九回中有宋江在浔阳楼酒后题写反诗的描写。

④浔阳楼有楹联:“世间无比酒,天下有名楼”。

冬雨中琵琶亭[①]

江州司马影踪无，雨打琵琶萧瑟图。
动感长诗如彩画，江头夜色可留吾[②]？

2000年12月

庐山[③]观日出不遇

夜上庐山待日出，冬云晨雾总飘忽。
隐身天幕终难见，“政治”芳名错怪乎[④]？

2000年12月

---

①琵琶亭，位于江西省九江市长江大桥东侧，面临长江，背倚琵琶湖，著名景观。唐元和十年(815年)，诗人白居易由长安贬任江州(今九江市)司马。翌年秋天，送客于浔阳江(今九江市北长江一段)头，有舟中夜弹琵琶者，听其诉说身世，触景生情因作《琵琶行》赠之，亭名亦由此而来。

②《琵琶行》有“浔阳江头夜送客，枫叶荻花秋瑟瑟”句。

③庐山，位于江西省九江市南，中国名山之一。

④庐山有政治山之别称。

登黄鹤楼[1]

崔颢题诗在此楼[2],江流万古复何求?
黄鹤来去谁曾见?一览风光水尽头。

2000 年 12 月

大雨过九江追忆

雨云突降九江头,刹那汪洋逐浪流。
亭上琵琶天上奏[3],楼中兄弟水中泅[4]。
响雷炸过腾烟雾,奔电袭来燃火球。
此事心惊谁可忆?只言当日不曾游。

2001 年 6 月

①黄鹤楼,位于湖北省武汉市长江南岸,始建于三国,有“天下江山第一楼”之称。

②唐代诗人崔颢(约 704—754 年),以《黄鹤楼》诗名扬天下,据说李白登楼观后为之折服,曾发出“眼前有景道不得,崔颢题诗在上头”的赞叹。

③指琵琶亭。

④浔阳楼上塑有水浒 108 将。

落花有感

夜来风骤动云霄，无数猩红带露夭。

才叹花苞应早放，却怜枝叶又独招。

常察世态须知意，惯看人情不弄娇。

自在去留无牵挂，任谁打落也香飘。

2001 年 10 月

无　题

十年书卷寄寒窗，立志踌躇不躲藏。

锐气足时遭损害，锋芒露处受创伤。

雄心常欠平和水，壮语难调顺畅汤。

每遇人生筋骨事，一样争奇斗芬芳。

2001 年 10 月

郑成功雕像①

脚踏波涛向海天，目光如炬照心丹。

成功铸就千秋业，宝岛岂容再悬边！

2001 年 12 月

---

①郑成功雕像于 1985 年 8 月郑成功诞辰 361 周年落成，屹立在厦门鼓浪屿东南端的覆鼎岩。雕像高 15.7 米，宽 9.2 米，重 1400 多吨，气势雄伟，是目前我国最大的历史人物石雕像。

海上眺望金门①

由厦门鼓浪屿乘船至金门岛附近海上相望有感。

碧波浩渺隐苍山，鹭岛金门一水间。
浪涌涛翻笼夜雾，船来舟往荡晨烟。
游鱼无意传心语，飞鸟有情递彩笺。
两岸分离何痛苦，家国合璧最攸关！

2001 年 12 月

壬午孟春大风记事

暮色低沉风意浓，欲从何处掸埃尘？
心怀忧郁皆由怨，胸隐恐慌多为贫。
无悔化成无愧去，有情当作有钱存。
长吁一气经天地，自在人间不供神。

2002 年 2 月

①金门，县名，位于福建省东南部海域厦门湾内，与大陆最近处仅2310 米，现由台湾当局管辖。

春日感怀

纷繁诸事怎堪哀，应叹胸中少智才。
饮酒半盅骄气盛，弃书一日壮心衰。
那得欢喜常相顾，更有忧愁需遣排。
宇宙茫茫无限量，攀高放眼敞襟怀。

2002 年 2 月

赞西部大开发

西部开发开运昌，万年盛世谱华章。
高瞻远景绘宏业，详察近情制妙方。
中外沟通兴国体，东西合作振家邦。
省区十二同牵手①，共建神州奔小康。

2003 年 3 月

①指位于西部的陕、甘、宁、青、新、川、滇、黔、渝、藏、内蒙古、桂十二个省、市、自治区。

山区抗旱

旱魔肆虐太猖狂，田野干结草木黄。
雨洒梦中常泛滥，水淹心底总汪洋。
挖渠筑坝无松懈，打窖修塘正赶忙。
一曲清流穿地走，万民欢跃泪千行。

2003 年 4 月

小流域治理

荒野连绵四望苍，山塬破碎堪忧伤。
狂风起处沙扬土，暴雨来时泥变汤。
种草生根除患水，造林固本保良墒。
田园旧貌几多改，治理河川功显彰。

2003 年 4 月

封山禁牧

寸草寸生地有裳，保持水土不寻常。
春发秋落蕴灵气，牛嚼羊啃当口粮。
葱翠再植千鸟带，芳馨更筑百花廊。
奠得绿色成基调，从此青山少病疡。

2003 年 5 月

千村扶贫

躬耕劳瘁费思量，广种薄收空肚肠。
脚下四周皆苦土，身边百里是秃墚。
进村包户结农友，牵手并肩扫科盲。
肺腑相交留话语，共同富裕莫彷徨。

2003 年 5 月

四十初度

浓云密布雨连阴，难蔽一颗朗朗心。
躯体经霜怀岁月，鬓丝带雪祭青春。
几回残梦随流水，多少激情伴佳音？
往事如歌无曲调，不言困惑谱天真！

2003 年 8 月

彭阳颂

癸未九月，宁夏彭阳建县廿载，诗以贺之。

一

古陶[1]文化映千秋，朝那百泉[2]名九州。
小岔沟畔播火种[3]，红河[4]源头起洪流。
秉承传统敢发展，把握机遇勇追求。
置县几番留史册，彭阳经验[5]第一筹。

二

秋风劲爽果飘香，百鸟啁啾呈瑞祥。
栖凤山青披锦绣，茹河水美裹罗裳。
田间林网织绸带，塬上草丛作丝床。
一改旧时黄土貌，绿拥沃野不祈禳。

2003年8月

①彭阳历史悠久，境内已发现新石器时期遗址五十余处。

②朝那、百泉是彭阳历史上的古县名。

③1935年10月，红军长征途中，毛泽东同志曾在彭阳古城镇小岔沟住宿一晚。

④1939年7月成立的中共彭阳红河党支部，是固原境内成立较早、活动时间最长的中共地下党支部。

⑤彭阳人民艰苦奋斗的苦干精神被总结为“彭阳经验”，曾在宁夏广泛推广学习。

贺诗刊《夏风》[1]改刊

朔方常吹夏时风，誉满诗林发玉音。
岁尾忽闻刊貌变，来年报得第一春。

莺飞草长贺兰东，画意诗情赖夏风。
若使盛唐遗韵在，唤来塞上满天星。

承继风骚敢夺先，但求格律放宽严。
传神妙远常学取，化古出新脉络连。

六盘学子喜结缘，沐浴诗风心豁然。
数典可为休忘祖，光扬传统赶前贤。

2003 年 11 月

①《夏风》，宁夏诗词学会会刊。

读《塞上新咏》并赠秦中吟老师[①]

白发难掩赤诚心，首首诗词写率真。
正气冲天谁可比？一支妙笔胜千军。

满卷激情若少时，更无暮气绕新枝。
目迷珠玉思勤奋，愧我后生学太迟！

阮章王赋又如何？博涉经诗著论说。
从古空谈皆误事，针砭时弊自高格。

诗园耕作不言归，浇水施肥更有谁？
待到花开天下艳，凤凰城里报春晖。

2003 年 12 月

①秦中吟（1936—2014），宁夏平罗人，生前曾任宁夏诗词学会会长，著名诗人、评论家。《塞上新咏》是其诗著。

京华散章

2003年秋末，余赴京在中央电视塔举办宣传宁夏固原图文展，抽暇游览京城景观数处，有感而发，诗以记之。

鲁迅故居[①]

横眉冷对向阴霾，千古文章济世才。
妙笔一支除鬼魅，先生去后总伤怀。

参观古陶文明博物馆[②]

先民灵气聚京华，炫目色泽若彩霞。
南北文明一脉系，问陶何苦到天涯。

参观郭沫若故居并读《甲申三百年祭》有感[③]

文祭甲申能不忧？振聋发聩醒神州。
常存危殆思前鉴，莫把真言随意丢。

---

①鲁迅故居，位于北京市西城区阜成门内宫门口二条19号，是鲁迅1924至1926年在北京的住所。

②古陶文明博物馆位于北京宣武区南菜园大观园公园北门，是第一座陶的专题博物馆。

③郭沫若故居，位于北京什刹海西岸前海西街18号。《甲申三百年祭》，是1944年郭沫若在重庆撰写的文章，以科学的态度对李自成领导的农民起义的原因、经验教训做了总结。

卢沟桥感怀

卢沟晓月远来寻，永定河枯留草痕。
桥体斑驳一段史，石狮五百裹烟尘。

中国人民抗日战争纪念馆

宛平城[①]阙弹依稀，多少男儿染血衣。
热泪一腔何处洒，荡涤贫弱敢谁欺？

参观中国钱币博物馆

腥风血雨不可湮，锈迹尽粘悲与欢。
攘往熙来何必论[②]，缩得历史寸指间。

游香山[③]

香山一去有经年，三度登临寻旧颜。
枫叶红时秋气重，莫如故里紫罗兰。

---

①宛平城位于北京城之南，卢沟桥东畔，中国人民抗日战争纪念馆即建于城内。

②司马迁语："天下熙熙，皆为利来；天下攘攘，皆为利往。"

③香山，位于北京海淀区西郊，以香山红叶最为著名。

香山黄叶村曹雪芹纪念馆

秋叶正黄黄叶村，红楼梦醒觅前踪。
参天古树绕庭院，几许辛酸在此中？

梁启超墓①

变法维新气象开，保皇守旧最堪哀。
前生谁话后生事，静卧山中看盛衰。

夜登中央电视塔

塔高万丈刺晴空，灯火如星天地通。
旋转厅中观夜色，手伸可触广寒宫。

2003 年 12 月

---

①梁启超墓位于北京海淀区寿安山南麓植物园内，1929 年初梁启超逝世后即安葬于此。

赠友人

甲申年暮春，数友人自京城来，相聚小酌，成诗四首。

谁言都市若瑶台？久在繁丽眉不开。
山野沐人神气爽，做个布衣胜金钗。

重逢塞外酒一杯，风过梨花赛雪飞。
景色此时正入画，玉人脸上落霞晖。

故里情思不可排，客居异地总须来。
乡音一曲如酒醉，独自咿呀似婴孩。

往事悠悠莫去追，人生何惧意相随。
一声珍重同心领，不向奸权把首垂。

2004 年 4 月

泾源采风

登卧龙山

山似卧龙龙似山,层层树木映前川。
朝阳牵我攀峰顶,美景原本在眼边。

参观胭脂岭流域治理

胭脂岭上尽青蒿,蜂舞蝶飞花弄娇。
谁信当年荒漠地,草乘风势起波涛。

胭脂峡上眺望泾河源头

河穿峡谷掉头东,点染胭脂真不同。
泾水岸边出美女,身姿端丽脸庞红。

黄花村农家用餐小记

黄花绿树映砖房,青果红桃逐个尝。
宾客远来称美味,蒸鸡一道不寻常。

秋千架

突起双峰向日边，相隔一隙见青天。
若能在此秋千荡，哪个凡夫仰慕仙？

游小南川

清水拍石绿嵌边，山中无处不新鲜。
厕身如沐洗浮气，莫染一尘心自宽。

凉殿峡①怀古

避暑峡中心不凉，笑谈把盏话兴亡。
石槽石柱今犹在，万马千军灰土扬。

远眺老龙潭遐想

登高一望架长空，多少传说有影踪？
神秘本是人臆造，龙王谁见住潭中？

①1227年夏成吉思汗曾避暑于此。

雨中游山

朝来细雨悄无声，松柏挺拔着意迎。
一阵云开风散后，苍山画里绘晶莹。

白云寺

朵朵白云挂树丫，飘来寺庙若袈裟。
寂寞声里经谁念，遁入佛家舍自家？

2004年7月

咏竹叶青

一

竹叶青青滴玉浆，一枝独秀孕芬芳。
若得美酒和诗诵，常把他乡当故乡。

二

汾水含情韵自长，盛来琼液供高堂。
人间此曲如常有，不上瑶台上太行。

2004 年 8 月

杏花村[①]

玉润冰洁泛洌泉，物华奇宝脉相连。
水含灵气真清秀，山育精神最自然。
上好稻菽成美酿，绝佳技艺作良缘。
杏花满树香天下，一首《清明》酒正酣。

2004 年 8 月

①唐代诗人杜牧《清明》诗云："借问酒家何处有，牧童遥指杏花村。"

读崔永庆[①]先生惠赠大作《绿野春秋》有感

泾水初识意味长，凤城再会话衷肠。
忘年相交诗一首，胜却文牍数百行。

平畴绿野蕴空灵，数载耕耘有盛名。
明月清风随左右，于无声处见真情。

勤政一生莫论私，历经风雨寸心知。
铅华洗尽初衷在，无限夕阳正入诗。

躬耕沃野傲封侯，旧体新裁更上楼。
一曲春秋明远志，诗人白首自风流。

2004 年 11 月

①崔永庆(1940—)，宁夏中卫人，曾任宁夏回族自治区农业厅厅长，诗人，宁夏诗词学会顾问。

雪

雪开天际本琼花，姿态翩翩若舞纱。
绽放瞬时留倩影，消融片刻去沉渣。
素身犹系高空梦，灵气常存百丈崖。
清白写成一世愿，不容半点有疵瑕。

2004 年 12 月

冬至感怀

天长一日气节衰，冰雪袭来正释怀。
哪有热肠输冷淡，更无赤胆畏阴霾。
耐得寒苦何须惧，经住严霜岂可哀。
待到惊雷出广宇，春风化雨上瑶台。

2004 年 12 月

读《百步斋诗文集》并赠崔正陵[①]先生

一

一册诗文意气扬，江南才俊显锋芒。
四十余年报国梦，甘为他人作锦裳。

二

立身塞上志弥坚，字字珠玑下笔端。
啼血成行情不尽，花开桃李艳无边。

2004 年 12 月

①崔正陵(1935—)，江苏盐城人。曾任宁夏银川六中校长，诗人，宁夏诗词学会顾问。

江南诗草

20世纪90年代，余曾数去江南，见闻不少，感触颇多，以诗零散记之，今整理其中一部分于后，以为纪念。

杭州西湖

三游西子意翩然，一片痴心半世缘。
为汝钟情情不尽，愿将躯体化湖莲。

瞻岳王庙[①]有感

英雄千载泪不干，化作西湖照胆肝。
自古统一兴伟业，江山岂许久偏安！

作客龙井村[②]

青山秀水掩茶村，好客人家作上宾，
一盏清旗含玉露，芳馨三年到如今。

---

①岳王庙，位于杭州西湖西北角，北山路西段北侧，是纪念岳飞的场所，始建于南宋嘉定十四年(1221年)。

②龙井村，位于杭州西湖西南面，四面群山环抱。村中居民多以种植龙井茶为业。

过秦淮河[①]

六朝粉黛逝无声，夜夜笙歌不忍听。
谁见当年商女怨，繁华依旧笑东风。

参观南京太平天国纪念馆感怀

祸起萧墙壮气埋，悲歌一曲恸秦淮。
两营[②]大敌皆无畏，十万旌旗不复来。

无锡蠡园西施塑像前感想

浣纱溪畔水悠悠，一叶扁舟向自由。
莫论亡国无憾事，佳人美色胜吴钩。

太湖[③]

景起鼋头润远山，飞舟掠过水城[④]边。
鱼肥蚌美留宾客，听罢渔歌再鼓帆。

---

①秦淮河是长江下游右岸的一条支流，大部分在南京市境内，是南京最大的地区性河流。秦淮河分内河和外河，内河在南京城中，是秦淮最繁华之地，被称为“十里秦淮”。

②指围困天京的清军南北大营。

③太湖，长江中下游五大淡水湖之一，位于江苏省南部。

④指水浒影视城。

苏州枫桥[1]

寒山寺畔小桥东，孤月千年挂碧空。
长忆襄阳才气在，与诗相伴夜听钟。

张家港印象

城市如花栽玉盘，一尘不染绽斑斓。
春风满地拂人醉，三个文明众口传[2]。

游江阴名胜江尾海头[3]

江水东来气势雄，万流归海汇蛟龙。
一桥飞架如神手，浪起波翻亦顺从。

2005年元旦

①枫桥，距江苏省苏州古城3.5公里，历史悠久，因唐代诗人张继的一首《枫桥夜泊》而名闻天下。

②江苏省张家港市是全国著名文明城市。

③江阴，县级市，位于江苏省南部，由无锡市代管。江尾海头景点在鹅鼻嘴公园内长江南岸。

雨中凭吊任山河烈士陵园[①]

苍天有意亦哀愁，雨落无声自在流。
千树青松生墓畔，万棵绿草上坟头。
为将碧血冲三界，常把丹心照九州。
仰望旌铭怀壮烈，默读时节泪难收。

2005 年 5 月

燕飞赞

某部班长燕飞，在任山河战斗中身负重伤，肠子流出体外，他将肠子塞进体内，脱下军服堵住伤口，又继续战斗，直至英勇牺牲。

枪林弹雨树丰碑，威震敌顽不可摧。
拼却身躯迎旭日，热肠化作早霞飞[②]。

2005 年 5 月

---

①任山河烈士陵园位于宁夏彭阳县境内。安葬着 1949 年 8 月为解放宁夏而牺牲的解放军十九兵团六十四军官兵三百四十余名。

②任山河战斗为解放宁夏第一仗。

贺《固原文史资料》出刊[1]

一

一缕书香透纸来，关心国事最开怀。

胆肝相照清平界，参政皆是济世才。

二

往事如烟费探寻，钩沉历史有珍闻。

故园深处真情在，追念前贤励后人。

2005年5月

吴淮生先生[2]赠《思濂庐散文》有感

一

皖南秀水育英才，塞上风光总牵怀。

一片冰心何处觅？行间字里报春来。

二

凤城七月走骄阳，吴老文章可纳凉。

鸿制篇篇如大树，枝繁叶茂见衷肠。

2005年7月

①宁夏固原市政协编辑《固原文史资料》第一辑出刊之际，应编辑之邀作诗以贺。

②吴淮生（1929—），安徽泾县人，一级作家、诗人，宁夏诗词学会顾问。

纪念红军长征翻越六盘山70周年暨抗日战争胜利60周年

红军长征过六盘山

跋山涉水万千重，北上豪情势若虹。
雁叫声声犹在耳，天高气爽忆峥嵘。

登六盘山感怀

风云一页荡心胸，重上六盘看劲松。
水有精神凭浩气，山存魂魄赖奇功。
痛击倭寇边关外，誓缚苍龙洞府中。
唤取和平长久住，花开峻岭别样红。

访寻长征途中毛泽东同志在彭阳[①]小岔沟住宿窑洞

小村绿掩少埃尘，水绕山环细访寻。
领袖当年留宿处，土窑一孔感来人。

---

①彭阳，县名，位于宁夏南部，属固原市，小岔沟在县域古城镇境内。

西吉将台堡红军会师纪念碑[1]

三军相会汇成河，西部山村谱赞歌。
饱受风霜凝壮志，苦经雪雨塑高格。
百年沉落含羞辱，万里驰来斩病疴。
贫弱消除兴伟业，丰功碑下享恩泽。

2005年8月

①西吉，县名，位于宁夏南部，属固原市，将台堡位于县域将台乡境内。

送友人赴京访学有感

2005年3月，受国家“西部之光”人才工程支助，友人以学者身份赴京访学一年，临别，成诗一首相送。

苦学何以费思量，平日研读总紧忙。
莫怕知书书不少，最愁达理理更长。
每嫌夫婿抛繁卷，常教儿郎诵华章。
此去京城一年后，归来应是“经”满箱。

2005年8月

雨中登居庸关长城[①]

云飞雾散势崔嵬，平地松涛裹震雷。
大雨狠浇难畏葸，狂风劲吹不徘徊。
仙人驾鹤随缘去，凡客登山有意来。
满腹豪情何处诉？长城绝顶走一回！

2005年8月

---

①居庸关长城，位于北京市昌平区以北20公里的峡谷中，地形险要，是长城重要的关隘。

夜过呼和浩特[1]

远望灯火正迷蒙，疑心仙境落边城。
铁龙一列挟风过，天上人间隔几层？

2005 年 8 月

燕　山[2]

突起群峰欲问天，风急沙猛莫能攀。
屏藩一道横南北，百万雄兵怎可堪？

2005 年 8 月

雨　后

午梦初醒骤雨晴，清馨唤我向山行。
相约亲友为驴友，放牧身心宿草亭。

2005 年 10 月 3 日

①呼和浩特，蒙古语意为“青色的城”，位于华北西北部，内蒙古自治区首府。

②燕山，华北地区重要山脉，战略要地。多隘口（古北口、喜峰口、冷口等），为南北交通孔道。

祭父诗(古风)

家父丙子年五月病逝,倏忽十载。日思夜梦,不胜哀伤。忆昔养育之恩,悲戚难尽。特作古风一首,以悼先父在天之灵。

人生何事最哀伤?莫若失父泪泱泱。
一去府城千万里,天地相隔两茫茫。
家有大事可问谁?面对苍山常恓惶。
妻思丈夫黑发尽,儿女想父欲断肠。
天不永年赍志殁,每思至此心如霜。
十年三千六百夜,夜夜梦中倚父旁,
音容笑貌难改变,举手投足像往常。
携儿牵女出门去,面无愁容意气扬。
教女采花细装扮,促儿奋勇攀山冈。
蝶舞雀飞眼前过,田野四处正芬芳。
情景历历却隔世,失怙丧父家已殇。
天伦何来变天灾?梁摧柱折少日光。
养育亲情深似海,儿女何以来报偿?
思念化作千条线,线线直通地中央。
父若有灵把线牵,生死从此无界疆!

父籍镇原新城庄[1],家境贫寒常饥荒。
一家六口难度日,为人打工吃稀汤。

①父亲原籍甘肃省镇原县新城乡。

夜住破窑不遮风，日耕荒野总奔忙。
祖母患病撒手去，父亲年幼何凄凉？
祖父无力养家口，两个女儿换米粮。
父有一弟襁褓中，送与人家当儿郎。
家破人亡向何处？由是借居在野王[①]。
离乡背井寄人下，饱经辛酸历沧桑。
食不果腹衣难暖，少年时节最寒伧。
父幼好学初识字，甫一解放入学堂。
翻身做主换新天，年满十七穿军装。
部队历练五年整，勤学苦练在营房。
入党提职排头兵，战友常说老班长。
热血满腔献祖国，六十年代到地方。
维护治安做警察，屡破案件题红榜。
殚精竭虑谋公事，二十五年不彷徨。
苦寒门第怎忘本，敦厚诚实第一桩。
为报平安常劳瘁，十年浩劫也遭殃。
腰身受损皆无畏，是非分明对冷枪。
亲朋好友传佳名，品行高洁赛春阳。
后入法院承重任，夙兴夜寐兴家邦。
为人处世凭正气，奸佞鼠辈少提防。
忽遭嫉恨降灾祸，皆因不识中山狼。
盛年受冤不可申，多少悲屈一人扛。

---

①新中国成立前父亲随祖父给人拉长工流落到宁夏彭阳县红河乡野王村并定居于此，直至 1956 年离开。

内心激愤强隐忍，由此积郁损健康。
事分辨正评好坏，国以荣辱论兴亡。
浮云蔽日难长久，何来此事费思量？
自古公正成大道，强权岂可欺善良？
抱憾归去终成恨，更叹人世多烟瘴。
上问苍天无回应，下拷大地生墓圹。
万般凝成无尽泪，长哭慈父焚五脏。
愧对今生养育恩，刻骨铭心莫能忘！
君不见涓涓河水奔腾去，热泪颗颗汇成行。
君不见滚滚长江东逝水，热泪无数在流淌！

阴霾过后日辉煌，云雾散尽月圆朗。
为人一世树高格，正义从不怕魍魉。
邪恶终归化粪土，是非评说总昭彰。
父如能知今日事，未必转身向野荒。
一来一去一张纸，一言一语一炷香。
思念从此无穷尽，亲人永留是病殇。
长歌当哭无限悲，化作祭父诗一章。
儿女失父切肤痛，千呼万唤急呛呛。
慈父何不回回头，春暖花开好还乡！

2005 年 12 月 18 日

词

（2000—2005）

画堂春·须弥山大佛

丝绸之路绕须弥,入禅定坐神怡。信是千载不心疲,佛法谁敌?　　故道驼声远去,石身满目疮痍。留得空落伴朝夕,始料难及!

2000 年 7 月

青玉案·西夏王陵[①]

流光消尽辉煌业,乱石地、风如铁。折戟沉沙多少血。土台荒冢,无言静列,空对兰山月。　　千年颓景谁人谒?百族融合不可灭。成败兴衰须鉴戒。前朝遗事,待从头阅,塞上翻新页。

2000 年 9 月

①西夏王陵,又称西夏陵、西夏帝陵,坐落于宁夏银川市西郊贺兰山东麓,是我国现存规模最大、地面遗址最完整的帝王陵园之一。

蝶恋花·辛巳中秋赴福建晋江参加第二届中华灯谜大赛

此去晋江千里路。学艺东南，正把心儿牧。盛世谜坛春处处，两岸三地常逐鹿。　　花放广场灯眩目[①]。秋月盈盘，今夜几人宿？潮涌满怀关不住，白云化雨真情诉。

2001 年 12 月

清平乐·赠上海谜友袁杰[②]

初识沪上，意气三千丈。萍水相逢心浩荡，不可轻言惆怅。　　胸怀海派才情，从谜从政双赢。几次梦醒塞外，寄笺南去飞鸿。

2001 年 12 月

---

①中秋之夜，晋江市阳光广场举行盛大的灯谜展猜活动。

②2001 年 9 月经沪去闽，时任上海“好之旅”旅行社总经理的袁杰以谜友身份与著名谜家苏纳戈先生在“上海一家”饭店宴请李军和我。

江城子·台湾谜家徐添河先生[1]印象

晋江初见有奇才，报名来，入谜材。不费思量、已自道明白。仪态可掬情可敬，学射虎，上蓬莱。　　笑谈夜半鬼神差[2]，论兴衰，怎堪哀。每念家国、思绪总难排。常旅神州留话语:游故地，永开怀[3]!

2001 年 12 月

阮郎归·追忆陈宗胡谜师[4]

故园离去四十年，原州行路难。驭风仙化可回还？人生不等闲。　　追往事，两投缘，谜田植玉兰。一声虎啸过六盘，霜杀秋已残。

2001 年 12 月

①徐添河先生，台湾高雄人。与人见面几分钟，就能把人名编成谜。

②晋江谜会期间，徐先生曾与我两次交谈至深夜。

③徐添河先生曾著有《神州之旅永开怀》一文。

④陈宗胡(1940—2000)，江苏南京人，早年支宁来到固原工作，曾任固原地区灯谜学会理事。

渔家傲·抗击非典

乍暖还寒花正蓓，杨柳枝叶青青翠。魔疠突来侵腑肺，春欲退，硝烟不见人含泪。　非典逞凶何所畏？科学直面除魑魅。众志成城鲜血沸。心交汇，唤得阳光更明媚。

2003 年 5 月

蝶恋花·赞白衣天使

生死之间真谛见，古往今来，多少人嗟叹。碧血丹心排灾难，谁识寂寞英雄面？　天使情怀结誓愿：伏却瘟神，世上无忧患。舍己献身功业建，白衣战士举国赞。

2003 年 5 月

第四编

锦瑟无端五十弦

诗

（2006—2014）

咏长江

一

雪山有梦诉柔肠，一曲相思寄远方。
万里奔来谁可阻？情牵大海意泱泱。

二

水连天际浪千层，万古奔流意纵横。
华夏豪情多浩荡，惊涛起处伴龙腾。

2006年2月

长江颂

雪岭一出恣意流，裹雷挟电震寰球。
接天浩气冲霄汉，动地狂涛拍斗牛。
风雨千秋诗上写，江山万里画中游。
波澜壮阔非常事，澎湃精神永不休。

2006年2月

远　思

石榴花蕾万般红，晓日破云映碧空。
千里婵娟人共此，心音相随到陇东。

2006年4月

陕南行旅

参观宝鸡[1]青铜器博物馆

鸾翔凤翥起周原，秦地文明自赫然。
簋鼎巍巍生绚丽，尊彝璨璨竞斑斓。
云雷翻动出王府，饕餮盘飞下祭坛[2]。
对话平民千载后，器藏大礼有机缘[3]。

2006 年 5 月

过秦岭[4]

春雨时节草正青，诗情相伴上高峰。
身随凤县[5]一江水，眼望秦岭数只鹰。
花放林间红四季，石铺河底绿三生。
心神迨荡游山谷，百鸟啼鸣最动听。

2006 年 5 月

---

①宝鸡，位于陕西省西部，周秦文化发祥地，素有“青铜器之乡”美称。

②云雷、饕餮是青铜器饰纹

③古代统治者有“藏礼于器”之说

④秦岭，横贯我国中部的东西走向山脉。西起甘肃南部，经陕西南部到河南西部，主体位于陕西省南部与四川省北部交界处，呈东西走向，长约 1500 公里。秦岭是黄河水系与长江水系的重要分水岭，在地理上有着重要的意义。

⑤嘉陵江起源于陕西凤县。

留坝张良庙感言[①]

云浮紫柏雨烟深，归隐山林断祸根。
富贵无边多怨怼，神仙有道少骄矜。
遥思博浪椎秦事[②]，了却长安济汉心。
千古去留存大憾，一分为二论成因。

2006 年 5 月

谒勉县武侯墓[③]

纷繁乱世卧龙冈，相对隆中气若煌。
天下三分能确论，国家一统可担当？
五丈原上留遗恨[④]，定军山边叹早殇。
为有偏安常尽瘁，不如埋骨在襄阳。

2006 年 5 月

---

①留坝，县名，位于陕西省西南部，属汉中市。汉张留侯祠(张良庙)坐落于秦岭南坡的紫柏山麓的庙台子街上，距留坝县城 17 公里。

②张良曾雇刺客在河南原阳博浪沙刺杀秦始皇。

③武侯墓，位于陕西省汉中市勉县(勉阳镇)县城南边约 6 公里处的定军山下。

④五丈原，位于陕西省岐山县城南约 20 公里处，是一块高约 120 米，东西宽 1 公里，南北长约 3.5 公里的地势险恶的黄土台原。三国时期，蜀汉后主刘禅建兴十二年(234 年)，蜀汉丞相诸葛亮率军第五次北伐，进驻五丈原。在此，蜀军与魏军对峙 100 余天。最后，诸葛亮病逝于此，享年 54 岁。

纪念红军长征胜利七十周年

夜宿单家集

1935年10月5日，毛泽东同志率领中央红军长征途经回族聚居区西吉县兴隆镇单家集，并夜宿于此。红军纪律严明，尊重回族风俗，被当地群众誉为“仁义之师”。

军旅南来气不凡，露营户外御霜寒。
民俗禁令人人守，仁义之师美誉传。

翻越六盘山

1935年10月7日，中央红军翻越了长征途中最后一座高山——六盘山。毛泽东同志在此构思了壮丽词篇《清平乐·六盘山》。

气爽天清大雁飞，挥师北上解艰危。
临风寄景凌云志，不缚苍龙誓不归。

激战青石嘴

1935 年 10 月 7 日，中央红军到达六盘山后，毛泽东同志亲自部署，对山下堵截之敌发动猛烈进攻，并迅速结束战斗，为红军胜利翻越六盘山，继续东进扫平了道路。

前后追截奈若何？神兵天降捣敌窠。
征程万里关山越，一路驰驱奏凯歌。

会师将台堡

1936 年 10 月 23 日，红一、二、四方面军在西吉县将台堡胜利会师，标志着长征的结束。

相逢时刻最开怀，万丈豪情向未来。
烽火前线击日寇，再登革命点将台。

2006 年 7 月 14 日

初秋感思

秋阳无力挂苍穹，遥想天涯意念浓。
万里前程宏志远，百年基业壮心雄。
书读三尺常急迫，情伴一生有异同。
不可凭栏愁日晚，男儿豪气缚蛟龙。

2006 年 9 月

郑州名胜

裴李岗遗址[①]

火种刀耕数万年,文明肇始起中原。
陶镰割断洪荒路,石斧劈开进化田。
棒铲不凡藏坎坷,罐钵平静显艰难。
先民跋涉何堪想?创业精神世代传。

咏嵩山[②]

名与山同字万金,神交已久觅知音。
峻极峰上观沧海,初祖庵前献素心。
景色有形开眼界,风光无限敞胸襟。
奋身融入脱俗气,嵩岳和吾乃近亲!

2006 年 9 月 22 日

---

①裴李岗遗址是 8000 年前人类文化遗存,位于河南省新郑县城西北约 8 公里的裴李岗村。对我国史前文明研究具有十分重要的意义。

②嵩山,位于河南省西部,地处登封市西北面,群山耸立,层峦叠嶂,高大雄伟,是五岳的中岳。

银川游

镇北堡

何曾落寞在荒凉?断壁残垣夜宿羊。
有幸一朝逢慧眼,古城新韵谱辉煌。

贺兰山岩画

山石精妙蕴激情,人舞鹰飞壁上鸣。
谁说史前无艺术?神来之笔憾神灵!

贺兰松

乱云飞过起烟岚,水挂山崖晓月残。
满目苍松石上立,千年风雨亦欣然。

西夏王陵

繁华消尽化烟灰,空有斑驳土几堆。
若解夏国神秘史,典籍之外向坟碑。

2006 年 9 月 24 日

延安行

2006年金秋十月，余与宁夏固原市委党校处级干部培训班学员赴陕西省延安市学习，此为余第四次赴延，心中颇多感怀，成诗五首以记。

赴延安途中

心似车驰急向东，数番朝圣释朦胧。
秋风萧索难隔阻，越岭翻山怕几重？

宝塔山抒怀

延河水势起波涛，热血一腔比浪高。
身染红色明志向，巍巍宝塔乃航标。

枣园毛泽东旧居

泥墙木牖若当年，巨制宏文天下传。
大略雄才国是定，辉煌岁月亦平凡。

延安文艺座谈会旧址[①]

迷雾扫除气象新，文艺从斯伴佳音。
六十余载风云过，讲话精神字字金。

张思德墓[②]

死后何须墓志铭，四方追念慰英灵。
常思领袖亲民事，千古文章千古情[③]。

2006年10月13日

①延安文艺座谈会旧址在延安杨家岭原中共中央办公厅楼下会议室。

②张思德墓，位于陕西省延安市区北7公里李家村的四八烈士陵园内。

③毛泽东为纪念张思德所写的文章《为人民服务》。

寄　北

京华一去路迢遥，风起燕山敢试高。

历尽千辛登顶日，鹓鸲乘取好还巢。

2006 年 10 月 29 日

雨雾中重阳

何处攀援望碧空？菊花萧瑟伴秋虫。

一场细雨随风过，塞北山中雾正浓。

2006 年 10 月 30 日

偶　成

壮志无缘不上楼，平生羞与肉食谋。

扁舟孰有回天地？却是白发盖顶头[①]。

2006 年 11 月 6 日

晚　秋

黄花憔悴瘦西风，总有寒霜送脚程。

何忍年年来又去，芳华如梦怕相逢。

2006 年 11 月 6 日

---

① 李商隐《安定城楼》诗句："永忆江湖归白发，欲回天地入扁舟。"

有信自台湾来

飞鸿辗转不寻常，浪打风吹见热肠。
一脉相通通海陆，亲情谁可胜炎黄？

2006 年 11 月 8 日

云

白云无意挂枝条，来去穹空绕碧霄。
化雨为情答万物，狂风吹散也清高。

2006 年 11 月 8 日

自 勖

白发丝丝悲壮怀，春秋轮转莫徘徊。
时光惜取倍加力，花样年华不再来。

2006 年 11 月 14 日

怀 远

诗育青春意气投，豪情相伴任神游。
萧关离去二十载，梦里逢君同唱酬。

2006 年 11 月 14 日

梦游保定[1]有寄

大慈阁上几度临，古莲池畔染花痕[2]。
依稀梦里青杨绿，月照春心入蓟门。

2006 年 12 月

思　远

轻风杨柳绕书斋，北地佳人莫怨猜。
素月悬天相映照，何须凝睇托粉腮。

2006 年 12 月

---

①保定，位于河北省中部，历史文化名城。
②大慈阁、古莲池皆保定名胜古迹。

重读《清贫》有感(古风)

方志敏烈士70余年前所作《清贫》一文,朴实无华,情节感人。今日重读,深感其教育警示作用更值得人们沉思。

开卷见心丹,衷言披胆肝。
身虽陷囹圄,《清贫》气势轩。
正义磅礴冲云霄,豪情铿锵感人间。
曾经过手百万财,何曾昧心一文钱。
每每情牵贫民衣,常常身着补丁衫。
房烧屋毁遭浩劫,情真意切释“公权”[①]。
“清贫树”上红星袋,怀玉山下白素莲[②]。
十分俭朴本平常,千秋理想不一般!
出师向北去,慷慨赴危难。
拳拳报国赤子心,漫漫风雨知忧患。
青史留遗恨,总使神州黯!
受伤被俘遭搜查,浑身无有一铜元。

---

①方志敏的家被敌人烧毁多次,母亲无奈向他要钱,他耐心向母亲解释说:我当的是穷人的主席,哪里有钱。

②1935年1月,方志敏为了侦察突围路线,来到江西上饶怀玉山下的一棵大树旁休息,把望远镜和一个红星布袋子挂在树上。村里一家老妈妈得知方志敏几天没有吃饭,就用玉米饭招待。临别,方志敏深情地说:我们现在没有一文钱,就把望远镜和红星布袋子送给您,等革命胜利了,我们再来给您还钱。方志敏洁白高尚的品格有如莲花,后来他牺牲了,人们就把这棵树亲切地称为“清贫树”。

甘愿清苦为大众，不肯屈服向敌顽。

君不见古今多少生死事，英雄总笑谈。

纵然人身不自由，境界高九天：

潮湿茅棚愿居住，华丽大厦莫稀罕，

苞粟菜根常吞嚼，西餐大菜难下咽。

猪栏狗窠当住所，钢丝软床不留恋[①]？

气贯长虹何壮哉，大义啸天自巍然。

烈士“富有”谁堪问？愈是清贫志愈坚！

赣江浪涛结珠泪，庾岭草木织花环。

碧血缀彩虹，白骨化玉兰。

躯体乘风去，精神奏凯还。

清明廉正祛骄奢，洁白朴素战困难[②]。

头颅铸就无字碑，财富谁比清贫观？

创业艰难须记取，贪图享受应汗颜。

呜呼！君不闻灯红酒绿夜夜歌，纸醉金迷日日宴。

天价大厦办公楼，超等轿车扶贫款。

豪奢竞相逐，心痛怎能安！

煤炭染血成紫色，官商合股抽“红板”。

大腕出场敛横财，“富姐”漏税聚细软。

良心作消费，廉耻填钱眼。

---

①见方志敏的另一篇文章《死》。

②《清贫》结尾道：“清贫，洁白朴素的生活，正是我们革命者能够战胜许多困难的地方。”

贪婪有术眼生金，欲望无度头悬剑。
面朝《清贫》扪心问，莫忘荣辱看先贤。
振聋发聩常警觉，廉洁自律开新篇。
《清贫》一曲唱天地，"两个务必"担双肩。
廓清腐败对苍穹，告慰忠魂在九泉。
每读华章心肠热，掩卷长思泪潸潸！

（获"塞上清风"全国廉政诗词大赛一等奖）

2006 年 11 月 10 日

廉政歌(古风)

廉若莲花不沾泥,清明洁净胜美琪[①]。
花开千古人称颂,治国修身天下齐。
贪如泥潭深难及,金钱美色路途歧。
一旦污气缠满身,万世唾弃似疮痍。
公正奉法坦荡荡,纵饮“贪泉”心不迷[②]。
包拯“笑比黄河清”[③],海瑞刚正谁能比?
况钟三任苏州府[④],曾公家风实不易[⑤]。
史籍浩瀚如烟海,清正廉明大主题!
纣王酒色丧家邦,梁冀敛财把祸罹[⑥]。
石崇斗富少人性[⑦],“和珅跌倒”永难起[⑧]!

---

①美琪:美玉。

②据《晋书》记载:广州石门有一泉名“贪泉”,人饮了它,便会贪得无厌。廉吏吴隐之新任广州刺史过此,不为迷信所惑,掬水而饮,到任后更加清廉勤谨,使昔日贪污成风的当地官场风气为之一变。

③传说黄河 500 年才清一次。宋时包拯每次上朝弹劾贪官毫不留情,面容十分严肃,王公贵戚想要得到他的一笑比黄河水清还要难。

④明时况钟为官清正,深得百姓敬爱,曾三任苏州知府,为历史上所罕见。

⑤曾国藩位极人臣,却节俭自守,并严勉家人保持寒素家风。

⑥东汉梁冀结党营私,鱼肉百姓,贪钱 30 万万,后被逼与妻子一同自杀,300 余人受他株连。

⑦西晋时石崇豪富,常使美人为来客劝酒,如客人饮酒不尽,则将美人斩杀,生性残忍,后因财致死。

⑧清时和珅贪财 8 万万两,是朝廷十年收入的总和。故有“和珅跌倒,嘉庆吃饱”一说。

大浪淘沙无情事，暴虐贪婪早消弭！
二十世纪风云变，人民当家是国体。
消灭剥削重劳动，改革开放树大旗。
市场经济讲法制，共同富裕不可移。
少数蛀虫贪享受，腐朽思想泛心底。
贪污受贿何猖狂，权钱交易何卑鄙！
损公肥私害群马，贪吃贪占赛熊罴。
反腐倡廉常警示，岂容蝼蚁毁大堤！
重拳出击莫手软，权高位重不畏葸。
肃贪风暴似风雷，一扫官府少奢靡。
巨贪走上断头台，人民翘手心欢喜！
国家兴旺靠发展，和谐建设乃至理。
艰苦奋斗莫忘本，加强“六观”不迟疑①。
立党为公公天下，执政为民民心系。
从来罪恶不可恕，自古人间崇正义。
党纪国法须遵守，贪污受贿最禁忌。
珍视名誉重大节，做人要有百年计。
为官清廉如莲花，百世流芳无功利。
两袖清风走坦途，一身洁气感天地。
从严治党不松懈，过街老鼠能有几？
依法治国警钟鸣，“日食万钱”长休矣②！

2006年11月13日稿

---

①指世界观、人生观、价值观和权力观、地位观、利益观。

②西晋时何曾官至司徒，但生活奢侈无度，有“日食万钱”之说。

补丁颂

毛泽东同志生前有两件毛巾布做的睡衣，穿了几十年舍不得扔掉，一直陪伴他到逝世。后来人们数了数，两件睡衣分别打着59块和67块补丁。

补丁片片不沾尘，领袖情怀系万民。
金缕玉衣应愧怍，人间最富是精神。

2006年11月20日

贺湖南省灯谜学术委员会成立并致敖耀寰先生[①]

潇湘自古领风潮，伏虎降龙气势豪。
塞上相逢言不尽，谜坛南北架虹桥。

2006年12月

黄　昏

心泛波澜若涌潮，曾经年少乐逍遥。
云托残日黄昏后，更与何人共寂寥？

2007年3月12日

---

①敖耀寰(1951—)，湖南浏阳人，著名谜家，湖南省灯谜学术委员会主任。

无　题

寒风乍起莫伤怀,遥望长安雾不开。
何日高唐重与会?抚琴执手上蓬莱。

2007 年 3 月 12 日

春　早

春雨无声弄柳娇,桃红有意正含苞。
烟湿山外愁云落,独立风中诵楚骚。

2007 年 3 月 13 日

有　寄

千里音息怎可耽,山水无阻过云间。
飞鸿北上传情意,只报双双不报单。

2007 年 3 月 14 日

四　月

花开四月上山冈,蝶舞莺飞草木香。
最是一年风色好,追思远客惹神伤。

2007 年 4 月 13 日

参加海内外灯谜大赛并谢宝鸡诸谜友

四月春光随水流，渭河两岸草如绸。
猜谜健脑心神会，把酒吟诗意气投。
高手商灯擒猛虎，名师挂帅属鸿牛①。
雕虫技艺谁言小？独领风骚隐智谋。

2007 年 4 月

赠挚友

风雨十年不系舟，几多欢乐几多忧？
分合聚散由来去，谁让艰辛两世修！

2007 年 5 月

获“塞上清风”全国诗词大赛一等奖赴银川领奖有感②

花开四月酿诗情，黄水兰山共争鸣。
沐得清风朝塞上，凤城无处不空灵。

2007 年 5 月

---

①鸿牛即田鸿牛(1949—)，陕西宝鸡人，著名谜家，中华灯谜学术委员会副会长兼宝鸡市灯谜学会会长。

②余所作古风《重读〈清贫〉有感》获此次大赛一等奖。

赠诗人星汉[1]先生

梦圆戈壁赖耕耘，曲雅词丰每每闻。
风采高枝结异彩，天山南北育诗魂。

2007 年 5 月

诗人刘章[2]先生赠《行吟集》读后有感

一路寻诗一路来，口吟笔记尽题材。
出神入化显灵气，衣袋满身情满怀。[3]

2007 年 5 月

赠诗人秦中吟先生

皓首银发凝赤诚，诗心不老缚鲲鹏。
李白豪气常能遇，伯乐衷肠最易逢。
与世无争见胸臆，为人作嫁启童蒙。
莫言树下成通道，独笑秋风万里行。

2007 年 6 月

①星汉(1947—)，山东东阿人，新疆师范大学教授，中华诗词学会副会长。

②刘章(1939—)，河北兴隆人，《诗刊》《中华诗词》编委。

③刘章先生不穿无兜衣服，身上的每个口袋都装有笔和小本，每到一地，口吟笔记，恐灵感稍纵即逝，诗人苦苦行吟可见一斑。

艾依河[1]

艾依碧水眼中流，洗去尘埃何所求？
美女如花开两岸，惹来游客醉双眸。

2007 年 6 月

七月有感

一

万千思绪万千词，寄与朝霞未必知。
霜染青丝无限意，夕阳映照雁来迟。

二

残星相伴度残宵，心底无言起浪涛。
莽莽关山谁可阻？岂能身老在荒郊。

2007 年 7 月 18 日

秋雨遐思

秋雨如丝爱意绵，牵缠天地绣珠帘。
风当梭手穿丝过，织就太空一段缘。

2007 年 10 月

---

①艾依河，位于银川，城市景观河。

与友人周末聚餐(古律)

天寒季节需热汤,周末火锅分外香。
不咸不淡正适宜,美滋美味赛药方。
大话时政无遮拦,纵论理财有文章。
相聚每把心意叙,人生从此少忧伤。

2007 年 12 月

石嘴山[1]两首

奇石山

一上丘原紫气翻,奇石灵秀壮兰山。
女娲遗落斑斓玉,多少精华在此间。

星海湖夜色

华灯万朵缀星湖,五彩金珠水上浮。
堤岸杨柳多情树,与之醉舞又何如?

2008 年 4 月

①石嘴山,位于宁夏北部,著名工业城市。

银川市修葺玉皇阁[①]落成

玉皇阁

凤落梧桐树，鹤翔碧玉阁。
飞檐挂云影，四壁绽光泽。

咏玉皇阁

黄河绕北润门庭，西耸兰山似画屏。
塞上风光谁堪比？玉皇阁里有盛名。

晨登玉皇阁

旭日东来染彩霞，登临送目浴光华。
一层楼宇一层景，无限情思意蕴遐。

玉皇阁美(藏头诗)

玉宇澄清去虚浮，皇皇胜境有衔无。
阁楼檐角铃声过，美景徐徐入画图。

---

①玉皇阁，坐落于宁夏银川市解放东街与玉皇阁南、北街的交会处，建于明代，重修于清代，是银川市仅存的古代木结构高层楼阁。

玉皇阁晚景

华灯初启夜朦胧，无数星光缀彩虹。
火树银花千万朵，人间天上共瑶琼。

2008 年 5 月 5 日

汶川地震

2008 年 5 月 12 日下午 2 时28 分，四川汶川发生里氏 8.0 级强烈地震。

地震突来肝胆摧，西南一隅竟遭隳。
河失旧道成塘坝，山走原形变土堆。
村寨阻隔烟火灭，城镇瘫痪纸灰飞。
历经劫难振国运，再造中华惊世碑。

2008 年 5 月 20 日

平罗[1]采风

新区建设

平地高楼起垄畴，生活美景著风流。
旧时面貌从今改，科学决策有远谋。

瀚泉海

往昔四野碱成堆，寸草无生土亦悲。
引水涌出瀚泉海，芦丛鱼跃戏莺飞。

天河湾湿地

地藏灵气势非凡，水育精神驻玉颜。
久历干涸伤肺腑，唤来湿润浴心田。

塞上新居

绿树红房映碧天，门前流水绕青山。
人间“广厦”民心居，塞上新村大景观。

---

①平罗，县名，位于宁夏北部，属石嘴山市。

陶乐特大桥上观黄河

大河东去贯长虹，两岸丛林绿意浓。
一敞胸襟心荡漾，桥头跨上若乘龙。

喇叭湖防沙治沙

狂沙肆虐顿成丘，漠漠无边万古忧。
种草造林活水聚，绿泉一片可行舟。

2008 年 5 月 28 日

江南诗稿

2008年5月，余与宁夏党校第29期中青班学员一道赴江苏、上海学习。余四到江南，所见所闻，感触颇深。

赴江苏途中有感

汽笛声响壮行程，昼夜奔驰血沸腾。
潮落心头连海起，江南梦里又重逢。

秦淮河

六朝旧事已沉湮，当日繁华可比今？
五彩鱼龙游水上，霓虹如雨落纷纷。

夜访李香君故居①

乌衣巷口夜登楼，睹物思殇恨共仇。
血染桃花谁比艳？女儿骨气胜王侯。

---

①李香君故居，位于南京秦淮河畔来燕桥南端。李香君是清初戏剧家孔尚任名著《桃花扇》中的秦淮名妓，传说实有其人。

谒中山陵[①]

钟山灵秀蕴箴言，天下为公释法权。
千里谒陵何所意？面朝博爱续心弦。

凭吊侵华日军南京大屠杀纪念馆[②]

屠城血证血仇凝，卅万同胞死不瞑。
白骨铸钟常警世：增强国力祷和平。

高淳[③]老街

酒旗迎客自招摇，店铺年深仔细瞧。
风物旧情隔几世？青石平仄路迢迢。

①中山陵，位于南京市东郊紫金山南麓，是伟大的民主革命先行者孙中山的陵墓。

②侵华日军南京大屠杀纪念馆，位于江苏省南京市城西南江东门，是当年日军大屠杀的一处主要地点和遇难者丛葬地。

③高淳，县名，属江苏南京市。

道教圣地茅山①

洞天福地望金陵，千载江南属上清。
八卦可知生死路？周易不敌道德经。

寒山寺②

古寺禅门细探寻，浮屠高塔绝红尘。
若差夜半钟声响，诗意听来有几人？

盘　门③

城池坚固莫能开，纵欲吴王惹祸灾。
绝色佳人兴越主，春秋霸业最堪哀。

---

①茅山，位于江苏省金坛市与句容市交界处，南北走向，面积50多平方公里，江苏省著名风景名胜区。

②寒山寺，位于江苏省苏州市城西古运河畔枫桥古镇，始建于南朝萧梁天监年间(502—519年)。唐代诗人张继举棹归里，夜泊枫桥，一首《枫桥夜泊》脍炙人口，寒山寺也因此名播中外。

③盘门，位于苏州古城西南隅。据古籍记载，苏州城最初是周敬王六年(公元前514年)吴王阖闾命伍子胥所筑春秋吴国都城，盘门为吴国“阖闾大城”八门之一。

真娘墓[1]

偶见虎丘一墓茔，近观难掩故乡情。
真娘本是长安女，乱世贞洁血泪凝。

木　渎[2]

木渎灵气绕灵岩，古色古镇碧水衔。
无比婉约无限韵，乾隆六过亦流连。

苏州太湖晚景

万顷碧涛接远天，蒙蒙烟雨笼群山。
渔帆点点逐波起，暮色奔来一瞬间。

参观苏州高新技术开发区

发展浪潮扑面来，中国品质再登台。
创新自主风骚领，一扫陈规气象开。

①真娘墓，位于苏州虎丘山断梁殿外石道右侧。真娘本名胡瑞珍，长安人，唐安史之乱时南逃苏州，被骗沦落风尘，相传真娘貌美、善舞、工书、精于棋画，名誉苏州，后自尽离世。

②木渎，位于苏州城西，太湖之滨，是江南著名古镇，内有灵岩山胜景。乾隆南巡六下江南，曾六次来到木渎。

阳澄湖[①]

船荡芦丛气浩然,当年烽火戏敌顽。
春来茶馆阿庆嫂,一曲唱词智勇全。

外　滩[②]

一江春水梦中行,七彩祥云织锦屏。
多少繁华人世有?高楼直上抵天庭。

谒宋教仁墓[③]

以死许国为哪般?投身民主敢当先。
从来革命要流血,不教独裁祸世间。

2008 年 5—6 月

---

①阳澄湖,位于苏州市区东北,跨苏州市区、昆山市及常熟市,是江苏省重要的淡水湖泊之一,面积 120 平方公里。

②外滩,又名中山东一路,全长约 1.5 公里,位于上海浦西,东临黄浦江,是上海地理位置的标志点。

③宋教仁(1882—1913),湖南桃源人,近代著名民主革命家,1913 年遇刺身亡。其墓地位于上海闸北公园。

西吉赞[1]

将台昔日会雄师，抗战三军北上驰。
葫芦河美灵气蕴，月亮山秀玉浆滋。
丹霞万朵绰约态[2]，彩鲫千条妩媚姿[3]。
最喜种植成大业，一言土豆九州知。

马铃薯种植

山塬久旱草禾焦，常望苍穹雨水遥。
一岁耕耘空腹怅，十年劳作寸心憔。
科学引导康庄路，政策催生富裕苗。
原野花开皆土豆，丰产田里树高标。

2008年7月30日

立　秋

风急雨过晚来时，行客匆匆衣裤湿。
千鸟翅收神色乱，万枝花落玉容失。
明朝正远难成梦，今日最亲易作诗。
苦短人生经四季，秋凉损骨素心知。

2008年8月7日立秋

---

①西吉县位于宁夏南部，以种植马铃薯闻名。境内将台堡是红军会师地。

②指西吉火石寨丹霞地貌。

③西吉出产有彩色鲫鱼。

北京奥运会

2008年8月8日，第29届夏季奥运会在北京举行，普天同庆。

期盼百年泪洗袍，饱经风雨路迢遥。
家贫有梦常空想，国富同心共弄潮。
筑起鸟巢燃圣火，铺开画卷涌惊涛。
五环旗帜扬华夏，亿万斯民气自豪。

2008年8月8日

固原新篇

金秋九月，宁夏回族自治区迎来50华诞。50年建设、50年发展，宁夏山川发生了深刻变化，地处宁南山区的固原市，经过几代人的不懈奋斗，城乡面貌更是焕然一新。几多感慨，潮起心头，欣然命笔。

大原六月兴周邦，远古文明垦八荒。
秦筑长城留大气，汉开丝路闪辉光。
旗扬峻岭彪青史，日落清河耀彩章。
崇尚文化基业振，山乡处处有芳香。

2008年9月

山西览胜

2008年“十一”长假，余与朋友郭建元、杨永强、王建军、万红军等数人九月三十日驾车自宁夏固原出发，经甘肃平凉、陕西西安，出潼关、过风陵渡、游普救寺，夜宿山西永济；次日登鹳雀楼、谒关帝庙、观大槐树，宿洪洞县；第三日上午至平遥古城游览，下午参观祁县乔家大院，夜宿省城太原并游柳巷夜市；四日午后游晋祠，三时许入高速，一路风驰电掣，经汾阳、越吕梁、跨黄河、出山西、宿陕西绥德；十月四日晨由绥德而子洲、靖边、定边至宁夏盐池午餐，下午返固原。五日之行，风尘仆仆，一路所见，眼界大开，叹曰：晋地历史文化之悠远之深厚，非亲身感受不可知也，匆匆而过，所见仅十之一二，却陡增见识，所言我中华民族重要发祥地实非虚言耳！今身同感受，成诗数首，以抒吾怀。

过风陵渡①

渡口汹涛书上知，波澜起处有哀思。
大河决断天涯路，洪水尽食田野脂。
一道飞虹接两地，万众跨龙驭四时。
眼观景色畅胸臆，落日浑圆无限诗。

①风陵渡，处于黄河东转的拐角，是山西、陕西、河南三省的交通要冲，自古以来就被誉为黄河上最大的渡口。

普救寺[①]感怀

西厢待月意迷离，夜鸟缠绵枝上啼。
舍利塔前一面巧，梨花院里两心仪。
自由千载情难断，幸福百年爱不移。
何必红娘牵眼线，相痴男女自传奇。

晨登鹳雀楼[②]

鹳雀千年看盛衰，江山如画壮情怀。
远瞻条岭育豪俊，近瞰长河出大才。
口诵名诗悲逝水，心追前辈喜登台。
层楼更上秋风起，旭日一轮破雾来。

平遥古城[③]

建郭筑堡已无敌，固若金汤谁可移？
备战声中一夜破，此城独在也堪奇。

---

①普救寺，隋代建造的一座著名寺庙，位于山西省永济市，是王实甫《西厢记》故事的发生地。

②鹳雀楼，位于山西省永济市蒲州古城黄河东岸，因时有鹳雀栖其上而得名。

③平遥古城，位于山西省晋中市平遥县，是一座具有2700多年历史的文化名城。

解州关帝庙[1]

迷梦桃园年少时，书读半宿醉心痴。
诚信一世死生许，忠义千秋肝胆识。
身报九州成大业，魂归三晋拜宗师。
有缘今日谒高庙，神武参天应细思。

洪洞大槐树[2]遗址

洪洞缘何名气扬？故国万众认宗堂。
移民虽徙十三省，百姓常思二五墙。
一树花开天下盛，千年根缀脉息长。
先人心愿每牵挂，祭奠归来慰祖房。

乔家大院[3]

灯笼高挂四时红，楼宇层层附画龙。
庭院深深更几许？难消商气染蛰虫。

---

①解州关帝庙，位于山西省运城市西南15公里的关羽故乡解州镇，是全国现存最大的关帝庙，创建于隋开皇九年(589年)，宋朝大中祥符七年(1014年)重建，历史悠久，规模宏大。

②洪洞大槐树，位于山西省洪洞县城西北两公里的贾村西侧的大槐树公园内，是明代迁民的遗址。

③乔家大院，著名晋商宅院，位于山西省晋中市祁县乔家堡村，属于全封闭式的城堡式建筑群。

明代监狱[①]

古今一理罪则刑，法判是非莫可评？
面对锁枷说狱吏，不如妓女有人情。

晋　祠[②]

山衬园林巧布局，清泉侍女伴红蕖。
手扶周柏[③]临仙境，十字桥边羡沼鱼[④]？

吕梁山[⑤]

汾阳美酒杏花香，一路奔驰上吕梁。
山势纵横八百里，黄河到此亦彷徨！

2008 年 10 月

---

①明代监狱，是我国保存完整的唯一一座明代县衙监狱，现存山西省洪洞县，距今已有 600 多年历史，当年京城名妓苏三蒙冤落难曾囚禁于此，亦称“苏三监狱”。

②晋祠，位于山西省太原市西南悬翁山下，晋水发源处。始建于北宋天圣年间，是为纪念晋国开国诸侯唐叔虞而建造的。

③周柏、难老泉、侍女像誉称“晋祠三绝”。

④建于宋代的鱼沼飞梁，是一座精致的古桥建筑，呈十字桥形，如大鹏展翅，造型独特，是国内现存古桥梁中仅有的一例。

⑤吕梁山，山西省西部山脉，呈东北——西南走向，绵延 400 多公里，是黄河中游黄河干流与支流汾河的分水岭。

感怀诗

己丑春节，除旧布新，万家欢聚，吾独居一隅，忆昔怀旧，人生如斯，感慨不已，得诗四首以记。

一

一时感愤怨情痴，愧对平生应自知。
回首不堪弹旧调，从来谬误乃多思。

二

两鬓霜起本无私，剑胆琴心化作诗。
春梦随身不褪色，诚非有意发高枝。

三

几近天命理乱丝，独行沧海有清姿。
岁寒过后骄阳日，莫笑当时燕雀嗤。

四

离合聚散怎嗟咨，寂寂萦怀向玉卮。
一副热肠谁可问？纵然寸断谢“恩施”。

2009年1月26日

有　思

初冬花放不逢时，莫怨寒风常掠枝。
争艳何来成作秀，团团簇抱少情思。

2009 年 1 月

赠友人

凌空一跃五花云，万里霞光织锦雯。
远景近情心底起，人间天上共销魂。

2009 年 1 月

三月雪中由隆德去泾源过六盘山①

山高路陡密云浮，驱车前行不畏途。
野草枯衰成败象，苍松遒劲展宏图。
鸟飞雪上踢痕乱，兽入林中踪影无。
跃过峰巅天地大，层峦如画比匡庐②。

2009 年 3 月

①隆德、泾源，宁夏县名，位于南部六盘山区，属固原市。
②匡庐，指庐山。

读书感怀(古风)

曾几何时苦读书，年少任性思当初。
一部《三国》伴长夜，半部《论语》坐寒屋。
多少滋味生寂寞，无数辛劳出萧疏。
弃卷独行人焦灼，得诗展阅心欢呼。
立时生吞最欢愉，长久细嚼无精粗。
困惑时节少忧虑，迷茫岁月太飘忽。
课上两耳听代数，桌下双手翻名著。
理化常常怕排名，文史每每有进步。
不嫌粗粮坏肠胃，却为造词红面目。
毛孩总是话西游，少年经常讲水浒。
白骨不敌黑旋风，宋江小输女妖狐。
看罢聊斋不起夜，读完红楼真糊涂。
唐宋传奇敢涉猎，明清野史也误入。
每到假期如雀跃，老爬书橱像龟伏。
有时无钱何羞怯，只能赊账多喊叔。
街坊前后皆陌生，书店男女都很熟。
眼前时光箭射过，心底岁月书构筑。
白鬓回首总怀想，黑发明目不孤独。
儿时书卷千册立，老年朋友两相扶。
伴你一路直向西，等我百载是通途。
今生无悔底气壮，来世相约豪情足。
莫论人间少知己，从头开始向书悟。

2009年4月23日世界读书日

陇西行

秦　安[1]

羲里娲乡火种传，文明承续八千年。
凤山云起生豪气，成纪由来赫赫然。

游秦安兴国寺[2]

古刹不闻钟鼓声，参天树木挂微风。
雄浑般若无佛事，斗拱飞檐响吊钲。

宴　乐

秦安谜友王少鹏设宴款待我与李军、李方暨宝鸡李珺，安润泽、桑小平先生作陪。一边品尝佳肴，一边谈论谜艺，相互猜射，其乐无穷。

拌汤浆水有奇香，黑鱼鲜肥共举觞。
谜话多多轮转射，秦安个个是神枪。

---

①秦安，县名，古称成纪。位于甘肃省东南部，属天水市。

②兴国寺，位于甘肃省秦安县城北街，是一座风格古朴，造型奇特，保存较好的元代建筑。

甘谷大像山[1]

渭水如丝绕翠山，悬崖绝壁插云天。
登高一唤惊神鬼，何必石佛受罪愆？

赴陇西参加西北铝业加工分公司灯谜年会

初夏五月，细雨纷飞，受西北铝业加工分公司陈书法、王安生等谜友盛情相邀，我和李军、李方前往参加该公司灯谜年会，陇西两日，感触颇多，成诗四首以记。

一路奔驰乐不疲，雨中兼程只为谜。
夜行隐帐风声紧，神箭纷纷射虎皮。

参观陇西西北铝业加工分公司车间有感

陇西铝业栋梁材，海上空中任往来。
自主创新凭技术，振兴华夏壮襟怀。

---

①甘谷，县名，位于甘肃东部，属天水市。大像山石窟，距县城五公里处，以塑有释迦牟尼佛像而闻名。

与陇西谜友陈书法、王安生、史建国等同游威远楼、李氏龙宫①

陇右重逢意气投，山川景物眼中收。
登临威远何雄哉？回望龙宫遍九州。

别陇西诸谜友

同心射虎不言空，底面结合点画工。
此去陇山七百里，相思一曲在谜中。

2009 年 5 月 10 日

为固原谜友而作并共勉

花开五月分外红，一枝独秀向谜丛。
浑身豪气能擒虎，满腹激情敢缚龙。
塞上常常归大雁，宁南每每起飞鸿。
同为乐趣相执手，总抱痴心不改容。

2009 年 5 月 22 日

---

①威远楼、李氏龙宫，甘肃省定西市陇西县著名景观。

陇东行

2009年6月14—18日，固原市政研系统一行6人赴甘肃平凉、庆阳两市学习考察，我随行其中，5日时间，考察了平凉市区建设及华亭、崇信、泾川三县和崆峒区的煤炭、热电、旅游、设施农业等项目；考察了庆阳市及宁县、庆城两县和西峰区的城建、石油、草畜、土地流转等项目，所到之处，受到热情接待，亦为毗邻地区的快速发展变化震惊、振奋。

平凉[1]南山公园

依山辟地绘斑斓，流水潺湲气若兰。
今古风格成绝配，登楼一望胜江南。

崇信龙泉寺[2]

拾级直上步青云[3]，水雾腾腾荡旅痕。
龙隐灵泉何处是？剔除俗气入山林。

①平凉，位于甘肃省东部，地级市，著名文化旅游城市，境内有天下道教第一山之称的崆峒山。

②崇信，县名，位于甘肃省东部，属平凉市。

③龙泉寺门前建有青云桥。

崆峒古镇

北来问道向崆峒，遥望仙山似紫琼。
古镇古香更古色，文商兼备共繁荣。

参观华亭[①]煤电工业有感

地蕴精华有乌金，常怀粒粒火红心。
电煤一体强国力，工业文明势万钧。

泾川西王母宫[②]

氏族首领女酋长，柔性一身登庙堂。
哪有蟠桃天上宴，人间祭拜亦平常。

西峰油田[③]

地藏血脉意浓浓，人类托福享大同。
保护开发应并举，产能优化亦从容。

---

①华亭，县名，位于甘肃省东部，属平凉市，有“绿色煤都”之称。

②泾川，县名，位于甘肃省东部，属平凉市。西王母宫位于县城北面回山之上，为著名人文景点。

③西峰油田，我国北方鄂尔多斯盆地西南部发现的储量规模超过4亿吨级的大油田。西峰，区名，位于甘肃省东部，属庆阳市。

宁县[1]草畜

陇原沃土厚千层，草木青青画里行。
早胜黄牛传美誉[2]，无须鞭策自奔腾。

庆城[3]东山周祖陵

山威势壮气非凡，周祖不窋创纪元。
部落勃兴出此地，凤鸣天下问中原！

2009年7月

①宁县，位于甘肃省东部，属庆阳市。

②早胜牛产于宁县早胜塬，属我国黄牛五大品种之一秦川牛的优秀类群。

③庆城，名县，位于甘肃省东部，属庆阳市。周朝祖先不窋的陵墓建在县城东山。

参加宁夏纪念韩练成将军诞辰百年座谈会有感①

无限思绪有情诗,故里万民谁不识?
和平花开百年后,将军含笑应感知。

2009 年 7 月 30 日

六盘山颂(古风)

巍峨峻峭耸九天,氤氲缭绕无尘烟。
苍松遒劲秀岚嶂,鲜花妩媚醉峰峦。
瀑布飞溅生珠玉,芳草温润育凤鸾。
五彩祥云多瑰丽,六盘鸟道何蜿蜒?
自从峻岭起大地,正是绿岛诞高原。
古今神奇聚精华,历史文化有内涵。
美名传扬知中外,壮丽词章开纪元!

神奇宝山六盘山,奇石异水有大观。
女娲补天巨石落,石变蛟龙藏深潭。
龙聚风雨汇潭底,由是形成泾河源。
水流千里滋沃野,麦丰百年靠肥田。

---

①韩练成(1908—1984),宁夏固原人,中国人民解放军高级将领,1955 年被授予中将军衔。

龙潭神秘莫可测，仙境神话绕光环。
老龙后来变恶龙，已被魏徵梦中斩。
老龙违令不下雨，骄横无信失从前。
游客今来应思忖，做人根本不可偏。
要使侠义留千古，《柳毅传书》可明鉴。
六盘山下草葳蕤，龙女牧羊泾河边。
山野空寂飞鸟绝，受虐龙女不可堪。
以泪洗面苦度日，泪湿胭脂河水丹。
柳毅访客经此过，邂逅龙女托素笺。
相逢塞北无私心，传书洞庭有义胆。
龙女得救誓求报，终与情偶结良缘。
柳毅诚信重大义，龙女执着爱俊贤。
一阕传奇动天地，千载好合感人寰。
泾河浩荡扬善恶，六盘博大含悲欢。
多少腐朽化神奇，仰望高山巍巍然！

历史名山六盘山，地势险要扼三关。
天然屏障横古塞，长安门户不可攀。
秦皇北行巡边地，取道回中天下先。
汉武前来拜山岳，登临峻峰气势轩。
北周高祖常停马，蒙古铁骑也驻鞍。
成吉思汗屯兵处，凉殿峡中车马喧。
灭夏攻宋计方定，心疲力瘁病已添。
天不假年抱憾去，一代天骄陨陇山。

战火连年起塞上，多少征夫不回还。
生态恶化草木毁，常令后人发浩叹。
汉唐丝路若飘带，宛转西去黄沙漫。
驼铃声响远客来，东西交流无间断。
鎏金银壶乃佐证，稀世珍宝映星汉。
萧关故道通西域，《使至塞上》留宏卷。
贬谪伊犁路迢迢，匹马秋风悲忧患。
陇山歌赋伤情泪，万死复生未了愿。
山道拓展植旱柳，大军西向平叛乱。
国家一统安社稷，边防稳定除危难。
千载沧桑换旧貌，崇山逶迤正绚烂！

英雄青山六盘山，山清水秀百花鲜。
万里长风卷红旗，百年气象开新篇。
铁流冲破雪山路，草鞋踏开沼泽滩。
围追堵截不可阻，披荆斩棘志愈坚。
北上抗日担大任，拯救民族挽狂澜。
军旅跋涉过回区，仁义之师美名传。
尊重风俗讲政策，领袖穆民促膝谈。
深山小村留火种，塞上大地有宣言。
豪情万丈攀高峰，壮志一心插云端。
跃上山巅气若虹，临风赋诗望南雁。
清平一曲抒襟怀，不到长城非好汉。
痛击倭寇边关外，誓缚苍龙洞府间。

挥师东进向陕北，革命从此道路宽。
红色染透盘山道，长征精神撼山川。
艰苦奋斗莫能忘，勤劳创业不等闲。
六盘儿女凌云志，定叫山河变新颜。
退耕还林千山绿，挖塘修坝万水甜。
设施农业致富经，生态建设花果园。
六盘秀美披亮装，绿岛明珠出玉盘。
科学发展照前程，共建小康扬征帆！

（获《塞上江南·神奇宁夏》全国旅游诗词大赛一等奖）

2009 年 7 月

旅次北京

2009年7月初，余携子赴京探亲，数度来京，颇多感慨，诗记之。

北　上

远情近景映心中，涌起波澜别样汹。
冲破先前烟雾障，京城行旅可疏通？

游北海公园有感

水聚都城几许深？一分数段不相亲。
中南北地皆称海，栏栅隔开两价身。

鸟　巢

万里鲲鹏筑大巢，钢梁铁架任逍遥。
文明科技共联手，惊世奇观盖世豪。

携子参观鲁迅故居

共读鲁迅两心怡，彼此不分常考题。
今日得缘同拜谒，耳提面命破藩篱。

北京图书馆感怀

平生自诩乃书痴，执卷蜗居读四时。
天下文章谁尽有？一开眼界到瑶池。

七月伤怀

重重事理满行囊，七月赴京莫断肠。
滚滚热潮逐浪起，身心内外俱冰凉。

2009 年 7 月

六盘山四季诗

应固原市旅游管委会之邀，为六盘山生态博物馆所作。

春

春风化雨润苍山，万树千枝起翠烟。
花蕾初开含羞蕊，蜂来蝶往舞蹁跹。

夏

草长莺飞六月天，泾河流水上云端。
骄阳沐浴松涛下，世界清凉在此间。

秋

秋如神笔绘斑斓，洒向群峰意万千。
姹紫嫣红图画里，风光无限景无边。

冬

寒松挺秀显贞坚，独向风中把雪担。
千仞悬崖冰挂柱，茫茫峻岭蕴奇观。

2009 年 8 月

江南写意

2009年9月受宁夏回族自治区党委组织部委派赴上海浦东党校学习，十余日再次感受了上海的发展，其间参观了中共“一大”会址、国际金融中心、宝钢，游览了黄浦江，并赴浙江嘉兴南湖、杭州西湖、江苏昆山周庄、苏州留园等处学习参观，得诗数首。

由银川乘机赴上海

机起黄昏午夜还，云程万里饮茶间。
一川星斗随吾走，驰骤苍穹驭彩鹓。

参观中共“一大”会址[①]

沪上风云领九州，天惊石破聚洪流。
工农旗帜扬天下，理想第一再访求[②]。

登国际金融中心一百层高楼

危楼直上入云天，风里轻摇到日边。
俯瞰浦江船若蚁，明珠[③]尖顶荡秋千。

①中共“一大”会址位于上海市区黄陂南路374号(原法租界望志路树德里106号)。

②余1989年8月曾来此参观。

③即东方明珠。

参观宝钢轧钢车间

滚滚铁流上履台，万钧气压铸良材。
高炉耸起中国造[①]，科技创新金字牌。

黄浦江夜色

天上人间不可分，星光抒写夜之魂。
两岸灯火随风起，织就一团五彩云。

夜游苏州山塘街

月色迷离映小桥，夜风微动夜妖娆。
长街水陆并行处，灯彩楼船听玉箫。

浙江嘉兴南湖

千年烟雨笼南湖[②]，岸柳婆娑戏绿蒲。
一自惊雷[③]传大地，红船[④]破雾辟征途。

---

①据介绍，目前世界上最先进的炼钢高炉有20座，中国有4座都在宝钢。一座高炉维修一次费用在20亿左右，其核心技术可见一斑。

②南湖有名胜烟雨楼。

③十月革命一声炮响，给中国送来了马克思列宁主义。

④红船，中共“一大”代表开会乘坐的船。

过杭州西湖怀旧

西子容颜逐日新，雷峰遥对断桥春。
三潭诉说往年事，人过苏堤秋已深。

胡雪岩故居[1]

曲径回廊又若何，朱扉紫牖不藏德。
官商一体怎长久，门第兴衰有法则。

周庄[2]印象

梦里水乡似画图，村姑短袖荡舢舻。
风尘千里繁华地，借问双桥[3]可渡吾？

2009 年 9 月

---

①胡光墉（1823—1885），字雪岩，安徽绩溪人，中国近代著名红顶商人，晚清企业家。其故居位于杭州市河坊街、大井巷历史文化保护区东部的元宝街，建于清同治十一年（1872 年）。

②周庄位于苏州市东南，有“中国第一水乡”的美誉，是江南六大古镇之一。

③双桥，周庄景点，因画家陈逸飞一幅油画而闻名于世。

年末怀远

岁月交替白发催，胸怀浩荡自生辉。
青山不老真情在，与君遥思同举杯。

2009 年 12 月

赠友人

最恨岁月少情意，留它片刻都无计。
一首小诗权当花，愿君如花更美丽。

2009 年 12 月

正月初一寄远

雪飞庭院冷肤肌，春日渐归花有期。
心寄远方思故友，声声问讯暖初一。

2010 年正月初一

元宵节寄远

上元花好正含娇，素月圆圆挂柳梢。
一片真心圆似月，与君映照度良宵。

2010 年 2 月 28 日

哭李军[1]

谜途沉醉不思归，南北商灯事已非。
射虎智心追雅意，谋皮慧眼破陈规。
一身才艺常辛苦，半世友情最可悲。
回首人间多雾障，莫如奋力向天飞。

2010 年 3 月 24 日

玉树常青

2010 年 4 月 14 日青海玉树发生 7.1 级强烈地震，同胞死伤逾万，财产损失严重，心系灾区，无以为表，成诗两首记之。

青海愁云黯不开，雪山湖水尽衔哀。
天转一瞬撼三界，地动半分惊九陔。
信念凝结同抗震，坚强汇聚共驱灾。
神州万众常呵护，玉树新生处处栽。

2010 年 4 月

志愿者赞

水断山移地正寒，奔流热血若波澜。
风沙盖脸不挪后，雨雪披肩总向前。
双手含情瓦砾碎，一身无畏铁石残。
同胞受难心肠裂，昼夜救急气浩然。

2010 年 4 月

---

①李军(1962—2010)，宁夏固原人，曾任中华灯谜学术委员会委员，宁夏固原市灯谜学会副会长兼秘书长。2010 年 3 月车祸罹难。

梦里固原春色

清水东流地抹胭，群山衔草染云天。

一年风景春光好，蝶舞鸟鸣梦再三。

2010 年 4 月

别固原(古风)

吾自幼生活于宁夏南部固原市，并在此学习、工作三十余载，养育之情，终生难忘。今岁四月调离，吟此诗以留别。

蛰居南山久，草木皆熟知。

春夏觅清韵，秋冬伴古诗。

历史如香膏，文化若兰脂。

少时承润泽，中年受养滋。

血脉有根系，心缘本无私。

肌肤染黄土，骨骼连虬枝。

头顶风霜过，胸中雨露施。

眼前存亲朋，身后留恩师。

他乡消新愁，故土常举卮。

一别须发白，今生添相思！

2010 年 5 月

感怀诗

一

远山回望雪皑皑，三月春风绕古槐。
梦里依稀旧年事，不时浮上眼前来。

二

多情还应更多才，心底温柔自遣排。
眼界开出向阳日，一身灿烂映胸怀！

三

伊人忧怨总徘徊，昨日芳华洒夜台。
倦目虽含无限意，当年情愫已沉埋。

四

此生无助莫悲哀，常替灵魂扫雾霾。
碌碌行人白发客，此身不老驭长淮。

2010 年 5 月 17 日

参加中华诗词第三次会员代表大会

有感诗词大会召开

2010年5月30日至6月3日,余作为宁夏唯一代表出席中华诗词第三次会员代表大会,住北京蟹岛度假村。诗人词客一时云集,盛况空前。

诗词盛宴聚英才,风雅比兴正咏怀。
南北齐吟和谐曲,创新发展不徘徊。

感老诗人

与会诗人大多白发苍苍,更有扶杖而来者,其情可咏可叹。

白发沧桑为哪般?胸怀诗意染心丹。
几十年里常吟唱,总把痴情洒世间。

又见星汉先生

新疆师范大学教授星汉,中华诗词学会副会长,1996年银川塞上清风诗会相处几天,甚欢,诗词大会又重逢。

银川别后梦中思,一见相拥心共知。
身系天山情不老,贺兰遥望好学诗。

谢丁国成[1]先生赠书

5月31日晚9时许，有人叩门，开门一看竟是丁国成先生，丁先生送《新旧诗说》《诗词琐议》两本专著予余，有感成诗。

名动文坛莫可攀，诗家风景在高天。
不期傍晚临屋下，两册书香化雪山。

遇兰书臣将军

将军1942年出生于宁夏固原（今原州区）三营镇。1963年从固原一中毕业考入北京大学历史系，后从军，曾任军事科学院百科部研究部副部长，少将军衔，是中国毛泽东诗词研究会理事、中华诗词学会理事、解放军红叶诗社副社长兼《红叶》主编。余1963年出生于三营镇，将军离乡之时正是吾出生之年，47年后在北京中华诗词第四次会员代表大会上相遇，乡梓情深，诗梦同缘；一席畅谈，故有此诗。

一

梦中识拜在三营，卌载流年何处逢？
客地有缘诗里见，一席长叙壮行程。

二

人生最重故园情，常忆儿时旧院庭。
往事清晰皆可数，乡音一曲泪花盈。

2010年6月

①丁国成（1939—），黑龙江肇东人，著名评论家，曾任《诗刊》常务副主编、中华诗词学会副会长。

天津行

由北京去天津

"和谐"号城际列车,时速高达330多公里,由京去津只需30分钟。

一曲"和谐"两刻钟,人间天上似飞星。
万般景色收眼底,变幻时节四座惊。

海　河[①]

两岸花树掩楼亭,海晏河清若镜平。
何曾为祸千百载?一朝治理享安宁。

津　门

津门向海镇波涛,竞渡轮舶逐浪高。
桥做大琴弹韵语,引来鸥鸟唱风骚。

2010年6月

---

①海河,是华北地区最大水系,起自天津金刚桥,到大沽口注入渤海湾。

静　园

1929 年清废帝溥仪迁居位于日租界的静园，1931 年“九一八”事变后由此潜往东北，成为日本人扶持的傀儡。

风云波诡最堪忧，怎可屈身向外酋？
“静待时机”为傀儡[①]，虽成历史恨千秋！

夜　思

水起风生映月光，柳丝拂面夜花香。
满天星斗如心语，寄予伊人扮晓妆。

2010 年 6 月

夏日读诗

热风催汗体汁干，绿叶枯黄刹那间。
夜半蚊声双耳吼，纳凉无计问诗仙。

2010 年 8 月

①静园原名乾园，溥仪入住后改为静园，有“静观待变、静待时机”之意。

哭朱世忠[1]

讣闻忽至客心惊，八月天寒身若冰。
把酒每论乡井事，举棋谁话府城情？
六盘师苑留佳话，塞上文坛著美名。
应负才思行路远，不堪生死泪常凝。

2010年8月6日

赴大庆开会途中

2010年9月中旬，余赴黑龙江大庆出席中国毛泽东诗词研究会第三次会员代表大会暨第四届年会，旅行途中，成诗四首。

夜宿北京

华灯璀璨满京城，溢彩飞光雾气腾。
人海奔流皆有路，何来相识必相逢？

眺望唐山[2]

风雨横剑血水磨，最伤痛处最蓬勃。
高楼叠起撑天立，抗御精神不可夺！

---

①朱世忠(1962—2010)，宁夏固原人，曾任宁夏新闻出版局党组成员、办公室主任，作家。2010年8月猝逝。

②唐山，地处环渤海湾中心地带，是河北省下辖的沿海重工业地级市。1976年7月28日发生的震级为7.8级的大地震，是20世纪十大自然灾害之一。

出山海关[①]

绿禾写意上雄关，千丈危楼海浪翻。
险隘重重谁可阻？评说历史已三迁。

过沈阳[②]

沈河浩渺映星辰，一路秋风起鱼鳞。
工业振兴重树帜，放舟大海虎龙吟。

2010 年 9 月

①山海关，位于河北省东部与辽宁省接壤处，河北省秦皇岛市境内。素有“天下第一关”之称。

②沈阳，位于东北地区南部，辽宁省省会，是我国最重要的重工业基地。

大　庆[1]

大庆九月印象

秋黄九月半寒温，风动平原草木奔。
四处花开映碧树，啁啾百鸟颂回春。

参观铁人纪念馆[2]

艰难创业赖精神，埋骨荒原怀铁人。
千里油田国势壮，振兴不忘祭忠魂。

大庆新区

树木无边正森森，花放街头秋不深。
大路绝尘天旷远，一城绿色绣芳茵。

2010 年 9 月

---

①大庆，位于松嫩平原中西部，黑龙江省下辖的地级市，是中国第一大油田、世界第十大油田——大庆油田所在地。

②铁人纪念馆，位于黑龙江省大庆市解放二街 8 号，是为纪念铁人王进喜而建的。

哈尔滨纪行[①]

松花江上

风生千里起波澜，水势奔流奏大弦。

一日尽观江两岸，高楼林立似船帆。

太阳岛[②]

年少迷歌想入非[③]，梦中景色不能追。

初登秋岛花萧瑟，落叶为谁舞锦翚。

凭吊侵华日军七三一部队遗址[④]

灰墙无语列白花，件件遗迹尽血疤。

罪证岂能容拜鬼，和平旗下滤沉渣。

2010 年 9 月

①哈尔滨，地处中国东北北部地区，黑龙江省省会。松花江是黑龙江右岸最大的支流，全长 1900 公里，流经哈尔滨市。

②太阳岛坐落于黑龙江省哈尔滨市松花江北岸，总面积为 88 平方公里，是一处由冰雪文化、民俗文化等资源构成的多功能风景区。

③指 1980 年流行的歌曲《太阳岛上》。

④侵华日军七三一部队遗址，位于黑龙江省哈尔滨市平房区新疆大街，是 1982 年在侵华日军细菌战罪证遗址的基础上建立的一个专题馆。

中　秋

冷雨纷纷秋渐深，独坐寒风霜满身。
月光不照塞外地，何处把酒共一樽。

2010年9月中秋

遥寄感怀（古律）

忙里偷闲自悠然，急中有缓常驻颜。
千声问讯随心至，天冷暖身不受寒。
秋阳虽骄躁气重，夜风袭人莫凭栏。
数回梦醒思君语，何日击掌再叙谈？

2010年10月

杨学林[①]先生赠书有感

深秋塞上树枝沉，百鸟争鸣尽入林。
三载果实藏胆气，十年汗水化青云。
蹑踪历史勤思辨，考量命题细探寻。
溯本追源诚可贵，好评自有后来人。

2010年10月

---

①杨学林（1963—），宁夏平罗人，宁夏政协教科文卫体委员会副主任，学者。著有《哲赫忍耶》《库布忍耶》等民族宗教学专著。

中　卫[1]

沙坡头景观

大河浪起万千重，朔漠鸣沙向绿丛。
水过深峡圈瑞气[2]，磅礴来势舞蛟龙。

治沙赞

羁缚沙龙麦草格，长天秋色润芳泽。
黄风卷地陈年事，正正方方大写“德”。

腾格里湿地公园

莫非海市现沙中？水荡芦荻画舫通。
草甸林丛飞鸟戏，人间神手第一功。

温棚蔬菜

季节变换又如何？绿色温情任选择。
桌上佳肴棚里菜，春风共度不相隔。

---

①中卫，位于宁夏中西部，2004年建市，是宁夏最年轻的地级市。
②黄河出黑山峡，至沙坡头段形成了一个圈，颇有气势。

金沙岛

秀水一弯似画图，金沙绿树裹茅庐。

彩云织就诗千句，留与游人仔细读。

彩虹大道之夜

浪漫沙都意趣浓，一条大道显姿容。

珍珠闪耀镶十里，灿若繁星暗碧穹。

2010 年 11 月 11 日

冬日有寄

天寒三尺正生春，白发催人意念深。
身在异乡怀旧事，凌风向晚面朝君。

2010 年 12 月

岁末感怀

白云飘逝不缠枝，碧水远行难入诗。
夜月空悬谁做伴，夕阳独照自相思。
寒冬降雪结良友，盛夏来风拜业师。
转瞬一年成客岁，二毛虽乱显清姿。

2010 年 12 月 31 日

新年省亲固原途中

南行归客向奇峰[1]，遥望远山瑞气生。
雪落高原滋沃土，风吹冬木响歌声。
村前渠路通心路，庄后盐晶化水晶[2]。
房舍宽舒朝大道，红砖蓝瓦挂春灯。

2011 年元旦

---

①奇峰：指六盘山。

②指正在建设中的盐化工基地。

官场吟

世局嬗变不堪情，庸夫高才谁可评？
伏案三年成地堡，伸舌一寸抵天庭。
茅屋昏暗风霜入，花轿油光雨露承。
赤胆奈何论窳败，心弦夜夜耳边鸣。

2011 年 1 月

住房吟

平川突起万千楼，竟化良田做“绿洲”。
城市忙修无数路，乡村闲剩几头牛。
宜居常使官商笑，强拆每让贫贱羞。
寒士欢颜墙外卧，一声兴叹杞人忧！

2011 年 1 月

沙尘吟

沙暴突来不觅门，天昏地暗绝行人。
高楼矗立能遮日，矮树萧疏怎入林？
常忆儿时黄土净，但悲眼下黑风频。
开春本是百花放，何使田园作苦吟？

2011 年 1 月

诗家吟

忝列门墙练净心，每闻方家奏高音。
诗中概念为经典，书上断章当指针。
功夫半年成虎啸，“著名”四处作龙吟。
应知传诵皆精句，亘古骚坛有几人？

2011 年 1 月

纳家户[①]印象

离陕居宁五百秋，汉延渠畔辟荒洲。
躬耕渔猎勤劳作，如今商贸连亚欧。

2011 年 2 月

有感（古律）

今岁三月，余参加宁夏党校第 59 期处级干部培训班，旧地重来，老友相逢，又结交新朋，颇多感慨，口占一首。

重来党校春意红，草长莺飞响鸣虫。
不为无庸开眼界，只因有幸睹花容。
踏雪登山云未淡，授课论史风正浓。
时光如梦难回首，些许惆怅与谁同？

2011 年 4 月

①纳家户，宁夏永宁县一个富庶的回族村落。

红　河(古风)

1939年7月,党在六盘山下的固原县红河乡(今属宁夏彭阳县)成立了红河党支部,这是宁夏境内坚持对敌斗争时间最长的地下党支部之一,一直坚持到解放,红河党支部为解放前宁夏南部党的建设与发展做出了很大贡献。谨作此诗,献给中国共产党成立90周年。

六盘俊美莽苍苍,红河奔流势泱泱。
风过原野天清爽,百鸟鸣啭瓜果香。
群山锦绣披绿衣,嘉禾肥美水滋养。
河流如血浸黄土,抒写红色大乐章。
抗战号角六盘响,烽火旌旗漫山冈。
光明种子撒河岸,从此勃然生希望。
支部建立扫雾障,人民觉悟不可挡。
鲜红党旗进山坳,暗夜沉沉透光亮。
敌人反扑何猖狂,斗争残酷何悲壮。
抱定使命敢牺牲,冲破恐怖撕罗网。
面对诱惑不迷茫,迎着刀枪更坚强。
腥风血雨劈荆棘,艰难困苦上战场。
紧急关头勇向前,危险时刻不退让。
党员约法建制度,人人遵守做榜样。
四个"不准"虽简朴①,今日依然有分量。

①党支部成立之初,即约法三章,规定四不准:不准喝酒,不准与敌人通财,不准说假话,不准泄露党的秘密。

收集情报斗敌顽，组织群众抗税粮。
散发传单宣政策，严明纪律讲理想。
抗敌后援力量大，锄奸惩霸正气昂。
地下交通接同志，敌占区中迎解放。
一朝为民不变色，十年坚持经风浪。
创业艰辛靠信念，业绩昭著永流芳。
前辈传统应记取，优良作风长发扬。
宁南大地起春潮，红河两岸变模样。
生态移民合民心，立党为公兴国邦。
红河之水聚源泉，河水如潮荡心房。
饮水思源跟党走，先烈壮举不能忘。
科学发展绘蓝图，生活富裕奔小康。
告慰前辈再创业，建设家乡谱辉煌！

（获宁夏纪念建党九十周年诗词大赛一等奖）

2011年5月26日

苏南苏北

2011年5月，余赴南京开会，并在扬州、无锡、徐州、连云港等地逗留，苏南苏北美景，令人陶醉。

夜游秦淮河(古风)

夜来烟花正迷蒙，雾气已湿石头城。
秦淮胭脂不褪色，中间相思有几层？

南京阅江楼[①]

碧水连天不可分，我心浩荡奔流东。
夜半拍岸常惊起，一场春梦一场空。

扬州瘦西湖[②]

湖上蓬莱不向仙，柳丝绕雾地生烟。
石桥梦里缘何在？红药千枝秀色添[③]。

---

①阅江楼，坐落于江苏省南京城西北濒临长江的狮子山巅。

②扬州瘦西湖，著名的湖上园林，地处江苏省扬州市北郊。

③据《一统志》记载，扬州"旧传桥左右，春月芍药花市甚盛"。又：姜夔词《扬州慢》句："念桥边红药，年年知为谁生。"

无锡灵山[1]

灵山祥瑞造神奇，极尽堂皇天下齐。
普度众生出苦海，信佛素朴耻奢靡！

徐州咏怀

一入徐州眼界宽，帝王故里血亲沾[2]。
龙翔淮水谁能比，凤舞泉山怎可攀。
汉韵光扬传四海，楚风吹荡震千川。
慕名猛将更谋士，国运盛衰总相关[3]。

参观淮海战役纪念馆[4]感怀

当年炮火已无痕，国势转折惊鬼神。
万众支前常感念，民心向背定浮沉。

---

①无锡灵山，位于江苏省无锡市马山太湖之滨，内有一尊高达88米、国内最大的青铜佛像。

②徐州，位于江苏省北部，是著名的帝王之乡，有"九朝帝王徐州籍"之说。

③徐州历史悠久，人杰地灵，有"猛士如风，谋士如云"之誉。

④淮海战役纪念馆位于江苏省徐州市东南郊的凤凰山东麓，是为了纪念解放战争时期三大战役之一的淮海战役而建立的纪念馆。

新沂马陵山[①]

状如奔马傲苍穹，洞里三仙卧紫琼。
多少传说留后世，孙庞斗智计无穷[②]。

孔望山[③]

先圣南来有梦思，登山远望探真知。
情如大海开胸臆，儒化千年雨露滋。

花果山[④]

山道盘旋入险峰，人间仙境眼前生。
水帘洞下猴争果，石缝岩头树舞风。
不见悟空识厉鬼，常逢妖孽戏贫僧。
何时大圣归东土，雾障消除玉宇清。

---

①新沂市是江苏省徐州市辖县级市，境内马陵山称南马陵，山上有高八尺，宽九尺，深十二尺之“三仙洞”，是该山著名景点。

②历史上著名的齐魏马陵之战就发生在这里。齐国军师孙膑采用减灶诱敌之计，将魏军诱入马陵道全歼，并射杀魏军大将庞涓。

③孔望山，位于江苏省连云港市海州区古城城东，海拔 129 米，传说孔子曾登此山而望东海，故名。

④花果山位于江苏省连云港市云台山境内，以古典名著《西游记》所描述的“孙大圣老家”而著称于世，是国家级重点风景名胜区。

从连云港夜航北京

机飞渤海气流狂，颠簸飘摇惊断肠。
邻座失声唤空姐，长天热浪汗冰凉。

2011 年 5 月

世界无烟日戏作

往事如烟化作灰，一时云散莫能追。
梦中雾里朦胧态，淡淡浓浓汝是谁？

2011 年 5 月 31 日

无题（古风）

千声问讯发高音，相识何曾怨三分。
梦里总伐有情树，最用力处最痛心。
转眼花过转身柳，二毛纷乱又一村。
已然潮落流水止，平常相互是本真。

2011 年 6 月

与兰书臣将军相聚塞上感怀

中秋皓月映琼空，塞上相逢盼念中。
常忆京城知肺腑，每思故里敞心胸。
声声吟唱诗难了，句句和酬曲不终。
若问将军情所重？萧关[①]南望第一宗！

2011 年 9 月 22 日

杜晓明[②]先生赠《杨柳依依》

骚人携笔楚天来，杨柳依依正入怀。
把酒论诗情可醉，云山梦水凤凰台。

金风吹晚不凭栏，酒气飘香满玉盘。
月夜清辉泽塞外，诗心一片总相连。

2011 年 9 月 26 日

---

①萧关，汉唐时著名关隘，位于宁夏固原市南 40 公里瓦亭古堡附近。

②杜晓明(1965—)，吉林白城人，时任新华社宁夏分社社长，诗人，著有诗集《杨柳依依》等。

纪念辛亥革命100周年[1]

武昌起义

故国伤痛入深秋，大地陆沉恨未休。
一自武昌掀巨浪，长江滚滚破“龙舟”。

民主革命先烈赞

国运艰危睥苟安，甘将躯体化青砖，
共和基业开新史，热血昆仑映碧天！

2011年10月

①武昌起义，是1911年10月10日（农历辛亥年八月十九日）在湖北武昌发生的一场旨在推翻清朝统治的兵变，也是辛亥革命的开端。

北京旅怀

2011年11月，余赴北京入中央社会主义学院学习，抽暇参观游览几处景观，诗以记。

偶　感

一日在元代土城遗址公园散步，看深秋树木落叶纷纷，心境异同，诗意渐生。

叶飘如雨祭狂风，无意有情皆掌声。
我过林中听树语：来年春上再重生！

国家图书馆随想

书如林木叶枝繁，树树凝结思想丸。
撷取果实须智力，梯高惧畏莫垂涎。

国家博物馆感想

祖先不忘祭艰难，勤俭持家一脉传。
历史轮回应记取，"文明"累我五千年。

国家大剧院臆想

陆离光怪绝中西，巨蛋孵出文化衣[①]。
来往游人皆看客，谁能小坐把茶沏！

2011年11月

①国家大剧院外形酷似一枚巨型鸟蛋。

柳　絮

三月桃红任性开，庭阶四处起青苔。
杨花飞絮随风舞，疑是冬回带雪来。

2012 年 3 月

清明祭父

柳翠花红树有形，风沙过后晚来晴。
胸中先祖游天际，梦里严亲到院庭。
牵手言欢身骤暖，倚肩撒爱泪轻盈。
永别生死儿心愧，遥拜坟头草列屏。

2012 年 4 月 4 日清明

《夏风》诗刊二十年抒怀(古风)

今年5月是宁夏诗词学会会刊《夏风》创刊20周年,桃李无言,下自成蹊;耳濡目染,相伴成长;过去未来,无限感慨。作30韵以纪念。

春风拂塞上,残雪化贺兰。
青鸟欲奋翅,红花正争妍。
清明新雨后,杨柳碧眼前。
万物显本真,一切归自然。
性情生妩媚,诗意出缠绵。
高枝能依凭,大树可攀援。
小溪成洪流,远山聚翠岚。
呀呀才吐语,翩翩已少年。
园丁除杂草,名师驾长辕。
风霜添遒劲,雨雪润甘甜。
“二为”指方向,“双百”开清源。
生活相贴近,理想无狂言。
雅俗共欣赏,律绝同钻研。
词曲有短长,古风兼宽严。
提升赖批评,繁荣靠论坛。
继承讲现实,创新话浪漫。
豪放含温柔,婉约存浩然。
艺术循规律,思想忌空谈。

多年重探索，数载破篱藩。

奇崛接边塞，秀美连田园。

老骥伏枥下，雏燕任盘旋。

薪火总不熄，技艺长相传。

桃李经春夏，松柏历岁寒。

无言路宽阔，有幸志愈坚。

旗帜悬高处，岁月续新篇。

万里征程远，一片冰心丹。

叶绿花鲜美，枝繁树大观。

众心勤耕耘，群芳艳塞边。

西部不落伍，宁夏更当先。

笃诚感天地，傲然驭凌烟！

2012 年 4 月 14 日

洛阳[1]访亲游记

重游龙门石窟[2]

湛湛伊水泛粼光，苍苍龙山出八荒。
僧去西天求法器，佛来东土换衣装。
凡间哪有忘忧草，苦海更无救命汤。
信奉皆因心困惑，却留艺术刻沧桑。

谒香山寺白居易墓感怀[3]

归隐林间少是非[4]，酒坛文箧醉心扉。
江州琵琶流神韵，白堤竹丝入翠微。
当下住难诗贬损，唐时居易"草"光辉[5]。
独眠峰顶佛为伴，纵有华堂也不归。

2012 年 5 月

---

①洛阳，位于河南省西部，是我国"七大古都"之一，从夏朝开始先后有十三个王朝在此定都。

②龙门石窟位于洛阳市南郊 12.5 公里处，龙门峡谷东西两崖的峭壁间。龙门石窟与甘肃敦煌莫高窟、山西大同云冈石窟并称为"中国三大石刻艺术宝库"。

③白居易墓，坐落于河南省洛阳市南郊香山琵琶峰上。

④白居易有诗云："面上灭除忧喜色，胸中消尽是非心。"

⑤白居易有诗云："离离原上草，一岁一枯荣。"

六一感怀(古风)

倏忽半老翁,白发生两鬓。
无意遇幼节,不泯见童心。
真情易感怀,青春难再逢。
遍告吾同辈:惜取旧时人。

2012 年 6 月 1 日

宁夏炼油厂速写

现代化厂区

管网叠叠若构图,四维间架绕高炉。
线条流韵和谐曲,独唱能源惊世殊。

控制中心

一望方圆绝嚣尘,朝天热火已难寻。
但凭电脑输程序,神指轻拨胜万人。

2012 年 7 月

陇东陇西行

崆峒山①

数度登临不老心，三十余载总怀亲。
青春相随无缘故，白首萦思有夙因。
山岭曲折人世路，洞宫神异道家心。
几人绝顶观风月，更有几人到云根。

庄浪②云崖寺

雾开峰顶露尘缘，佛寺悬空谁坐禅？
观尽云涛回首处，舍身崖下响飞泉。

两当张果老登真洞联想③

洞里修行雾气深，骑驴倒走也登真？
浮云来去神仙道，果老平时住哪村？

---

①崆峒山，位于甘肃省平凉市西12公里处，著名道教圣地，相传黄帝曾在此问道于广成子。

②庄浪，县名，位于甘肃省东部，属平凉市。云崖寺在庄浪县韩店乡东南关山自然森林峡谷深处。

③两当，县名，位于甘肃省东南部，属陇南市。张果老登真洞，位于两当县城东南灵官峡白皮松自然保护区内。

天　水[1]

天雨泱泱起巨澜，女娲补漏古今传。
城中高树铭沧海，乡下青苗涌水田。
人似飞将存剑气，山如麦垛有佛缘。
南郭寺内读诗圣，灿烂华章日月悬。

成县杜甫草堂[2]

万里忧国不畏途，诗情悲壮绕茅庐。
三别三吏关山道，心碎长安满玉壶。

2012年8月

①天水，位于甘肃省东南部，地处陕、甘、川三省交界，历史文化名城。市区内古木众多，蔚为壮观。著名景观有飞将军李广墓、麦积山石窟、南郭寺内刻有杜甫居留秦州（天水）期间的诗墙等。

②成县，位于甘肃省南部，属陇南市。杜甫草堂，坐落于成县县城东南3.5公里处飞龙峡口，是国内现存三十七处“草堂”中历史最久的一处。杜甫经秦陇流寓同谷避安史之乱，在此逗留月余，创作了《凤凰台》《同谷七歌》等诗篇，之后即由此取道嘉陵江入蜀。

内蒙古纪行

青　冢①

宫中老死另投胎，羞月容颜自可裁。
漫漫黄沙关外路，凄凄元帝掌心牌。
琵琶红氅弹幽怨，风雪青骢感壮怀。
漠北生情千载后，意牵青冢故人来。

满洲里国门②

界碑神圣向国旗，日落星残不可移。
劲草知风扬沃野，长河步韵接母脐。
边陲安泰迎鸽燕，口岸威严慑虎罴。
编列火车呼啸过，繁荣贸易正相宜。

---

①即王昭君墓，位于内蒙古呼和浩特市南9公里大黑河南岸。

②满洲里国门，位于内蒙古满洲里市西部中俄边境处中方一侧的乳白色建筑，高30米，宽40米。庄严肃穆，在乳白色的门体上方嵌着“中华人民共和国”七个鲜红大字，上面悬挂着国徽，国际铁路在下面通过。

海拉尔世界反法西斯战争纪念园[1]有感

地堡深深透骨寒，军工要塞已昭然。
侵吞东北充前导，窥伺苏蒙作后援。
戕害联军难尽诉，屠杀贫弱逞凶残。
阴魂不散常参鬼，竟将和平化狂言。

呼伦贝尔大草原[2]

绿草如绸万里飘，百花添绣愈娇娆。
羔羊撒欢裹丝被，骏马奔腾起海潮。
骑手套杆驰闪电，姑娘歌舞醉佳肴。
奶香溢过毡房外，总把游人口味撩。

参观包头军工企业[3]

展厅一入目光旋，科技尖端不等闲。
坦克森严军仗列，战车威武盛名传。
不为霸权作注脚，只与和平结善缘。
陆地海疆无损憾，慑服敌胆保家园！

---

①世界反法西斯战争海拉尔纪念园，位于内蒙古呼伦贝尔市海拉尔区北部，是在原侵华日军海拉尔要塞遗址上建立的国家5A级战争主题公园。

②呼伦贝尔大草原，位于内蒙古自治区东北部，大兴安岭以西，由呼伦湖、贝尔湖而得名。

③指内蒙古第一机械集团，位于内蒙古高原南端的包头市。

鄂尔多斯新区[①]

戈壁突现万千楼，到此恍如天上游。
景象无由生眼底，幻觉有误起心头？
梦中美境时时在，身外仙阁处处留。
海市霓虹谁不信？高原一去复何求！

伊金霍洛成陵

伊金霍洛“主人陵”[②]，芳草萋萋树作屏。
金帐策兵驊世界[③]，神泉饮马缚云鹏[④]。
情归旧地梦花鸟，命殒六盘震雷霆[⑤]。
原上青青鹰隼过，闲暇正好响飞翎。

2012 年 8 月

---

①鄂尔多斯市位于内蒙古自治区西南部，其新区康巴什高楼林立，景象万千，一入此地，使人产生如梦如幻之感。

②“伊金霍洛”，蒙语意为“主人的陵园”。陵园坐落在内蒙古鄂尔多斯市伊金霍洛旗甘德利草原上。

③陵园铁马金帐有一组大型实景雕塑群，再现了成吉思汗一生戎马，征战南北的场景。

④指陶高布拉格泉，是蒙古民族的神泉和水源，长年不竭。

⑤1227 年 8 月成吉思汗病逝于今宁夏固原六盘山避暑行宫。

送子赴南京就学(古风)

子张璎涵今岁被南京工程学院录取,9月初送其入学,在宁一同游览了望江楼、明孝陵、中山陵、秦淮河、雨花台等名胜,让其初步感受了古都南京厚重博大的文化底蕴。世事艰辛,人生如蜕;薪火相传,以励后辈。

忆昔啼哭床帏间,嗷嗷待哺泪斑斑。
粉指啜食常自娱,肌肤娇嫩仪态憨。
咿呀学语语不清,蹒跚走路步步搀。
转眼已能追小鸟,倏忽就可攀树尖。
顽皮总使新衣破,淘气每受为父"鞭"。
入园三年称幼儿,读书六载呼少年。
作业如山应赶忙,玩具随手却贪闲。
二分聪慧入书本,八成荒诞畏艰难。
十二年求学路,奉陪劳心不堪言。
所幸善良助人乐,更兼脾性投世缘。
喜好史哲戒浮躁,用心诗文勤钻研。
大学启蒙新人生,虽上层楼莫凭栏。
专业术攻练身骨,博闻强记开眼帘。
善学敏思经波浪,学高身正扬远帆。
六朝龙蟠长江水,千秋虎踞紫金山。
濡风沐雨江南春,弯弓射日塞上天。
不为世俗常问道,自将学识认大观。
稳健航行通四海,和气吸纳涵百川。
奇异未必苦追索,平淡亦能达山巅。
我心期望无再高,孝老尽国担双肩!

2012年9月

赣粤桂纪行

登滕王阁[①]怀王勃

才情千载与楼存，秋水长天留梦痕。
就此登临观胜迹，风光无限亦伤神。

龙虎山张天师府[②]

世间唯有此天师，府第楼阁深不知。
万物阴阳一口气，道行谁到最高枝？

乘缆车上三清山[③]

凭空跃起入仙台，脚下云深不可排。
一半道宫一半景，喜逢玉女正开怀[④]。

---

①滕王阁，位于江西省南昌市赣江畔，屡毁屡建，今日之滕王阁为1989年重建。

②龙虎山天师府，位于江西省鹰潭市上清镇，是历代张天师的起居之所，为天师道教祖庭。

③三清山，位于江西省上饶市东部，为世界自然遗产地，国家5A级风景旅游区。

④玉女开怀乃三清山著名景点，位于南清园，是三清山至纯至美的象征，坚硬石峰却呈现出丰腴柔美的形态，举世罕见，造化之奇可见一斑。

婺源[1]印象

粉墙黛瓦碧云天，一曲星河[2]唱大千。
朱子[3]盛名谁记起？游人皆想到江湾[4]。

景德镇[5]

五洲誉满有情思，China 中国最美诗。
天下瓷都成胜景，青花粉彩两相知。

重上庐山遐想

我与青峰共举杯，含鄱口上任风吹。
无关政治何清静，山若多情亦可悲！

---

①婺源，县名，位于江西省东北部，属上饶市。是徽州文化的发祥地之一。

②星河即星江河，流经婺源县城，水流清澈，风景优美。

③朱子即朱熹(1130—1200)，南宋江南东路徽州婺源人(今江西婺源)。著名思想家、哲学家，宋代理学集大成者。

④江湾位于婺源东部，距县城 28 公里，国家级文化与生态旅游景区，被誉为“中国最美的乡村”。

⑤景德镇，地级市，位于江西省东北部。景德镇由于制瓷历史悠久，瓷器产品质地精良，对外影响较大，被誉为“瓷都”。

珠　海[1]

海风吹雨洒明珠，渔女浪中静若初。
万木山崖出妙境，四时春景入姑苏。
良辰旭日映繁丽，长夜华灯扮靓姝。
鸥鸟高歌云里过，南国从此不萧疏。

东　莞[2]

岭南古邑换新姿，莞尔笑容艳若诗。
常忆虎门豪气在，繁荣昌盛可多思。

莲花山观深圳市容

莲花山海拔只有532米。登山俯瞰福田中心区，望着鳞次栉比的现代城市建筑群，有天上人间之感。

山高千尺有风光，一览市容入梦乡。
楼宇直攀云霄顶，莲花朵朵散清香。

---

①珠海，位于广东省珠江口西南部，珠江三角洲南端的一个重要城市。

②东莞，位于广东省中南部，珠江口东岸，是广东省历史文化名城。

桂　林[1]

桂林十月正飘香，千树黄花摇客窗。
早岁画中识锦地，今秋船上过漓江。
流云漫绘杨堤景，落雨轻描古镇妆。
山水人间一梦境，半生情愫化诗章。

阳　朔[2]

阳朔谁言在画中？万般美景赛仙宫。
虚实变幻迷双目，缥缈无疑与梦通。

过宜州[3]怀黄庭坚

路遥天远水云横，可与诗家千载逢。
客死南国终有意[4]，赤心化作碧山盟[5]。

---

①桂林市，地处广西壮族自治区东北部，是世界著名的风景游览城市和历史文化名城，享有山水甲天下之美誉。

②阳朔，县名，位于广西壮族自治区东北部，属桂林市。境内山川秀美，景观奇特。有“桂林山水甲天下，阳朔山水甲桂林”之誉。

③宜州，县级市，位于广西壮族自治区中部偏北，由河池市代管。

④北宋诗人、书法家黄庭坚1105年11月客死于宜州贬所。

⑤黄庭坚有诗云：“万里归船弄长笛，此心吾与白鸥盟。”

百　色[1]

右江澄碧映花红，壮寨对歌观玉容。
三省风情一地汇，彩衣带水戏长龙。

巴　马[2]

山似驼峰碧水间，瑶乡绿透孕奇观。
鸟岩祈寿人潮涌，魔洞神异梦魂牵。
百岁平常居旷野，一时热闹乱荒滩。
为求不死伤云气，净地烦嚣怎可堪！

德天跨国瀑布[3]

归春河水念回归[4]，激荡奔流声势威。
直落断崖三百丈，飞珠溅玉抱石碑[5]。

2012 年 11 月

---

①百色，地级市，地处广西壮族自治区西部，是滇、黔、桂三省中心城市。百色，在壮语中的意思是洗衣服的好地方。

②巴马瑶族自治县，位于广西西北部，属河池市。被誉为“世界长寿之乡·中国人瑞圣地”。

③德天瀑布，位于广西崇左市大新县硕龙乡德天村，德天瀑布横跨中国、越南两国，是亚洲第一大跨国瀑布。

④归春河源起广西靖西县，终年有水，流入越南又回流广西，经广西大新县德天村遇断崖跌落而成瀑布。

⑤在德天大瀑布的上游 600 米处，立有 53 号界碑。

绍　兴

余 2012 年 12 月初赴杭州参会，专程前往绍兴访亲拜友，参谒了秋瑾遇难处古轩亭口、鲁迅故居。

古轩亭口①

当年秋雨洗昏沉②，回首时节出彩云。
碧血洒天高万丈③，丹心叩地荡千尘。
补缺承载真侠士，取义担当愧女魂④。
遥祭西湖常静顺⑤，风中不把苦愁吟。

---

①古轩亭口，位于浙江省绍兴市区府横街与解放路南北向长街的丁字路口。民主革命先烈秋瑾 1907 年 7 月在此就义。秋瑾（1875—1907），女，字璇卿，别署鉴湖女侠，浙江绍兴人，近代著名民主革命志士。

②秋瑾临刑前，写下了“秋风秋雨愁煞人”的著名诗句。

③秋瑾曾有诗句：“金瓯已缺总须补，为国牺牲敢惜身？”

④1912 年 12 月 9 日孙中山致祭秋瑾墓，撰挽联：“江户矢丹忱，重君首赞同盟会；轩亭洒碧血，愧我今招侠女魂。”

⑤秋瑾墓曾经遭逢十次迁徙，最终于 1981 年在杭州市西泠桥南端重新建造，令人唏嘘。

谒鲁迅故居[1]

百年往事几迁流，小巷清溪绕渡头。
老树常观童稚戏，乌篷曾载少时游。
书屋有“味”行人密，园草无“虫”花木稠。
石路悠长通世界，先生由此越寰球。

2012 年 12 月

重游西湖

叶黄树冷鸟难留，冬到江南不尽愁。
数度沐心无话语，静观西子愈温柔。

2012 年 12 月

南京看望儿子

金陵一去半年间，江上寒风心底牵。
学府深深谁可问？为亲总把梦思添。

2012 年 12 月

---

①绍兴鲁迅故居，位于浙江省绍兴市内东昌坊口新台门内。原为鲁迅家早年的住处，新中国成立后，经修缮，成立鲁迅纪念馆。

湖北之旅

随州曾侯乙墓[①]

曾国君主死何愁，地下乐章奏未休。
大小编钟发六律，厚薄石磬响千秋。
高音清脆通七窍，低调悠扬解百忧。
陪殉堪怜姿色女，青春绝唱把心揪。

襄阳古城[②]

三国读罢访襄阳，往事卅年心底藏。
万马千军沉寂后，城池依旧细端详。

---

①为战国初期曾（随）国国君乙的墓葬，位于湖北省北部国家历史文化名城随州市城西两公里处的擂鼓墩东团坡上。其中出土的曾侯乙编钟是迄今发现的最完整最大的一套青铜编钟。

②襄阳古城地处湖北省北部汉江南岸，雄踞汉水中游，至今已有2800多年历史。

古隆中[①]

茅庐不见见亭台，到此躬耕豪气埋。
三顾书中成典故，今朝再顾少良才。

武当山[②]

道家仙境道家峰，意化太极神鬼惊。
金殿煌煌接丽日，玉虚缈缈起罡风。
三生顿悟才观景，千里缺缘不点灯。
人过丹墙楼宇后，俗心一样寂寥生。

①隆中位于湖北省襄阳市以西13公里处，是三国时期著名政治家、军事家诸葛亮出山前隐居的地方。刘备"三顾茅庐"的故事就发生在这里。

②武当山，位于湖北省十堰市丹江口境内，是中国著名的道教圣地之一，世界文化遗产地。

山东之行

李清照故居①

日暮溪亭怎复来？黄花憔悴总伤怀。
人身南渡人心在，片片萦思不可裁。

台儿庄大战纪念馆②

枪炮无声立馆中，硝烟过尽不居功。
曾经热血穿堂过，不教倭夷逞暴凶。

谒孔庙③

仁者师心万古传，圣人一世也平凡。
几经身后论生死，政治从来是自残。

---

①李清照故居位于山东省济南市趵突泉南侧，内有李清照纪念堂。李清照(1084—1155)，号易安居士，济南人。宋代婉约派词人的卓越代表。

②台儿庄大战纪念馆，坐落于山东省枣庄市古运河畔的台儿庄城西南郊，为纪念抗日战争中台儿庄大捷而建造。

③孔庙，位于山东省曲阜市南门内，初建于公元前478年，是第一座祭祀孔子的庙宇。

登泰山[1]

人间造化复何求，齐鲁名山冠九州。
穿越天门看世界，河川尽在眼中收。

2013 年 5 月

谢项主席宗西馈赠《霁月清风集》有感[2]

塞上金秋月正圆，兰山立马向东南。
放歌域内传清唱，吟啸平生续美谈。
国是萦怀凝热血，民情宵旰汇廉泉。
儒风不弃贤良士，桃李花开气若檀！

2013 年 5 月

---

①泰山，位于山东省中部的泰安市之北，海拔 1532.7 米。“五岳”之首，称东岳，有“天下第一山”之美誉。

②项宗西(1947—)，浙江乐清人，宁夏诗词学会名誉会长，全国政协经济委员会副主任，宁夏政协第九届委员会主席，著有《春色秋光》《春晖秋月》《霁月清风集》等诗文作品。

河西行旅

河西走廊[1]印象

两山对峙势崔嵬，千里走廊幻梦追。
风雨突来雷电猛，霎时云散彩虹飞。

武　威[2]

神武军威驻列骀，骠骑大将固金瓯。
苍山崇峻隔沙海，雪水清寒润绿洲。
马放激情奔万世，燕承魔力惊千秋[3]。
葡萄美酒催驰骤[4]，丝路华章再续修。

①河西走廊，位于甘肃省西北部祁连山和北山之间，东西长约1200千米，南北宽100—200千米，因在黄河以西，故名。

②武威，地级市，位于甘肃省中部，河西走廊的东端。公元前121年，因汉武帝派骠骑大将军霍去病远征河西，击败匈奴，为彰其“武功军威”而得名。

③武威雷台汉墓出土的铜奔马，亦称“马踏飞燕”，为国家文物珍品。

④武威被誉为“中国葡萄酒的故乡”。

过瓜州[1]

荒原处处电风机，直入云天山岭低。
渐有瓜香出绿野，轻车一路过安西。

莫高窟[2]

久仰敦煌似瑶台，昼夜驰驱带雨来。
情寄飞天佛界女，意迷神画古人才。
沙山无语藏瑰宝，党水有声护绿槐。
千载沧桑回首处，谁能使我再伤怀!

2013 年 8 月

---

①瓜州，县名，原名安西，位于甘肃省西北部，河西走廊西端，属酒泉市。

②莫高窟，位于甘肃省河西走廊西端敦煌市，俗称千佛洞，以精美的壁画和形象的塑像闻名于世，与龙门石窟、云冈石窟并称我国三大石窟，1987 年被列为世界文化遗产。

过青海

越当金山至德令哈[1]

当金山口过如风，沟谷纵横草不生。
破碎岩石一地乱，盘旋鹰隼半身冰。
鱼河才见水轻荡，柴旦又逢雨念经。
前路直驱德令哈，青青牧场染双睛。

又到青海湖[2]

油菜花开百里图，牛羊入画画中浮。
铺家林立常拥道，车手穿梭可畏途？
每看游人接踵过，自思做客受刀屠。
十年景色心头散，一片湖光有却无。

2013 年 8 月

①当金山位于祁连山与阿尔金山的结合部位，山脉呈东西向展布于肃北之南。由甘肃省阿克塞哈萨克族自治县越过 3800 米的当金山口，就进入了青海省。德令哈，县级市，位于青海省北部，是海西蒙古族藏族自治州州府所在地。

②余 1997 年 8 月曾到此游览。青海湖，位于青海省东北部的青海湖盆地内，是我国最大的咸水湖，面积达 4351.50 平方公里。

宁夏黄河金岸

黄河楼[①]

平畴万顷眼中收,丝带漂移过大舟。
水陆并行连四海,花灯同彩照三秋。
稻菽黄稔香千里,枸杞红鲜映九州。
天地襟怀何所向?此楼登顶最无忧!

中华黄河圣坛[②]

人间天上莫能分,海市蜃楼幻变真。
戈壁生情流异彩,荒原写意塑金身。
青铜铭刻铸千古,白玉镂雕发八音。
万物平和容不改,大河奔涌亦虚心。

---

①黄河楼,位于宁夏青铜峡市陈袁滩黄河边上,与吴忠市区隔河相望,气势宏伟。

②中华黄河圣坛,位于宁夏青铜峡市黄河峡口。

黄河明珠银川

仙女思凡塞上来，盈盈秋水扫尘埃。
山生兰气盘青髻，河养黄金贴粉腮。
罗裳丝丝织锦绣，翠珠粒粒缀秦淮。
爱伊纱幔正出浴，旭日一轮到玉台。

黄河金岸春色

浪涌大地起春潮，无限绿洲尽碧瑶。
古渡落霞何寂寞？新岸流翠却妖娆。
雁来芦荡鸟轻唱，水聚稻田秧漫摇。
热土开发兴伟业，民生首善赞英豪。

2013 年 8 月 11 日

滇西行旅

芒　市[1]

孔雀开屏彩练飞，霞光相伴雨霏霏。
盈江南去无国界，佛法西来有口碑。
古木冲天结碧海，神石盘地化白圭。
黎明又孕朝阳日，山水灵秀正增辉。

畹　町[2]

傣家情韵景颇风，绿水如丝裹畹町。
壮士远征出九谷，赴敌一样入汗青。

---

①芒市，傣语为“黎明之城”，位于云南省西南部，是德宏傣族景颇族自治州州政府所在地，被誉为“孔雀之乡”。

②畹町，位于云南省西部，德宏傣族景颇族自治州南部，南与缅甸为邻，为全国最小边境城市的国家级口岸。抗战时期，十万中国远征军将士踏过畹町九谷桥出境抗日。

瑞　丽[1]

玉瑞福地物华新，秀丽青山四季春。
景醉南国迎远客，风敲翡翠润冰心。

腾冲[2]印象

云散云合妙手裁，雨情饱满应声来。
毗卢高耸拥轻雾，叠水奔涛洗绿苔[3]。
热海聚泉腾紫气，火山敞口亮胸怀[4]。
神奇古镇藏哲理，到此人人有教材[5]。

2013年9月

①瑞丽，是云南省德宏傣族景颇族自治州的一个县级市，位于云南和缅甸的边境，是东南亚重要的珠宝集散地。

②腾冲，县名，位于云南省西南部，属保山市。

③毗卢寺，明代寺庙，位于腾冲县城腾越镇松园内；叠水河瀑布，在腾冲城内，我国唯一的城市瀑布。

④热海火山，腾冲著名景观。

⑤和顺古镇，位于腾冲县城西南4公里处，是云南著名侨乡，哲学家艾思奇故里。

江西诗踪

井冈山[①]

杜鹃傲放万般红，攀上峰巅观卧龙。
散尽烟岚开眼界，一山旗帜祭英雄。

过抚州观《临川四梦》[②]图有感

牡丹亭下紫钗缘，醒入邯郸梦怎圆？
当世南柯何作解，官家重色不轻钱。

瑞　金[③]

煌煌党史不空言，红色故都建政权。
从此出征征万里[④]，开国铭感誉摇篮[⑤]。

2013年9月

---

①井冈山，位于江西省西南部，地处湘赣边界的罗霄山脉中段，是著名的革命根据地。

②汤显祖(1550—1616)，江西抚州人，明代杰出的戏曲家、文学家，其戏剧作品《牡丹亭》《紫钗记》《南柯记》《邯郸记》合称“临川四梦”。

③瑞金，县级市，位于江西省南部，属赣州市。

④瑞金是红军长征的出发地之一。

⑤瑞金被誉为“共和国的摇篮”。

中　秋

月照六盘

素心银色沐青山，一片高洁入九天。

晚照松间花弄影，泾河碧透映婵娟。

月上贺兰

金戈铁马化云烟，黄土几堆悲与欢？

今古同天光普照，贺兰夜月嵌银边

2013 年 9 月 19 日

阅读韩彬赠书《固原铜镜》[1]遐想

锈尘拂去露娇容，对镜美人玉脸红。

鸟落掌心添妩媚，花开腮鬓步瑶琼。

不为器物增瑰丽，却将柔情化彩虹。

自古原州风尚地，一书光耀绽青铜。

2013 年 10 月

①韩彬(1963—)，宁夏彭阳人。曾任宁夏固原博物馆馆长，现任宁夏图书馆馆长，主编有《固原铜镜》《固原文物精品集》等。

河南省亲散记

祭关林[①]

树老林深雾气沉，山包谁见首级存。
江东可有埋身地？“还我头来”不忍闻[②]！

汉光武帝陵[③]

黄河岸上有石麟，百姓呼之“刘秀坟”[④]。
俭朴帝王无随葬，深知奢侈不安魂。

---

①关林，位于河南省洛阳市老城南7公里的关林镇，相传为埋葬三国时蜀将关羽首级的地方，前为祠庙，后为墓冢。

②《三国演义》七十七回载：关羽死后，阴魂不散，飘至当阳玉泉山。山上老僧普净正在庵中默坐，忽见关公显圣，大呼：“还我头来！”

③汉光武帝陵位于河南省洛阳市北20公里处的孟津县白鹤乡。史载刘秀主张简葬，当时的葬仪和陪葬物品甚为简陋。

④汉光武帝陵俗称“刘秀坟”，在老百姓心目中刘秀是个亲民的皇帝。

参观河南博物院

一人牵象蕴含深[1]，从古中州掌乾坤。
器物斑斓难尽数，历朝历代树连根[2]。

开封清明上河园[3]

宋际繁华复又来，垂柳桥头岸上栽。
风里酒旗拂醉客，水中船户载公差。
卖刀杨志戏牛二，打虎武松陪玉钗。
莫怨金兵城阙毁，应思玩乐总招灾！

袁　林[4]

起伏宦海着黄裳，虽已盖棺茶不凉。
书里画中平日见，可为洪宪悔青肠？

①豫，河南省简称。

②河南地处中原，天时地利，中华之根，素有“得中原者得天下”之谓。

③清明上河园，位于河南省开封市城西北隅，是以宋代张择端的名画《清明上河图》为蓝本，集中再现原图风物景观的大型宋代民俗风情游乐园。

④袁林，位于河南省安阳市洹水北岸太平庄，是中华民国第一任总统袁世凯的墓地。

殷　墟[①]

洹水东流紫气腾，万千气象绕王城。
青铜重器惊天地，甲骨刻文泣神灵。
君主豪奢出暴政，贫民低贱产贤能。
从来创造凭劳动，自古淫逸背骂名。

2013 年 10 月

①殷墟，是奴隶社会商朝后期的都城遗址，位于河南省安阳市区西北小屯村一带，距今已有三千三百多年历史。因出土大量甲骨文和青铜器而驰名中外。

阿拉善盟[1]感赋

中秋十月，受作家漠月之邀，余与尹文博、何海、火会亮、耿中声、吕凯夫妇等诸友到阿拉善一游，参观了博物馆、王爷府及市容并受到孙果兴等朋友的热情款待。

不曾西去到阿盟，遗憾十年终启行。
一路风光心绪敞，半城景物眼中逢。
胡杨柔韧无私念，玛瑙斑斓有性灵。
美酒一杯戈壁月，清纯旷远寓深情！

2013 年 10 月

远行鸟

候鸟远行离树梢，再三盘旋恋旧巢。
一只衔草一只舞，鸣叫声声震九霄。

2013 年 10 月

①阿拉善盟，地处内蒙古自治区西端，地域辽阔，风景独特。

渝黔行旅

2014年11月,余赴重庆、贵州学习,沿途有感,得诗数首。

重庆印象

江生水汽裹群山,危楼千层缥缈间。
红日难窥人世事,只缘纱幔罩云天。

歌乐山[①]

且歌且哭又重来,乐水乐山悲亦哉!
攘攘车流行不动,几人到此尽衔哀?

武隆天坑[②]

直下坑梯万丈高,悬崖行走随云飘。
奇石突现结神斧,胜景迭出挽鬼刀。
洞育灵魂山育魄,天生眼睛地生腰。
跨桥三座[③]谁能过?梦里依稀到碧霄!

---

①歌乐山,地处重庆市西北郊,以抗战时期的陪都遗迹和白公馆、渣滓洞监狱而享誉全国,特别是随着长篇小说《红岩》在全国范围内的广泛流传,歌乐山更成为一座英雄的山脉。

②武隆天坑,位于重庆市武隆县城东南20公里处,是国内罕见的地质奇观生态景区。

③指武隆天坑内天龙桥、青龙桥、黑龙桥三座自然生成的奇观,属典型的喀斯特地貌,也是亚洲最大的天生桥群。

大足石刻[①]

石崖宝顶路回环，袅袅梵音好坐禅。
壁上人伦昭善恶，世间物事隐欺瞒。
死生地狱良心账，好坏天堂赎命钱。
信仰若失神鬼惧，有无报应亦徒然！

小车河湿地[②]

花开冬令更娇柔，水过青石载鱼游。
空气清新能洗肺，行人至此有何愁？

遵义红军街随想[③]

路路青石有载承，血光印迹几多层？
死生关口驱迷雾，风卷红旗巨手擎。

---

①大足石刻，位于重庆市大足区境内，是唐末宋初时期的摩崖石刻，有石刻造像70多处，总计10万多尊。

②小车河湿地，地处贵州省贵阳市中心城区，是一处风景优美的城市湿地公园。

③遵义，地级市，位于贵州省北部，著名的遵义会议会址就坐落在遵义市老城区，与其毗邻的是仿古建筑群——红军街。

息烽集中营[①]感怀

息烽胜景画难如，牢狱何来入画图？
民主施行凭体制，独裁套装秀公仆。
合心不将外敌御，分爨总思异己除。
桎梏有形易砸碎，英灵告慰众望孚。

青岩古镇[②]

黔中古镇早屯兵，街市繁华悬彩旌。
民族习俗招远客，地形特点晕双睛。
铺家多见舶来货，庙宇偶闻劝世经。
轻叩老屋应细辨，年逾六百有明风。

观黄果树瀑布[③]

飞瀑常观在画中，恍然已入水晶宫。
响泉流韵珍珠落，金线穿廊峭壁通。
绿岭千峰托晚照，彩虹一道染苍松。
石梯慢上频回首，仙境人间两不空。

2013 年 11 月

---

①息烽集中营，位于贵州省贵阳市息烽县城关 6 公里的阳朗坝，是抗战时期国民党关押中共党员和爱国人士的秘密监狱。

②青岩古镇，位于贵州省贵阳市南郊，是一座明代的军事古镇。

③黄果树瀑布，位于贵州省安顺市镇宁布依族苗族自治县，是亚洲最大的瀑布，因当地一种常见的植物“黄果树”而得名。

参加宁夏核勘院
暨西夏诗社新年聚会有感

一

开年总遇好时光，诗友聚集见热肠。
最美人生情与景，一声吟唱追宋唐。

二

诗如峰岭苦攀登，气象万千心不惊。
意境做线穿感想，贺兰山下沐春风。

寄语宁夏地矿人

文风隆盛少别裁，论道学诗自感怀。
情满山原添壮志，爱沉地质育良才。
新春马到迎红日，旧岁梦除去雾霾。
人世繁华何必羡，寂寥深处是蓬莱。

2014 年 1 月

春节云南行

今岁春节，与家人赴滇过年，北国南疆，气候迥异，使人眼明心畅，分外惬意。

丽江古城[①]随感

华灯初上涌人潮，小巷水流入画桥。
梦里何由思浪漫，不曾邂逅亦逍遥。

玉龙雪山[②]

神龙横卧裹银纱，云过顶头一雪花。
盘水凌空腾炫焰[③]，辉光映照佑东巴[④]。

洱　海[⑤]

宛如人耳自然生，碧水欢歌仔细听。
大理灵魂应在此，兴衰更替唱国风。

---

①丽江古城，位于云南省西北部的丽江市，是一座历史悠久、文化灿烂的名城，属世界文化遗产。

②玉龙雪山，位于云南省丽江西北，呈南北走向，主峰扇子陡海拔5596米，是北半球纬度最低、海拔最高的山峰。

③玉龙雪山下是汹涌澎湃的金沙江。

④生活在丽江地区的纳西族是一个有着深厚文化底蕴的民族，他们创造了自身独特的民族文化——东巴文化。

⑤洱海，位于云南省西部的苍山东麓，大理白族自治州漾濞彝族自治县境内。湖形如耳，浪大如海，故名。

再到滇池[①]

五百里滇池奔来眼底的景象已然不再，西面的碧鸡山、东面的金马山因滇池的污染而失掉了往日的颜色，从西伯利亚来此越冬的成群红嘴海鸥上下翻飞，游人如织，争相喂食海鸥玩乐，见此情景，无限感慨。

碧鸡金马少容颜，眼底奔来有讳言。
游客谁人闲找事？北飞鸥鸟觅食玩。

重游石林[②]

裸露荒原自构思，无须点化展奇姿。
万般景象通人性，前世顽石后世诗。

西双版纳热带雨林[③]

季风流韵雨潇潇，烟霭飘忽阴气嚣。
野象蹚溪穿谷底，甲虫贴树走枝梢。
抬头惊叹望天木，俯首恐惶潜水蛟。
花草艳鲜须在意，杀机处处现“林妖”。

2014年2月

---

①滇池，位于云南省昆明市西南侧，著名的高原淡水湖泊，被称为云南的母亲湖。

②石林，位于云南省东部石林彝族自治县境内，是一个以岩溶地貌（喀斯特地貌）为主体的风景名胜区，奇石拔地而起，昂首苍穹，直指青天，犹如一片莽莽苍苍的黑森林，故名“石林”。

③西双版纳热带雨林，总面积2854.21平方公里，位于云南省南部西双版纳州景洪、勐腊、勐海三县境内，是世界上唯一保存完好、连片大面积的热带森林。

咏　春

风调颜色染双瞳，雪化心头身外融。
枝上芽发招馋鸟，土中草动拱眠虫。
花间有酒属陈酿，树下来人易旧容。
一醉去年谁赏月？情思今岁付桃红。

2014年2月24日

初　春

待风花苞不自开，动绿草芽把土掰。
鸟过小河鱼跃起，柳条夜夜叩书斋。

2014年3月

哭秦中吟先生

秦中吟先生因病于3月23日在银川逝世，享年78岁。噩耗传来，十分悲痛，成诗一首，追念恩师。

诗化飞舟逐月辉，谪仙约请共一杯。
世间清冷无别恨，天上欢欣少戒规。
浪漫人生书傲骨，豪情年代举旌麾。
骚坛环顾称师表，能有几人可树碑？

2014年3月24日

读张怀武先生赠书《今日方知我是我》[①]

捧读新著墨飘香，四月花开添锦章。
今日才知身外价，昔年早绽域中芳。
胸怀书事忧天下，手运笔锋兴塞乡。
阅尽人间春色好，丹心化作济时方。

2014 年 4 月

马航 MH370失联感念

3 月 8 日，一架由马来西亚吉隆坡飞往中国北京的 MH370 航班在飞行途中失去联系，机上乘客 239 人，其中中国乘客 158 人。

碧海蓝天自有情，白云千里伴航行。
同胞乘兴还国土，班机驭风别马城。
夜半失联偏导向，天明得讯骇银屏。
大洋深处生灵在，莫使亲朋泪水盈。

2014 年 4 月

①张怀武（1945—），宁夏平罗人，宁夏诗词学会顾问，曾任宁夏党委宣传部副部长、宁夏广播电影电视厅（局）厅（局）长，著有《今日方知我是我》等。

西安访旧

重游大慈恩寺①

拨雾穿云访旧颜，大唐留梦几人圆？

慈恩寺里寻佛迹，游客七分是日韩②。

登钟楼③

不闻钟响望车流，雾霭沉沉日色羞。

鸟雀飞尽无形影，登楼观景使人愁。

过长延堡④

十年来去梦难终，情过长安已绝踪。

多少花红成落雨，谁人伴我共一盅？

2014年5月

---

①大慈恩寺，位于古城西安南郊，是世界闻名的佛教寺院，创建于唐太宗贞观二十二年(648年)，寺院最北面建有著名的大雁塔。

②“五一”过后，游人骤减，来此观光的多是日本、韩国游客。

③钟楼，位于陕西省西安市中心，始建于明洪武十七年(1384年)，是古代遗留下来众多钟楼中形制最大、保存最完整的一座。

④长延堡，街道名，在陕西省西安市雁塔区辖内。

过故里杂感四十三韵(古风)

今岁初夏,余乘火车由西安出差返银,途经故地,临窗眺望,几多变化,无限感慨。虽言不破不立,全无旧时模样。美好人人皆向往之,个中却多有不尽如人意之处,由此及彼,难免臆测,虽成数韵,又未免偏颇,姑妄言之也罢。

南行列车过大原,凭窗远眺难凭栏。
高楼连山一夜起,平地已失七分田。
树木凌乱干道旁,房屋倾倒机械前。
尘土过后山罩“雾”,雨水来时路成“潭”。
民居消失入旧梦,文物重修换“新颜”。
大道纵横通天外,车马萧疏添忧烦。
河坝抽水作风景,村野围地植玉兰。
新区寂寞风无语,老城拥堵夜难眠。
正街光亮闪霓虹,背巷杂乱藏黑拳。
酒肆楼吧歌沉醉,广场社区舞嚣然。
整村入市乔迁忙,集体分解猫狗闲。
农具无用生锈色,古树有价移公园。
街头棋牌常聚众,楼顶鸟鸽失居檐。
践踏绿草走捷径,击打彩灯练靶环。
白墙涂鸦皆广告,景区刻画多腻烦。
教化无由失文明,缺信根本因野蛮。
困惑人生只拜金,虚假繁荣总向“钱”。
国风淳朴底线在,道德失衡人心寒。

政绩每让“工程”耻，做官常为肉食馋。
民生挂嘴少民意，投机熏心怎投缘。
盲目扩张疏管理，超常跨越隐欺瞒。
千载谁干千秋事，一言以蔽一个权。
万般痛心可奈何，十分疾首方寸悬！
每过故里潮难平，眼眶盈泪不尽言。
儿时溪流捉鱼蛙，老来河枯寻水泉。
少年栽树青岭上，白发乘凉假山边。
依稀往事聚心头，往事悠悠何缠绵。
草长莺飞观桃花，清风碧水看云烟。
鸡叫村口催旭日，鸟鸣树枝忘孤单。
瓦房透亮小院静，邻里往来举家欢。
人情冷暖线一根，友爱互助马三鞭。
医教公平贴群众，官民关系剖胆肝。
何日污水灌沟渠，几时黄尘满晴川？
几时干群背靠背，何日医教翻又翻？
世态炎凉不可测，人心浮躁名利牵。
眼前利益一寸光，短视行径万丈渊。
罔顾现实造海市，硬性发展谁心安？
左支右绌应休矣，上行下效莫再贪。
还我青山与绿水，现我白云与蓝天。
还我人情兼相爱，现我真心兼娇憨。
借我飞行一双翅，自由翱翔在云端。
借我畅游一颗心，圆我梦想天地间！

2014年5月6日

罗　山[1]

风起荒原草木喧，春光一路上罗山。
岩石峻峭惊心底，鸟道崎岖挽手边。
久居城中无眼界，偶来世外有诗篇。
不为寻索常烦闷，纵目青峰阅九天。

2014 年 5 月

青云寺[2]

钟声悠远每相闻，老树枝头落彩禽。
人抱贪心归地狱，佛怀素志入青云。
红尘未必能看破，绿野自然要访寻。
清气绕身无妄念，深山古寺把诗吟。

2014 年 5 月

①罗山，国家级自然保护区，位于宁夏吴忠市红寺堡区。
②青云寺，佛教寺庙，位于罗山山腰。

参加《共产党人》评刊并致雷兴魁社长[①]

余2008年5月被聘为宁夏回族自治区党委机关刊物《共产党人》特约评论员至今，曾多次参加评刊会。

才堪舆论自当先，妙手每出锦绣篇。
纵饮挥毫思茹水[②]，扬鞭策马跃兰山。
文哲有韵流心底，经史无弦弹世间。
若问研读应属意，凤城鹊起此一刊。

《共产党人》评刊有感

五月花红正动人，平生读写遇芳邻。
批评似剪删枝蔓，查检如刀斩赘文。
十载论刊常絮语，一心为友总牵魂。
华章每见惊鸿处，品味时节饮美醇。

2014年5月23日

---

①雷兴魁(1956—)，宁夏彭阳人，教授，宁夏《共产党人》杂志社社长。

②茹水即茹河，发源于宁夏彭阳县境内的一条河流。

茂盛草业采风

2014 年 7 月初，应宁夏草原工作站站长李克昌之邀，宁夏诗词学会十余名诗人赴贺兰山下宁夏农垦茂盛草叶采风，成诗数首，选录其中三首于后。

咏苜蓿

苜蓿花放紫莹莹，香动惹风草作凭。

蝶去蜂来情不够，诗人到此是亲朋。

草木感赋

谁言草木少性灵，花开朵朵表衷情：

生态优良环境美，牛羊肥壮我先行。

草业专家张蓉①博士

草为知己寄心音，妙手总能回早春。

叶茂皆缘勤抚育，枝繁全靠理病因。

田间倩影带风雨，书上硕果写苦辛。

卅载流年如水过，今生不负女儿身。

2014 年 7 月

---

①张蓉(1966—)，宁夏中卫人。宁夏农林科学院植物保护所副所长，研究员。

晋豫行吟十首

夏日七月，为考察宗教事，始有晋豫之行，旧地新景重游，辑录心得一束。

阎锡山故居①

主人一去院庭空，几许深深雨意中。
富丽依然檐草绿，河西几载又河东。

应县木塔②

逐层叠架塔楼成，九百年间钟鼓鸣。
八角飞檐迎倦鸟，愧思当下“大工程”。

悬空寺③

危崖万丈起飞梁，一寺悬空万首昂。
三教融合结构巧，千年傲立看兴亡。

---

①阎锡山故居，位于山西省定襄县河边村（原属五台县），是民国时期统治山西近40年的阎锡山的私宅。

②应县木塔，位于山西省应县佛宫寺，因其全部为木构，通称应县木塔。塔高67.31米，建于辽代，是世界现存最古老最高大的全木结构高层塔式建筑。

③悬空寺，位于山西省浑源县恒山金龙峡峭壁间，始建于北魏太和十五年（491年），迄今已有一千五百多年历史，是国内现存唯一的佛、道、儒“三教合一”的独特寺庙。整座寺院上载危崖，下临深谷，楼阁悬空，结构巧奇。

五台山碧山寺观妙江大师受戒仪式[1]

五百青衣礼碧山，虔诚受戒绝尘烟。
人生苦海无深浅，此岸孰知彼岸天！

白马寺[2]

三来白马不为缘[3]，千载慈悲难悟禅。
今古皆知修道苦，经书一部抱星残。

云冈石窟[4]

佛来中土比天神，千百洞窟留梦魂。
大美重光劫难后[5]，恢宏艺术泪无痕。

---

①五台山位于山西省东北部忻州市五台县东北隅，是我国四大佛教名山之首，称为“金五台”，为文殊菩萨的道场。7月11日，碧山寺方丈妙江大师为来自全国各地身着青袍的五百佛家弟子举行受戒仪式，有幸目睹，殊为感慨。

②白马寺，位于河南省洛阳老城以东12公里处，始建于东汉永平十一年(68年)，是佛教传入中国后兴建的第一座寺院，有中国佛教“祖庭”之称。

③余曾于1991年、2012年和2014年三次到此观瞻。

④云冈石窟，位于山西省大同市以西16公里处的武周山南麓，始建于北魏，其造像气势宏伟，内容丰富多彩，堪称5世纪我国石刻艺术之冠，被誉为古代雕刻艺术的宝库。

⑤一千五百年来，云冈石窟由于受到风化、水蚀和地震的影响，毁损较为严重，1949年前被盗往海外的佛头、佛像就多达一千四百多尊。

重访少林寺[①]随感

少林寺因电影《少林寺》而闻名天下，余 1991 年 5 月初曾慕名来此一游，二十数年间，世事变幻，难以言说。今日重访此地，山上山下，武校林立，中外子弟，舞枪弄棒，令人不胜感慨。

古刹何来有盛名？武僧棍棒比佛灵。
山中学校频操练，天下功夫任我行。

相国寺观心广方丈挥毫[②]

心广大师热情好客且善书法，有幸与其相晤并获赠书法作品“吉祥如意”一幅。

皇家寺院远名扬，千里探寻访汴梁。
心性广博说法事，挥毫不忘写“吉祥”。

---

①少林寺，位于河南省登封市嵩山五乳峰下，是少林武术的发源地，中国佛教禅宗祖庭，有“天下第一名刹”之誉。

②相国寺，位于河南省开封市自由路西段，始建于北齐天保六年(555 年)，北宋时被封为皇家寺院。

龙　亭[1]

汉武留停事若烟，后人附会总相干。
清浊湖水分忠伪[2]，自古民心耻墨官。

康百万庄园[3]

富可敌国作土豪，良田票号并河漕[4]。
仓皇西狩说慈禧，“一桶”江山梦已遥[5]。

2014 年 7 月

①龙亭，位于古城开封，是开封文物古迹的一个代表。相传汉武帝当年曾在此处住宿，故称龙停，后改龙亭。

②龙亭东西有两个湖，传说，东湖为宋朝“太师”潘美的府第，他陷害忠良，是个奸臣，所以，潘家湖的水是浑的；西湖为宋朝抗辽名将杨业的府第，他舍身救国，是个忠臣，所以，杨家湖里的水是清的。

③康百万庄园，位于河南省巩义市康店镇，是一处明清时期大型地主宅院，属于华北黄土高原封建堡垒式建筑的代表。

④其财富积累主要依靠土地、经商和河运。

⑤传说庚子年间慈禧西逃西安，后返回北京路过河南，康家为其建造行宫一座并献上价值百万的黄金一桶，意为“一统江山”，康百万由此得名，也因花钱太多，由此衰落。

参观同心县有机枸杞种植有感

位于宁夏中部干旱带上的同心县，近年来发展有机枸杞种植，通过土地流转，连片栽种，颇具规模，已形成产业，成为该县绿色农业发展的龙头。

无声细雨过秋塬，山岭起伏着绿颜。
万顷农田植杞树，亿颗红果染烟岚。
清纯地气凝甘露，生态温标结锦团。
正是朝阳逢胜景，有机产业竞芳妍。

2014年8月

天山南北

天行九月，秋风渐来。余飞越天山南北，感受了西北边陲新疆的辽阔壮美，所到之处，耳濡目染，颇有心得，录七绝十五首以记。

库尔勒印象①

驰名天下誉梨城，守望南疆作锦屏。
大漠绿洲相映衬，铁门关②上乱云横。

---

①库尔勒，新疆巴音郭楞蒙古自治州的首府，因盛产香梨而称为“梨城”。是进出南疆的要塞，南北疆的分水岭。

②铁门关，位于库尔勒市北八公里怪石峥嵘的库鲁克塔格山中。从晋代起，这里就设立了关口，因其地处险要，故名铁门关。

尉犁县罗布人村[1]

泪水干枯孔雀河，沙原深处挽悲歌。
胡杨刻就迁流史，新居已然胜旧窠。

过焉耆[2]

西域留名辟大荒，红蓝俊色扮新妆[3]。
街头问话频回首，执手纷纷认老乡。

---

①罗布人村，位于新疆尉犁县城西南35公里处。罗布人是新疆最古老的居民之一，他们生活在塔里木河畔的小海子边，“不种五谷，不牧牲畜，唯以小舟捕鱼为食”。千百年来他们逐水草而居，与世隔绝，如今，沙漠中只剩下了为数不多的“最后的罗布人”。

②焉耆回族自治县，位于新疆维吾尔自治区中部，隶属巴音郭楞蒙古自治州。这里的回族多是清代从陕甘两省从军或迁徙而来的，其中有许多固原籍人。

③传说焉支山下出产一种叫红蓝的植物，妇女摘新鲜的红蓝花制作成抹脸的胭脂，渐成焉耆之名。

博斯腾湖[①]

鱼海秋色共远天[②],碧波轻荡笼蓝烟。
双双鸥鸟追逐过,浩渺心思寄雪山。

参观察布查尔锡伯族博物馆[③]

白山黑水任弯弓,塞外传奇剑气冲。
屯垦戍防卓绝事,西迁兴业建边功。

赛里木湖[④]

坡草青青祝愿来[⑤],雪山静美亮胸怀。
瓦蓝湖水一滴泪[⑥],化作白云装扮台。

---

①博斯腾湖,位于新疆焉耆盆地东南博湖县境内,是我国最大的内陆淡水吞吐湖。

②博斯腾湖唐时称鱼海。

③察布查尔锡伯自治县,位于新疆西部伊犁哈萨克自治州。清乾隆年间4000多名锡伯军民肩负着屯垦戍边的使命,远离东北家乡,西迁伊犁,在这里建起了军事、生产、行政合一的伊犁锡伯营。

④赛里木湖,高山冷水湖,位于新疆西部博乐市西南90余公里的天山西段高山盆地中。

⑤赛里木湖是哈萨克语祝愿的意思。

⑥赛里木湖是大西洋的暖湿气流最后眷顾的地方,所以也被称作大西洋最后一滴眼泪。

霍尔果斯口岸[①]

万里西行念故国，一河两界草蓬勃。
秋风有意吹南北，口岸威严去梦魔。

伊犁将军府遗址[②]

将军无数化烟云，庭院石阶火烧痕。
难忘边陲危患日，一腔热血祭新坟。

谒林则徐纪念馆[③]

匹马天涯死复生，硝烟壮举鬼神惊。
三年遭贬家国系，一样为民写汗青。

---

①霍尔果斯口岸，位于新疆伊犁哈萨克自治州霍城县，与哈萨克斯坦隔霍尔果斯河相望。

②伊犁将军府遗址，位于新疆哈萨克自治州伊宁市惠远镇。清乾隆二十七年（1762 年）清军平定准噶尔叛军后，为稳定新疆地区形势，设伊犁将军府管辖整个新疆地区。同治十年（1871 年）沙俄侵占伊犁，将军府被焚。

③伊犁林则徐纪念馆位于伊宁市区，1842 年 2 月因禁毒反英被流放伊犁。他在新疆三年时间，积极捐办水利工程、履堪南疆、推广先进生产技术、关心边防和少数民族疾苦，受到新疆各族人民的爱戴和景仰。

石河子印象①

大军西进四疆平，戈壁茫茫扎阵营。
硬把荒沙翻绿地，江南相比逊三成。

艾青诗歌馆②

爱恋深沉泪水盈，一方土地万般情。
绿风秀劲吹原野，常与诗翁话性灵。

火焰山③

大话西游笑老孙，身临此地骤升温。
岩山千里红如焰，铁扇一把也屈尊。

---

①石河子市，位于新疆准噶尔盆地南缘。是一个由军人选址、军人设计、军人建造的城市。经过多年建设，城市绿化覆盖率达42%，以“戈壁明珠”的美誉著称于世。

②艾青诗歌馆坐落于石河子市区。诗人艾青在石河子生活了近16个春秋。艾青以他富有感染力的诗歌及号召力，在石河子播下了诗的“火种”。后来在此诞生的《绿风》诗刊以传承艾青诗歌传统为己任，成为独树一帜的有影响力的诗歌刊物。

③火焰山，位于新疆吐鲁番盆地北缘，古丝绸之路北道。维吾尔语称“克孜勒塔格”，意为“红山”，山体寸草不生，飞鸟匿踪。每当盛夏，红日当空，赤褐色的山体在烈日照射下，砂岩灼灼闪光，炽热的气流翻滚上升，就像烈焰熊熊，火舌燎天，故名火焰山。火焰山是我国最热的地方，夏季最高气温高达47.8摄氏度，地表最高温度高达70摄氏度以上。

葡萄沟[1]

紫绿红黑彩玉斑，沟中香气入云天。
家家好客客心醉，甜美常思吐鲁番。

交河故城[2]

车师故地日昏沉，佛寺官衙依旧存。
大道宽余南北去，残垣深处有精魂！

天山天池[3]联想

湖光如镜向天开，金母[4]梳妆映粉腮。
等得青山白了首，穆王御驾几时来？

2014年9月

---

①葡萄沟，位于新疆吐鲁番市东北10公里处，是一条南北长约7公里、东西宽约2公里的峡谷，以盛产优质葡萄而闻名中外。

②交河故城位于新疆吐鲁番市以西13公里的一座岛形台地上，因河水分流绕城下，故称交河，最早是西域36国之一的“车师前国”的都城，城内有一条宽阔的南北大道，道旁市井、官署、佛寺、街巷依稀可辨。

③天山天池是天山山脉东段博格达山主峰博格达峰北麓处的一个冰碛湖，位于新疆昌吉回族自治州阜康市南30公里处。传说3000余年前周穆王曾在天池之畔与西王母欢筵对歌，天池因而也被称为“瑶池”。

④金母即王母。

词

（2006）

念奴娇·萧关

边关险隘，更群山环绕，客愁难度。南往北来留惊梦，空惹满身寒露。回望长安，遥思朔漠，有几多歧路？行人羁旅，怨尤知向谁诉？　　流水婉转如筝，出峡东去，弹起一川雾[①]。万里征蓬朝塞上，归雁急飞入目。落日时节，风云际会，烟霭凝成柱。雄姿虽逝，却藏诗赋无数！

2006年6月8日

疏影·沙尘暴

蒙天蔽日，望逆风卷土，沙奔如矢。大地浑浊，漫漫浮尘，登时万物吞噬。人心恐骇急藏避，怎料想、飞禽折翅。刹那间、树断花摧，痛楚莫能相视！　　犹记儿时旧景，水清映碧落，峰翠凝紫。草绿田园，雀唱山林，早晚白云留滞。缤纷远事随烟去，满目泪、愤檄骄侈。唤四方、同建和谐，誓把祸灾根治！

2006年6月10日

①萧关脚下有一峡谷曰弹筝峡。

高阳台·六盘山红军长征纪念馆落成庆典

风展红旗，云翔紫燕，激情直上重霄。山裹氤氲，苍松千顷波涛。草生崖畔听锣鼓，过大节、再涌春潮。泪飞扬、多少青年，走近崇高。　　征程万里奇峰越，诵清平一曲，气压离骚。荡寇降龙，功勋世代昭昭。三军过后神韵在，更凝眸、威武群雕。看晴空、光耀层峦，愈是娇娆！

2006年6月12日

桂枝香·夜宿山中

时值盛夏，遇烈日当头，汗水飞洒。避暑清凉世界，草中安榻。夜观天象说童话，莫高腔、兽禽惊诧。远山黑透，灯火忽闪，尽招虫蚱。　　有梦呓、传来脚下，竟无法识辨，是笑还骂？地上窸窣嘈乱，顿然生怕。厕身竖耳听分晓：两只田鼠啮鞋袜。举膊一喝，鸟鹊纷起，响声如炸！

2006年6月12日

小重山·二七纪念塔

双塔巍巍功业昭，看红霞点缀，领风骚。故国大地起狂飙，悲烈处，热血染屠刀。　　烟雨莫能消。苍松参日月，更花娇！长春桥上涌春潮，英魂在，芳草碧云霄。

2006年9月20日

后　记

学习、写作旧体诗词，是我少年时代的一个梦想和追求。20世纪70年代末，我居住的小镇来了一批图书，我出于好奇购买了人民文学出版社编选的《李白诗选》《李商隐诗选》，胡云翼编的《宋词选》等，后又从别人手中辗转买到了上下两册的《唐诗选》，真是如获至宝，以我当时刚上高中的水平，有许多诗词我是读不大懂的，就是觉得这些诗词的语句很美，读起来或铿锵有力，或温情舒贴，对我来说很新鲜，很喜欢，但在诗词内容的理解上那就差得远了，最多也就是我对文学的一种虚荣和满足。此前，我在报纸上抄录了不少老一辈革命家和革命烈士的诗作，于我有了一些诗词的启蒙，而这一次不管是虚荣或是什么兴趣，则完全使我迷恋于诗词。随后买来了王力的《诗词格律》，龙榆生的《唐宋词格律》等书，十五六岁的年纪，竟也开始作起了诗词，这也是我最初与旧体诗词的结缘。1980年前后，我学写了不少诗词，十分幼稚，完全是一个懵懂少年的无知之作，集子里也选了一些以为纪念，这毕竟是我学习诗词的一个起点，同时也是我业余从事文学写作留下的一点印迹。往后有十多年的时间，我就在工作之余写作新诗、散文诗，再没写过旧体诗词。90年代中期，在报上看到成立不久的宁夏诗词学会征稿，我就试着创作了两首诗词投稿，没想到还获得了一个奖项，使我再一次与旧体诗词续上了缘。尤其值得一提的是秦中吟老师的多次鼓励、帮助与支持，终使我的诗词创作坚持了下来。我后来所走的诗词之路，哪怕取得的一点点成绩，都是与秦中吟老师的奖掖、提携分不开的，应该说他是引导我进行诗词创作与文学追求的导师。在我写这篇后记的时候，秦老师因重症住院已昏迷一月有余，此时此刻，我一介凡夫俗子，回天无力，唯有默默祈愿秦老师能够苏醒、康复，继续在弘扬传统诗词的道路上带领大家奋力前行并能够取得更加骄人的业绩。

我为编选这本集子，几经踌躇，拖了几年。一是所写的东西很散乱，整理起来非常麻烦，费时费力，这与我平时不注意搜集保留发表的作品有关，即使没有发表的作品，也随手抄写在不同的本子或纸上，真是鸡零狗碎，头绪烦乱。二是像样的东西不多，怕贻笑大方，想趁相对年轻再写几年，然后再出集子不迟。但近年性情渐显浮躁，手下难出作品，有了不如对前三十年写作的诗词作品进行小结的想法，于是便断断续续编成了这本集子。集子名字也不好起，思虑再三，用了“渐行渐远”这个成句。以时间论，这些个作品离我已渐渐远去，只是过去的一些情景“记录”；以写作论，成长如蜕，幼稚的过程在一层层的蜕皮，走向成熟自然是每一个写作者的终极目标，把昨日稚嫩的“想法”汇集起来做一个坐标，使它成为我继续得以前行的参照和支撑。或许渐行渐远的只是我过去人生的一些“作品”，愈来愈近的却是我对未来生活的某种“理解”。需要说明的是，集子中所录的诗词注明是古风或歌行体诗体外，余者皆为律绝作品，合乎格律。个别有不“因词害意”而失粘出律者，均采取了拗救的方法，押韵以上海古籍出版社《诗韵新编》为准。

按照惯例，出本集子总得请人作序，我虽有不忍，还是请了病中的秦中吟老师，他很爽快地答应了我，在他入院的前几天便写就了序文，字字珠玑，句句情切，感人至深，催人泪下，这是他劳心瘁力写下的文字，怎能不让人感动！我的朋友、诗人兼评论家张铎先生于繁忙工作之中，饱含深情，笔走龙蛇，也写下发自肺腑的生花妙文，虽多过誉之处，但其情其心令人感佩！

在这本集子的出版过程中，宁夏人民出版社副总编唐晴、编辑姚小云付出了艰辛努力，在此深表谢忱！

2014 年 8 月 1 日银川